Friesenschwindel

Olaf Büttner lebt nach verschiedenen Stationen heute wieder an der Küste nahe seiner Geburtsstadt Wilhelmshaven. Seine Romane wurden mehrfach ausgezeichnet. Neben dem Schreiben arbeitet er als Sozialpädagoge in einer Wohngruppe mit Jugendlichen und jungen Erwachsenen in Wilhelmshaven.

Dieses Buch ist ein Roman. Handlungen und die meisten Personen sind frei erfunden. Ähnlichkeiten mit lebenden oder toten Personen sind nicht gewollt und rein zufällig. Wenige namentlich genannte, real existierende Personen sind mit ihrer Erwähnung ausdrücklich einverstanden.

OLAF BÜTTNER

Friesenschwindel

KÜSTEN KRIMI

emons:

Bibliografische Information der Deutschen Nationalbibliothek
Die Deutsche Nationalbibliothek verzeichnet diese Publikation in der Deutschen Nationalbibliografie; detaillierte bibliografische Daten sind im Internet über http://dnb.d-nb.de abrufbar.

Umschlagmotiv: Stephan Giesers
Umschlaggestaltung: Tobias Doetsch
Gestaltung Innenteil: César Satz & Grafik GmbH, Köln
Lektorat: Lothar Strüh
Druck und Bindung: CPI – Clausen & Bosse, Leck
Printed in Germany 2017
ISBN 978-3-7408-0044-4
Küsten Krimi
Originalausgabe

Dieser Roman wurde vermittelt durch
die Agentur Brauer, München.

Gewidmet dem einzig wahren Ricky …
und denen, die ihn lieben

1

Prinzipiell muss ich keine Hunde in meiner Nähe haben.

Vor allem keine kleinen, denn neben allem anderen, was mir an Hunden nicht gefällt (Geruch, Gebell, Gekacke), verfügen diese über eine gehörige Portion Minderwertigkeitskomplexe, was keiner Persönlichkeit guttut, auch nicht der eines Hundes.

Dafür stehe ich total auf die Nähe von Marietta Weinzierl, die mit ihrem schneeweißen Jack-Russell-Terrier Ricky vor drei Monaten und achtundzwanzig Tagen in die Wohnung auf der gegenüberliegenden Seite des Flures eingezogen ist. Mein Name ist Reents. Reent Reents. Was meine Eltern sich bei dem Vornamen gedacht haben, weiß ich auch nicht. Ich bin zweiundvierzig Jahre alt und seit sieben Monaten und zwei Tagen Privatdetektiv sowie einziger Angestellter der Haven-Detektei effektiv!, nebenberuflich Kriminalschriftsteller. Ich hätte es nie für möglich gehalten, dass ausgerechnet ein Hund nicht nur mein Leben komplett auf den Kopf stellen, sondern mich auch in meinen ersten großen Fall hineinziehen sollte. Dass dies durch eine Frau passieren würde, hatte ich schon eher erwartet.

Marietta Weinzierl war zu Beginn der Ereignisse neununddreißig Jahre, sieben Monate und vier Tage alt (wie meine Recherchen in sozialen Netzwerken ergeben hatten) und ein echter Kracher. Ihre körperlichen Reize waren bemerkenswert, und sie hatte keinerlei falsche Hemmungen, diese durch Kleidungsstil und Bewegungsabläufe ins rechte Licht zu rücken.

Schnell hatte ich ihr verziehen, dass ihr Köter mich bei unserer ersten Begegnung im Treppenhaus ohne Vorwarnung ins frisch gebügelte Hosenbein gebissen hatte, woraufhin sie das Tierchen mit folgenden Worten zurechtwies: »Aber Rieckylein, was machst denn du da?«

Nach Art der Osteuropäer rollte sie das R leicht, lebte jedoch bereits lange genug an unserer Küste, dass ein weniger geschultes Ohr als das meine den feinen Unterschied zum friesisch rollenden R ganz sicher nicht bemerkt hätte.

Durch Internetrecherchen war mir ebenfalls bekannt, dass sie aus dem polnischen Bydgoszcz (gesprochen Büdgoschtsch, deutsch: Bromberg) stammte, Partnerstadt meines persönlichen Heimathafens Wilhelmshaven, in dem ich nicht nur geboren und aufgewachsen bin, sondern auch heute noch mit der Leidenschaft eines Mannes lebe, dem seine Wurzeln über alles gehen. Zu Beginn der Ereignisse war ich stolz, sagen zu können, dass ich Wilhelmshaven noch nie weiter als zweihundertzehn Kilometer und nie länger als einen Tag verlassen hatte. (Meine Eltern hatten mich als Zehnjährigen für einen Tag in den großen Ferien nach Münster geschleift, was sie danach nie wieder versucht haben, da sie aufgrund meines anhaltenden Protestgeschreis weder auf der Autofahrt noch beim Aufenthalt in der fremd-kalten Stadt auch nur eine einzige ruhige Minute bekamen, was sie nicht anders verdient hatten, da Ortsveränderungen für mich einen Akt der Gewalt darstellten, vor allem, wenn diese an einem sich überdeutlich wehrenden Kind vorgenommen wurden.) Seither hielt ich Wilhelmshaven die absolute Treue, jedenfalls bis zu diesem Zeitpunkt.

Das Rauschen des Meeres am Südstrand entspricht dem Rauschen in meinem Innern, wenn es mir gelingt, in tiefster Entspannung meine Gedanken auszuschalten. Das sanfte Plätschern des Wassers im Großen Hafen unweit meines Balkons spiegelt die Melodie meines Lebens wider, und peitscht der Sturm im Herbst die schaumbekränzten Wellen der Nordsee gegen die Küste, dann ist es, als würde das Minsener Seewiefken nicht nur an meiner Tür, sondern direkt an meinem Herzen klopfen.

Nachdem Rickylein seinem Frauchen auf deren alberne Frage nicht geantwortet hatte, da es sich bei dem Tier um einen Hund handelte, säuselte diese: »Das darfst du aber niecht, du kleiner Schlawiener! Pfui, pfui, pfui! Da iest das Frauchen aber ganz, ganz traurieg, wenn du so ein ungezogenes Huhndili biest.« Bei längeren Aussagen trat ihr osteuropäischer Akzent etwas deutlicher hervor und machte ihn unverwechselbar mit unserem Küstenakzent, was mich beruhigte, da Unklarheiten nicht meinem Charakter entsprechen. Falls es möglich war, nahm mich diese Veränderung ein weiteres Stück für Marietta ein.

Für sie war die Sache damit erledigt. Ricky hob gleich am Treppengeländer das Bein, um seinen Triumph mit kräftigem Strahl hochnäsig zu manifestieren. Ich rief Marietta Weinzierl zu, sie solle nur schon hinausgehen mit dem Tierchen, das kleine Malheur würde ich schnell beseitigen. Sie lächelte herzerwärmend, ich holte Eimer und Wischer.

Schon damals wurde deutlich, dass Ricky der eifersüchtigste Kläffer ist, den man sich vorstellen kann. Ein Eindruck, der sich bei jeder weiteren Begegnung bestätigen sollte: Sobald er mich nur sah, begann er zu knurren. Näherte ich mich Frauchen auf weniger als fünf Meter, bebellte er mich mit der unangenehm hohen Fistelstimme eines kaninchenhetzenden Jagdhundes. Positiv blieb, dass er nach diesem ersten Mal nicht wieder zubiss.

Leider zeigte Marietta sich jedoch auch weiterhin außerstande, das Tier in meiner Gegenwart zu bändigen, sodass es mir unmöglich war, mehr als ein, zwei Sätze mit ihr zu wechseln. Die sehnsüchtigen Blicke ihrer dunkelgrünen Augen sagten mir, dass ihr dieser Umstand ebenso missfiel wie mir. Auf ihren Stöckelschuhen stöckelte sie dahin. Mir blieb nur, ihr hinterherzublicken …

Ich fasste den Entschluss, den Hund zu bestechen. Durch eine TV-Sendung war ich im Bilde, dass bei den gierigen Vierbeinern mit Leckerlis alles zu erreichen war. Zum ersten Mal in meinem Leben betrat ich eine Tierhandlung. Ich erkundigte mich nach *der* Sorte Leckerlis, auf die jeder Leckerli-Fresser abfuhr. Nach halbstündiger Beratung stapfte ich bestens gelaunt mit einer Riesentüte des mir als unverzichtbar für jeden Hundefreund angepriesenen Knabberspaßes nach Hause. Dass ich kein Hundefreund war, hatte ich unerwähnt gelassen.

Während ich voller Vorfreude unserer nächsten Begegnung entgegenfieberte, machte Ricky mir, als es endlich so weit war, einen Strich durch die Rechnung. Leidenschaftslos schnupperte er an der ihm von meiner Hand (!) dargebotenen Köstlichkeit, unterbrach dafür sein Kläffen für die Dauer dieser Zehn-Sekunden-Tätigkeit. Dann schubste er den Hundekeks angewidert mit seiner feuchten Nase von meiner trockenen Hand auf das Pflaster des Gehwegs am Bontekai des Großen Hafens. Den Keks würdigte er keines weiteren Blickes. Das Bein jedoch hob er und urinierte auf die kostspielige Feinkostnahrung. Sein Kläffen gegen meine Person setzte er schon währenddessen fort.

Marietta entschuldigte sich, mich wegen des lauten Bellens mit ihrem sanft rollenden R notgedrungen anschreiend: »Sorry! Ich weiß auch niecht, was mit Tierchen los iest!«

Mit peinlich berührten Blicken ihrer grünen Augen, die mich wie stets an die unergründliche Tiefe der Nordsee denken ließen, zerrte sie den winzigen Diktator weiter. Der Schwung ihrer schwebenden Hüften betörte mich.

Nachdem ich die sündhaft teuren Leckerlis wie Giftmüll im Müllschlucker entsorgt hatte, stieß ich bei Internetrecherchen auf eine Backanleitung für Hundekekse (zubereitet mit Schnitt- und Hüttenkäse sowie Eiern), die nicht einfach umzusetzen war, dafür aber garantierte Begeisterung bei »wirklich jedem Ihrer geliebten Vierbeiner« versprach. Meine Rechnung war simpel: Wer frisst, der kläfft nicht.

Nachdem ich mit der aufwendigen Anfertigung durch war, glich meine Küche einem Schlachtfeld, mein Backofen einem Chemielabor nach gescheitertem Experiment. Ich brauchte drei Stunden, um die Küche wieder in ihren ursprünglichen Zustand zu versetzen. Ich hasse Unordnung. Die Küche benötigte ich anderntags für ein großes von mir geplantes Schollenbraten. Ich liebe Fisch, egal, ob Rotbarsch oder Knurrhahn, aber nichts geht über eine von meiner Hand in meiner Küche zubereitete Scholle, welche ich in aller Einsamkeit auf meinem Balkon mit Wasserblick und Salzkartoffeln verdrückte.

Der Himmel belohnte meine Mühe, ein Wunder geschah: Der Hund fraß die übel riechenden Teigklumpen, als habe er seit Beginn der Welt darauf gewartet. Ich staunte nicht schlecht.

Der Nachteil dieser Fressattacke bestand darin, dass der Terrier keine zwei Minuten benötigte, um inklusive des letzten Krümels alles in seinem schlanken, aber trotzdem wurstförmigen Körper verschwinden zu lassen. Deshalb kam ich trotz meines Teilerfolges auch an diesem Tag nicht zu einem ernsthaften Gespräch mit Marietta.

Nach Hause zurückgekehrt, verfiel ich in einen Hundeleckerli-Backwahn. Ich befüllte alle drei Weihnachtsgebäck-Blecheimer, die Luna bei unserer Trennung vor drei Jahren nicht mitgenommen hatte, randvoll mit Hundekuchen. Damals hatten wir noch in einer vergleichsweise schlichten Drei-Zimmer-Wohnung im Stadtteil Altengroden gelebt, in welchem ein nicht unwesentlicher Teil meines blutenden Herzens weiterhin begraben lag, da die einstmals von mir angebetete Luna noch immer dort lebte und inzwischen auch einen Hund (namens Alan) hatte. Meine hundetechnische Rechnung ergänzte ich wie folgt: Wer *lange* frisst, kläfft *lange* nicht. Während der Fresszeit des Hundes hätten Marietta und ich Gelegenheit, zu reden und vielsagende Blicke auszutauschen.

Am nächsten Tag, es war ein Samstag, füllte ich eine Tüte mit Hundebackwerk und lauerte ab neun Uhr hinter meiner Tür. Um diese Zeit verließ Marietta stets ihre Wohnung, um die erste Bontekai-Runde mit ihrem Hund zu drehen. Aber sie erschien nicht. Bis zehn Uhr dreißig wartete ich hinter meinem Türspion, dann gab ich es auf.

Ich war enttäuscht, frustriert und irritiert: Seit Marietta in diesem Haus wohnte (siebenunddreißig Samstage), war sie *immer* um diese Zeit aus ihrer Wohnung gekommen, um ihrem Hund einen circa dreißigminütigen Auslauf zu verschaffen. Ich hatte noch einmal in meinen Unterlagen nachgeschaut. Es gab keine Zweifel.

Mit einer billigen Erklärung versuchte ich mich selbst abzuspeisen: Vielleicht hatte sie zu lange gefeiert. Dass sie an den Wochenenden dem Alkoholgenuss nicht ganz abgeneigt war, hatte ich bereits an entsprechenden Ausdünstungen (Fahne) bei unseren samstäglichen Begegnungen festgestellt. Allerdings hielt sie dies normalerweise nicht davon ab, ihr morgendliches »Gassi mit Huhndchen« zu gehen.

Ich hatte beobachtet, dass Marietta Freitagnacht regelmäßig spät nach Hause kam. Vier Uhr war da keine Seltenheit. Für die letzte Nacht musste ich allerdings zu meiner Schande gestehen, dass ich gegen ein Uhr dreißig auf dem Sofa bei der Lektüre des Buches »Wie gewinne ich das Herz meines Hundes?« eingeschlafen und erst um fünf Uhr achtzehn wieder aufgewacht war. Eine Zeit also, zu der Marietta normalerweise bereits wieder zu Hause war.

Nachdem ich meinen Pyjama angezogen, das Buch in den Müll geworfen, mir die Zähne geputzt und mich noch einmal gründlich gewaschen hatte, war ich ins Bett gefallen wie ein Stein. Auf das Duschen und abendliche Rasieren hatte ich wegen großer Müdigkeit ausnahmsweise und mit dem festen Versprechen an mich selbst verzichtet, es nach dem Aufstehen um sieben Uhr dreißig prompt nachzuholen. Sträflicherweise, ohne bei alldem auch nur eine Sekunde an Marietta gedacht zu haben.

Manchmal hasse ich meine eigene Nachlässigkeit. Immer, wenn ich eine begehe, bereue ich es irgendwann. Das war schon als Kind so, und es zieht sich wie ein roter Faden durch mein Dasein. Ordnung und Verlässlichkeit stellen die wichtigsten Faktoren in meinem Leben dar.

Um elf Uhr dreißig, ich hatte mir eine große Kanne Kaffee gekocht und versuchte, ein wenig an dem Detektivroman zu arbeiten, an dem ich seit viereinhalb Monaten schrieb, bei dem ich aber über zweieinhalb Seiten noch nicht hinausgekommen war, hatte ich noch immer nichts von Marietta gehört. Allmählich begann ich, mir ernsthafte Sorgen zu machen. Auch neununddreißigjährige Damen konnten einem Herzkasper erliegen. Mit dem Schreiben klappte es auch heute nicht. Die ganze Zeit dachte ich darüber nach, ob ich irgendetwas tun konnte oder musste und, falls ja, was dies sein könnte. Auch wenn ich mit meinen Überlegungen nicht von der Stelle kam, war es mir doch unmöglich, länger am PC sitzen zu bleiben.

Ich ging in die Küche. Dort schnappte ich mir kurz entschlossen die kaum befüllte Mülltüte aus dem Mülleimer, um diese im Müllschlucker, der sich im Hausflur befand, zu entsorgen. Ich tat dies nicht ohne Hintergedanken, denn es bedurfte nur eines kurzen Umwegs, um an Mariettas Tür lauschen zu können, was ich nutzte. Aus ihrer Wohnung war nicht das leiseste Geräusch zu hören. War sie nicht nach Hause gekommen?

Das wäre sehr ungewöhnlich gewesen. Dann hätte der Hund seit gestern Abend, achtzehn Uhr zwölf (da hatte sie Wohnung und Haus verlassen, war von einem gut und nach viel Geld aussehenden Mann mit gepflegtem, dunklem Vollbart abgeholt worden), bis jetzt, elf Uhr siebenunddreißig, allein in der Wohnung ausharren müssen. Eine Zeitspanne also von siebzehn Stunden und fünfundzwanzig Minuten der Einsamkeit für ihren Liebling, was sie nie im Leben über ihr gutmütiges Herz gebracht hätte, welches sich hinter ihrem prachtvollen Busen verbarg. Auch war der Hund auf jeden Fall nicht dabei gewesen, als Marietta Weinzierl sich neben diesen Kerl in dessen dunkelgrünen Alfa Romeo mit Bremer Kennzeichen gesetzt hatte.

Ich hatte Schwierigkeiten, meine Beobachtungen zu einem sinnvollen Ganzen zusammenzufügen. Nach der Müllentsorgung kehrte ich in meine Wohnung zurück, um in Ruhe meine Gedanken ordnen zu können. Ein klarer Kopf ist stets die halbe Miete. Ich setzte mich auf den Balkon.

Es war einer der ersten warmen Julitage. Den Geruch des Hafenwassers assoziierte ich wie stets mit Begriffen wie Freiheit und große weite Welt. Zum Sonnetanken kam ich nicht lange, da ich zum Nachdenken keine halbe Minute benötigte. Bei näherer Betrachtung erwies die Sachlage sich als viel weniger kompliziert als zunächst von mir vermutet. Es gab nur zwei Möglichkeiten, entweder

a) der Hund war allein in der Wohnung, oder
b) Marietta und er hielten sich gemeinsam darin auf.

Die Möglichkeit c) – Marietta hatte ihn während der Nacht abgeholt, um gemeinsam mit ihm sofort wieder zu verschwinden – schloss ich mangels Wahrscheinlichkeit aus.

Bei der analytischen Auswertung der Fakten kam mir meine Ausbildung zum Privatdetektiv zugute. Diese hatte ich in Form mehrerer Online-Kurse per Fernstudium, der Lektüre zahlreicher Lehrbücher sowie einiger weniger Seminare an Volkshochschulen und ähnlichen Institutionen überaus erfolgreich absolviert.

Auch für den notwendigen Selbstverteidigungskurs hatte ich meinen Arbeitsplatz im häuslichen Büro verlassen müssen. Einen potenziellen Angreifer per Mausklick auf die Matte zu befördern ist unmöglich. Nichtsdestotrotz hatte ich auch den an einer Aikido-Schule belegten Selbstverteidigungskurs mit Auszeichnung bestanden, obwohl mir die häufige und extreme körperliche Nähe zu fremden Menschen (nach bitterem Schweiß riechenden Männern) zu schaffen machte. Aber ich hatte mich durchgekämpft und fühlte mich seither unbesiegbar.

Im Falle der (von mir) vermissten Marietta Weinzierl und des (von mir nicht wirklich) vermissten Vierbeiners blieb die Frage, warum weder von der einen noch vom anderen irgendetwas zu hören war. Der Kläffer hatte nicht mal gekläfft, als ich vor der Wohnungstür gestanden hatte, was mehr als ungewöhnlich war.

War jemand in ihre Wohnung eingedrungen und hatte beide betäubt? Lebten sie überhaupt noch? Wilde Panik ergriff mich und ließ mich nicht wieder los. Es war mir unmöglich, auch nur eine weitere Sekunde untätig in meiner Wohnung auszuharren. Handeln war das Gebot der Stunde. Ich musste an Mariettas Tür klingeln und so ihr Leben retten. Notgedrungen vielleicht auch das des Hundes.

Ich stürmte aus meiner Wohnung und tat, was getan werden musste: Ich drückte auf Marietta Weinzierls Klingelknopf. Etwas, was ich zuvor noch nie getan hatte. Unsere bisherigen Begegnungen beschränkten sich auf Treppenhaus, Straße, Gehweg vorm Haus an der Weserstraße oder am Bontekai, der fraglos hübscheren dieser beiden Möglichkeiten, da die Weserstraße an vielen Ecken doch deutlich sichtbar in die Jahre gekommen war.

Trotz gut funktionierender Klimaanlage in Wohnung und Treppenhaus trat mir der Schweiß dickperlig auf die Stirn. Deutlich hörte ich das Klingeln in der Wohnung: *Ding-dong!*

Wie ein endloses Echo hallte es in meinem Kopf nach: *Ding-dong, ding-dong, ding-dong!*

Dieses Geräusch, das die Welt nicht in Unordnung brachte, hatte etwas Wohltuendes. Dann jedoch brach das Chaos in mir erneut aus, denn auch das Türläuten führte nicht zum Hundebellen. Dies konnte nur bedeuten, dass der Hund entweder betäubt oder tot war. Die theoretische Möglichkeit, dass er sich gar nicht in der Wohnung befand, hatte ich ja bereits vorher ausgeschlossen, weshalb sie für mich nicht relevant war.

Der Hund war mir zwar nicht vollständig egal, aber die Frage seines Wohlergehens ging mir auch nicht besonders nahe, nur hätte sein Ableben mich für sein ihn liebendes Frauchen traurig gestimmt. Die nun noch in Frage kommende Möglichkeit (Frauchen und er waren beide zu Hause) bedrohte mich mit Herzstillstand. Hielt Marietta sich in der Wohnung auf, dann musste zwangsläufig, da sie ebenfalls nicht auf mein mehrmaliges Klingeln reagiert hatte, auch ihr etwas ihr Wohlbefinden Betreffendes zugestoßen sein.

Ein erster Impuls veranlasste mich dazu, die Tür einzutreten. Ein Versuch, welcher schmerzhaft scheiterte. Die neuen hellgrauen Türen in den Luxuswohnungen unseres Hauses (mit Blick über den Deich auch auf den unweit liegenden Südstrand, der den Jadebusen hier begrenzte und ein weiteres Juwel Wilhelmshavens darstellte – welche andere Stadt verfügte schon über einen Nordsee-*Süd*-Strand?) waren so stabil, dass man sich bei einem Tritt gegen diese eher einen gebrochenen Fuß einhandelte als ein offenes Schloss. Nachdem die um meinen Kopf kreisenden Sterne, welche der stechende Schmerz im Fuß spontan ausgelöst hatte, sich erneut im Nichts aufgelöst hatten, besann ich mich eines Klügeren.

Wozu schließlich hatte ich den (nur bedingt legalen) Kurs »Wie öffne ich eine Wohnungstür ohne Schlüssel?« belegt? Ich eilte in meine Wohnung, um meine Kreditkarte zu holen beziehungsweise eine davon. Um es einem potenziellen Einbrecher so schwer wie möglich zu machen, hatte ich verschiedene Exemplare diverser Anbieter überall in der Wohnung versteckt. Leider machte ich es damit auch mir selbst schwer, denn in der Aufregung des Augenblicks hatte ich sämtliche Verstecke vergessen. So dauerte es über zwölf Minuten, bis ich endlich meine goldene Kreditkarte hinter dem Spülkasten der Toilette hervorzog. Ein Zeitraum, der in einem solchen Fall unter Umständen Menschen- und/oder Hundeleben kosten konnte.

Ich schämte mich zutiefst und war plötzlich sicher, den falschen Beruf gewählt zu haben. Derartige Zweifel befielen mich selten, aber regelmäßig. Stets jedoch wurden sie abgelöst von Phasen höchster Euphorie, in denen ich *wusste*, dass ich zum Detektiv geboren war.

Die negativen Gedanken verflogen schlagartig, als ich es mit Hilfe der Karte schaffte, Mariettas Tür in sieben Sekunden zu öffnen. Die besondere Drei-Sterne-Auszeichnung auf der Urkunde dieses Online-Seminars hatte ich mir wirklich verdient, das musste ich bei aller Bescheidenheit zugeben.

»Hallo!«

Mein vorsichtiger Ruf in die Wohnung verhallte unbeantwortet. Noch vorsichtiger setzte ich einen Fuß auf den hellen, weichen Teppichboden in Mariettas Wohnung, aus der mir ein abgestandener Geruch entgegendrang, der mich die Nase zuhalten ließ. In dem Detektivseminar »Was sagen uns extreme Gerüche in Wohnungen?« hatte ich gelernt, dass es für extreme Gerüche in Wohnungen vor allem zwei häufig auftretende Erklärungsmodelle gab:

a) Entweder bei dem Bewohner/der Bewohnerin handelte es sich um einen Müll-Messie, oder
b) er/sie war tot, und die Leiche verbreitete den Geruch.

Bei einer adretten Person wie Marietta Weinzierl, die bis auf die gelegentliche samstägliche Alkoholfahne stets einen gepflegten Eindruck auf mich gemacht hatte, schloss ich Möglichkeit a) kategorisch aus. Die Vorstellung b) stellte jedoch Öl im Feuer meiner Panik dar. Mein Herz schlug so wild und laut, dass es das zweite von mir in die Wohnung gerufene »Hallo!« locker übertönte.

Obwohl alle Zimmertüren geöffnet waren, fiel kaum Licht

in den Flur. Die hinter den Türen liegenden Zimmer waren verdunkelt. Mit konzentrierter Präzision setzte ich einen Fuß vor den anderen. Nach einer sich unglaublich lang anfühlenden Zeitspanne erreichte ich schließlich die erste Tür auf der rechten Flurseite, hinter welcher sich die menschen- wie hundeleere Küche befand.

Sofort war jedoch erkennbar, dass sie normalerweise von Hund und Mensch gleichermaßen genutzt wurde. Auf dem Boden befanden sich zwei Näpfe, oben auf der Spüle stand sorgsam zusammengestelltes Geschirr, dem Verkrustungszustand der Speisereste nach zu urteilen vom Vorabend. Damit war klar, dass hier nicht gefrühstückt worden war. Der Fressnapf war sauber wie geleckt, während der Saufnapf, in welchem mehrere weiße Hundehaare schwammen, halb mit Wasser gefüllt war.

Typisch für Mariettas übertrieben liebevolle Haltung zu dem Vierbeiner schien mir, dass sie ihm nicht nur beschriftete Näpfe gekauft hatte, sondern solche (als könne der Banause lesen), auf denen die vermenschlichten Begriffe »Essen« und »Trinken« standen statt der unter Tieren üblichen Bezeichnungen »Fressen« und »Saufen«. Ich schob die Erkenntnisse beiseite wie einen alten Wischmopp und machte mich auf den Weg zur nächsten offen stehenden Tür. Mittlerweile ging ich davon aus, dass der mir anfangs so penetrant in die Nase gestiegene Geruch weder von einer Leiche noch von Messie-Müll stammte, sondern durch eine zu lange nicht mehr gelüftete Wohnung verursacht wurde.

Im Flur stand nichts außer einer weißen, schlicht-eleganten Kommode, auf welcher eine mittelgroße chinesische Porzellanvase thronte (für mich undefinierbar, ob es sich um eine Vase der Ming- beziehungsweise Sui- und Tang-Dynastie oder vielmehr um ein Kaufhausimitat handelte), in der sich keine Blumen befanden. Direkt daneben stand eine Telefonstation mit schick hellem Telefon. Zwischen Telefon und Vase lag eine Visitenkarte, die ich, einem unbestimmten Instinkt folgend, einsteckte und deren Existenz blitzschnell wieder vergaß. Der Text darauf:

Ubbo Dose
Hunde-Coaching und Mee(h)r
Hooksiel

Leider hatte meine Entspannung zu früh eingesetzt. Die Strafe folgte auf dem Fuß: Noch bevor ich die zweite Tür erreicht hatte, hörte ich hinter mir ein verdächtiges Geräusch. Spontan beschloss ich, mich umzudrehen, kam aber nicht mehr dazu. Im selben Augenblick hörte ich das Zerbrechen von Porzellan. Als ich aufgrund eines plötzlichen, dröhnenden Schmerzes im Kopf begriff, dass ein Gegenstand auf meiner Schädeldecke zertrümmert worden war, ahnte ich, dass es sich hierbei um die chinesische Vase handelte, die ich zuvor begutachtet hatte. Ich verlor das Bewusstsein und fiel zu Boden wie ein Reissack.

2

Ich erwachte durch etwas Feuchtes und Raues, das durch mein Gesicht fuhr, wischte und wedelte wie ein verkrusteter Schwamm, begleitet von einer Wolke üblen Geruchs. Als mir klar wurde, dass der Schwamm eine Zunge war und dass es sich bei dem Gestank um Mundgeruch handelte, schreckte ich auf.

Hatte ich in meinem Dämmerzustand noch für einen Sekundenbruchteil geglaubt, es könnte sich möglicherweise um Marietta Weinzierl handeln, die mir das Gesicht abschlabberte (zumal ich mir fast sicher war, dass eine Stimme erleichtert »Er lebt!« ausgestoßen hatte), so wurde doch schnell deutlich, dass ich falschliegen musste. Unverkennbar war es die Zunge eines Tieres. Eines Hundes. Eines bestimmten Hundes. Als die bittere Wahrheit mein Bewusstsein erreichte, schoss ich so ruckartig in die Senkrechte, dass ein dröhnender Schmerz meinen Schädel durchfuhr und mich augenblicklich in die Waagerechte zurückschmetterte.

Ich lag auf einem Sofa, zwei warme Kissen liebevoll unterm Kopf und einen eiskalten Eisbeutel neben mir. Ricky, das Erschrecken nun auf seiner Seite, knurrte mich an und bellte dreimal, bevor er aus dem Zimmer raste und mich allein zurückließ.

Aufmerksam ließ ich meine Blicke durch das von orangen Vorhängen dezent verdunkelte Zimmer gleiten. Die schlicht-elegante Ausstattung des Raumes in modern italienischem Design ließ mich ebenso wenig wie die Anwesenheit des Köters daran zweifeln, dass ich mich weiterhin in Mariettas Wohnung befand.

Mein zweiter Versuch, mich aufzurichten, funktionierte. Ich schnappte mir den Eisbeutel und presste ihn zentral auf meinen Kopf, denn genau hier war die Vase zerschellt. Wie ich unter dem Beutel schmerzhaft ertastete, befand sich dort eine dicke Beule. Noch während meiner Selbstuntersuchung betrat Marietta den Raum, einen Schritt voraus der wie immer schwanzwedelnde Hund. Offenbar hatte er sein Frauchen geholt, um dieses auf mein Erwachen aufmerksam zu machen. Ein zugegebenermaßen kluges Tier.

»Was machen Sie ien meiner Wohnung?«, fragte Marietta, nicht wütend, aber doch mit dem unverkennbaren Unterton aufrichtiger Empörung. Dass ich meine Gedanken noch nicht wieder vollständig beisammenhatte, wurde mir daran bewusst, dass bereits diese einfache Frage mich überforderte.

»Ich sitze auf dem Sofa«, antwortete ich schwachsinnigerweise, wenn auch wahrheitsgetreu, »und ertaste die Beule auf meinem Kopf.«

Beinahe glaubte ich, den winzigen Hauch eines furchtbar kleinen Lächelns über Mariettas Gesicht huschen zu sehen. Dann jedoch sagte sie ernst: »Warum Sie ien meine Wohnung eingdruhngen siend, wiell iech wiessen. Siend Sie ein Einbrecher? Muss iech *policja* rufen?«

In diesem Moment wurde mir klar, dass sie es war, die mir die Vase über den Schädel gezogen hatte. Der Hund kläffte einmal kurz. Wie bei einem polizeilichen Verhör starrte er mich an, ohne sein Schwanzwedeln einzustellen. Ich fühlte mich in die Ecke gedrängt und suchte nach den richtigen Worten für eine einleuchtende Erklärung. Ich stammelte etwas von »Privatdetektiv«.

»Das weiß iech.« Endlich nahm Marietta Platz auf dem großen, mit türkisfarbenem Brokat bezogenen Sessel, der auf der anderen Seite des Tisches stand, und entspannte so die Situation deutlich. Ich war nicht in der Lage, auszublenden, dass ihr ohnehin schon kurzes gelbes Sommerkleid noch ein gutes Stück höher rutschte und so weite Teile ihrer wohlgeformten Oberschenkel preisgab. Leider war ich auch nicht in der Stimmung, es zu genießen.

Der Köter fing nun an, wie aufgezogen durchs Zimmer hin und her zu laufen, ohne sein vollständig unangebrachtes Schwanzwedeln auch nur eine Sekunde zu unterbrechen. Unübersehbar hatte er sein Vergnügen an meiner misslichen Lage gefunden. Über diese Gedanken hätte ich beinahe Marietta vergessen, die jetzt sagte: *Privatdetektiv! Dass ich nicht gröle! Ein Depp bist du, sonst nichts!*

Über den seltsamen und vollständig akzentfreien Klang ihrer Stimme wunderte ich mich ebenso wie über den aggressiven Inhalt ihrer Aussage. Dann jedoch fügte sie, nach einem kurzen Räuspern wieder mit gewohnter Stimme, beschwichtigend hinzu:

»Steht ja groß genug an Iehrer Tür. *Haven-Detektiev effektiev!*«

Ein plötzlicher Schwindel befiel mich. Ich hörte Marietta weiterreden, aber einzelne Worte konnte ich nicht mehr verstehen. Mir wurde schwarz vor Augen. »Darf ich mich wieder hinlegen?« Ich war über mich selbst erstaunt. Ohne eine Antwort abzuwarten, bettete ich mich zurück aufs Sofa, wohin ich weiter gehörte. Einen Moment lang befürchtete ich, erneut das Bewusstsein zu verlieren, was jedoch nicht eintrat. Der Hund drapierte sich unmittelbar vor Mariettas Sessel und starrte mich wieder an wie ein Folterknecht.

»Nun sagen Sie schon«, forderte Marietta mich auf. »Was haben Sie ien meiner Wohnung gesucht?« – *Spuck es aus*, fügte eine mir unbekannte Stimme hinzu.

»Ich hab mir Sorgen gemacht!«, rief ich fast.

Der Hund bellte. Marietta sah mich verblüfft an.

»Sorgen? Wieso denn Sorgen? Sorgen um wen?«

Umständlicher als nötig richtete ich mich erneut auf.

»Um Ihren Hund«, stieß ich hervor. »Um Ihren Hund habe ich mir Sorgen gemacht.« In ihrer Ungläubigkeit einträchtig starrten Frauchen und Hund mich an und stellten sich mir als unzertrennliche Einheit dar.

Um wen?, fragte Marietta verblüfft. Ihre Stimme war wieder merkwürdig belegt.

Hatte ich mich so unklar ausgedrückt? Langsam begann ich, an meinem Verstand zu zweifeln, wenn auch nur in leichten Ansätzen. Dann aber erlöste Marietta mich, indem sie nach erneutem Räuspern sagte: »Weshalb haben Sie siech denn um Riecky Sorgen gemacht?«

»Er hat nicht gebellt«, sagte ich.

Hund und Frauchen ließen mich nicht aus den Augen.

»Er bellt sonst immer, wenn ich den Hausflur auch nur betrete.« Ich war nicht unzufrieden mit meiner Erklärung. Marietta jedoch ließ sich nicht so leicht abspeisen.

»Wenn er niecht ien Wohnung iest«, meinte sie, »kann er auch dann niecht bellen, wenn Sie den Hausflur betreten.«

Eine zwar einfache, aber logische Beobachtung, welcher der Hund sich durch verwundertes Schieflegen des Kopfes anzuschließen schien. Wieder wedelte er mit dem Schwanz und zwinkerte mir zu. Wahrscheinlich hatte er ein Staubkorn ins Auge bekommen.

Ein ebenso überraschender wie oberflächlicher Anflug von Sympathie für ihn erschöpfte sich schnell. Das unterschwellige Wissen, dass er es war, der mich in meinen Erklärungsnotstand geführt hatte, ließ keine Gefühlsduseleien zu. Ich benötigte einen verbalen Befreiungsschlag. Meine Gedanken liefen auf Hochtouren. Dem Hund wurde es derweil langweilig. Er streckte sich auf dem Boden aus und gähnte mit weit aufgerissenem Maul, ohne mich aus den Augen zu lassen.

Ich stand unmittelbar davor, eine erneute bohrende Kopfschmerzattacke vorzutäuschen, um den bohrenden Fragen auszuweichen, als mir doch noch eine bessere Lösung einfiel.

»Warum haben Sie mich niedergeschlagen?«

»Na, hören Sie mal«, verteidigte sich Marietta empört. »Iech hielt Sie für einen Einbrecher. Und wenn iech es genau betrachte, waren Sie ja auch einer.«

»Aber einer mit edelsten Absichten!«, konterte ich gezielt. »So jemandem zieht man doch nicht einfach eine Vase über den Schädel.« Der Hund steigerte sich weiter in sein obsessives Gähnen. »Sie müssen mich doch erkannt haben.«

»Von hienten? Bei der schwachen Beleuchtung? Ien meine Paniek? Das kann jetzt aber niecht Iehr Ernst sein!«

Wir waren an einem Punkt des Gesprächs angelangt, an dem ich nur die Möglichkeit sah, entweder die Diskussion weiter zu vertiefen oder diese abrupt abzubrechen. Da die erste Möglichkeit Gefahr lief, mich weiter von Marietta zu entfernen, entschied ich mich für die zweite.

»Ich bin in Ihre Wohnung eingedrungen«, erklärte ich, »weil

ich instinktiv davon ausging, dass Gefahr im Verzug war. Und auf meine Instinkte kann ich mich stets verlassen.«

»Iehre Ienstinkte waren also wieder einmal ien Ordnung«, erwiderte Marietta todernst. »Gefahr war ja tatsächliech iem Verzug. Und zwar ien Form einer Vase.«

»Ming- oder Sui- und Tang-Dynastie?«, fragte ich.

»Weiß niecht«, meinte sie trocken. »Iech hab sie aus einem Kaufhaus ien Bremen.«

Ich musste lachen. Der Hund sah mich verständnislos an und verließ unter stillem Protest den Raum, während Marietta meinen staubtrockenen Humor teilte. Jedenfalls lachte sie herzhaft mit. Minutenlang kriegten wir uns nicht wieder ein. Je mehr sie lachte, umso hübscher wurde sie.

Irgendwann aber ist auch das schönste und längste Lachen der Welt vorbei, weshalb es unserem Lachen nicht anders erging. Nachdem wir uns beruhigt hatten, war unsere Stimmung so beklommen, als hätten wir etwas Verbotenes getan. Für dieses Gefühl machte ich das affige Verhalten des Hundes verantwortlich, dessen Namen Marietta nun rief.

»Wo biest du denn, meine kleine Scheißer?«

Aber der kleine Scheißer kam nicht.

»So lieb er auch iest«, sagte sie erklärend, »wenn man iehn ruft, dann kommt er einfach niecht.« Es folgte mütterlicher Stolz. »Er hat einen sehr starken eigene Wiellen und setzt iehn auch durch. Das mag iech bei Männern ... äh, iech meine natürlich, bei Huhnden.«

»Vielleicht mag er seinen Namen nicht?«

»Meinen Sie wierkliech?«

Das Tier schielte um die Ecke und betrachtete mich mit einem gewissen Erstaunen.

»Kleiner Scherz«, sagte ich locker. »Ich glaub, dafür ist er einfach zu bl... Ich meine, dafür fehlt ihm schlicht die Intelligenz.«

Leise knurrend zog Ricky von dannen.

»Mögen Sie keine Huhnde?« Marietta Weinzierls Enttäuschung war nicht gespielt.

Doch, am liebsten gegrillt. Ich verkniff mir den Scherz aus taktischen Gründen.

»Das ist aber schade. Ich war mier siecher, dass Sie ein Tierfreund siend. Schon wegen Leckerlie.«

»Natürlich bin ich ein Tierfreund«, log ich, dass sich die Balken bogen. »Vor allem ein Hundefreund. Je kleiner, umso besser.«

»Iech wusste es!«, rief Marietta begeistert. »Deshalb hab iech auch sofort an Sie gedacht.« Sie richtete den Eisbeutel auf meinem Kopf neu aus. Sie roch nach … nach … sagen wir, nach einer Sommerwiese mit herrlichsten Blumen. Der Duft benebelte mich. Mit einer Hand berührte sie meine Schulter, mit der anderen meinen Kopf. Heiße und kalte Wellen durchrieselten mich. Den Eisbeutel spürte ich dagegen gar nicht mehr, möglicherweise war das Eis geschmolzen.

»Iech mag gar niecht fragen«, zierte sie sich. »Es iest vielleicht ein biesschen unverschämt. Wier kennen uns ja kaum. Noch …«

Das letzte Wort klang verheißungsvoll.

»Fragen Sie!«

»Würden Sie siech eine Weile um Riecky kümmern?«

Mein Herz drohte mir aus dem Hals zu springen wie ein Tischtennisball. Marietta liebte ihren Hund abgöttisch! Das bedeutete, dass sie mich in ihr Leben einbezog! Vor Begeisterung verpasste ich eine Antwort. Marietta Weinzierl, die empfindliche Seele, deutete dies falsch und glaubte, mich noch überreden zu müssen.

»Natürliech iest er niecht iemmer ganz einfach, aber er iest eine so liebe Kerlchen. Sie werden siech gar niecht wieder trennen wollen, Sie …« Einen Moment lang glaubte ich, sie würde zu weinen beginnen, während ich auf Wolke sieben schwebte. »… Das iest sehr enttäuschend für miech. Iech war mir fast siecher, dass du, dass Sie …«

»Natürlich nehme ich das Kerlchen!«, stieß ich schnell hervor. »Machen Sie sich keine Sorgen. Es ist mir eine riesige Freude, Ihnen unter die Arme greifen zu können.« Mit Hilfe meiner Multitasking-Fähigkeiten hatte ich bereits während des Gesprächs beschlossen, einen ausgeprägten Spaziergang mit dem Köter zu machen, um ihn mal so richtig an die Kandare zu nehmen.

Dann passierte etwas, das vielleicht nie hätte passieren dürfen: Marietta Weinzierl sprang vor Begeisterung auf, drückte mir einen feuchten Kuss auf die Wange und einen weniger feuchten auf den Mund. Ich zuckte zusammen. Sicher gab es kaum etwas, mit dem sich Viren, Bazillen und Ähnliches besser übertragen ließen als durch Speichel, der von einem Mund in einen anderen floss. Als ich Marietta Weinzierls Erdbeermund jedoch zärtlich auf meinen Lippen und ihr wohlgeformtes Gesäß auf meinen Oberschenkeln spürte, vergaß ich meine gesundheitlichen Bedenken und verlor erneut das Bewusstsein.

Da hatte ich also den Salat! Oder, besser gesagt, den Hund. Und zwar an den Hacken. Eins meiner größten Probleme war schon immer, dass ich zu großzügig wurde, wenn eine mir gefallende Frau sich mir zuneigte. Ich bin dann nicht mehr Herr meiner Sinne, verliere die Kontrolle über Willen und Entscheidungskraft, die ansonsten bei mir extrem stark ausgeprägt sind, weshalb ihr Verlust besonders schmerzlich ist. Ich hatte mich getäuscht. Marietta drückte mir ihren Terrier nicht für ein paar Stunden auf, auch nicht für einen Tag, sondern für eine Woche.

Schon bevor ich das begriffen hatte, hatte ich zugesagt, und für eine Rücknahme meiner Einverständniserklärung war es nach Eintritt meiner Ohnmacht zu spät. Zu allem Überfluss war ich nicht indiskret genug, um nach Ziel und Gründen ihrer Reise zu fragen. Ein Umstand, den ich später noch bereuen sollte.

Als ich mich schließlich zum Verlassen der Wohnung vom Sofa erhob, hatte Marietta mich bereits so in ihren Bann gezogen, dass ich sie fragte, ob ich das Hundchen vielleicht gleich mitnehmen sollte. Sie lehnte ab, drückte mir aber Körbchen sowie Näpfe in die Hand und begann, im Schlafzimmer eilig einen riesigen Koffer zu packen.

»Iech brieng Riecky dann gleich zu Iehnen!«, rief sie hektisch.

Ich verzog mich mit den Hunde-Utensilien in meine Wohnung. Eine halbe Stunde später stand Marietta mit Hund vor der Tür. Zwei weitere Minuten später stand dann ich mit Hund sowie ausführlichen Hinweisen, welches »Fresserchen« ich ihm zu kaufen hatte und welches er konsequent verschmähte, allein in meiner Wohnung. Das Geld für das Gefressene würde sie mir später zurückerstatten.

Zuletzt hatte Marietta mir erklärt, das putzige Kerlchen könne nachts nur im Schlafzimmer zur Ruhe kommen. Zum Abschied hatte sie ihn geküsst und mich nicht. Aufgrund ihrer plötzlichen Eile hatte sie vergessen, mir ihre Handynummer zurückzulassen, was mich sehr betrübte. Zwar hatte ich ihr meine gegeben, aber zum von mir angestrebten Austausch war es nicht mehr gekommen. Jedoch ging ich davon aus, dass sie ihrer Ankündigung gemäß regelmäßig bei mir anrufen würde, um das Befinden ihres Lieblings abzufragen.

Nach den geschilderten Ereignissen versuchte ich, mein Leben so normal weiterzuleben wie möglich. Die ersten Tage meiner neuen Zwangsgemeinschaft lief das auch wie am Schnürchen. Der Hund war zwar exzentrisch und launisch, bemühte sich jedoch nach seinen bescheidenen Möglichkeiten um Anpassung.

So bellte er nicht über ein für einen Kläffer wie ihn unumgängliches Maß hinaus, kackte nicht in Innenräumen und hob während der ersten drei Tage nur schlappe sieben Mal das Bein an verschiedenen Türpfosten meiner Wohnung.

»Dat tut der bloß, um sein Revier zu markieren, und dat is ja nu neu«, erklärte der von mir konsultierte Hooksieler Hundecoach Ubbo Dose, dessen Karte ich in meiner Tasche wiedergefunden hatte. Der Mann entpuppte sich als etwa dreiundvierzigjähriger Sonderling mit uraltem Bulli, feuerrotem zotteligem Haar und ebensolchem Vollbart, welcher sich meinem geübten Ohr durch Slang und Aussprache leicht als *Ost*friese verriet – ich tippte auf die Westrhauderfehner Gegend –, wozu ich erklären muss, dass weder Wilhelmshaven noch das umliegende Jever- oder Wangerland zu Ostfriesland gehören, was fälschlicherweise von Nicht-Insidern oft vermutet wird und wogegen jeder Friese sich mit Händen und Füßen wehrt. Ein Friese ist kein Ostfriese, und Jever ist nicht Wittmund. Peng!

Dies, und hiermit zurück zum aus Ostfriesland eingewanderten Dose und dem Terrier, sei jedoch »total normal«, sogar »doll, jedenfalls nich unbedingt verkehrt. Der weiß, wat der will, aber dat geiht fix wieder vorbei, dat glöv mi man.«

Falls aber nicht, so bot er mir an, könne ich ihn (Dose) natürlich gern noch einmal konsultieren (gegen das gleiche Spotthonorar von fünfzig Euro), was ich aus folgenden Gründen von vornherein strikt ablehnte:

a) wirkte der selbst ernannte Hundefachmann aus Ostfriesland (Potshausen?) auf mich inkompetent bis hilflos,
b) stellte die wandelnde Weißwurst noch am selben Tag seine nassen Schweinereien im Innenbereich ohne weitere Ermahnungen ein, und
c) war Dose mir nicht nur zu teuer, sondern auch unsympathisch.

Zu sagen, er habe einen verschlagenen Eindruck auf mich gemacht, wäre zwar übertrieben, aber tendenziell stimmte die Richtung. Hätte ich nach einem Freund gesucht (was ich noch nie im Leben getan habe), dann nicht bei ihm. Es wunderte mich nicht, dass der aus Ostfriesland Zugereiste auf dem halb verfallenen Hof beim zum Wangerland gehörenden Hooksiel offenbar allein lebte. Eine Frau jedenfalls sah man hier weit und breit nicht.

Er war der Typ leicht bis mittelschwer muffelnder Einsiedler im selbst gestrickten Schafwollpullover, um den jedes weibliche Wesen einen Bogen schlug, welcher sie so weit wie möglich von ihm fernhielt.

Für Rickys Freundlichkeit des Nicht-mehr-in-die-Wohnung-Urinierens revanchierte ich mich, indem ich die Zahl täglicher Gassigänge von fünf auf sieben hochschraubte.

All diese gemeinsamen Ausflüge gingen an den Bontekai vor der Tür, die längeren weiter um das gesamte Becken des Großen Hafens herum, was einen attraktiven Marsch darstellte. Obwohl das regelmäßige Aufeinandertreffen mit anderen Hundebesitzern, die stets ein Schwätzchen anstrebten, mir auf die Nerven ging. Den meisten dieser aufdringlichen Zeitgenossen machte ich jedoch schnell klar, dass ich an dem oberflächlichen Austausch von Belanglosigkeiten keineswegs interessiert war.

Ricky kackte morgens und abends. Neben dieser Regelmäßigkeit, die mir zusagte, möchte ich positiv anmerken, dass er sich hierfür stets ins Gebüsch zurückzog. Die braunen Tütchen, die ich immer griffbereit in der Tasche mitführte, waren überflüssig.

Wer kackt, muss fressen, was Ricky ausgiebig tat und dabei keinerlei Anzeichen von Heimweh nach Frauchen zeigte, was ich nicht verstehen konnte. Warum verweigerte er nicht vor Gram das Fressen? Nicht nur verweigerte er strikt eine solche Verweigerung, vielmehr fraß er, was das Zeug hielt. Wenn er so weitermachte, drohte sein Aufenthalt kostspielig zu werden. Trotzdem verliefen die ersten Tage im Vergleich zu den Nächten erträglich.

Schnell wurde mir klar, weshalb das von Marietta mitgegebene Schlafkörbchen unbenutzt aussah: Es war genau dies! Der Hund bevorzugte den Schlaf im menschlichen Bett. Nicht an einer x-beliebigen Bettstelle, sondern konkret neben dem menschlichen Kopf. Als ich ihm mein zweites Kissen verweigerte, wurde er ungemütlich, was seinem Ansehen bei mir schadete.

Nacheinander verfrachtete ich ihn mit Körbchen in Badezimmer, Küche, Wohnzimmer, stets kehrte er zurück.

Einmal riss er mir das Kissen unterm Kopf weg, was meine Toleranzgrenze überschritt. Trotzdem knurrte ich ihn nicht an, obwohl ich dies kurz in Erwägung zog, damit wir die gleiche Sprache sprachen. Mariettas Aussage, er könne nur im Schlafzimmer nächtigen, betrachtete ich seither mit anderen Augen. Als ich die Tür schloss, kratzte der Hund auf der anderen Seite und jaulte zum Steinerweichen.

Einmal wäre ich aus Versehen trotzdem fast eingeschlafen. Dann aber hörte ich im Traum den Ruf: *Aufmachen, aber sofort! Sonst kracht's!* Die Stimme kam mir bekannt vor, da sie der Stimme Mariettas glich, die ich am Rande meiner ersten Ohnmacht in ihrer Wohnung vernommen hatte. Ich verfrachtete die bellende Weißwurst ins Wohnzimmer, dessen Tür ich jetzt schloss, damit ich das Kratzen nicht mehr hörte.

Danach kläffte er im Wohnzimmer so laut, dass ich ihm in Form des Fußendes einen Kompromiss anbot. Er jedoch gab sich nicht zufrieden und verlangte das zweite Kopfkissen als Zugabe. Dass ich ihm dieses erfolgreich verweigerte, sah ich als Triumph des Intellekts gegenüber der triebgesteuerten Kreatur an. Dass die Wurst schnarchte, nahm ich kaum noch wahr, da ich vor Erschöpfung schon bald einschlief.

All dies jedoch stellte mit vorfreudiger Erwartung von Mariettas Dankesbekundungen kein Problem für mich dar. Ein solches begann erst, als am Tag fünf von Mariettas Abwesenheit ein Klient mein Büro betrat.

3

Es war der erste Klient seit zweiundzwanzig Tagen. Der letzte war ein alter Mann gewesen, der Hilfe bei der Suche nach seinem entflogenen Wellensittich Hansi gesucht hatte. Er hatte das Büro am Ende unseres kurzen Gesprächs jedoch ohne Erteilung eines detektivischen Auftrags wieder verlassen. Der Grund seines überhasteten Aufbruchs lag darin, dass ich angeblich nicht genügend Anteilnahme an Hansis Schicksal zeigte. Versehentlich hatte ich den Sittich als Geflügel bezeichnet und in einem Nebensatz darauf hingewiesen, dass ich soeben Chickenwings verspeist hätte und diese (gleich hinter Schollen und Miesmuscheln) meine Lieblingsspeise darstellten. Dabei hatte ich seinen meine Fähigkeiten beleidigenden Auftrag nicht von vornherein abgelehnt, was sehr freundlich von mir gewesen war.

Der jetzige Hilfesuchende jedoch hatte ein ganz anderes, in meinen Augen weit ernsthafteres Problem: Seine Frau ging fremd.

So jedenfalls seine Befürchtung. Der Mann hatte etwas seltsam Neutrales in Aussehen und Ausstrahlung. Sein Name war Janßen. Würde per Computer ein Bild des Wilhelmshavener Durchschnittsmannes um die fünfzig erstellt, käme ein Porträt meines Klienten heraus. Kurz geschnittenes, leicht schütteres, mittelmäßig angegrautes Haar, etwas zu langer Schnurrbart, circa eins achtzig groß, geschätzte achtundneunzig Kilo schwer, unauffälliger Kleidungsstil.

Er roch nach Frittenfett und Grillbratwurst, was mich zunächst erstaunte, sich jedoch schnell aufklärte: Herr Janßen war Betreiber eines kleinen Imbisswagens mit dem (von mir aus Diskretionsgründen geänderten) Namen »Pommes-Schranke«, in welchem er laut eigener Aussage täglich zwölf Stunden zubrachte, teilweise an verschiedenen Standorten Wilhelmshavens, wofür ein Wagen sich ausgesprochen gut eignete. Trotz seines typischen Wilhelmshavener Namens war er dem Ruhrpott entsprungen. »Recklinghausen«, kicherte er unmotiviert und freudlos. »Bin hier hängen geblieben nach ein paarmal Urlaub aufm Schilliger Campingplatz.« Das war auch nichts Neues: Nordrhein-Vandalen campen in Schillig und bleiben an Landstrich und Nordsee hängen. »Bei mir wegen de Weibers schon damals«, erklärte Janßen schwermütig.

Der von mir ausgesperrte Hund kratzte aufdringlich an der Tür. Außerdem war da ein Geräusch, als versuche er, an dieser hochzuspringen wie zuvor an Herrn Janßen. Ich bemühte mich, dies zu überhören. Als Herr Janßen mir ein Foto seiner Gattin im Bikini zeigte, begriff ich sofort, warum er entweder

a) krankhaft eifersüchtig oder
b) ein gehörnter Ehemann beziehungsweise
c) beides gleichzeitig war.

Die Frau war ein echter Kracher. Bestimmt fünfzehn Jahre jünger als Janßen und eine Figur, die meine langsam in den Hintergrund getretenen Gedanken an Marietta neu belebte. Zu indiskreten Detailbeschreibungen lasse ich mich jedoch nicht hinreißen.

Mitleidig reichte ich Herrn Janßen das Foto von Frau Janßen zurück. Wäre ich ehrlich gewesen, hätte ich ihm gesagt, dass er die Sache, vor allem aber Frau Janßen, vergessen solle. Und zwar so schnell wie möglich.

»Wie lange sind Sie bereits verheiratet?«, fragte ich professionell und notierte die Antwort: »Noch kein halbes Jahr.«

»Wo haben Sie Frau Janßen kennengelernt?« Die Frage war reine Formsache, da ich die Antwort bereits ahnte.

»In Bromberg«, bestätigte er, »dem heutigen Bydgoszcz. Polen.«

Natürlich hatte ich die Stadt nicht wissen können, aber ihr Herkunftsland wunderte mich nicht besonders. Wie bereits erwähnt, war Bydgoszcz Wilhelmshavens polnische Partnerstadt.

»Über eine Agentur?«

»Das geht Sie nichts an.«

»Dann kann ich Ihnen nicht helfen«, sagte ich – nach außen sachlich, nach innen beleidigt.

»Polski Tenderness«, nuschelte er.
»Wie bitte?«
»Polski Tenderness!«, brüllte er mich an. »Sind Sie schwerhörig?«
»Polnische Zärtlichkeit«, übersetzte ich unbeteiligt. »Hübscher Name. Zeigen Sie mir doch noch einmal das Foto.«
Herr Janßen gehorchte. Ich warf einen kurzen Blick auf die Frau und reichte ihm das Foto schweren Herzens zurück.
»Vergessen Sie Frau Janßen!«, sagte ich. »Und zwar so schnell wie möglich.«
Herr Janßen sah mich an, als würde ich nicht richtig ticken. »Wie bitte?«
Über den zwischen uns stehenden Schreibtisch hinweg beugte ich mich Janßen entgegen, um ihm bei meiner Erklärung etwas näher zu sein. Menschliches Einfühlungsvermögen stellt einen großen Teil meiner beruflichen Anforderungen dar.
Die Tür sprang auf, schwanzwedelnd trat der Hund ein. Er war auf die Klinke gesprungen und platzierte sich nun zentral unter dem Schreibtisch. Kurz schnupperte er an Janßens Bein herum, ohne sein eigenes an diesem zu heben.
»Schauen Sie«, sagte ich, »lieber Herr Janßen. Dass Sie sich an meinem Ihnen gegenüber anfangs etwas distanzlos aufgetretenen Gasthund vorbei allen Widerständen zum Trotz …«
»Das ist wenigstens noch ein Hund«, unterbrach mich Janßen. »Ilonka hat so einen winzigen mit Schleife auf dem Kopf. Sie ist ganz närrisch mit der Fußhupe. Hildburg heißt die, peinlich genug.«
»Also«, nahm ich den Faden wieder auf, »dass Sie sich trotz aller Widrigkeiten zu mir an diesen Schreibtisch gesetzt, mir Ihr Anliegen vorgetragen und ein so offenherziges Foto Ihrer extrem attraktiven Gattin gezeigt haben …«
»Sogar zweimal«, unterbrach er mich.
»Sogar zweimal, absolut richtig. Das alles beweist mir die vollständige Ernsthaftigkeit Ihres Anliegens.«
»Hätten Sie andernfalls daran gezweifelt?« Kurzfristig schien er selbst zu zweifeln. Und zwar daran, bei mir richtig zu sein.
»Aber nein.« Mir wurde bewusst, dass ich mich zu kom-

pliziert ausgedrückt hatte. Der Imbissfritze war ein schlichter Kerl mit einfachem Gemüt und leicht unterdurchschnittlichem Verstand.

Ich neigte schon immer dazu, mich in komplizierten Situationen noch komplizierter auszudrücken, womit die komplizierten Situationen dann häufig noch komplizierter werden. Dabei handelt es sich um eine Art Mechanismus, gegen den ich mich nicht wehren kann, was mir ein Psychotherapeut bescheinigt hat, von dem später noch die Rede sein wird.

»Ich wollte nur zum Ausdruck bringen«, versuchte ich zu retten, was zu retten war, »dass es vermutlich auch künftig schwer sein wird, andere Männer dazu zu bewegen, ihre Hände von Ihrer Gattin zu lassen.«

»Was soll das denn heißen?« Janßen konnte das Gehörte nicht glauben, machte ein verstörtes Gesicht. »Sie sollen doch …«

»Ich weiß, lieber Herr Janßen, ich weiß. Ich soll nur herausfinden, ob Frau Janßen Sie betrügt.«

»Genau!«, rief er erleichtert. »Und wenn ja, dann, mit wem. Damit ich den Kerl eigenhändig kaltmachen kann.« Der letzte Satz war mit so erschreckend wenig Überzeugung gesprochen, dass ich eine ernsthafte Gefahr für den Liebhaber der Frau Janßen nicht erkennen konnte, was es mir erlaubte, trotz der eigentlich kolossalen Drohung ruhig sitzen zu bleiben und den lieben Gott einen guten Mann sein zu lassen. Meiner Einschätzung nach bestand kein konkreter Handlungsbedarf.

»Das Problem ist«, sagte ich sensibel, »dass ich Ihnen den ersten Teil Ihrer Frage auch so beantworten kann.«

»Ob Ilonka fremdgeht?«

»Genau. Dafür brauchen Sie mir keinen Auftrag zu erteilen. Die Antwort ist so leicht herauszufinden, dass ich dafür kein Geld von Ihnen nehmen kann. Die Sache liegt auf der Hand. Zeigen Sie mir noch einmal das Foto … Ja, die Sache ist kostenlos.«

Staunend, wenn nicht bewundernd, blickte Janßen mich an.

Idiot!, sagte dagegen eine innere Stimme so deutlich, als käme sie unter dem Tisch hervor. Irritiert sah ich nach, aber dort befand sich keine innere Stimme, sondern nur der Hund, der sich erstaunlich ruhig verhielt. Anscheinend hatte er sich an den Eindringling gewöhnt.

»Frau Janßen«, erklärte ich selbstbewusst, »betrügt Sie, Herr Janßen. Das ist so sicher wie das Amen in der Kirche. So leid es mir für Sie tut, ist es doch die Wahrheit.«

Herr Janßen war eine grundsätzlich blasse Person mit fahlem Teint. Jetzt jedoch wurde er noch blasser, und die Fahlheit seines Teints verschärfte sich bedrohlich.

»Alles in Ordnung bei Ihnen?«, fragte ich empathisch. Meine Sorge war echt, da ich keinen Schimmer hatte, was im Fall einer möglichen Herzattacke zu tun war. Beim Erste-Hilfe-Kurs speziell für Privatdetektive war ich zu sehr mit anderen Dingen beschäftigt gewesen, von denen ich jetzt nicht mehr wusste, um was es sich gehandelt hatte.

Auch der Hund war aufmerksam geworden, kam nervös unter dem Tisch hervorgeschossen, blieb dann jedoch sofort sitzen und betrachtete Janßen aufmerksam, wobei er kurzfristig den Kopf schief legte, als mein angehender Klient ein zackig quietschendes Stöhnen von sich gab. Dass er (der Hund) dann sofort wieder mit dem Schwanz wedelte, beruhigte mich.

»Woher wollen Sie das wissen?«, fragte der sich langsam wieder berappelnde Imbisskönig. »Sie kennen meine Frau doch gar nicht.« Er zückte ein Taschentuch, mit dem er sich vergeblich um die Beseitigung eines Schweißfilms bemühte, welcher sich auf seiner Stirn gebildet hatte.

»Ich kann eins und eins zusammenzählen«, sagte ich unterkühlt. Dabei diente mir Humphrey Bogart in der Rolle des Philip Marlowe als Vorbild. Innerlich hatte ich die beschuhten Füße auf den Tisch gelegt, einen Hut auf dem Kopf und rauchte lässig eine Zigarette, obwohl ich seit über zehn Jahren überzeugter Nichtraucher war, in mir drinnen jedoch hin und wieder eine qualmte. »Gucken Sie sich Ihre Frau doch nur an, Mann«, grummelte ich. »Eine echte Femme fatale.«

Tatsächlich betrachtete der Gehörnte noch einmal das Foto, welches sich in seinen feuchten Händen allmählich wellte.

»Da juckt es doch jeden normalen Kerl in den Fingern«, sagte ich schnell, bevor er irgendeinen Blödsinn von sich geben konnte.

Hast du sie noch alle?, fragte meine neu entdeckte innere Stimme, von der ich nicht hoffte, dass sie sich zur Dauereinrichtung entwickelte.

»Wieso?«, fragte ich versehentlich zurück, sah meinen Fehler aber sofort ein und tat, als hätte ich nichts gesagt.

Das muss ich dir jetzt nicht echt erklären, oder?, antwortete die Stimme trotzdem. Ich ignorierte sie gekonnt.

Janßen betrachtete noch immer das Foto seiner praktisch nackten Gattin. Ein gewisser Stolz umspielte seine spröden Lippen. Ich verstand ihn.

»Sie haben recht«, gab er schließlich von sich wie in Trance. Dann entschlossener: »Aber allein der Wunsch berechtigt doch nicht zum Zugriff.« Wieder schwand die Sicherheit. »Oder?«

Oh Mann, stöhnte meine innere Stimme. *Der ist genauso blöd.*

»Schnauze!«, zischte ich.

»Wie bitte?«, fragte Janßen.

»Ach nichts«, gab ich zurück.

Langsam fing diese innere Stimme wirklich an, mir auf die Nerven zu gehen. »Zurück zu Ihrer Frage, Herr Janßen: Das liegt natürlich im Auge des Betrachters.«

»Was?«, fragte Janßen, der den Faden verloren hatte. »Was liegt im Auge des Betrachters?«

»Ob ihn der Anblick einer solchen Frau zum Zugriff verführt.« Marlowemäßig ließ ich keinen Zweifel daran aufkommen, dass mein Standpunkt bei einem eventuellen Aufeinandertreffen klar wäre.

Bekloppter Angeber!

Herr Janßen sah aus, als würde er versuchen, seine durcheinandergeratenen Gedanken zu ordnen. Eine Übung, die ich von mir selbst nur allzu gut kannte. Dann sagte er: »Womit wir bei der zweiten Frage sind.«

»Die da wäre?« Jetzt hatte ich den Faden verloren.

Auweia!

»Mit wem betrügt Ilonka mich?«, erklärte Herr Janßen. »Wie soll ich ihn umbringen, wenn ich nicht weiß, wer er ist?«

Jetzt aber! Oder willst du wieder leer ausgehen, Trottel?

»Und das soll ich für Sie herausfinden?«

»Ja natürlich«, sagte Janßen skeptisch. »Deshalb bin ich ja hier. Sie sind doch Detektiv, oder?«

Weiter oben habe ich behauptet, nach Janßens Besuch ein Problem gehabt zu haben. Das jedoch ist nur die halbe Wahrheit, denn ich hatte zwei:

a) einen Beschattungsauftrag und
b) eine immer lautere und aufmüpfigere innere Stimme.

Das Problem an Problem a) war, dass ich es im Grunde meines Herzens verabscheue, andere Personen zu überwachen und im Erfolgsfall ans Messer zu liefern. Vor allem, wenn es sich hierbei um eine attraktive Dame handelt. Ein solches Verhalten liegt mir nicht.

In all meinen bisherigen drei Fällen habe ich aus diesem Grund meine Auftraggeber am Ende belogen und als Warnung an künftige Auftraggeber ein Schild mit dem von mir formulierten Leitspruch über meinen Schreibtisch gehängt:

»MANCHMAL SIND LÜGEN DIE BESSERE WAHRHEIT!«

Nun aber zum Problem meiner inneren Stimme: Sie quatschte mir nicht nur in einer Tour dazwischen und störte damit meinen harmonischen Gedankenablauf, sie beunruhigte mich auch in einem Ausmaß, welches meine Alarmglocken schrill läuten ließ. Eine innere Stimme laut und deutlich zu hören konnte sich schnell zum pathologischen Symptom entwickeln.

Für alle Fälle suchte ich die Nummer von Klaus Maria Deuter heraus, seines Zeichens Psychotherapeut. Vor zwei Jahren, drei Monaten und sechs Tagen, einige Zeit nach dem mein Leben komplett verändernden Lottogewinn in Höhe von siebzehn Millionen, hatte ich mich in dessen Behandlung begeben.

Keine zwei Stunden nach Überweisung des Geldes auf mein Konto hatte ich kurzerhand meine Beamtenstellung in der gehobenen nicht technischen Verwaltungslaufbahn im Einwohnermeldeamt der Stadt Wilhelmshaven aufgegeben, meiner Vorgesetzten Annette Kurbel noch mal ordentlich die Meinung gegeigt und mich um ein Haar auf eine Weltreise begeben, die ich letztlich jedoch aufgrund eines vorweg empfundenen Heimwehs nach Wilhelmshaven nicht antrat. Stattdessen fuhr ich nach Hause, wo ich unerwartet in ein tiefes Loch der Langeweile, des Trübsinns und der Sinnlosigkeit fiel. Mein Leben in der gehobenen Verwaltungslaufbahn hatte nicht vor Sinnerfüllung gestrotzt, aber ich hatte morgens aufstehen müssen. Man erwartete mich im Einwohnermeldeamt, und am Abend war ich mit dem Gefühl nach Hause zurückgekehrt, mein Tagwerk vollbracht und meinen Feierabend irgendwie verdient zu haben. Nun aber vermisste mich keiner, nur weil ich nicht im Büro auftauchte, und ich wurde nicht kritisiert, wenn ich etwas verbockt hatte. Ein Gefühl der Überflüssigkeit nagte damals in mir, und der Tag blieb aus, an dem es besser wurde.

In diesem Zustand wies ein Bekannter mich auf den Psychofuzzi Klaus Maria Deuter hin und auf dessen angeblich exquisite Fähigkeiten im Bereich Jemanden-aus-einem-tiefen-schwarzen-Loch-holen-aus-dem-er-allein-nicht-mehr-rauskommt.

Schnell und intuitiv hab ich damals erfasst, dass mein Bekannter keine Ahnung hatte. Andernfalls hätte er mir jeden x-beliebigen Quacksalber empfohlen, aber ganz sicher nicht Deuter. Der Mann war eine Null. Ironischerweise half er mir auf vertracktem Umweg trotzdem, da die Wege des Herrn unergründlich sind. Mit seinen saublöden Ratschlägen (»Legen Sie sich doch ein Hobby zu! Gehen Sie regelmäßig schwimmen oder reisen Sie, gehen Sie ins Fitnessstudio, treten Sie einem Boßelverein bei – die gibt's hier ja überall in Stadt und Land –, joggen Sie, fahren Sie Rad, hier gibt's so schöne Touren, zum Beispiel um den Jadebusen rum bis auf die andere Seite nach Dangast, von da können Sie dann nach einem schönen Stück selbst gebackenem Rhabarberkuchen im Kurhaus mit der ›Etta von Dangast‹ übers Wasser zurück und müssen sich nicht mehr abstrampeln. Schaffen Sie sich einen Hund an, die gibt's günstig im Tierheim in der Ladestraße!«) machte er mich so stinksauer, dass meine Selbstheilungskräfte erwachten und mich zu dem Entschluss führten, mir meine Kindheitsträume Nummer eins und zwei zu erfüllen, was bedeutete, dass ich endlich Privatdetektiv (Marlowe) und Schriftsteller (Chandler) werden würde.

Nun, so mein Gedankengang, könnte es bei der Bekämpfung meiner inneren Stimme ähnlich laufen. Durch Widerstand gegen den Therapeuten angestachelte Selbstheilungskräfte. Aus diesem Grund legte ich die Telefonnummer des Psychos ganz oben auf meinen Muss-eventuell-erledigt-werden-Stapel.

Tag sechs der Abwesenheit Marietta Weinzierls war Tag eins meiner Ermittlungen im Fall Janßen. Um mir ein erstes Bild zu machen, plante ich eine kleine Tour mit meinem Pkw, einem funkelnagelneuen pechschwarzen VW Touran, mit dem ich erst am Vortag durch die Waschstraße am Banter Weg gefahren war und dessen Lack in der Sonne blitzte wie schwarzer Goldstaub, zu Janßens Domizil im Händelweg. Dieser befindet sich in unmittelbarer Nähe des Rüstringer Stadtparks, einem weiteren Glanzpunkt meiner Heimatstadt, die mir in all ihrer Zerrissenheit so nahe ist, da ihre Zerrissenheit einen Teil meiner eigenen Zerrissenheit widerspiegelt. Oder umgekehrt.

Der mir seit Kindertagen vertraute Stadtpark ist nicht nur schön, sondern auch groß. Neben ihm zu wohnen kann gleich mehrere Stadtteile betreffen.

Da ich mich zum ersten Mal, seit der Jack-Russell-Terrier bei mir lebte, länger als eine Viertelstunde außer Haus begeben würde (mit Ausnahme der Gassigänge), hatte ich zuerst die Frage zu klären, ob ich die Töle mitnehmen sollte oder nicht. Die Antwort war einfach: Ich würde sie zu Hause lassen.

Mit spitzbübischer Vorfreude auf das dumme Gesicht, welches sie ziehen würde, wenn ich Anstalten machte, die Wohnung ohne sie zu verlassen, eilte ich beschwingten Schrittes zur Wohnungstür. Wie nicht anders zu erwarten, hörte ich den Hund in seinerseits vorfreudiger Erwartung vom Sofa springen.

Schwanzwedelnd sprang er mehrmals an mir hoch. Ein extrem hohes Quietschgeräusch entwich seinem Körper wie ein Furz am falschen Ende. Meine Lust, ihn mit Missachtung zu strafen, wuchs ins Unermessliche. Erst als er begriff, dass er gegen meinen starken Willen nicht ankam, hockte er sich hin wie ein braver Hund. Demütig schwieg er. Bevor ich die Wohnungstür hinter mir zuzog, fiel mein letzter Blick auf seine sinnlose Existenz. Seine Augen waren voller Trübnis. Fast glaubte ich, Tränen der Enttäuschung in ihnen zu sehen.

Arschloch! Meine innere Stimme meinte mich. Ich schloss die Tür von außen doppelt ab und ging zur Treppe. Auf dem Weg hinunter wurde ich das Bild des von mir so tief enttäuschten Tieres nicht los. Als ich dreißig Sekunden später die Wohnungstür unerwartet wieder öffnete, war Ricky begeistert, und meine innere Stimme lobte mich über den grünen Klee.

Im Händelweg leinte ich den Hund an, und wir starteten. Im Ausbildungsseminar für Privatdetektive (mit persönlicher Anwesenheitspflicht) »Die perfekte Tarnung« war sogar empfohlen worden, sich eigens für die Unauffälligkeit bei Beschattungen einen Hund zuzulegen. Als Quasi-Hunde-Phobiker war ich dem nicht nachgekommen, aber da ich den Köter nun schon mal an den Hacken und am (Leinen-)Haken hatte: Warum das Tier nicht für meine Zwecke benutzen?

Meine innere Stimme rief mir zu: *Das ist Missbrauch! Und dann die Leine so kurz, Sauerei!* Ich ignorierte sie vollständig, was mir im Laufe der Zeit immer besser gelang. Vielleicht konnte ich mir den Anruf beim Super-Psycho Deuter doch sparen, was mir entgegengekommen wäre.

Es handelte sich um einen bewölkten Tag mit hoher Luftfeuchtigkeit und stickiger Wärme. Das Haus, in dem Janßen samt Gattin lebte und welches Janßen sich nach jahrelanger Schufterei im Pommes-Schranke-Wagen vom Mund abgespart hatte (damals noch gemeinsam mit seiner inzwischen mit einem »annern Kerl ausgebüxten« ersten Gattin Mechthild Janßen, die vor ihrer Flucht stets als treue Pommes-Schranke-Kameradin an seiner Seite gestanden hatte), war ein extrem unauffälliges Reihenendhaus aus hellrotem Klinker und mit winzigem, jedoch gepflegtem Gärtchen. Das Ganze umrahmt von einem stockkonservativen Jägerzaun auf Kniehöhe. Die freie Sicht auf das Haus wurde mancherorts durch das Aufragen vereinzelter Sträucher unterbrochen.

Auf den ersten Blick schien hier alles perfide unverdächtig. Ich wusste, dass Janßen sich um diese Zeit (vierzehn Uhr sieben MESZ) im Imbisswagen aufhielt, um dort mehr oder weniger ranzige Pommes frites und so weiter gegen entsprechende Gebühr an die Bevölkerung zu verteilen. In erster Linie tat er dies, damit Ilonka Janßen, welche ihrerseits keinen Finger krummzumachen pflegte, weil Janßen es ihr »strikt verboten« – und damit das Faulenzen erlaubt – hatte, auch weiterhin das hundsbequeme Leben der ultrascharfen polnischen Gattin eines deutschen Imbisswagen-Kleinunternehmers zu führen imstande war.

Mein erster Schlendergang durch den gutbürgerlichen, um diese Zeit nahezu unbelebten Händelweg brachte mir gar nichts. Neben schwerem Blütenduft lag jedoch etwas mir die Ruhe Raubendes in der Luft. Der erste Hauch einer noch ungreifbaren Gefahr erreichte meine vibrierende Spürnase.

Aber auch als ich im Folgenden meine Kreise um das Reihenendhaus unauffällig enger und immer enger zog, wurden Details der drohenden Gefahr, an welcher ich keine Sekunde zweifelte, meinen geschulten Blicken nicht sichtbar. In der Gesamtschlenderzeit von circa fünfzehn Minuten begegnete mir neben einer älteren Dame samt Rollator ein etwa fünfzigjähriger Mann in karierten Sommershorts, der seinen Boxer (Hund) ausführte und, nebenbei bemerkt, in vollem Umfang das Klischee erfüllte, dass Herr und Tierchen … äh, Herrchen und Tier oft über eine frappierende Ähnlichkeit verfügen. Beide waren von gedrungen-kräftigem Körperbau und erfüllten ihre Umgebung mit einem unfreundlich-melancholischen Gesichtsausdruck. Weder die ältere Dame noch der boxerähnliche Hundehalter schienen in irgendeiner Beziehung zu dem in meinem Visier stehenden Reihenendhaus zu stehen, denn beide würdigten es keines Blickes.

Ebenfalls keines Blickes würdigte der wuchtige Boxer (Hund) den Jack-Russell-Winzling am Ende meiner Leine, obwohl dieser durch Bellen, Knurren und übertriebenes Leinezerren tatsächlich alles tat, um dessen Aufmerksamkeit zu erregen.

Obwohl ich mir sicher war, dies nie wieder zu benötigen,

notierte ich mir in Windeseile die Begegnungen in mein Notizbuch im schicken Lederdesign. Häufig steckt der Teufel bekanntlich im Detail. Ich notierte also und vergaß es sofort wieder, wie ich es im Online-Seminar »Der klare Kopf. Die wichtigste Waffe des Detektivs!« gelernt hatte, um mir inneren Freiraum zu schaffen.

Was war weiter zu tun? Mich wie in solchen Fällen üblich ins Auto zu setzen und von dort Straße und Haus zu beobachten, erschien mir zu langweilig. Außerdem verspürte ich kein Bedürfnis, für längere Zeit mit dem im Auto noch nervöseren Hund auf engem Raum eingesperrt zu verbringen. Mich dürstete nach Taten. Andernfalls hätte ich ja gleich im Einwohnermeldeamt verharren können. Allzu gern wollte ich jetzt den einen oder anderen Blick ins Innere des Hauses werfen. Wenigstens durch die Fenster, um mir auf diesem Weg einen ersten Überblick zu verschaffen.

Bei Ermittlungen jeglicher Art kann es von entscheidender Bedeutung sein, ein möglichst umfassendes Bild jener Personen zu erstellen, die sich im Dunstkreis des Falles bewegen. So kann ich mich bestens in die eine oder andere dieser Personen hineinversetzen. Empathie heißt das Zauberwort. Dies wurde mir in dem von mir kürzlich absolvierten Kurs »Der Detektiv als Psychologe: Seelische Abgründe beim Täter!«, den ich mit »sehr gut« bestanden hatte, erfolgreich vermittelt. Da man beim Hineinversetzen unmöglich gleich mit den seelischen Abgründen loslegen kann, drängt es sich auf, zunächst Äußerlichkeiten wie Kleidungsstil, Haarfrisur, Wohnsituation, Einrichtung und Ähnliches genauestens unter die Lupe zu nehmen.

In »Risiken abwägen!« (einem hervorragenden Kurs der Evangelischen Familienbildungsstätte Friesland-Wilhelmshaven) hatte ich jedoch auch gelernt, Risiken abzuwägen. Im vorliegenden Fall bestand das Risiko vor allem darin, mich dem Reihenendhaus zu sehr zu nähern. Ein Risiko, welches einzugehen mir überflüssig erschien. Ich wusste ja nicht einmal, ob Ilonka Janßen sich im Innern des Hauses befand. Leider hatte ich es unterlassen, Herrn Janßen darüber zu befragen, welches Automobil seine Gattin fuhr. Daher ließen sich durch

An- oder Abwesenheit des Gefährts keinerlei Rückschlüsse auf die An- oder Abwesenheit der Gattin ziehen, was ich bedauerte.

Obwohl ich den pinken Mini Cooper mit dem amtlichen Kennzeichen WHV-IXM 12345 (aus Diskretionsgründen geändert), der direkt hinter meinem funkelnagelneuen pechschwarzen Touran an der Straße parkte, durchaus in Verdacht hatte, das Fahrzeug einer etwas schrilleren Persönlichkeit wie Frau Janßen sein zu können. Diese Vermutung jedoch schob ich vorerst beiseite, da ich über keinerlei konkrete Anhaltspunkte, geschweige denn Beweise verfügte. Unterm Strich war es ebenso gut möglich, dass Frau Janßen sich im Innern des Reihenendhauses aufhielt, wie das Gegenteil.

Das Risiko, salopp über den Jägerzaun zu steigen (wie Bogart es getan hätte), statt das kleine, in den Zaun eingearbeitete Türchen zu benutzen (wie ich es getan hätte) und mich anschleichend dem Haus zu nähern, erschien mir zu groß. Wurde ich hierbei von Frau Janßen ertappt, dann wäre dies in einer verdächtigen Situation gewesen. Dies wiederum hätte es wahrscheinlich gemacht, dass sie sich meine Person merken und damit meine künftigen Ermittlungsarbeiten gegen ihre Person behindern könnte.

Das mag sich kompliziert anhören, ist es aber nicht. Die Sache war nun geklärt: Der Weg zurück ins Auto war der sich primär anbietende. Der eigene, durch Abenteuerlust egoistisch geprägte Wille musste hier zurückstehen hinter dem universellen Interesse effektiver Falllösung. Staubtrocken bezog ich Position hinter dem Steuer meines weiterhin in der Sonne blitzenden Autos. Den Hund schleifte ich in den Wagen, von Freiwilligkeit konnte keine Rede sein. Kaum saß ich, meldete sich meine innere Stimme, ziemlich genervt: *Öder geht's jetzt aber echt nicht mehr. Warum bist du Langweiler eigentlich Detektiv geworden? Manometer …*

4

Ich war sicher, nicht eingeschlafen zu sein, trotzdem weckte mich der Hund. Sein Gekläffe ging mir durch Mark und Bein. Kurz rieb ich mir die Augen, gähnte einmal kräftig, mein Kiefer knackte. Der Köter hockte neben mir auf dem Beifahrersitz. Nein, er stand. Das vordere Pfotenpaar aufs Armaturenbrett gestützt, starrte er dauerbellend durch die Frontscheibe auf die Straße.

»Nun halt mal die Klappe!«, ermahnte ich ihn. Tatsächlich verstummte er, glotzte jedoch weiterhin aus dem Fenster. Draußen befand sich ein weiterer Hund. So ein kleiner mit Schleife auf dem Kopf, dessen Rassenname mir stets entfällt. Ein früheres VIP-Exemplar hatte Daisy geheißen und war erster Untertan eines verstorbenen Münchner Modezaren gewesen (dessen Namen man mit den Begriffen »Daisy« – »Mode« – »München« bestens googeln kann).

Herr Janßen hatte erwähnt, dass Frau Janßen ein Tier besaß, das Angehöriger jener Rasse war. Der Hund befand sich in keinerlei menschlicher Begleitung. Der Verdacht lag nahe, dass es sich um den Janßen'schen Zwergköter handelte. Von dieser Annahme ging ich aus, ohne mich allzu leichtfertig oder früh festlegen zu wollen.

Das Tier machte auf mich einen verwirrten und weitgehend desorientierten Eindruck. Offenbar war es auf der Suche nach etwas oder jemandem. Ich stellte die These auf, dass es sich hierbei um sein Frauchen handelte. Hastig erblätterte ich in meinem Notizbuch den vergessenen Namen des weiblichen Zwergterriers: Hildburg.

Beim übereilten Aussteigen stolperte ich fast. Zusätzliche Schwierigkeiten bereiteten mir Rickys ungestüme Versuche, das Auto zeitgleich mit mir zu verlassen, was ich unterband. Vor allem galt es, mit kühlem Kopf herauszufinden, was sich hier abspielte. Wo steckte Hildburgs Frauchen? Ricky bellte im Auto, ich ignorierte ihn.

»Hildburg!«, rief ich unterdrückt. »Komm mal fein zum Onkel.«

Der Hund drehte sich zu mir. Es war Hildburg. Sie blieb stehen wie vom Donner gerührt. Unter ihrem Pony hervor glotzte sie mich ausdruckslos an, vielleicht ein bisschen fragend. Als ich mich ihr näherte, startete sie ein jämmerlich hohes, jedoch überaus aggressives Kläffen. Ich war empört. Sah ich vielleicht aus, als wollte ich sie noch heute Abend in die Pfanne hauen? Auch wenn sie nichts ahnen konnte von meinen steten Überlegungen, mich dem Quasi-Vegetariertum anzuschließen (ohne Verzicht auf alle dem Nordseewasser entstiegenen Tiere), ging ihr Auftritt mir entschieden zu weit. Bei weiterer Annäherung wich sie kläffend zurück.

Das Handy in meiner Jacke klingelte aufdringlich. Solange ich mich in keiner direkten Gefahrensituation befand (Hildburg war nervig, mehr nicht), war es nicht nur erlaubt, sondern sogar erforderlich, das Gerät nicht auf lautlos zu stellen. Das hielt die stete Erreichbarkeit (absolutes Muss eines Privatdetektivs!) auf extrem hohem Level. In konkreter Gefahr hingegen, das hatte ich während meiner Ausbildung sofort eingesehen, konnte ein Handyklingeln tödlich sein.

Ich zückte das Mobiltelefon. Die Nummer war unterdrückt. Ich betätigte die Taste mit dem kleinen grünen Hörer. Mein Instinkt sagte mir, dass es wichtig sein könnte. Wie wichtig es allerdings werden sollte, ahnte ich nicht. Hildburg kläffte weiter. Wir blickten uns in die Augen. Im Auto kläffte Ricky. Am Telefon war Marietta.

»Entschuhldige, dass iech miech niecht eher gemeldet habe. Ich bien einfach niecht dazu gekommen. Wie geht es Riecky, was macht er?«

»Er bellt. Jedenfalls im Moment. Aber es geht ihm ausgezeichnet.«

»Iech werde … nein! Lass miech!« Dann hörte ich nur noch die laute, wütende, maskuline Stimme einer Frau in osteuropäischer Sprache furchteinflößend schimpfen, einzelne Worte verstand ich nicht. Schlaggeräusche. Mariettas Stimme, unterdrückte Schreie. Es hörte sich nicht gut an, sondern als käme alles aus einer großen Halle, einer Höhle, möglicherweise einem Gewölbe, alles hallte seltsam nach.

»Hallo!«, rief ich. »Marietta? Was ist denn los? Stimmt irgendwas nicht?«

Ricky im Auto und Hildburg auf der Straße stellten ihr Kläffen zeitgleich ein. Hildburg sah mich fragend an. Was Ricky tat, entzog sich meiner Kenntnis. Ich konnte ihn nur hören beziehungsweise nicht hören.

Meine telefonischen Fragen an Marietta wurden mir nonverbal beantwortet. Dass tatsächlich etwas nicht stimmte, belegte ein Klatschgeräusch, wohinter ich eine gediegene Backpfeife vermutete, gefolgt von einem lauten »Aua«, fraglos aus Mariettas hübschem Mund, dem ich so gern beim Reden zusah und von dem ich noch lieber geküsst wurde. Ihr Schrei, der mir ins Herz fuhr wie ein von stählernem Bogen abgefeuerter brennender Pfeil, beendete das Gespräch abrupt. Die Verbindung zerriss wie ein Blatt Papier mit einer wichtigen Mitteilung. Noch einmal rief ich »Hallo!«, aber der verhallende Ruf blieb unbeantwortet. Kompromisslos steckte ich mein Handy zurück.

Hätte ich die hierfür erforderliche Zeit besessen, wäre ich vermutlich ratlos gewesen. In allzu rasendem Tempo jedoch entwickelten die Dinge sich weiter, sodass für Ratlosigkeit keine Zeit blieb.

»Hieldburrg!«, hörte ich eine schnarrende, aufgeregte Frauenstimme. »Hieldburrg! Wo biest du dänn nurr?«

Ich sah niemanden. Wegen des ausgeprägt polnischen Akzents vermutete ich jedoch, dass es sich um eine Polin handelte, in diesem Fall Frau Janßen. Hart klackende, schnelle Stöckelschuhgeräusche näherten sich angriffslustig. Da Hildburg weiter wie gehörlos vor mir hocken blieb, war klar, dass die Verursacherin der aggressiven Laute innerhalb der nächsten Sekundenbruchteile in meinem Blickfeld auftauchen würde. Zwangsläufig hätte das zur Folge, dass sie mich ebenfalls zu Gesicht bekäme. Eine sofortige Reaktion von mir war dringend erforderlich. Es gab zwei Möglichkeiten: Entweder benahm ich mich wie ein zufällig vorbeischlendernder Spaziergänger, oder ich versteckte mich.

Zeit für lange Grübeleien blieb jedoch nicht. Bei der notwendig raschen Entscheidungsfindung konnte und musste ich mich auf meine Instinkte verlassen. Im nächsten Moment fand ich mich hockend hinter dem pinkfarbenen Mini Cooper wieder. Das Klack-Klack verstummte. Dafür in klarstem polnischen Akzent eine weibliche Stimme: »Du biest abber ein gahnz ungezoggenes und unarrtiges Mätchen, Hieldburg. Schehm diech, einfach soh abzuhauen! Dafür gibt's wahs hientendrauf auf Poppo!« Ein leises Jaulen des gezüchtigten Tieres folgte. »Jetzt gähen wir spatziehren. Kohm!«

Ich fragte mich, warum sie nicht Polnisch mit dem Hund redete. Vermutlich ging sie davon aus, dass Hildburg kein Polnisch verstand, womit sie wahrscheinlich sogar richtiglag. Aber verstand diese Flachnase deshalb gleich Deutsch? Ohne meine innere Anspannung hätte ich vermutlich laut aufgelacht.

In meine Grübeleien hinein setzte das Klacken wieder ein und entfernte sich schnell. Ich kam ein vorsichtiges Stück hoch, spähte durch die Autoscheiben den Gehweg entlang in Richtung des harten Geräusches und erblickte ein weiblich wogendes, in enge Jeans gezwängtes Hinterteil, bei welchem es sich zweifelsfrei um das Gesäß meiner Zielperson handelte.

Eine überraschende Freude durchlief mich, dass ich mich nicht nur auf der Spur Ilonka Janßens, sondern vor allem auf der Philip Marlowes befand. Und dass es sich damit bei meiner Person nicht mehr um den ins Einwohnermeldeamt gezwängten Verwaltungsbeamten handelte.

Ilonka verschwand mitsamt der nunmehr angeleinten Hildburg Richtung Park. Meine Chance, das Reihenendhaus näher unter die Lupe zu nehmen, war gekommen. Es gab zwei Möglichkeiten:

a) Entweder war das Haus menschenleer, was die Sache für mich erleichtert, mich aber nicht weitergebracht hätte, oder
b) ein Mann hielt sich darin auf.

b) bedeutete, dass der Fall gelöst wäre. Das anschließende Beweisesammeln war dann so einfach wie Äpfel im Herbst aus dem Gras aufzulesen. Im Fall a) dagegen trat ich auf der Stelle, was mir weniger attraktiv erschien.

All meine grüblerischen Gedanken jedoch verblassten hinter den Sorgen, die ich mir um Marietta machte. Das Ende unseres Telefonats beunruhigte mich zutiefst. Marietta hatte ihre Nummer unterdrückt. Und ich hatte keine Ahnung, wo sie sich aufhielt. Augenblicklich wäre der detektivische Lapidarfall Janßen rigoros von mir beiseitegeschoben worden, hätte ich auch nur den Funken einer Idee zur Rettung meiner schönen Nachbarin gehabt.

Ehe ich jedoch die Hände in den Schoß legte (nicht mein Stil), beschloss ich, meine für kurze Sequenzen unterbrochene Ermittlungsarbeit im Fall Janßen wieder aufzunehmen und das Reihenendhaus näher zu begutachten. Blitzschnell entwickelte ich einen Plan, in dem der Hund, ein geborener Nichtsnutz, mir nun sogar ein zweites Mal an diesem Tag nützlich sein konnte, was nicht mehr als recht und billig war. Schließlich verfraß er genug meines Geldes, welches ich zwar im Lotto gewonnen, jedoch nicht gestohlen hatte.

Mein Plan bestand darin, den Hund erneut als Tarnung zu verwenden, wenn auch diesmal in gefährlicherer Mission. Jedenfalls für mich. Erneut leinte ich das Tier an. Erwischte mich jemand mit diesem Begleiter im Garten des Janßen'schen Hauses, so konnte ich gut behaupten, der kleine Schlawiner sei mir ausgebüxt.

An der ausgezeichneten Qualität dieses Planes wurde mir bewusst, dass es mit der Gesamtqualität des Tages bergauf ging. Selbst widrigste Umstände transformierte ich zugunsten meiner detektivischen Arbeit in einen Vorteil. Das offenbarte eine kriminalistische Begabung, die mich selbst verblüffte. Dass exakt in diesem Moment die Sonne hinter den Wolken hervorkroch, schien mir ein Zeichen des Himmels.

Ich brachte es nicht fertig, den Jägerzaun, wie ich es mir vorgenommen hatte, in Bogart'scher Manier lässigen Schrittes zu übersteigen. Nur ungern hätte ich den gepflegten englischen Rasen mit meinen gepflegten italienischen Schuhen betreten. Daher öffnete ich das Törchen und beschritt den rot gepflasterten Weg dahinter. Der Hund jedoch blieb mit einer plötzlichen, mir nicht nachvollziehbaren Sturheit sitzen und ließ sich durch nichts zum Weitergehen bewegen.

Was sollte ich tun? Ein großes Theater konnte ich in meiner Situation kaum veranstalten. Nach kurzer Überlegung beschloss ich, den Hund Hund sein zu lassen. Behutsam legte ich den Leinengriff im Gras ab und ging weiter. Nun jedoch rannte das Tier den Weg zurück, die Leine im Schlepptau. Mit lockerem Satz übersprang es das von mir wieder sorgfältig verschlossene Törchen, da es so scharf auf Hildburg war wie Nachbars Lumpi. Der Griff der Leine blieb am Zaun hängen. Ich weigerte mich strikt, mich einer gewissen Genugtuung zu erwehren.

Meine innere Stimme dagegen motzte: *Über so 'n Schiet freust du dich?* Rasch entknotete ich die Leine des Terriers, der mir nun gezwungenermaßen und hängenden Kopfes folgte.

Die schlichte hellbraune Haustür, die keinen Einblick ins Haus gewährte, hatte mir ebenso wenig Überraschendes zu bieten wie Klingelschild und silberner Briefkasten, auf denen außer »Janßen« nichts stand. Ich musste mich sputen, durch die fremdverschuldeten Eskapaden waren kostbare Minuten verschleudert worden. Und wer wusste schon, wie lange Ilonka und Hildburg Gassi gingen? Legten Frauen in hochhackigen Schuhen freiwillig längere Wege zurück als nötig?

Ich startete eine gewagte Schleichtour durch den Garten. Vorbei ging es an Erdgeschossfenstern, in welche ich mit vorsichtiger Präzision Einblick nahm. Mein erster Eindruck, dass alles an diesem Haus unverdächtig war, vertiefte sich.

Hinweise auf einen Liebhaber konnte ich nirgends entdecken. Ich erreichte die Terrassentür, die sperrangelweit offen stand. Einbrecherschutz sah anders aus. Das Wohnzimmer war unaufgeräumt, aber ebenfalls harmlos. Marlowe hätte sich eine angesteckt und auf dem Rückweg kurz, aber intensiv mit Ilonka geflirtet.

Auf der Terrasse verharrend, überlegte ich seelenruhig, welchen Rückzugsweg ich am besten einschlug, als meine innere Stimme sich überraschend zu Wort meldete: *Du bist echt noch blöder, als ich gedacht hab!* Bevor ich nachfragen konnte, fuhr sie fort: *Du suchst hier doch den Lover, oder?*

»Einen Kaffeeautomaten jedenfalls nicht.« Ich grinste. »Obwohl ein Tässchen nicht übel wär.«

Kaffeeautomaten findet man für gewöhnlich in der Küche, meinte meine innere Stimme. *Und wo findet man Lover?*

»Na, wo schon, im …« Ein Geistesblitz durchbrach meinen begonnenen Satz wie ein Strahl: Liebhaber tollten sich im Bett. Betten standen im Schlafzimmer. Und Schlafzimmer befanden sich im Obergeschoss.

Zum ersten Mal war ich froh, eine innere Stimme zu besitzen. Schließlich war es *meine* innere Stimme, was es zuließ, stolz auf sie zu sein.

Ich band den angeleinten Hund am Gartentisch fest und setzte vorsichtig einen Fuß ins Wohnzimmer. Der Terrier in meinem Rücken jaulte jedoch dermaßen laut, dass ich ihn nicht zurücklassen konnte. Folglich band ich ihn los, und wie ein eingespieltes Duo betraten wir nebeneinander das Haus.

Wie bereits angedeutet, war das Wohnzimmer in chaotischem Zustand. Diverse Gläser, zwei leere Flaschen auf dem Boden, eine davon Champagner. Ricky stupste sie an, sie rollte übers Parkett. Zerknüllte Decken zierten das Sofa, randvolle Aschenbecher den zugemüllten Tisch. Unachtsam beiseitegeworfene Kleidungsstücke hingen systemlos über Sessel- und Tischkanten, darunter weibliche Unterwäsche reizvoller Art. Der Gedanke an ein Liebesnest drängte sich dem geschulten Auge auf.

Ich wusste, dass Janßen wahrscheinlich gegen Mittag das Haus verlassen hatte. Das Chaos hier war älter als einen Vormittag. Der stattgefundene Exzess passte nicht zum stockbiederen Janßen. Seine Unordnung hätte vermutlich aus zwei leeren Bierdosen, einem Schnapsglas, einer weißen Feinrippunterhose und einem müffelnden Paar Socken bestanden. Ich verließ mich auf meine detektivische Spürnase.

Hier passte nichts zusammen. Am liebsten hätte ich auf der Stelle kehrtgemacht. Ich hasse Fälle, in denen nichts zusammenpasst. Eine gewisse Grundordnung im Leben ist mir wichtig.

Gleiches gilt für meine Fälle. Hier jedoch herrschte nichts als Chaos.

Du musst dich etwas umsehen, klugscheißerte meine innere Stimme, *Spuren aufnehmen und so.*

»Keine Chance«, flüsterte ich und huschte auf leisen Sohlen voran. »Ich will das hier hinter mir haben. Und zwar subito.«

Bleib doch mal stehen! Meine innere Stimme schien genauso genervt wie ich, vermutlich von etwas oder jemand anderem. *Guck mal das Foto … was macht die denn hier? Ich …*

Ich ignorierte die Stimme und schleifte den Hund hinter mir her, der sich ebenso sträubte wie die Stimme. Ich wollte herausfinden, ob Frau Janßens Lover noch im Bett zu finden war. Ein Schuss ins Schwarze, und der Fall wäre gelöst. Mein erster gelöster Fall, ich konnte es kaum erwarten.

Was willst du denn machen?, quakte dagegen die Stimme herum. *Dich vors Bett stellen, ein Foto schießen und »Überführt« rufen?*

Ich fragte mich, woher die Stimme meinen Plan kannte, hatte aber weder Zeit noch Lust, mich darüber zu wundern, weshalb ich nicht antwortete.

Apropos Foto. Meine innere Stimme war zäh, das musste man ihr lassen. *Hast du gesehen, wer unten auf dem Foto …?*

Ich zog den angeleinten und sich sträubenden Hund die Treppe hinter mir her nach oben. Im Treppenhaus der Mief abgestandener Schlafzimmer- und dumpfer Körpergerüche, was meinen Verdacht mit neuer Nahrung fütterte. Angeregt rauschte das Blut in meinem Kopf, aber ich bewahrte die Ruhe. Die letzten Meter schlich ich, statt ins Schlafzimmer zu stürmen, was meinem Naturell entsprochen hätte. Und meinem Impuls, allein schon wegen des Überraschungseffektes, über dessen Vorteile ich Entscheidendes gelernt hatte im Online-Seminar »Die Vorteile des Überraschungseffektes«. Im vorliegenden Fall jedoch hielt ich seine Anwendung für heikel und verzichtete darauf. Ein verdächtiges Geräusch drang an mein Ohr, ähnlich dem leisen Brummen einer elektrischen Zahnbürste.

Da schnarcht einer, meinte meine innere Stimme furztrocken.

»Klappe«, sagte ich leise, musste ihr dann aber recht geben. Da schnarchte tatsächlich einer, wobei sich aus der Entfernung nicht klären ließ, welchen Geschlechts die schnarchende Person war. Meine innere Stimme war da zu voreilig.

»Kann auch eine Frau sein«, flüsterte ich für mich.

Wetten, ein Typ?

Ich erreichte die offene Schlafzimmertür. Dass das Schnarchen von hier kam, überraschte mich nicht. Vorsichtig lugte ich um die Ecke. Im Bett lag ein nackter Mann, nur wenige Körperpartien von einer Decke unzureichend verhüllt. Sein Gesicht sah ich nicht, da es zur anderen Seite gewandt war. Sein Rücken glich dem eines Gorillas.

Den Hund konnte ich mit Not davon abhalten, alles zu versauen, indem er aufs Bett sprang. Ich überdachte mein weiteres Vorgehen, als ich unten eindeutig von einem Menschen verursachte Geräusche hörte. Meine Anfangsvermutung, dass es sich dabei um Frau Janßen handelte, wurde bestätigt, als sie die Treppe heraufrief:

»Liehblink, dhein Zuckär-Poppo iest zurrück. Hab alläs besorgt! Bien gleich bei dir. Zuckär-Poppo auch.«

Wir standen vorm Bett. Der Mann ließ sich weder durch das Rufen selbst noch durch die in ihm enthaltenen süßen Verheißungen aus der Ruhe bringen. Sein Schnarchen war ungetrübt. Ich war wie erstarrt. Meine innere Stimme argwöhnte: *Wenn jetzt nicht bald was passiert, is echt zappenduster!*

»Was zum Teufel soll denn passieren?«, flüsterte ich in gekünstelter Gelassenheit in mich hinein. Von der Treppe her hörte ich Stöckelschuhschritte, die schnell näher kamen.

Verstecken, Schwachkopf!

Immer näher.

»Aber wo denn?« Meine Stimmlage weichte auf.

Und noch näher.

Wo versteckt man sich in Schlafzimmern, wenn man nicht unters Bett passt?

Näher. Ließen die Treppe hinter sich.

»Aber hier IST kein Schrank, verdammt!«

Wurden vom Teppichboden des Flurs verschluckt. Der Kerl

im Bett zuckte wie unter einem Stromschlag. Aber er wachte nicht auf. Noch nicht.

Und was, denkst du, ist da hinter der Tür?

»Jedenfalls kein Schrank.«

Ein Wandschrank, Mann!

5

»Nein«, sagte Klaus Maria Deuter, in der Leitung knackte es leise. »Das tut mir wirklich leid. Ich bin voll bis unter die Halskrause.«

Ich verkniff mir die scherzhafte Frage, wie viel er denn getrunken hatte.

»Ab wann hätten Sie denn wieder einen Termin frei?«, fragte ich stattdessen. »Es ist akut. Ich höre Stimmen, es wird schlimmer.«

»Sie haben mich falsch verstanden.« Das Knacken in der Leitung ging in einen leichten Piepton über. »Ich nehme zurzeit überhaupt keine Patienten mehr an. Die nächsten zwei Jahre sind ausgebucht. Sie haben ja keine Ahnung, wie problembeladen die Menschen heutzutage sind, mit was allem sie zu mir kommen, ich …«

Ich wusste, wenn ich ihn jetzt nicht bremste, würde er nach den Problemen seiner Patienten in die eigenen einsteigen, und war das erst passiert … Ich entschloss mich, zu ungewöhnlichen Mitteln zu greifen.

»Bitte!«, flehte ich drauflos. »Dies ist ein absoluter Notfall, Herr Doktor! Es geht um Leben und Tod!«

Deuters Einwand, dass er kein Doktor sei (ein mir bekannter Mangel), überhörte ich. Den Trick setzte ich zum Umgarnen seiner unterentwickelten Persönlichkeit ein, der kürzlich Frau und Kinder durchgebrannt waren. Wilhelmshaven ist mit seinen nur noch fünfundsiebzigtausend Einwohnern (in Blütezeiten handelte es sich um einhundertzweitausend) eine kleine Stadt, in der jeder jeden kennt und in welcher es für Tratsch kein Problem darstellt, zu blühen.

»Helfen Sie mir!«, rief ich voll berechnender Theatralik.

»Okay«, sagte er. »Ich werde Ihnen die Nummer einer ganz ausgezeichneten Kollegin geben. Mit etwas Glück bekommen Sie dort schon in einem halben Jahr einen Termin zum Erstgespräch. Sagen Sie ihr, dass die Empfehlung von mir kommt. Und erzählen Sie ihr von Ihren suizidalen Absichten.«

»Welche suizidalen Absichten?«, fragten meine innere und äußere Stimme zeitgleich. Selbst der Hund sah mich fragend an.

»Sie haben behauptet, es gehe um Leben und Tod«, sagte Deuter. Die Telefongeräusche hörten sich an wie Morsezeichen.

»Das war nur …«, ich suchte nach der richtigen Formulierung, »… nur im übertragenen Sinne gemeint. Ich hab keine suizidalen Absichten. Ich bin nur normal verzweifelt.«

Klaus Maria Deuter hatte offenbar die Nase voll.

»Notieren Sie also die Nummer meiner Kollegin«, sagte er ungehalten. »Frau Nachtigall, Karin Nachtigall …«

Nachtigall, ick hör dir trapsen, dachte ich und legte auf.

Ich wollte keinen anderen Therapeuten. Und schon gar keine Therapeutin. Am Ende war sie noch hübsch, und dann wusste ich jetzt schon, auf was die Sache hinauslief. Ich würde mich in sie verlieben, und es würde das siebenundzwanzigste Mal in meinem Leben sein, dass ich unglücklich verliebt war. Glücklich verliebt war ich nur ein einziges Mal. Und nach den sechs Wochen Zusammenleben mit Luna war ich unglücklicher als je zuvor.

Ich wollte einen Mann! Also als Therapeuten. Und zwar nicht irgendeinen. Ich wollte Klaus Maria Deuter! Obwohl (oder gerade weil) er der schlechteste Therapeut war, den ich kannte (allerdings auch der einzige). Er hörte nur unkonzentriert zu, stellte noch öfter viel zu viele Fragen auf einmal und gab Ratschläge oder Tipps, wie man sein Leben besser bewältigen könnte, was ein Therapeut niemals tun sollte. Zudem konnten Tipps nicht schlechter sein als seine. Aber wie bereits erwähnt, förderte er meine Selbstheilungskräfte, indem er mich wütend machte. Wütend auf ihn, mich und schließlich auf mein gesamtes Leben, immer in dieser Reihenfolge. Das wiederum motivierte mich stets zur Veränderung des Wesentlichen in positive Richtung. Ohne Deuter wäre ich nie Privatdetektiv geworden. Was mich mit ihm schon damals verband, war eine ausgeprägte, jedoch stabile Hassliebe.

Seit unserem Telefonat war noch keine Minute vergangen, als

mein Apparat klingelte. Ich war sofort in heller Aufregung. Marietta? Mit zittrigen Fingern hob ich ab. Der Hund sprang auf und sah mich schwanzwedelnd sowie mit seinen pechschwarzen Knopfaugen fragend an.

»Sind Sie es, Herr Reents?«, fragte Klaus Maria Deuter vorsichtig.

»Wer denn sonst? Vielleicht meine innere Stimme?«

Ich war nicht in der Laune, über meinen Witz zu lachen, obwohl ich ihn gut fand. Stattdessen setzte ich noch einen drauf: »Die klingt ganz anders. Ich werde Ihnen gelegentlich mal damit vorsprechen.«

»Genau dazu wollte ich Sie gerade einladen!«, antwortete Deuter auf meine unbeabsichtigte Steilvorlage. Eine Schlagfertigkeit, die ich ihm keineswegs zugetraut hätte. »Ich habe gerade entdeckt, dass es da noch eine winzig kleine Lücke in meinem Terminkalender gibt.« Instinktiv spürte ich, dass er log. »Und die möchte ich Ihnen anbieten. Was sagen Sie dazu?« Klaus Maria Deuter war dermaßen begeistert von sich selbst, dass er hörbar um Fassung rang – die Pieptöne in der Leitung wurden etwas leiser.

»Wann wäre das denn?«, fragte ich vorsichtig.

»Nächste Woche Mittwoch. Zehn Uhr.«

»Da kann ich rein zufällig auch.« Natürlich log ich ebenfalls. Ich konnte praktisch immer.

»Sie sind doch *der* Herr Reents, nicht wahr? Reent Reents?« Beim letzten Wort sah ich sein ebenso hämisches wie unerklärbares Grinsen direkt vor mir.

»Genau der«, bestätigte ich lässig.

»Der vor einiger Zeit schon einmal mein Patient war?«, fragte er vorsichtig weiter. »Der Lottokönig?« Offensichtlich war er bereit, sein Terminangebot augenblicklich zurückzunehmen, falls ich mich doch noch als ein anderer Reent Reents entpuppen sollte.

»Der Detektiv. Haven-Detektiv effektiv! Der Name ist Programm.«

»Ja, ja, genau den meine ich«, rief er erleichtert. »Jetzt erkenne ich Sie auch. Dann also bis Mittwoch.«

»Bis Mittwoch. Ich werde wie immer pünktlich sein.«

»Daran zweifle ich nicht, Herr Reents«, meinte Klaus Maria Deuter aufgeräumt. »Ich erinnere mich noch sehr gut an Ihren Fall … äh, an Sie. Sie lieben Pünktlichkeit, stimmt's?«

»Falsch. Pünktlichkeit ist mein Credo.«

»Natürlich, Entschuldigung. Ich hab mich unglücklich ausgedrückt. Ich freue mich jedenfalls, Sie wiederzusehen.«

Ich mich nicht, wollte ich sagen, was zwar der Wahrheit entsprach, gleichzeitig aber unhöflich rübergekommen wäre, weshalb ich mir auf die Zunge biss. Unhöflichkeit liegt mir nicht.

»Eine Frage noch«, sagte ich stattdessen.

»Ja?«

»Wird Ihr Telefon abgehört?«

»Aber nein! Wie kommen Sie denn darauf?« Er schien sofort in einer Weise interessiert, als wäre meine Frage keine kriminalistische, sondern eine tiefenpsychologische und als hätte die Therapie zur Behandlung von Verfolgungswahn soeben begonnen.

»Da sind komische Geräusche in der Leitung.«

»Bei mir nicht«, meinte Deuter. »Wie hören Ihre Geräusche sich denn an? Haben Sie …«

»Ich muss jetzt auflegen«, unterbrach ich ihn hastig. »Die vielen Termine, Sie wissen ja. Bis Mittwoch also.« Ich drückte ihn weg. Ich konnte dieses Gespräch nicht weiterführen, da ich sonst doch noch unhöflich geworden wäre. *Ihre Geräusche*, wenn ich das schon hörte … da ließ dieser Trottel sich abhören, und es waren *meine Geräusche*. Manche Menschen sind wirklich ganz unglaublich. Und Klaus Maria Deuter gehörte eindeutig dazu.

»Wo befanden Sie sich«, fragte Deuter, »als sich die Sache mit der inneren Stimme zuspitzte? Wie war die Situation für Sie? Wie haben Sie sich in diesen Augenblicken gefühlt?«

Wir saßen in seiner Praxis am runden, hellen Holztisch in der hinteren Ecke, welcher von schwarzen Stühlen umstellt war. Manchmal musste man sich ihm auch liegend auf einem schwarzen Kunstledersofa präsentieren. Dann setzte er sich so, dass man ihn nicht sehen konnte. Aber so weit waren wir noch lange nicht. Diesmal handelte es sich um die Anamnese, welche dem ersten Abtasten beim Boxen glich. Deuter schien jedoch bereits in Höchstform. Er machte einen überaus interessierten, sogar konzentrierten Eindruck auf mich.

Auch wenn das mal wieder viel zu viele Fragen auf einmal waren. Zur Bewahrung innerer Übersicht beschloss ich, diese konsequent in der gestellten Reihenfolge zu beantworten.

»a)«, sagte ich also, »in einem begehbaren Kleiderschrank. b) beengend und c) überaus beschissen.«

»Wie bitte?«

Obwohl Deuter mich ganz offensichtlich nicht verstanden hatte, machte er, eifrig wie ein Oberprimaner, Notizen in sein braunes Echtleder-Notizbuch, das mich an mein eigenes erinnerte. Schon früher hatte ich mich gefragt, was er da alles so notierte. Vielleicht schrieb er: »Ich freu mich schon auf die Kohlrouladen heute Mittag in ›Herberts heißer Pfanne‹« oder: »Ich muss nachher dringend einkaufen gehen, sonst habe ich morgen keine Müllbeutel«. Jedenfalls machte er ein Riesengeheimnis daraus.

»Ach so, verstehe«, sagte er nun überraschend. »Sie befanden sich in einem begehbaren Kleiderschrank, in dem sie sich beengt und nicht sehr wohlfühlten.«

»So kann man es auch ausdrücken«, gab ich unverblümt zu.

Deuter bemühte sich verkrampft, so zu tun, als fände er das von mir Erzählte stinknormal. Ein Versuch, der in die Hose ging. Er nahm den nächsten Anlauf: »Befanden Sie sich allein in diesem Kleiderschrank?«

»Ja, natürlich.«

»Wie sind Sie dort hineingelangt?«

»Das heißt, nein.«

»Wie bitte?«

»Ich war nicht allein im Schrank. Ein Hund war mit mir da drinnen. Und reingekommen sind wir durch die Tür, die ich im allerletzten Moment zugezogen hab.«

»Im allerletzten Moment …?« Er verstand nicht. »Ich verstehe nicht.«

»Vor einer Entdeckung. Wir befanden uns unerlaubterweise im Schlafzimmer eines Reihenendhauses in Altengroden.«

»Spielt das eine Rolle?«

»Was?«

»Dass es ein Reihenendhaus in Altengroden war?«

»Nein.«

»Gut.« Er strich etwas in seinem Notizbuch durch. »Befanden Sie sich in, wie nennen wir es, detektivischem Einsatz?«

Noch etwas, das mich schon früher kolossal genervt hatte: Dauernd sagte er »wir«, wenn er sich meinte. Quasi das Gegenteil des Chefarzt-Mottos »Wie geht's uns denn heute?«.

»Wie sollen *wir* es denn sonst nennen?«, zischte ich. »Und ja, es war im Rahmen von Ermittlungen, wie *ich* das nenne.«

»Wieso hatten Sie einen Hund dabei?«, fragte er verblüfft. »Ist das etwa Ihr Hund? Hatten wir nicht erarbeitet, dass Sie über eine ausgeprägte Hundephobie verfügen?«

»Natürlich ist es nicht mein Hund!«

Es gelang mir zunächst nicht vollständig, die Ruhe zu bewahren. Nachdem ich den letzten Satz geschrien hatte, fühlte ich mich jedoch wie ein Dampfdrucktopf nach dem Ablassen heißer Luft. Seelenruhig fuhr ich fort: »Wir waren zusammen im Schrank, weil ich nicht wusste, wohin mit ihm.«

»Wie soll ich das verstehen?«, fragte Deuter.

»Können Sie mal aufhören mit Ihrer blöden Fragerei?«

Er zog ein beleidigtes Gesicht. »Bitte sehr. Ich will Sie nicht stören in Ihrem einzigartigen Monolog.«

»Danke. Also: Auf der Terrasse hat er gejault wie ein Wahnsinniger, weshalb ich ihn mit ins Haus nehmen musste. – Nun hatte ich es gerade noch in den Schrank geschafft, bevor die von mir zu beschattende Person, nennen wir sie diskretionshalber Frau J., das Schlafzimmer betrat.«

Geprägt durch meine Deuter'schen Vorerfahrungen, wartete ich auf eine weitere Zwischenfrage, die jedoch ausblieb.

»Erzählen Sie einfach«, forderte mich der Therapeut stattdessen auf, ohne mich anzusehen.

»Ich hatte keine Ahnung, was ich im Schrank tun sollte.«

Wieder legte ich eine Redepause ein. Ausgerechnet an dieser

Stelle fiel es mir nun doch nicht leicht, ohne interessierte Fragen weiterzuerzählen. Deuter ermunterte mich jedoch ausschließlich mit angedeuteten Handbewegungen, das Beleidigte seiner Mimik löste sich nicht auf.

»Frau J. kam ins Zimmer und …«, stammelte ich.

»War noch jemand im Zimmer außer Frau J.?«, platzte es endlich aus dem ungeduldigen Diplom-Psychologen heraus. »Konnten Sie in Ihrem Schrank etwas sehen?« Natürlich fiel dieser Esel gleich wieder von einem Extrem ins andere. Er konnte es nicht bei einer Frage belassen, sondern musste eine zweite gleich hinterherballern wie ein durchgeknallter Revolverheld. Seine an mir vorbei- und zum Fenster hinausirrenden Blicke verloren sich verträumt im azurblauen Sommerhimmel.

»Zu Frage eins: Im Bett lag ein Mann«, sagte ich. »Und zweitens: Ja. In der Lamellentür war ein kleiner Schaden, der mir als geradezu perfektes Guckloch diente.«

»Was tat der Mann?«

»Er schnarchte. Jedenfalls so lange, bis Frau J. ihn weckte.«

»War der Mann der Geliebte von Frau J.?«

Da hatten wir es wieder! Wirklich furchtbar! So voller Klischeevorstellungen, dieser Deuter, dass er selbst zum Klischee wurde! Als wenn Privatdetektive den lieben langen Tag nichts anderes täten, als fremdgehenden Eheleuten hinterherzuschnüffeln. Was dieser Therapeut auch von sich gab: Er machte mich wütend bis zur Raserei! So weit also funktionierte mein Plan schon mal, nur dass ich meine Selbstheilungskräfte bis jetzt noch nicht spürte.

»Pustekuchen!«, rief ich. »Von wegen Geliebter! Es war Herr Janßen, ihr eigener Ehemann!«

»Janßen?«

»Ich meine natürlich J. – Freud'sche Fehlleistung.«

»Aber Sie hatten einen Geliebten erwartet?« Deuter war in aufgesetzter Weise die Ruhe selbst.

»Natürlich hatte ich das, Sie Schlaumeier! Wen denn sonst, um Himmels willen? Ihren Großvater vielleicht?«

»War Janßen, ich meine natürlich J., Ihr Auftraggeber? Wie kam es zu dem Missverständnis im Schlafzimmer?«

»J. hatte Schnupfen und wollte erst abwarten, ob die Medikamente anschlugen, die Ilonka ihm aus der Apotheke geholt hatte, bevor er in seinen Imbisswagen abdackelte. Deshalb lag er zu dieser Zeit völlig unplanmäßig noch im Bett, was ich natürlich nicht ahnen konnte.«

»Was machte J. nach dem Erwachen? Und wer ist Ilonka?«

»Ilonka ist Frau J., und er putzte sich die Nase, bevor er sich eine kräftige Dosis Dosierspray in jedes Nasenloch schoss.«

»Das ist bei Schnupfen verständlich. Was passierte als Nächstes?«

»Janßen legte sich wieder hin, und Frau J. entkleidete sich bis auf den Tanga. Ihre Rückfront war sehenswert. Die ließ sie nun auf ihm nieder. Ich konnte nicht hinschauen.«

»Wenn Sie nicht hinschauten, Herr Reents, was taten Sie dann?«

»Ich dachte darüber nach, wie ich es fertigbringen sollte, weiter nicht hinzuschauen, und vor allem, wie ich unerkannt dem Schrank entfliehen konnte. Und damit der ganzen misslichen Situation. In genau diesem Moment passierte es!«

»Passierte was?« Deuter unterbrach kurz seine zerstreut hingeschmierten Aufzeichnungen und glotzte mich über den Rand seiner Lesebrille hinweg an, als hätte er noch nie einen Menschen gesehen. Immerhin blickte er mich damit zum ersten Mal seit mindestens fünf Minuten überhaupt wieder an. Hätte er mir bis hierhin zugehört, er hätte gewusst, wovon ich sprach. Weshalb hatte ich mich nur erniedrigt, mich in dieses fruchtlose Gespräch mit jenem Dilettanten zu begeben?

»Das neue Level!«, erinnerte ich ihn ungeduldig.

»Ach so, ja. Die innere Stimme. Was genau tat sie?«

»Sie redete. Wie es innere Stimmen nun mal so an sich haben. Das müsste Ihnen als Fachmann doch eigentlich bekannt sein. Etwas anderes können die ja gar nicht. Oder wissen Sie da mehr als ich? Kennen Sie vielleicht innere Stimmen, die Purzelbäume schlagen, Yogaübungen machen oder Suppe kochen?«

Leider überhörte der Therapeut meine gezielt provokativen Äußerungen und fragte sachlich: »Was war anders als sonst an der inneren Stimme?«

»Sie quasselte in einer Tour, sie hörte gar nicht mehr auf, und …«

»Und?« Deuters Neugier steigerte sich. Ein Zustand, den ich durch längeres Schweigen hinauszögernd genoss.

»Und sie sagte ganz erstaunliche Sachen.« – Schweigen.

»Anders als sonst?« – Längeres Schweigen.

»Ganz anders. Bis dahin hatte mich ihre reine Existenz irritiert, nicht jedoch der Inhalt ihrer Worte.«

Deuters Gesicht sagte: Nun erzähl schon, Mann! Während sein Mund verschlossen blieb.

»*Hast du das Foto unten im Wohnzimmer gesehen?*, fragte die innere Stimme, und ich antwortete: ›Nein.‹«

Deuter wartete auf mehr, aber ich zwang ihn, nachzuhaken: »Was war das Besondere an der Frage nach dem Foto?«

Ohne Verständnis für seine Verständnislosigkeit blickte ich ihn an.

»Meinen Sie Ihre Frage ernst?«

Ja, verdammt noch mal!, schrie sein Gesicht, während er ganz ruhig sagte: »Ja, natürlich meine ich es ernst, Herr Reent, äh, Reents. Wollen Sie sich vielleicht ein wenig auf dem Sofa ausstrecken?«

»Wieso das denn?«, fragte ich. »Wir befinden uns im Erstgespräch.«

»Ein bisschen zur Beruhigung vielleicht?«

Ich ignorierte seinen Vorschlag vollständig.

»Das Besondere an dieser Frage war«, erklärte ich mit erzwungener Geduld, »dass meine innere Stimme mich nach etwas fragte, das ich selbst nicht gesehen hatte.«

»Was bis zu diesem Zeitpunkt noch nie der Fall gewesen war?«

»Natürlich nicht! So was ist doch schlicht unmöglich. Schließlich handelt es sich um meine innere Stimme. Folglich kann sie nur von etwas mit meinen Augen Gesehenem wissen. Logisch, oder?«

Ich stand auf, ging zum Sofa und streckte mich der Länge nach rücklings darauf aus. Der Psycho folgte mir samt Notizbuch wortlos und platzierte seinen übergewichtigen Hintern auf dem Sessel hinterm Sofa.

»Erzählen Sie weiter«, ermunterte er mich überflüssigerweise. »Um was für ein Foto handelte es sich?«

»Das ist jetzt etwas kompliziert«, kündigte ich an.

»Das kenne ich ja gar nicht von Ihnen«, sagte Deuter und fügte schnell hinzu: »Kleiner Scherz. Entschuldigung. Aber reden Sie doch weiter.« Ich fragte mich, wie oft er mich noch zum Weiterreden auffordern wollte.

»Auf dem Foto«, versuchte ich, Licht ins Dunkel zu bringen, »war das Frauchen des Hundes, mit dem ich im Schrank stand … also seine Besitzerin … Ricky.«

»Das Frauchen heißt also Ricky.«

»Natürlich der Hund! Das Frauchen heißt M. W. und ist spurlos verschwunden.«

»Jetzt mal eins nach dem anderen. Sonst steige ich nicht mehr durch und Sie am Ende wahrscheinlich noch weniger.«

»Tja«, sagte ich etwas hilflos.

»Lassen Sie die kriminalistischen Details vorerst beiseite«, schlug er vor. »Beschränken Sie sich auf Ihre innere Stimme, wegen der wir hier sind. Was sagte sie weiter?«

»Nachdem sie den mir nur halb verständlichen Satz ›Auf dem Foto war Ricks Frauchen‹ von sich gegeben hatte, entstand ein regelrechtes Gespräch zwischen uns.«

»Welchen Inhalts?«

»Wir stritten uns. Minutenlang.«

»Über das Foto?«

»Nein. Darüber, ob der Papst sein Papamobil benutzen sollte oder nicht.«

»Hatte Ihr Gespräch denn auch religiöse Komponenten?«

»Das war ein Scherz.«

Fast verzweifelt richtete ich mich halb auf, Klaus Maria Deuter drückte mich sanft, aber entschieden zurück. »Bleiben Sie ruhig, Herr Reent … äh, Reents. War natürlich auch von mir nur ein kleiner Scherz. Hier passiert Ihnen nichts. Sie sind nicht mehr im Schrank. Und Ihre innere Stimme schweigt. Wollen wir eine kleine Entspannungsübung einlegen?«

Dies lehnte ich kategorisch ab, lauschte jedoch gezielt in mein Inneres. Trotz aller Anstrengungen war die Stimme nicht zu hören, was fast schon ungewöhnlich geworden war. Ob gefragt oder ungefragt: Inzwischen steuerte sie zu fast jedem Thema ihren Senf bei. Ihr gegenwärtiges Schweigen beruhigte mich augenblicklich, wenn auch nur in minimalem Umfang.

»Ich erklärte der Stimme, also der inneren, dass ich kein Foto gesehen hätte und sie sich folglich etwas einbilden müsse. Stur wie ein Maulesel blieb sie jedoch bei ihrer Aussage: Ricks Frauchen sei auf dem Foto gewesen. Ich hatte keine Ahnung, warum sie immer ›Rick‹ sagte statt ›Ricky‹. Ich redete mit Engelszungen auf sie ein, erklärte ihr, dass das unmöglich sei, weil dieser Fall nicht das Geringste mit M. W. zu tun habe. Ich beteuerte der inneren Stimme gegenüber, dass ich in einer völlig anderen Angelegenheit mit dem Köter in den Schrank geraten sei. Ganz nebenbei musste ich mit anhören, wie Herr J. versuchte, seine auf ihm sitzende Frau durch anfeuernde kleine Klapse (die sie mit stets lauter werdendem Juchzen beantwortete!) zu sexueller Höchstleistung zu motivieren. Die Stimme war nicht von ihrer maultierhaften Haltung abzubringen. Minutenlang stritten wir fruchtlos hin und her. Schließlich wies ich sie an, augenblicklich die Klappe zu halten, da ich ein anderes Problem zu lösen hatte. Unerwartet brachte meine Autorität sie zum Schweigen.«

»Welches Problem hatten Sie zu lösen?«, hakte Deuter in stoischer Gelassenheit nach. »Und warum war der inneren Stimme jenes Foto so wichtig? – Natürlich ist Ihre innere Stimme Ihr eigenes Unterbewusstsein. Das erklärt auch, warum Sie angeblich nichts von dem Foto wussten. Es war nicht in Ihr Bewusstsein vorgedrungen, sondern im Unterbewusstsein hängen geblieben und somit im Machtbereich Ihrer inneren Stimme. Sie weigerten sich, dies anzuerkennen. Die Ursache der meisten psychischen Störungen: Verdrängung des wirklich Wichtigen ins Unterbewusste.«

»Wissen Sie, was mich an Ihnen stört?«, fragte ich rhetorisch. »Ich meine: vor allem stört?«

»Nein, aber Sie werden es mir sicher mitteilen.«

»Dass Sie so ein verdammter Klugscheißer sind.«

Trotz meiner nicht gerade zimperlichen Worte war er jetzt

nicht mal beleidigt. In diesem Moment hatte er ein dermaßen dickes Fell, dass meine berechtigte Kritik von ihm abperlte wie Wasser von eingeölter Haut. »Wir wissen ja«, meinte er lediglich, »dass Sie gelegentlich zu Übertreibungen neigen.«

»Wir?«, konterte ich augenblicklich. »Woher zum Beispiel sollte ich das wissen?«

»Von mir. Aber fahren Sie fort.«

Ich musste dreimal tief durchatmen.

»Ihre zweite Frage«, sagte ich schließlich, »beantworte ich Ihnen nicht, da wir dann wieder im kriminalistischen Bereich wären.« Ich blieb wunderbar ruhig.

»Okay. Dann zur ersten Frage: Welches Problem hatten Sie zu lösen?«

»Welches Problem«, stellte ich die Gegenfrage, »hat ein in einem Kleiderschrank stehender Mann zu lösen, wenn sich auf der anderen Seite der Kleiderschranktür die Wohnungsinhaber im Bett befinden?«

»Wie komme ich unentdeckt aus dem Kleiderschrank heraus?«

Ich klatschte hämisch Beifall. »Hervorragend. Sie sollten auch Detektiv werden. Am Ende sind Sie noch besser als ich.«

Er hüstelte. »Und wie haben Sie das Problem gelöst?«

»Auf die simpelste Art und Weise.«

»Tür öffnen und rein ins Zimmer?«

Ich nickte.

»Und was war mit den J.s?«, hakte Deuter verblüfft nach.

»Ich war bereit, damit zu leben, dass alles aufflog. Schließlich hatte J. mich beauftragt, seine Gattin zu beschatten, da er sie des ehelichen Betrugs verdächtigte. Eine Fehleinschätzung, für die keineswegs ich die Verantwortung trug. Und damit auch nicht für meine verdammte Anwesenheit in diesem verdammten Schrank.«

Deuter machte eine großzügig gewährende Handbewegung.

»Wie ich mir inzwischen zusammenreimen konnte«, fuhr ich fort, »hatten die Eheleute J. am Vorabend eine Orgie in ihrem Wohnzimmer gefeiert. Von irgendeiner Art außerehelichen

Geschlechtsverkehrs der Unschuldigen existierte weit und breit keine Spur. J. sollte sich schämen und nicht ich.«

Deuter hüstelte neutral.

Ich erzählte weiter: »Ich würde auf Nimmerwiedersehen verschwinden und J. sich vor lauter Peinlichkeit nie wieder bei mir blicken lassen, so mein Plan. Für Erklärungen war ich nicht zuständig, wortlos zu gehen mein gutes Recht. Meine innere Stimme meinte zwar, dass ich das nicht einfach tun könne, aber das war mir schnurz.«

»Wie reagierten die Janßens … äh, J.s?«

»Gar nicht.«

Verdattert sah der Psychologe mich an.

»Die haben nicht mal mitgekriegt, dass ich aus dem Schrank kam. Auch als der Köter und ich hocherhobenen Hauptes das Schlafzimmer verließen, haben sie uns nicht wahrgenommen. Meine innere Stimme verabschiedete sich sogar mit einem hämischen: *Tschüss, ihr beiden Turteltauben!*

»Haben sie geschlafen?«

»Ich?«

»Die Turteltauben.«

»Nackter Rücken, sie auf ihm, aufmunternde Klapse, zweite Luft durch Nasendroge, alles schon vergessen?«

»Haben sie … ich meine, hatten sie immer noch …?«

»Ja, natürlich hatten sie. Und wie sie hatten! Hätte jemand das Schlafzimmer ausgeräumt, sie hätten es nicht gemerkt.«

Klaus Maria Deuters schweigende Ratlosigkeit erfüllte den spartanisch eingerichteten Raum, welcher der phantasielosen Persönlichkeit des Praxisinhabers entsprach. Was folgte, war der an dieser Stelle unvermeidliche Satz: »Unsere Zeit ist leider um, Herr Reent.«

»Reents.«

»'tschuldigung.«

Er stand auf und ließ mir keine andere Wahl, als es ihm gleichzutun, obwohl ich noch lange nicht fertig war.

»Lassen Sie uns einen neuen Termin vereinbaren«, schlug Deuter vor. »Wie ich sehe, ist da noch jede Menge Gesprächsbedarf.«

Was redete er denn da, zum Kuckuck? Natürlich war da noch

jede Menge Gesprächsbedarf. Ich war zu ihm gekommen, damit er mich von meiner inneren Stimme befreite. Nur weil ich sie in der zurückliegenden Stunde nicht gehört hatte, war das noch lange nicht geschehen.

Deuter blätterte im Terminkalender, ich nahm auf der anderen Seite des Schreibtisches Platz. Er machte mir ein paar akzeptable Vorschläge.

»Das muss ich erst überprüfen«, sagte ich. »Ich rufe Sie an.«

Enttäuscht stand ich auf. Meine zwischenzeitlich aufgekochte Wut verschwand, ich war unzufrieden. Deuter wollte mir die Hand schütteln, was ich wie immer ablehnte.

»Die Bakterien«, erinnerte ich ihn, »Viren und all das Zeug, das einem so an den Händen klebt.«

»Ach ja.« Er lächelte zerstreut.

Mir fehlte ein spöttischer Kommentar meiner inneren Stimme. Und ich fragte mich, warum sie schwieg. Wo ich grad an sie dachte, fragte ich noch einmal beim Therapeuten nach, was das denn nun mit ihr sei. Immerhin sei auf diesem Gebiet er kompetenter als ich.

»Ansonsten fahnden wir beide. Ich nach dem Bösen, Sie nach inneren Stimmen.«

»Wie gesagt«, Deuter hielt die offene Tür bereits in der Hand, »Ihr Unterbewusstes. Da setzen wir nächstes Mal an. Das Unterbewusstsein weiß immer viel mehr als wir selbst.«

Ich machte ein betrübtes Gesicht.

»Einen kurzen Augenblick lang«, sagte er wie zum Trost, »hab ich geglaubt, dass es sie gar nicht gibt.«

»Mich?«

»Ihre innere Stimme.«

»Wie bitte?«

»Da dachte ich«, sagte er todernst, »die Stimme sei Ihr Hund. Schließlich war er als Einziger mit Ihnen im Schrank.«

Erschrocken starrte ich ihn an, weil ich annahm, er sei verrückt geworden. Es folgte ein Wechselbad der Gefühle. Deuter blickte mich weiterhin ernst an. Dann jedoch explodierte unvermittelt ein Lachen in seinem Gesicht, das sich in hysterisches Gekicher ergoss.

»Kleiner Scherz!«, brüllte er mir gackernd über den Flur hinterher. »Was ist eigentlich aus dem Foto geworden?« Er lachte kaum noch. »War Ricks Frauchen nun drauf zu sehen oder nicht?«

Auf dem Weg aus dem Janßen'schen Reihenendhaus hatte ich, statt durchs Wohnzimmer zurückzugehen, den kürzeren Weg durch die Vordertür gewählt, denn das ging schneller, ohne dass es besonders professionell war. Aber wer zum Teufel ist schon in jeder einzelnen Sekunde seines Daseins professionell?

An das angebliche Foto hatte ich jedenfalls nicht mehr gedacht. Als meine innere Stimme mich auf dem Weg zum Auto daran erinnerte, hatte ich ihr klar geantwortet, sie solle mich gefälligst meine Arbeit machen lassen. Schließlich war ich hier der Profi und nicht sie.

Na schön, hatte sie eingeschnappt geantwortet. *Wir werden ja sehen, wohin uns das führt, Döskopp.*

»Nenn mich nicht Döskopp!«

Ich sag nur die Wahrheit.

»Aus!«

Daraufhin hatte sie tatsächlich geschwiegen und der Hund am Nachbarzaun das Bein zum selbstgefälligen Strahl gehoben.

In dieser Nacht verlief mein Schlaf so unrund wie ein Dreieck, wofür sich meines Erachtens zwei Gründe aufdrängten:

a) Das einzige Lebenszeichen, welches ich bisher von Marietta erhalten hatte (ihr Anruf), hatte (statt mir Ruhe zu spenden) ein Gefühl von Panik in mir ausgelöst, und
b) zweifelte ich mittlerweile ernsthaft an meinem Verstand.

Zu a): Marietta war seit nunmehr zehn Tagen verschwunden. Nach dem Anruf, der aus so was wie einer Höhle gekommen war, bei dem zuletzt Erschrecken sowie Verzweiflung ihre Stimme durchzogen hatten wie ein Giftfaden, seit diesem mich zutiefst beunruhigenden Telefonat hatte ich nichts mehr von ihr gehört, was die Sache nicht besser machte.

Dass hier etwas nicht stimmte, war mehr als wahrscheinlich. Um dies zu erkennen, musste man kein Detektiv sein. Da ich aber einer war, fasste ich in dieser schlaflosen Nacht den folgenschweren Entschluss, die Ermittlungen aufzunehmen.

Noch hakte es bei der entscheidenden Frage, wie genau dies anzugehen sei. Die Rettung Mariettas war jedoch in einer Weise vordringlich, die es mir untersagte, mich mit derartigen Grübeleien lange aufzuhalten und so jeden Ansatz einer Handlung im Keim zu ersticken. Leider fiel mir aber auch nach dieser Einsicht nicht viel dazu ein, was mich wunderte. Und was mir einfiel, hatte ich bereits getan: Eine halbe Stunde nach meiner Psycho-Doc-Visite hatte ich Vermisstenanzeige erstattet.

Wie unter Privatschnüfflern üblich, war ich auf dem Polizeirevier bekannt wie ein bunter Hund. Vor allem Oberkommissarin Gesine von Röhrbach kannte mich. Ich hielt nicht viel von ihr. Sie war höchstens Mitte dreißig und machte einen auf oberwichtig, als verfügte sie über Jahrzehnte Erfahrung und Erfolge. Sie gehörte zu dem Typus gar nicht übel aussehender Frauen, die einfach nicht damit umgehen konnten, dem Typus gar nicht übel aussehender Frauen anzugehören, da sie voraussetzten, dass praktisch jeder Mann bei ihrem Anblick vor Begeisterung automatisch in Ohnmacht fiel oder sich zum Affen machte, indem er umgehend anfing, dummes Zeug zu reden, an dessen Ende er Einladungen in ein Fischrestaurant oder Vergleichbares aussprach. Da ich jedoch genau das unterließ, stellte ich in ihren Augen einen Problemfall dar.

Um sich an mir zu rächen, machte sie sich bei jeder Gelegenheit lustig über Profession und Auftreten meiner Person. Sie wusste nicht, wie akribisch ich arbeitete. Gelegentlich wunderte ich mich über ihr niedriges Niveau, da sie eine gehobene Position im Polizeidienst einnahm. Meines Erachtens schminkte sie sich hierfür etwas zu stark.

Nach der Eröffnung meiner Haven-Detektei effektiv! vor inzwischen fast acht Monaten hatte ich es für sinnvoll erachtet, zwecks möglicher späterer Zusammenarbeit Kontakt mit der lokalen Polizeibehörde aufzunehmen. Hierfür hatte ich das neu gestaltete und mit modernsten Mitteln ausgestattete Revier in der Mozartstraße aufgesucht. Bei diesem Antrittsbesuch im ehemaligen Gebäude des Marineamtes war ich an Oberkommissarin von Röhrbach geraten.

Gern gebe ich zu, dass sie mir als Frau auf Anhieb ins Auge stach. Ihr blondes, zum Pferdeschwanz gestaltetes Haar gab über dem gepflegten Dekolleté den Blick auf ein apartes Gesicht frei. Nachdem ich ihr jedoch in ihrem schicken Büro meine Ideen möglicher gemeinsamer Einsätze von »effektiv!« und Polizei im Kampf gegen die Wilhelmshavener Unterwelt nahegebracht und sie das Gespräch daraufhin relativ schmucklos beendet hatte, bevor sie mich vor die Tür setzte, ohne mir einen Kaffee aus dem in ihrem Büro befindlichen hypermodernen Kaffeeautomaten auch nur angeboten zu haben, war mir klar, dass ihr Make-up die attraktiven Gesichtszüge nur vortäuschte. Manchmal bedurfte es besonderer Umstände, dass einem die Augen aufgingen über einen Menschen, bei dem man gerade vielleicht noch den Plan gehegt hatte, ihn spontan zum Essen in ein gepflegtes Fischrestaurant einzuladen oder gar zu sich nach Hause, um ihm vorzuführen, dass kein Fischrestaurant der Stadt mit der eigenen Schollenzubereitung und der Schaffung einer entsprechend ansprechenden Atmosphäre, inklusive einem selbst, mitzuhalten in der Lage war.

Was mich besonders wurmte, war der mangelnde Respekt vor dem Namen meiner Detektei, der eindrucksvoll von der Kreativität seines Schöpfers zeugt und nicht nur ein Wortspiel enthält, sondern gleich zwei. Oberkommissarin Gesine von Röhrbach zögerte damals keine Sekunde, sich mehrfach darüber lustig zu machen. Das mit der Effektivität, da hege sie schon so ihre Zweifel und so weiter … eine Reihe haltloser Vermutungen folgte, deren Aufzählung ich hiermit vor ihrem Anfang beende.

Als ich nun mit meiner Vermisstenanzeige zufälligerweise wieder an jene Xanthippe geriet, befürchtete ich sofort, dass mein Besuch auf dem Polizeirevier zu nichts führen würde. Nachdem sie oberumständlich meine Personalien sowie mein Anliegen aufgenommen hatte, während ich den mangels anderer Gelegenheit mitgeführten Hund mehrmals zur Räson brachte, da er keine Sekunde einfach hocken blieb und die Klappe hielt, sondern durchgehend nervte, merkte sie frech an: »Den Hund haben Sie aber noch nicht lange. Oder ist er nicht Ihr Hund?«

Als ich sie fragte, wie sie denn auf so was komme, wies sie mich darauf hin, dass ein Hundefreund niemals dermaßen an der Leine seines Tieres herumzerren würde, obwohl der arme Kerl nur mal eben ein paar Gerüche seiner neuen Umgebung einfangen wolle, was für ein solches Tier instinktiv lebenswichtig sei.

Siehste!, pflaumte meine innere Stimme hinterfotzig.

Ein harmloses Wort, welches mich jedoch in Panik versetzte. Hastig versuchte ich, all das zu verdrängen, was seit dem Therapeutenabschied meine Gedanken belastend beschäftigte. Konnte es tatsächlich möglich sein, dass es der Hund war …?

Als die Stimme nun hinzufügte: *Endlich mal wieder jemand, der den armen Rick versteht*, wurde mir jegliches Verdrängen nahezu unmöglich. Um den Boden unter den Füßen nicht zu verlieren, zwang ich mich zum Reden: »Es handelt sich um den Hund der vermissten Person. Ricky, ein Jack-Russell-Terrier. Marietta Weinzierl hat ihn mir zur Pflege anvertraut. Vor zehn Tagen. Sie wollte aber nur fünf bleiben.«

»Stopp, stopp!«, rief die Oberkommissarin hektisch und fügte in strengem Tonfall hinzu: »Das hatten wir doch schon alles. Was ist denn überhaupt los mit Ihnen? Sie sind ja käseweiß geworden. Fallen Sie mir hier bloß nicht um!«

Gleichermaßen fehlte es ihren Worten, ihrem Gesichtsausdruck sowie dem Klang ihrer Stimme an jeglicher Empathie, obwohl sie erkannte, dass ich mich in einer schwierigen Situation befand. Vielmehr blökte sie mich auch noch übergangslos an: »Ihr Hund hat Durst! Ihm hängt bereits die Zunge aus dem Hals. Aber statt ihm Wasser zu geben, geben Sie voreilige Anzeigen auf.«

Die spinnt, schaltete sich, in dieser Form unerwartet, meine innere Stimme ein. *Rick hat gar keinen Durst. Und seine Zunge hängt auch nirgends raus. Er hat grad im Flur was getrunken, da stand ein Napf. Aber irgendwie nett ist die Kleine schon, so fürsorglich.*

»Ricky hat keinen Durst«, käute ich stumpf die Worte der Stimme wieder. »Er hat grad im Flur Wasser getrunken. Und ich sehe auch keine Zunge irgendwo raushängen. Aber Sie sind irgendwie nett.«

Rick!, mahnte meine innere Stimme.

Ich zitterte etwas, da das, was ich dachte, unmöglich war.

»Haben Sie das auch gerade gehört?«, fragte ich vorsichtshalber die tierliebende Polizistin.

Sie kam zu mir, packte grob meine Schultern mit beiden Händen und zerrte mich entschlossen vom Stuhl hoch.

»Natürlich, ich bin nicht taub. Ihr Hund hat keinen Durst.«

Energisch schob sie mich zur Tür.

»Aber wir haben doch noch gar nicht geklärt … Ich zweifle nicht daran, dass Frau Weinzierl sich in akuter Lebensgefahr befindet. Sicher ist sie entführt worden, das Gewölbe …«

»Wir brauchen nichts zu klären«, unterbrach sie mich. »Ihre Vermisstenanzeige ist aufgenommen.« Mit der Linken öffnete sie die Tür, während ihre Rechte mich weiter festhielt, als würde ich sonst zurückrennen. Ihre Hände gefielen mir. »Und ansonsten sollten Sie Ihre überschießende Phantasie lieber in Ihren Kriminalroman investieren als in Ihre sogenannte Arbeit als Detektiv. Vielleicht liegt Ihnen das ja mehr.«

Ricky bellte sie an.

Verdammt, rief die Stimme, *was ist mit Ricks Frauchen?*

»Ihre Nachbarin ist erwachsen und darf laut Gesetz auch länger als zehn Tage unentschuldigt ihrer Wohnung fernbleiben. Selbst wenn sie den Hund in Ihre Obhut gegeben hat, was mir ohnehin nicht ganz koscher vorkommt. Ich werde mal ein paar Nachforschungen über sie anstellen. Wer weiß, was da noch so zutage tritt.«

Zu diesem Zeitpunkt konnte ich nicht ahnen, dass sie mich wissentlich belog, dass ihre Nachforschungen über Marietta bereits auf Hochtouren liefen und dass genau hier der Grund dafür lag, dass sie mich abfertigte wie ein zu klein geratenes Päckchen. Ich stand mit Ricky, der die Oberkommissarin weiter anbellte, auf dem Flur.

»Und falls Ihre Nachbarin nicht wieder auftaucht«, Gesine

von Röhrbach klang etwas ausgelaugt, »kommen Sie doch in drei Wochen noch mal wieder, vier oder fünf reichen auch. Dann schaue ich, was ich für Sie tun kann. Auf Wiedersehen!«

Mit diesen Worten schloss sie die Tür, merkwürdigerweise fast sanft, jedenfalls knallte sie nicht. Ricky kläffte dreimal leise nach und trottete schweigend und brav wie selten neben mir her.

Die weiter oben angerissenen Zweifel an meinem Verstand basierten im Grunde auf der Unberechenbarkeit von Psychologen. Seit Klaus Maria Deuter seinen grenzdebilen Gag über den angeblich redenden Hund gemacht hatte, peinigten mich Gedanken, die ich nicht zu denken wagte.

Eine innere Stimme zu haben war nichts Besonderes. Viele Menschen hatten innere Stimmen, ohne deshalb gleich durchzudrehen. Es bestanden reelle Heilungschancen. Meine jetzigen Befürchtungen gingen jedoch weit darüber hinaus. Sie mündeten in der Frage: War ein Mensch heilbar, der seinen Hund sprechen hörte?

Ich wusste es nicht und sah nur zwei Möglichkeiten, wieder zu meinem gewohnt klaren Kopf zurückzufinden:

1. Ich musste den Hund loswerden, und zwar so schnell wie möglich, oder
2. ich musste den Hund loswerden, und zwar viel schneller als möglich.

6

Natürlich kann ein Hund nicht sprechen! Das wusste ich schon vorher. Jeder halbwegs klar denkende Mensch weiß das. Das Wissen, dass Hunde nicht sprechen können, ist jedem menschlichen Individuum unseres Kulturkreises in die Wiege gelegt, die Kenntnis dieses Faktums in unseren Genen fest verankert. Selbst Hunde wissen, dass sie nicht sprechen können (was ihnen übrigens völlig schnurz ist – sie wollen gar nicht sprechen können).

Als ich jedoch am frühen Abend jenes fast weißen Sommertages meine diesbezüglichen Recherchen beendet hatte, wusste ich mit tödlicher Sicherheit, dass es weltweit seit Menschengedenken nicht eine einzige nachweisbare Abweichung dieser sinnvollen Regelung gab. Ich wusste es auf eine neue, wundervolle Art.

Gibt man in Suchmaschinen die Begriffe »Hund« und »sprechend« ein, schämt man sich hinterher. Jedenfalls, wenn man es auch nur mit dem Hauch der Erwartung getan hat, es könne ein zählbarer Erfolg dabei herausspringen. Man stößt auf Links zu schwachsinnigen Filmchen auf diversen Videokanälen, welche einem sprechende Hunde vorführen, die nicht sprechen können.

Danach versucht man, das vorausgegangene eigene Handeln zu verdrängen und die Normalität einer geordneten Gedankenwelt wiederherzustellen. Dieses Vorhaben jedoch entpuppte sich in meinem Fall als schwierig. Wenn Ricky Weinzierl nicht sprechen konnte, was so fest stand wie nie zuvor, weshalb hörte ich ihn dann sprechen?

Ich drehte mich im Kreis. Immer wieder führte die Sackgasse meiner Gedanken mich zu dem Schluss, dass ich etwas gebrauchen könnte, was ich noch nie im Leben gebraucht hatte: jemanden zum Reden! Menschen mit derartigen Bedürfnissen hatte ich zeitlebens nicht verstanden, sondern mitleidig belächelt, da sie sich in starker Abhängigkeit von anderen befanden. Doch nun wünschte ich mir einen vertrauten Menschen.

Schon als Kind war ich ein überzeugter Einzelgänger gewesen. Meinen Eltern hatte das in vielen Nächten den Schlaf geraubt. Es befremdete sie, dass ihr Sohn keinen Freund haben wollte. Dass er keinen hatte, befremdete sie dagegen nicht, da er sich häufig seltsam benahm. Ihr kleiner Reent jedoch suchte gar keinen anderen Zustand als jenen, in dem er das Licht der Welt erblickt hatte: allein!

Die beiden Kindsköpfe weigerten sich seinerzeit hartnäckig, diese einfache Wahrheit zu akzeptieren, hielten es offenbar sogar für ihre Erziehungspflicht, sie zu ändern. Mit ungeheurer Penetranz luden sie immer wieder andere kleine Jungs ein. Zunächst aus meiner Kindergartengruppe, später aus meiner Schulklasse, manche sprachen sie vermutlich auf der Straße an, da ich sie noch nie zuvor gesehen hatte. Sie alle hatten eines gemeinsam: Sie interessierten sich genauso wenig für mich wie ich mich für sie. Ich nahm sie als Störenfriede meiner Intimsphäre wahr, weiter nichts.

Schließlich sahen meine Eltern die absolute Sinnlosigkeit ihres Unterfangens ein. Aber sie resignierten nicht, sondern suchten diverse Psychiater, Therapeuten, Psychologen und andere sogenannte Fachleute mit mir auf. Gegen meinen ausdrücklichen und mit viel Geschrei angezeigten Willen wurde ich vom einen zum anderen geschleift.

Am Ende einer langen Reihe von Tests und Untersuchungen stand die von allen Seiten bestätigte Diagnose, dass es sich bei meinem Hang zum Alleinsein, meiner übertriebenen Ordnungsliebe, dem angeblichen Sauberkeitszwang und dem mit hoher Stimme vorgetragenen Protest um eine angeborene Verhaltensstörung handelte. Leicht abweichend von frühkindlichem Autismus. Aber eben nur leicht.

Als ich nun etwas ratlos dasaß und Erinnerungen durch meinen Kopf strömten wie Wasser, welches sich nach der Ebbe ins trockengefallene Hafenbecken ergoss, um dies nach Stunden der Abwesenheit erneut mit sich zu füllen, fiel mein Blick auf Ricky. Er lag in seinem Körbchen vorm Schreibtisch und betrachtete mich leicht verschämt von unten. Er zog ein Gesicht, als sei ihm irgendwas peinlich. Was das sein sollte, fand ich nicht heraus.

»Wahrscheinlich bist du ein frühkindlicher Autist«, sagte ich zu ihm und fand mein Lächeln wieder.

Sehr witzig, sagte meine innere Stimme.

Der Hund blinzelte träge.

Entnervt sprang ich auf, legte dem Köter die Leine an und schleifte ihn gegen seinen Willen Richtung Ausgang.

Hey, hey, hey. Nun mal nicht so stürmisch, Blödmann.

Ohne mich um die Stimme zu scheren, warf ich die Haustür hinter mir krachend ins Schloss. Mit aller ihr zur Verfügung stehenden Macht stemmte die schlanke Weißwurst sich gegen meine Absicht, die Treppe schnellstmöglich zu erreichen, was dazu führte, dass ich sie wie einen Schlickschlitten auf trockenem Grund hinter mir herzog. Schließlich wurde es mir zu bunt. Ich packte sie und hastete weißwurstbeladen zum Fahrstuhl, obwohl ich in Fahrstühlen zu Panikattacken neige. Der Hund wand sich wie ein frisch gefangener Aal, ohne dass ich ihn aufgrund dieses übertriebenen Gebarens heruntergelassen hätte. Eine Demonstration, dass ich den stärkeren Willen besaß, war längst überfällig. Die Stimme schwieg andächtig.

»Was mahchen Sie dänn mit das Huhndchen, Sie Uhnmänsch?«, rief dafür eine andere Stimme empört. Sie sprach zu mir, nachdem die Fahrstuhltür sich geöffnet hatte. Die Worte hörte ich, aber ich sah niemanden. Panik ergriff mich schon vor dem Fahrstuhl: Noch eine innere Stimme? Erleichterung packte mich, als ich dann doch noch jemanden sah. Jemanden sehr Kleines. Eine Frau, über deren Kopf ich hinweggeschaut hatte. Ihre Stimme war voll und kräftig. Die Frau als Liliputanerin oder Zwergin zu bezeichnen, wäre falsch gewesen. Sie war klein, verfügte aber über einen außerordentlich wohlproportionierten Körperbau, was meinem geübten Blick sofort ins Auge stach.

Die Lady bot ihre körperlichen Vorzüge auf dem Präsentierteller dar. An ihrer Professionalität zweifelte ich keine Sekunde, da sie kaum Bekleidung trug. Vorhandenes diente ausschließlich dem Zweck, darauf hinzuweisen, dass sie nicht viel anhatte, das sich zudem – nach Zahlung per Vorkasse – ebenfalls leicht entfernen ließe. Ihre Brüste waren gewaltig, ihr langes Haar pechschwarz gefärbt, ihre ebenfalls chirurgisch bearbeiteten Hinterbacken nur knapp bedeckt von einem durch Platzen bedrohten, goldglitzernden Rock. Ihre Overkneestiefel besaßen geschätzte Zwölf-Zentimeter-Absätze. Ihr Gesicht glich einem Osterei. Und ich hatte keine Ahnung, was ich auf ihre Frage antworten sollte.

Schweigend standen wir uns gegenüber. Trotz ihrer Stiefelhöhe war ich gefühlte zwei Köpfe größer als sie. Der Hund auf meinem Arm rührte sich nicht mehr. Er starrte die Dame ebenso verblüfft an wie ich und wie sie uns.

Was'n das für eine?

»Eine Professionelle«, antwortete ich automatisch.

»Uhnverschämmtheit!«, rief die Professionelle.

Gegen ihre Hand, die mir aus der Tiefe und ohne weiteres Zögern eine Backpfeife verpasste, konnte ich mich nicht schützen. Und das, obwohl ich sie auf mein Gesicht zufliegen sah wie in Zeitlupe und obwohl ich im Selbstverteidigungskurs berechtigterweise und stets für meine blitzartigen Abwehrreaktionen Lob eingeheimst hatte. Jetzt aber hielt ich den Jack Russell im Arm wie ein Baby, wofür ich beide Hände benötigte. »Aua!«

Obwohl ihre Hand winziger war als eine Espressotasse, brannte meine Wange wie Feuer. Zweifelsfrei verfügte die kleine Osteuropäerin über die Kunst effektvoll verabreichter Ohrfeigen. Die Fahrstuhltür schloss sich halb, prallte jedoch vom ausgezeichnet gepolsterten Kunsthintern der Dame ab und sprang wieder auf. Einen kurzen Moment wünschte ich mir, eine Fahrstuhltür zu sein. Wie sich das wohl anfühlte?

Patentes Mädel. Manchmal verstand ich meine innere Stimme, manchmal nicht.

Ich betrachtete den Hund auf meinem Arm, um herauszufinden, ob er grinste, was er jedoch nicht tat. Hunde können auch nicht grinsen, es sieht nur manchmal so aus. Als er erneut runterwollte, setzte ich ihn ab. Weiterhin kriegte ich kein Wort heraus. Frauen wie die vor mir stehende schüchterten mich etwas ein. Nun bückte sie sich und streichelte Ricky überschwänglich. Er dankte es ihr mit aufgeregtem Winseln, hektischem Hände-Abschlabbern und übertriebenem Schwanzwedeln. Die Fahrstuhltür ging halb zu und wieder auf, halb zu und wieder auf … Die Dame wehrte die Tür nun mit ihrem gesamten Körper ab, offenbar ohne dies zu registrieren. Klein, aber zäh, das musste man ihr lassen.

»Ich, also wir«, stieß ich schließlich hervor, »wir sind auf dem Weg zu unserem Hundetrainer, also zu seinem Hundetrainer.« Ich zeigte auf den Hund.

Obwohl es sich für mich selbst anhörte, als sagte ich das nur, um irgendetwas zu sagen, entsprach es doch der Wahrheit. Tatsächlich hatte ich beschlossen, mit Ricky zu Ubbo Dose zu fahren, dem schlechtesten Hundespezialisten, den ich kannte, aber auch dem einzigen, was mich an meine unbefriedigende Beziehung zu Deuter erinnerte.

»Aber waruhm dänn dahs?« Die Stimme der hockenden Dame befand sich nun in einer Höhenlage, die Gläser zum Platzen gebracht hätte, was die Begeisterung des Hundes ins Unermessliche steigerte. Während er auf ihren Schoß sprang, ein paarmal wegen der komplizierten Beinhaltung bei der Hockstellung abrutschte, es dann aber schließlich schaffte, wedelte er nicht mehr nur mit der Rute, sondern benutzte hierfür den gesamten Hinterleib, wobei der Hinterleib direkt hinterm Kopf begann. Zärtlich knabberte er an ihren Fingern.

»Dahs braucht är dohch garr niecht, uhnser kleiner Scheißer, das braucht är dohch garr niecht. Er ist doch soh eine liebe kleine Scheißerlein.«

Die Beleidigung, die sie aus dem ohnehin nicht für ihre Ohren gedachten Wort »Professionelle« gezogen und überinterpretiert hatte, war offenbar vergessen. Jedenfalls thematisierte sie diese nicht weiter, was mich erleichterte. Ich beschloss, mich im Gegenzug nicht über die effektvolle Backpfeife zu beschweren. Dass ich nur zu Dose wollte, um ihn über die Qualität ihm bekannter Hundepensionen zu befragen, behielt ich für mich. Denn in eine solche wollte ich ihn (den Hund) geben, und es sollte sich (Marietta zuliebe!) um eine Pension gehobener Ansprüche handeln.

»Aber saggen Sie mahl«, sagte die kleine Frau, deren Kopf nun in unmittelbarer Nähe des Fahrstuhlbodens anzutreffen war, »iest das niecht das Huhndchen von Marietta?« Endlich kam die polnische Prostituierte wieder hoch und verringerte damit den Höhenunterschied zwischen mir und ihr um circa die Hälfte, während Ricky im Untergeschoss blieb. Hingebungsvoll leckte er der vorübergehend Angebeteten die hohen Stiefel.

Die Dame betrachtete mich, als hätte sie mich beim Klauen im Supermarkt erwischt. Ihre von dicken Lidstiftstrichen umzogenen, nussbraunen Augen stachen nadelgleich in meine.

»Sie kennen ihn … äh … sie? Ich meine, Sie kennen Marietta, den Hund … äh, beide?«

»Wie kohmst du dänn an dän Huhnd? Woh iest Marietta?«

Das frage ich Sie!, wollte ich nicht ohne Empörung rufen, verkniff mir jedoch aus taktischen Gründen den Einwand. Entweder wusste die Lady tatsächlich nichts über Mariettas gegenwärtigen Aufenthaltsort, oder aber die Kleine wusste mehr, möglicherweise viel mehr, als sie zugab, in welchem Fall sie mir erst recht nichts verraten hätte.

Dass sie ohne jeden erkennbaren Anlass dazu übergegangen war, mich zu duzen, schrieb ich dem Milieu zu, welchem sie vermutlich entsprang. Spontan beschloss ich, dieses distanzlose Verhalten als ein fatales Gemisch aus Gewohnheit, Dummheit und fehlender Bildung hinzunehmen. Das Gefühl innerer Überlegenheit, welches ich mir hierdurch erhoffte, stellte sich jedoch nicht ein. Ganz im Gegenteil fühlte ich mich weiter neben der Spur. Ein aufgeregtes Zittern, das in mir entstanden war, da ich eine Spur zu Marietta witterte, rüttelte an meinem inneren Gleichgewicht. Ich riss mich jedoch zusammen.

»Woher kennen Sie Marietta?«

Meine Taktik, die kleine Lady durch Nichtannahme ihres Duz-Angebotes in die Schranken ihrer winzigen Person zurückzuweisen, ging in vollem Umfang auf.

»Ich känne sie über irre Aggentuhr«, antwortete sie kleinlaut.

»Welche Agentur?«, bohrte ich nach.

»Polski Tändärnäss, eine Ähevermiettlungsaggentuhr, schwäres deutsch Wort.«

»Polski Tenderness?«, hakte ich harmlos nach, während in meiner Seele die Glocken gleich dutzendweise bimmelten.

Das Bild des nuschelnden Herrn Janßen tauchte vor meinem inneren Auge auf wie ein Phönix aus der Asche. Bei der Erteilung seines Beschattungsauftrags hatte er mir nur widerstrebend gestanden, seine Gattin durch die Vermittlung einer Agentur kennengelernt zu haben. Einer Agentur namens Polski Tenderness. Offensichtlich schloss sich hier ein Kreis, auch wenn ich noch nicht wusste, welcher dies war. Dann vergaß ich meinen Gedanken und hakte nicht nach, was ich erst später bereuen sollte.

»Gänau«, hauchte die Kleine und fügte, weiter hauchend, hinzu: »Polski Tändärnäss. Iech heiße übrigäns Angie.«

Ihren Namen sprach sie so englisch aus, dass jeder polnische Akzent verblasste und stattdessen Mick Jagger in meinem Kopf zu singen begann, was mir unverhofft ein nostalgisches Gefühl bescherte. Für Sekunden sank ich zurück in jene Zeit, in der ich innerlich jedes Mädchen Angie genannt hatte, in welches ich unglücklich verknallt gewesen war. Glücklich verknallt war ich damals eher nicht und hatte stets von der unerfüllbaren Stones-Sehnsucht gelebt: *Angie, I still love you, baby!*

Überraschenderweise reichte Fahrstuhl-Angie mir nun die Hand, die mir soeben noch eine gelangt hatte. Es war wie eine Geste angebotener Versöhnung. Ohne Für und Wider abzuwiegen, vergaß ich alle Viren und griff beherzt zu. »Angie«, hauchte ich verträumt, um mich gleich darauf förmlich zu korrigieren: »Reents. Reent Reents. Ich weiß auch nicht, was meine Eltern sich dabei gedacht haben.«

Angies Hand versank in meiner wie eine verirrte Maus im Fuchsbau, verfügte aber über einen energischen Griff.

»Marietta … ich meine natürlich Frau Weinzierl, betreibt ein Ehe-Institut? Das wusste ich ja noch gar nicht.«

Für einen Schnüffler tappst du ziemlich viel im Dunkeln!, trug meine innere Stimme ihren Teil zur Unterhaltung bei.

»Äs stäht ja auch niecht an Iehrer Tühr.« Angies Stimme war bar jeder Angriffslust. »Bestäht dänn Interesse? An ein Vermiddlung, maine iech?« Sie lächelte bezaubernd.

Überraschenderweise verspürte ich das in mir entstehende Bedürfnis, diese winzige Person in den Arm zu nehmen und knuddelnd zu trösten, wofür auch immer … vielleicht, weil sie so klein und die Welt so groß und böse war.

Weshalb ich plötzlich so empfand, hätte ich selbst unter Folter nicht gestehen können, da ich es nicht wusste. Sehr genau dagegen spürte ich, dass Angie der letzte Mensch auf dieser Welt war, der des Trostes bedurfte, auch wenn ein Irrtum hier nicht ganz auszuschließen war. Wer von uns kann schon in einen anderen Menschen hineinsehen? In die dunkelsten Schatten seiner tiefsten Tiefen? *I hate this sadness in your eyes …*

Dose, der ostfriesische Feuerkopf (wie ich ihn aufgrund seines flammenroten Haarwuchses insgeheim nannte), hatte auch keinen wirklich heißen Tipp für mich. Zwar konnte er mir Namen, Anschriften sowie Telefonnummern zweier Hundepensionen nennen, wusste aber auch, dass in der einen umfangreiche Renovierungsarbeiten im Gange waren. »Da ham die zurzeit nur fünf Plätze ouder sou, und die sind alle dicht.« Warum er mir unter diesen Umständen überhaupt die Nummer gab, entzog sich meiner Kenntnis. Dazu, die zweite wirklich zu empfehlen, konnte er sich auch nicht durchringen: »Da würd ich so ’n Hund höchstens dann reinstecken, wenn Poulen offen wär, ächt. Irgendwie machen die do nich richtig sauber und all so ’n Schiet …«

Den Terrier hatte ich im Auto gelassen.

»Dies ist ein Notfall«, sagte ich. »Gewissermaßen ist Polen also durchaus offen.«

Insgeheim wusste ich jedoch schon jetzt, dass ich das mir anvertraute Tier dort sowieso nicht hinbringen würde. Allein schon wegen Marietta, die es schwer genug hatte. Wie sollte ich nach ihrer leidenschaftlich erwarteten Rückkehr erklären, dass ihr geliebter Terrier verfloht, von einer Krankheit befallen, völlig abgeklappert war oder sogar stank? Womöglich würde er über eine oder mehrere gebrochene Rippen verfügen, weil jemand ihn getreten hatte. Unmöglich konnte ich ihn solchen Unmenschen überlassen. Zumal Marietta selbst sich mutmaßlich in unmenschlicher Hand befand und bei ihrer Heimkehr eine Gefangenschaft hinter sich haben würde, an die der Zustand des Tierchens sie traumatisch erinnern könnte. Ich zerriss den Zettel mit den Pensionsnamen »Lieblings Heim« und »Zum ruhigen Hunde-Hort« vor Doses Augen, was ihn auf eine Idee brachte.

»Wenn du ächt keine annere Möchlichkeit hast …« Er schien sich durchringen zu müssen. »Also, vielleicht wär ich dann bereit dazu … Eigentlich mach ich so wat ja nich, aber wenn's 'n echter Notfall is … man tut ja, wat man kann, nä …?«

»Wie viel?«

»Fuffzich pro Nacht und fuffzich pro Tach.« Er hatte nicht lange überlegt, woraus ich meine Schlüsse zog und mich abwandte.

»Vierzich!«, rief er, als ich schon fast bei meinem funkelnagelneuen Touran angekommen war. »Schließlich is dat 'n Terrier. Dat steckt auch im Wort ›Terrorist‹, wat kein Zufall is.« Ich beschloss, ihm eine letzte Chance einzuräumen: »Dreißig für vierundzwanzig Stunden. Plus Futtergeld!«

Als er daraufhin abwinkte, stieg ich ins Auto und startete ohne weiteres Zögern. Der Hund reagierte nicht im Geringsten auf mich. Dass er beleidigt war, lag auf der Hand.

»So schnell wird man also von einer Weiß- zur beleidigten Leberwurst«, sagte ich und fand den Witz gar nicht übel. Zumindest besser als den von Dose mit dem Terrier und dem Terroristen. Meine innere Stimme konnte trotzdem nicht lachen, sondern zischte nur verächtlich.

Manchmal machte ich einen gespaltenen Eindruck auf mich selbst, was vielleicht kein gutes, jedoch ein mir vertrautes Gefühl war. Als ich jetzt aber anfing, mit dem Hund zu reden, der von unten gezielt an mir vorbeiglotzte, hätte ich mich glatt ohrfeigen können, wie zuvor Angie es getan hatte. Später tröstete ich mich damit, dass es außer mir und dem Terrier niemand gehört hatte. Einen relevanten Zeugen gab es daher nicht für meine Worte. »Mach dir keine Sorgen, alter Knabe. Ich hätte dich sowieso nicht bei dem Vogel gelassen. Du bleibst bei mir, bis Marietta zurückkommt.«

Der Hund entspannte sich. Unaufgefordert sprang er vom Boden auf den Beifahrersitz. Er glotzte aus dem Fenster, betrachtete die sanft vorüberziehende rau-friesische Landschaft zwischen Hooksiel und Wilhelmshaven mit ihren endlosen blauen Weiten am Himmel und den wie von kreativer Hand darunter platzierten saftigen grünen Weiden, auf denen massenhaft träge Kühe vor sich hin dösten, ununterbrochen kauten und Trübsal bliesen. Mit Ausnahme des Viehs, welches der Friese der Landschaft hinzugefügt hatte, besaß der Anblick bereits den gleichen herb-charmanten Charakter wie der jenseits der Deiche, wo die Nordsee sich erstreckte. Hier wie da nichts als Endlosigkeit, so weit das Auge reichte … Wie weit genau es das tat, ließ sich aufgrund der Endlosigkeit jedoch nicht wirklich ermitteln. Und wie das Land (eine werbemäßige Binsenweisheit, die ich trotzdem anwende, da sie auch von mir sein könnte), so der Mensch (nicht nur das hier gebraute Bier).

Freiheitsliebende Menschen voller Sehnsucht nach Grenzenlosigkeit: Das sind wir Friesen! Menschen, auf die man zählen kann, die nicht viel schnacken, sondern helfende Hand anlegen, wenn sie gebraucht wird: kräftig, friesisch, herb, das Herz am rechten Fleck. Der Landschaft gleichend, in die wir hineingeboren sind: Kein Gebirge, kein Berg oder auch nur Hügel, kaum eine Anhebung stellt sich dem nach Endlosigkeit dürstenden Auge des sehnsüchtigen Betrachters in den Weg. Höchstens mal ein Deich.

Während all dieser Überlegungen, die wie stets meine Seele aufrüttelten und zeitgleich beruhigten, wenn ich durch Friesland fuhr, schickte der Tag sich an, der heißeste des bisherigen Sommers zu werden. Ich war froh, der Besitzer eines Wagens mit funktionierender Klimaanlage zu sein. Gleißendes Sonnenlicht fiel durchs Beifahrerfenster, der Hund blinzelte geblendet. Als er mehrmals nieste, befiel mich die Sorge, ob er vielleicht die Klimaanlage nicht vertrug. Ich wollte dies im Auge behalten. Er nieste noch ein paarmal.

Man kann in dieser Situation über mich so manches behaupten, aber nicht, dass ich rücksichtslos gegen den Hund gewesen wäre oder ihn belogen hätte. Tatsächlich war ich am Ende nur noch zu Dose gefahren, weil ich es mir vorgenommen hatte. Es war mir angebracht und richtig erschienen, dem Tier einen gehörigen Schrecken einzujagen und ihm so einen Dämpfer zu verpassen.

Wirklich sauer auf das Tier aber war ich schon zu Beginn unserer kleinen Tour zu Dose nicht mehr gewesen. Entweder hatte die Begegnung mit Angie mich besänftigt oder den Hund, vielleicht auch beides. Jedenfalls hatten wir uns nach dem Ende unserer unverhofften Fahrstuhlbekanntschaft wie zwei fromme Lämmer ins Auto gesetzt. Beim Start hatte ich keinerlei Disharmonie mehr zwischen uns gespürt.

Obwohl Angie, die sehr in Eile gewesen war, die Einladung auf eine Tasse Kaffee in meiner Wohnung nicht angenommen hatte, hinterließ die Begegnung mit ihr doch ein sanftes Gefühl in mir. Wie die Begegnung mit einem Eichhörnchen, die ich so gern im Stadtpark beobachtete, wenn sie munter von Ast zu Ast hüpften, als würden sie so ganze Welten wechseln.

Themen beim Kaffeetrinken hätte ich genug gehabt. So brannte es mir erheblich unter den Nägeln, mehr über Mariettas Agentur Polski Tenderness zu erfahren. In diesem Zusammenhang erhoffte ich mir ein paar wichtige Hinweise zur Klärung ihres mysteriösen Verschwindens. Trotz aller gebotenen Eile durfte ich jedoch die Ruhe nicht verlieren, sonst war Polen offen, wie Dose sich auszudrücken pflegte.

»Ich mussen jätzt leider wäck«, hatte Angie sich verabschiedet, »abber wie ist heute mit Abent, sack?«

Obwohl mir das unverblümte Angebot nicht unattraktiv erschienen war, hatte ich abgelehnt. Die Messlatte meines professionellen Anspruchs lag hoch. Ich hatte keine Ahnung, wie tief Angie in den Fall verwickelt war. Schlichen sich hier am Ende Gefühle ein, war das nicht gut. Außerdem hatte ich mir selbst gelobt, Marietta die Treue zu halten.

Auf dem Rückweg nach Wilhelmshaven überholte uns überraschend Ubbo Dose. Dass er dieses auf der auf hundert Kilometer pro Stunde begrenzten Kraftfahrtstraße hinbekam, lag weder an seinem ostfriesischen Freiheitsdrang noch daran, dass er aus diesem Drang heraus den Motor seines Steinzeit-Bullis möglicherweise frisiert hatte, oder daran, dass er sich auf Geschwindigkeitsübertretungen ein Ei pellte, sondern war vor allem dem Umstand zu verdanken, dass ich selbst nur sechzig Kilometer pro Stunde fuhr, obwohl dies nicht meiner Absicht entsprach. Ich hatte schlicht an anderes gedacht.

So fragte ich mich, ob ich ernsthaft zwischen zwei Frauen und damit Fronten geraten war oder ob meine Gefühle für Angie nur ein Strohfeuer darstellten.

Du hast echt 'nen Knall!, sagte meine innere Stimme prompt.

Der unerwartete Überholvorgang Doses lenkte meine Aufmerksamkeit um. Instinktiv und spontan nahm ich die Verfolgung auf. Auch Ricky kam mit gestraffter Körperhaltung blitzartig aus seinem lahmen Terrier-Trott.

Natürlich hielt ich die oberste Regel jeder Verfolgung ein und ließ stets ein bis maximal drei Autos zwischen uns. Abhängen ließ ich mich aber auch nicht. Und wäre Dose der größte aus Ostfriesland eingewanderte Fuchs gewesen, so hätte er meine perfekt vorgetragene Verfolgung gar nicht wahrnehmen können. Mir zu entwischen war unmöglich.

Das Ziel von Doses Spritztour überraschte mich. Es war der in Stadtparknähe gelegene Händelweg. Meine dumpfe Vorahnung sollte sich schon im nächsten Moment bestätigen: Dose parkte unweit des Janßen'schen Reihenendhauses.

Was hatte der verwahrloste Hundecoach mit den Janßens am Hut? Welche Spuren liefen in dem Reihenendhaus zusammen? Meine detektivische Neugier entflammte und warf ein kurzes, wenn auch noch unzureichendes Licht auf das Dunkel des Verbrechens, welches sich um Mariettas mysteriöses Verschwinden rankte und auf dessen Spur ich mich befand.

Nun, da die Dinge in Bewegung gerieten, fiel mir auch wieder ein, was meine innere Stimme mir am Tag der Observation Ilonka Janßens geflüstert hatte, damals von mir nicht ernst genommen: Angeblich befand sich im Reihenendhaus unerklärbar ein Foto Mariettas, was ich ja Deuter auch bereits erzählt und danach doch wieder verdrängt hatte.

Die Frage ergab sich, welche Verbindungen zwischen den Personen existierten, die mir in letzter Zeit wie zufällig über den Weg gelaufen waren. Welche Spur führte vom Haus Janßen zu Marietta? Die Zeit hielt mich in Atem. Es ging um Tage, Stunden, möglicherweise aber auch nur Minuten, wenn nicht Sekunden. Führte die zu findende Fährte eventuell über das polnische Bydgoszcz? Was hatte Dose mit alldem zu tun? Mein Drang, dem Verbrechen keine Chance zu lassen und die Frau, die ich liebte, aus den Fängen des Bösen zu befreien, hatte sich in einen fieberähnlichen Rausch gesteigert, als ich mich, der Hund ohne Leine neben mir herdackelnd, vom Auto aus auf den Weg machte. Beim Janßen-Domizil angekommen, betätigte ich den Klingelknopf und hörte deutlich das von mir verursachte Schellen.

Obwohl mittlerweile eine Hitze herrschte, die nur noch mit der in einem Backofen zu vergleichen war oder damit, wenn man beim Griechen zu nah an den Gyrosstab kam, und das in dieser Stadt, die immer gut war für eine frische Brise vom Meer, und obwohl auch der Platz vor der Haustür den Schattensuchenden nicht finden ließ, wonach ihn dürstete, stand mir kein einziger Schweißtropfen auf der Stirn. Innerlich hatte ich auf kühl geschaltet. Eine Fähigkeit, über die ich in Extremsituationen seit der Kindheit verfügte, auch ein Kältegefühl konnte ich wie auf Knopfdruck abstellen.

Meine Theorie hierzu ist, dass es sich um eine typisch friesische, im Laufe unendlicher Generationen als Überlebensstrategie entwickelte Eigenschaft handelt: Bereits unsere Ahnen hatten lernen müssen, in den winzigen, ängstlich hinter den Deich geduckten Fischerhütten und Bauernkaten mit dem rauen Klima unserer Küste und des offenen Meeres ihren Frieden zu schließen. Wer im Winter zu sehr fror, hatte in einem möglicherweise brachial vom Atlantik einbrechenden Orkan ebenso wenig eine Chance wie der übertrieben Hitzeanfällige, wenn eine unerwartete Hitzewelle Friesland peinigte und der Mensch auf Fisch- und Krabbenkuttern, Feldern und Höfen ungebrochen seine Arbeit zu verrichten hatte, um dem harten Land seinen zum Leben notwendigen Anteil im Angesicht seines Schweißes oder mit gefrorenem Bart vor Einsetzen der nächsten alles überschwemmenden Sturmflut abzuringen. So hat der Friese durch das Leben selbst gelernt, sich gegen Hitze und Kälte abzuschotten und sein Ding zu machen, was auch immer das Klima ihm abverlangte.

Was mir nun zugutekam.

7

Es bedurfte einer mehrfachen Wiederholung des nach draußen laut vernehmbaren Klingelns, bis mir die Tür geöffnet wurde. Im ersten Moment schien es, als geschähe dies von Geisterhand, denn hinter der geöffneten Tür war niemand zu erkennen. Als Erstes hörte ich eine weibliche, ungehaltene Stimme, die sich unwirsch nach meinen Absichten erkundigte. Erst allmählich erkannte ich im Halbdunkel das Gesicht Ilonka Janßens.

»Ich würde gern mit Herrn Dose reden«, sagte ich aufs Geratewohl, »Ubbo Dose. Und leugnen Sie nicht, dass er sich im Haus befindet. Ich habe ihn beobachtet.«

Wieso sagst du so was?, wollte meine innere Stimme verzweifelt wissen. *Das macht überhaupt keinen Sinn und ist völlig amateurhaft!*

Ich überhörte sie. Vor allem, weil ich meinen Vorstoß nicht mehr ungeschehen machen konnte. Im Grunde aber stellte ich mir die gleiche Frage wie meine innere Stimme und beschimpfte mich mit ähnlichen Worten wie sie. Ilonka trat vor die Tür und damit ins Licht der Sonne. Sie sah prächtig aus.

Aus Gründen der Vernunft schob ich diesen Eindruck so weit wie möglich zur Seite. Der Platz, der mir in meinem Innern für die Gefühle zu Frauen zur Verfügung stand, war bereits bestens belegt. Ich konnte es mir nicht erlauben, noch eine dritte (Angie zählte ich, zumindest vorübergehend, auch dazu) eindringen zu lassen, es würde zu eng werden in meiner Gefühlswelt. Außerdem war Ilonka bereits in festen Händen, auch wenn das nicht das für mich entscheidende Kriterium war.

»Wiesoh sohl ich läugnen, dass Härr Dohse iest hier? Siend Sie vielleicht verruckt?«

Ich musste mich irgendwie retten. Die Situation war vertrackt. Meine Gedanken verwirrten sich. In allerletzter Sekunde fiel mir das Lehrbuch »Angriff ist die beste Verteidigung« ein, bei dem bereits der Titel des Buches alles sagte und mich ermunterte, Ilonka folgende Frage zu stellen: »Ist er nun da oder nicht?«

»Was gäht Sie dahs ahn, värflucht?«

Sie wollte wieder ins Haus zurück. Ich erkannte ihren Plan, mir die Tür vor der Nase zuzuschlagen. Reaktionsschnell stellte ich meinen linken Fuß in die offene Tür.

»Värschwienden Sie odder ich holle Pollizei!«, rief Ilonka Janßen.

Lass uns verduften!, riet meine innere Stimme feige.

Auch der Hund zerrte an der Leine. Ilonka holte kurz mit dem Fuß aus und trat mir ans Schienbein. Da ihre hochhackigen Schuhe vorn spitz waren, war mein Schmerz nicht von schlechten Eltern.

»Aua!«

Erschrocken jaulte der Köter gleich mit auf und sprang ein kleines Stück in die Luft, als wäre er getroffen worden. Ich sah ein, dass »Angriff ist die beste Verteidigung« bei Ilonka das falsche Motto war.

»Ich muss Herrn Dose sprechen«, sagte ich einlenkend, ohne mein Schienbein loszulassen, »Er ist mein Hundetrainer … also sein Hundetrainer.« Ich zeigte nach unten.

Was wird das denn jetzt?, fragte meine innere Stimme.

Ilonka stutzte. Auch sie schien sich darauf zu besinnen, dass ein veränderter Tonfall möglicherweise die gesamte Situation veränderte. Deeskalation hieß das Zauberwort, das mir durch den Kopf ging. Selbiges war Titel eines berufsübergreifenden Kurses gewesen, an dem neben mir als einzigem Privatdetektiv auch ein bei der GPS (Gemeinnützige Gesellschaft für Paritätische Sozialarbeit) angestellter Diplom-Sozialpädagoge aus einer Wohngruppe, diverses Security-Personal, sechs Bankangestellte aus Kreditabteilungen, eine Friseurin aus Heppens sowie zwei Grundschullehrerinnen der Grundschule Rüstersiel teilgenommen hatten. Wobei von Letzteren eine überaus schnuckelig gewesen war, meine innerlich detailliert vorbereitete Einladung auf ein Schollenessen in meiner Küche jedoch enttäuschenderweise nicht angenommen hatte. Aus Gründen des Selbstschutzes hatte ich mich im letzten Moment dagegen entschieden, die Einladung tatsächlich auszusprechen.

»Uhnd wahs soll dahn diese uhnmöggliche Auftriett hierr?«,

wollte Ilonka Janßen wissen und öffnete die Tür so weit, dass ich eintreten konnte, was mich erstaunte. Auch ihre Mimik erhellte sich, ohne einladende Freundlichkeit auszustrahlen.

»Entschuldigen Sie«, lenkte ich endgültig ein. »Das war eine Verwechslung.«

»Ein Verwäxlung?« Ilonka verstand kein Wort. Das war kein Wunder, da meine Aussage nicht zu verstehen war, was mir aber zu spät auffiel. Zeitgleich mit meiner inneren Stimme ergänzte Ilonka ihre Frage um ein ausdruckstarkes »Hä?«.

»Das zu erklären wäre zu kompliziert.« Ich drängte mich an ihr vorbei. »Es handelt sich um einen Notfall.«

Der Hund bellte kurz und leise. Dann nahm er die Witterung auf. Natürlich: Hildburg, die Töle mit Schleifchen. In der Aufregung des Augenblicks hatte ich völlig vergessen, dass Ilonka Janßen ebenfalls Hundebesitzerin war.

Wie sich schnell herausstellte, war dies auch der Grund für Doses Anwesenheit. Auf der Terrasse hinterm Haus übte er Verhaltensmaßregeln mit der wandelnden Schleife ein.

»Da will ich ihn jetzt gar nicht stören«, sagte ich zu meiner Gastgeberin. »So wichtig ist es auch nicht.«

»Ich dänke, ein Nottfahl?«

Ihrem Gesichtsausdruck war deutlich anzusehen, dass sie nicht die Hellste war. Oder täuschte ich mich? Ich war nicht ganz sicher. Als ich an sie mit ihrem Gatten im Bett dachte, konnte ich mir ein leicht dämliches Grinsen nicht verkneifen.

Der Hund sprang gegen die Terrassentür, es gab kein Halten mehr. Er wollte zu Hildburg. Hätte er denken können, dann hätte er in diesem Augenblick an nichts anderes mehr denken können. So war er einfach nur triebgesteuert.

»Aber sagen Sie«, sagte ich, »hab ich Sie vielleicht schon mal bei Marietta gesehen? Sie kommen mir so bekannt vor.«

Bei der bloßen Erwähnung des Namens spürte ich ein aufgeregtes Vibrato in meinen Stimmbändern, was mich ärgerte. Unaufgefordert setzte ich mich auf einen freien, mit feinstem hellbraunem Wildleder bezogenen Sessel. Ilonka war über meine lockere Art so verblüfft, dass sie sich ebenfalls setzte. »Iest dahs wahrr?«, fragte sie interessiert.

Mit meiner neuen Taktik hatte ich sie überrumpelt. Oft ist ein spontaner Taktikwechsel das beste Mittel, eine aus dem Ruder gelaufene Situation wieder in den Griff zu bekommen.

In diesem Moment gelang es Ricky, die Terrassentür (die er sich zuvor durch sein eigenes Ungestüm selbst vor der Nase zugeschlagen hatte) erneut zu öffnen, daraufhin nach draußen zu stürmen und Hildburg vor sich her durch den Garten zu jagen. Ich hielt es für klug, den Gesprächsfaden nicht schleifen zu lassen.

»Sie kennen sie also?«, fragte ich.

»Uhnd wär wiel dahs wießen?«

Sie lächelte übertrieben apart. Es amüsierte mich, durch das große Wohnzimmerfenster zu beobachten, wie Hundespezi Dose sich vergeblich bemühte, die beiden wild hintereinander herwetzenden Vierbeiner unter Kontrolle zu bringen.

»Oh, Entschuldigung«, sagte ich sehr höflich. »Ich hab mich noch gar nicht vorgestellt. Reents mein Name, Reent Reents. Ich bin Schriftsteller. Marietta ist meine Nachbarin.«

»Wahs schräiben Sie dähn soh?« Ihr Lächeln war erneut apart, jedoch nicht mehr ganz so übertrieben.

Ich war nicht unzufrieden mit mir, da Ilonka sich für mich interessierte, zumindest für meinen Beruf.

Dass ich in erster Linie Privatdetektiv war, verschwieg ich aus gutem Grund: Die von mir deutlich gewitterte Spur zu Marietta wollte ich mir nicht versauen, indem ich die erste Verdächtige warnte.

»Kriminalromane«, sagte ich und fragte mich sofort, ob das gut war.

Ilonka zündete sich eine Zigarette an und hielt mir das lederne Glimmstängel-Etui hin.

»Nicht meine Marke«, sagte ich locker.

»Sie dürfen gärn Ihrre äigenä rauchen«, schlug Ilonka zunächst vor, dann ihre Beine lässig übereinander und blies einen blauen Qualmfaden in die Luft, welchem sie sinnierend hinterherblickte. Dabei schlich sich der leichte Zug einer Melancholie in ihre Mimik, der mir typisch polnisch erschien.

»War nur ein Scherz«, gab ich zurück. »Ich rauche nicht.«

Dass ich nur innerlich rauchte, verschwieg ich, um keine Verwirrung zu stiften.

»Sär luhstick, wierklich«, meinte sie gelangweilt und kam dann endlich zum Punkt: »Marrietta ist ein ahlte Fräundien vohn miech.«

»Mir.«

»Vohn Ihne auch?«

»*Mir.* Es heißt: von *mir.*«

Sie stutzte nur kurz und lachte dann.

»Riechtik, natürrlich: vohn mier. Wier komm baide von Bydgoszcz här wäck.«

»Bromberg?«, versuchte ich einen Trick, von dem ich nicht wusste, auf was er hinauslaufen sollte.

»Nä, Bydgoszcz. Is ja heut Polski, nix mähr deutsch. Verschtähen?«

»Na klar.«

Wie ein von kräftiger Sehne abgesetzter Pfeil kam Ricky durch die Terrassentür ins Wohnzimmer geschossen. Hildburg hinter ihm her. Da er aber viel schneller war (sie konnte schon nicht mehr richtig), wartete er ein bisschen auf sie, während beide mehrere Mal unsere Sessel umrundeten.

»Tja«, gab ich vielsagend von mir, als die so unterschiedlichen Terrier wieder hinausgerast waren, »die Welt ist klein. Gerade noch in Bydgoszcz und jetzt schon meine Nachbarin am Bontekai.«

Ilonka Janßen blickte mich verwirrt an.

»Marietta Weinzierl.«

»Ahch soh«, sagte sie.

Sie lächelte undurchsichtig und zog unverbindlich an ihrer Zigarette. Bei meiner Phrase handelte es sich um reine Verschleierungstaktik.

»Und?«, stieß ich nun verbal zu wie bei einer unerwarteten Messerattacke. »Wie läuft sie so, Mariettas Partneragentur?«

Mein attraktives Gegenüber ließ sich nicht beeindrucken.

»Guht, glaube iech.« Sie streifte etwas Asche in einen Aschenbecher. »Viellaicht sogarr sär guht, iech weiß niecht.«

Noch war mein Joker unausgespielt. Nun aber zog ich ihn

aus dem Ärmel und warf ihn lässig auf jenen Tisch, der zwischen uns, genau wie der Joker, nur sinnbildlich vorhanden war. In Wirklichkeit hatte ich freien Blick auf Ilonkas ansehnliche Waden, welche ihre Dreiviertelhose unverhüllt ließ.

»Und?« Ich legte eine gut durchdachte und wohlberechnete Pause ein, um Ilonka möglicherweise zu einer weniger gut durchdachten und gar nicht berechneten Aussage zu provozieren. Eine Pause, die ich so lange ausdehnte, bis ich selbst es kaum noch aushalten konnte.

»Wass, uhnd?«, stieß Ilonka schließlich genervt hervor.

»Wann war das?« Ich beschloss, sie noch ein wenig zappeln zu lassen.

»Wahn warr wahs?«

Ich blickte ihr tief in ihre ganz netten blauen Augen.

»Wann hat Marietta Sie vermittelt?« Ohne dass es mir bewusst wurde, zog ich eine Zigarette aus dem Etui. »An Herrn Janßen?«

Ich steckte die Zigarette nicht an, sondern zurück. Ilonkas verunsicherte Blicke trafen mich. Eine Weile schwieg sie. Draußen schimpfte Dose auf Plattdeutsch mit den Hunden.

Auf dem Rückweg sortierte ich meine Gedanken, was auch bitter nötig war. Verworren und ungeordnet spukten sie in meinem Kopf herum, was mir so unvertraut war wie einem Tuareg oder Tubu (Bevölkerungsgruppen der zentralen Sahara) ein Küstensturm. Verworrene und ungeordnete Gedanken sind für mich noch schlimmer als ein unaufgeräumtes Zimmer, ein verschmutztes Toilettenbecken oder eine nicht zugedrehte Zahnpastatube, an deren Öffnung sich die Reste der Zahncreme bereits in mehreren Schichten verkrustet haben.

Auf den ersten Blick passte nichts zusammen und schien doch gleichzeitig auf geheimnisvolle Weise so vielfältig miteinander verwoben wie die klebrigen Fäden eines kunstvoll angelegten Spinnennetzes, welches in der Sonne eines goldenen Indian-Summer-Tages silbern glitzerte. Auch wenn ich mir auf diese Verbindungen keinen Reim machen konnte, war ich mir doch sicher, dass alles in Zusammenhang mit Mariettas

Verschwinden stand. Entweder sah ich Gespenster, oder die Verbindungen existierten real. Je mehr es mir gelang, meine Gedanken zu ordnen, umso mehr glaubte ich an das Zweite.

Ilonka Janßen hatte nicht zugegeben, dass sie von Polski Tenderness an den Imbisswagenbetreiber Janßen vermittelt worden war, der ja seinerseits diesen Deal bereits eingeräumt hatte, was ich Ilonka jedoch aus taktischen Gründen verschwieg. Warum gab sie es nicht zu? Falsche Scham hielt ich bei ihr für ausgeschlossen.

Der Hund saß auf dem Beifahrersitz und blickte abwechselnd aus dem Fenster und in mein Gesicht. Wieder nieste er mehrmals, sodass ich vorsichtshalber die auf vollen Touren laufende Klimaanlage zwei Stufen herunterstellte. Alles würde sich nur noch verschlimmern, wenn mir der Hund krank wurde und an einer Erkältung zugrunde ging. Was sollte ich dann Marietta erzählen bei ihrer Rückkehr, die ich herbeisehnte wie den ersten Frühlingstag nach einem eisigen Winter? Lieben würde sie mich nicht dafür, wenn ich ihr anstelle des Terriers eine mit Hundeasche gefüllte Urne überreichte.

Wieso hat sie ein Foto von sich und Marietta rumstehen, wenn sie sie angeblich so gut wie gar nicht kennt?

»Ein Foto, an das ich mich weder vom letzten Besuch her erinnern kann, noch dass ich es heute gesehen hätte.«

Weil sie es hat verschwinden lassen, stöhnte meine innere Stimme genervt. *Nachdem sie gecheckt hat, Mann, in welche Richtung euer Gespräch läuft. Rick hat es ja sogar noch gesehen, als er hinter dieser scharfen kleinen Braut her war.*

»Und woher willst du wissen, was der Köter gesehen hat? Aber halt!« Wie Manuel Neuer riss ich die Hände hoch und vergaß kurzfristig das Lenken, was aber ohne Folgen blieb. »Ich will nichts hören. Verschon mich mit diesem Schwachsinn!«

Wie du willst!, sagte sie. *Mir ist das schnuppe.*

Ich entschuldigte mich. Was konnte es schließlich schaden, mir das verworrene Zeug wenigstens anzuhören? Wer im Dunkeln tappt, hat nichts zu verlieren.

Die Stimme lenkte ein: *Aber nur unter einer Bedingung.*

»Spuck es aus.«

Du sagst nie wieder »Köter«, wenn du von Rick sprichst.

»Okay.«

Schwörst du?

»Jau, mach ich.«

Wenn ich als These davon ausging, dass ein solches Foto existierte, drängte sich die Frage auf, weshalb Ilonka von einer »flüchtigän uhnd obberflechliechän Bäkahntschafft von Zufahl« gesprochen hatte, die angeblich allein durch das Aufeinandertreffen der beiden Hunde zustande gekommen war, »bei Gassigähen«. Dabei hätten sie dann festgestellt, dass sie beide aus Bydgoszcz stammten, das sei alles gewesen.

Absoluter Käse, meinte auch meine innere Stimme. *Rick hat die Hundemieze heute erst zum zweiten Mal überhaupt gesehen.*

Hochschießende Fragen bezüglich der Verbindung innere Stimme/Hund erstickte ich im Keim. Ich durfte jetzt nicht vom Thema abkommen. Immer deutlicher witterte ich eine heiße Spur zu Marietta. Der damit einhergehende Hormonausstoß verlieh mir Auftrieb. Mir wurde klar, dass ich ab jetzt nur noch zwei Möglichkeiten hatte. Entweder

a) ich ließ es nicht weiter zu, dass die Stimme sich in einer Tour in meine Ermittlungsarbeit einschaltete, oder
b) ich akzeptierte ihre Einmischung bedingungslos.

Blitzschnell, zielsicher und ohne jedes Wenn und Aber hatte ich eine Entscheidung zu treffen und konsequent zu deren Konsequenzen zu stehen. Es handelte sich um die bislang wichtigste Entscheidung meiner Karriere als Privatdetektiv. Hatte ich meine erfolgreiche Teilnahme am Seminar »Treffen Sie Ihre Entscheidungen stets blitzschnell, zielsicher und ohne jedes Wenn und Aber« erwähnt? Es war eines der wichtigsten Seminare meiner Ausbildung.

Ich fällte meine Entscheidung wie einen letzten Atemzug: b).

Jetzt konnte ich davon ausgehen, dass Ilonka Janßen log wie gedruckt. Während Ilonka mir weismachen wollte, sie habe Marietta nur über die vorausgegangene Bekanntschaft der beiden Hunde Hildburg und Ricky …

Rick!

... egal, also, sie habe Marietta über die vorausgegangene Bekanntschaft der beiden Köter kennengelernt ...

Hunde! Ich steig sonst aus!

Der Hund nieste.

... sorry, haben die beiden Hunde sich erst vor einer halben Stunde wirklich kennen- ...

... *und lieben gelernt* ..., ergänzte die Stimme verträumt. *Jedenfalls begegneten sie einander zum zweiten Mal, aber zum ersten Mal richtig.*

Damit war ich zurück bei der Frage, welchen Sinn eine solche Lüge aus Sicht Ilonkas ergab.

Na, wenn das nicht auf der Hand liegt! Sie will ihre Beziehung zu Marietta bagatellisieren. Und bagatellisieren will und kann man nur etwas, das in Wirklichkeit total wichtig ist.

»Um nicht zu sagen, von fulminanter Bedeutung!«, rief ich begeistert. Mich erfasste ein Kribbeln, wie ich es seit meiner Kindheit nicht mehr erlebt hatte (kurz vor der Enttarnung des Weihnachtsmanns als unseren Nachbarn Oswald Haase-Bauer).

Das ist vielleicht ein bisschen übertrieben, bleibt aber im Prinzip richtig.

In meinem Kopf ratterte es. Ich konnte mich kaum noch auf den Verkehr konzentrieren und lechzte danach, in mein Büro zu kommen, wo ich mich, ausgestattet mit einem riesigen Glas eisgekühlter Apfelschorle, an die Erstellung eines Personen-Soziogramms machen wollte: Welche Figuren des Spiels um Marietta kannte ich bereits, und was wusste ich über die Beziehungen dieser Figuren untereinander?

Das gedankliche Material hierzu würde mir ein ausführliches Brainstorming liefern, welches ich zuvor nach den Kriterien des von mir erfolgreich absolvierten Online-Kurses »Brainstorming« erstellen würde.

Du musst mehr über diese Agentur erfahren! Polski Tenderness oder wie das Ding heißt, störte die innere Stimme meinen Gedankenablauf. *Kapierst du das denn nicht, Mann? Das ist der direkte Weg zu Marietta. Du weißt doch selbst am besten, dass die Zeit rennt.* Im Laufe des Redens war sie immer hektischer geworden, was ich darauf zurückführte, das auch sie sich in ernsthafter Sorge um Marietta befand.

»Klappe!«, wies ich sie trotzdem zurecht. Zügig zum Ziel, hieß das Gebot der Stunde. Die Stimme jedoch ließ sich mal wieder nicht bremsen:

Wo genau ist dieser Laden? Wer macht da alles mit? Wie funktioniert die Sache? Was läuft da überhaupt? Rick wurde dahin nie mitgenommen.

»Wenn du jetzt nicht sofort ...« Ich ließ den Satz in der Luft verharren.

Prinzipiell war ich bereit, meine innere Stimme aktiv am Brainstorming zu beteiligen. Einer der unumstößlichen Grundsätze eines professionell durchgeführten Brainstormings lautet: Zwei Hirne wissen mehr als eins, drei mehr als zwei und so weiter. Ich lehnte es jedoch ab, mich mit der Frage zu beschäftigen, ob die Stimme über ein eigenes Hirn verfügte.

Da ist sie ja schon wieder!, hörte ich sie sagen. Ich bog gerade am Ende der Virchow- nach links in die Weserstraße ab, was bedeutete, dass wir in Hafen-, Kanal-, Strand- und damit in Meeresnähe kamen und es entsprechend nicht mehr weit war zu meiner Wohnung mit Büro, nach welchem ich lechzte wie die Kartoffel nach Soße. So schnell wie möglich musste ich mir anhand des geplanten Soziogramms Klarheit im Fall Marietta verschaffen. Ich brauchte Ordnung und Übersicht. Ohne sie kam ich nicht weiter im Nebel dieses Falls, der an einen Seenebel erinnerte, in welchem ich feststeckte.

»Wer ist wo?«, fragte ich mit ungehaltener Neugier.

Na, sie*! Angie.*

Ich haute in die Bremse. »Wo?«

Seit wir uns vor meinem Wohnhaus getrennt hatten, nannte ich mich selbst einen Schafskopf. Am besten stellte ich mich zu meinen Kollegen an den Deich, mähte willkürlich in der Gegend herum, stopfte so lange Gras in mich hinein, bis ich umfiel und allein nicht wieder hochkam. In diesem Punkt war ich stinksauer auf mich.

Nachdem ich Angie erklärt hatte, dass ich kein Interesse an

einer Vermittlung durch Mariettas Agentur besaß, hatte ich sie auf dem Parkplatz stehen lassen wie einen Parkautomaten, der keinen Parkschein mehr ausspuckte. Weder hatte ich mir ihren vollständigen Namen noch ihre Adresse oder Handynummer geben lassen. Ein klassischer Doppelfehler, wie ihn nur ein Schafskopf begehen konnte. Angie stand in direkter persönlicher Beziehung zu Marietta und war für mich allein deshalb schon extrem wichtig.

Sie hockte grad da im Taxi.

Meine Aufregung schnellte empor wie ein von Bud Spencer in die Höhe gedonnerter Lukas.

»Und wo ist sie jetzt?«

Ich startete den jüngst von mir abgewürgten Motor erneut.

Keine Ahnung. Weg. Ganz gelassen. Machte einen auf cool, die innere Stimme.

Ich wendete.

»Was heißt denn hier ›weg‹? Wir sind Detektive, Mann!«

Aufs Geratewohl bog ich zurück auf die Virchowstraße und hatte Glück. Die Ampel an der Kreuzung Rheinstraße stand zwar auf Rot, aber links und rechts war frei, sodass ich die Kreuzung unbehelligt passieren konnte, einen Blitzer gab es hier nicht. Ich hatte nicht die leiseste Ahnung, wohin die vermutlich im Taxi sitzende Angie entschwunden war, ging aber instinktiv davon aus, dass dies in Richtung Norden der Fall war, also geradeaus. Mein Nahziel bestand darin, Angies Taxi noch vor der Peterstraßen-Kreuzung zu erreichen. Meine Hände flogen fiebrig übers Lenkrad.

Ich beschleunigte so schnell, wie ich auf der kurzen Strecke beschleunigen konnte. Der Tachometer zeigte zwischen fünfundsiebzig und fünfundachtzig Kilometer pro Stunde an. Der Hund neben mir wackelte wie ein Wackeldackel. Mögliche Radarfallen waren mir schnuppe. Ich musste Angie einholen, kostete es, was es wollte. Wen interessierten Bußgeldbescheide? Es ging um das Leben der geliebten Frau.

Wenn sie dich blitzen, bist du deinen Lappen los!

Ich trat auf die Bremse. Verliert ein Privatdetektiv seinen Führerschein, hat er an dessen Stelle ein Problem. Der Hund flog vom Sitz, sprang jedoch spontan zurück. Als er sich schüttelte, flogen mir massenhaft weiße Haare ins Gesicht.

Siehst du das Taxi?

»Noch nicht.« Ich ärgerte mich über das verlorene Tempo und sah meine Felle mit dem verlorenen Mietwagen davonschwimmen.

Ich aber! Da vorn beim Stadttheater, biegt grad rechts ab.

Blitzartig erkannte ich meinen Fehler: Ich hatte nach einem der alten beigefarbenen Taxis Ausschau gehalten. Die Kutsche jedoch, in der mutmaßlich Angie ihr aufgepolstertes Hinterteil platziert hatte, war schwarz.

Problemlos holte ich den Wagen ein. Die Gewissheit, den Fall Marietta nunmehr problemlos lösen zu können, entfaltete sich überraschend. Ein Gefühl durchströmte mich, unauffällig, aber kraftvoll wie ein Priel im Watt.

Im Herzen jeder erfolgreichen Ermittlung existieren Schlüsselmomente. Augenblicke, in denen der Detektiv etwas für seinen Fall dermaßen Entscheidendes erfährt, erlebt, sieht, hört, riecht, ertastet, liest, spürt, schmeckt oder einfach mit der ihm eigenen lockeren Selbstverständlichkeit wahrnimmt, dass er ohne diese Erkenntnis den Fall wahrscheinlich niemals lösen könnte. Man könnte hier von Zufall sprechen. Viele tun das, aber dieser Gruppe Ignoranten dem eigenen Tun gegenüber gehöre ich nicht an. Vielmehr gehe ich davon aus, dass jene entscheidenden Augenblicke sich ergeben aus einem brisanten Mix aus Lebens- und Ermittlungserfahrung des Detektivs, seiner Intuition, Intelligenz, Konzentration, Fleiß, Einsatz, Energie oder kurz: aus seiner Brillanz. Stets versetzt mit einem guten Schuss Gelassen- sowie ekstatischer Besessenheit, ohne die gar nichts geht.

Den Moment jenes tropisch heißen Tages, der das Ozon in der Luft der abgasbedrückten Stadt stillstehen und die Frauen in ihre dünnsten Sommerkleidchen schlüpfen ließ, diesen Augenblick, in dem ich das Taxi einholte, betrachte ich im Nachhinein als den Schlüsselmoment im Fall Marietta.

Mein noch junges Leben als Detektiv geriet hier auf eine

andere Ebene. Der frische Wind einer noch unverbrauchten Aura durchzog die Luft, brachte die Dinge in Bewegung und mich in Wallung. Das schwarze Taxi, welches ich verfolgte, würde mich zu den Räumen der Agentur Polski Tenderness führen, auch wenn ich dies zu jenem Zeitpunkt noch nicht ahnen konnte.

Schon als ich die Verfolgung aufnahm, die mich quer durch die Stadt vom südlichen Strand bis in den weit nördlich gelegenen Stadtteil Rüstersiel führte, in welchem ich aufgewachsen war und damit die zugleich glücklichste wie unglücklichste Zeit meines Lebens verbracht hatte, fasste ich den Entschluss, das immer notwendiger werdende Brainstorming samt anschließender Erstellung eines Soziogramms noch eine Weile aufzuschieben, weil es möglicherweise am Ende der Verfolgung gar nicht mehr notwendig sein würde. Meine aufgeregte Hoffnung in diesem Punkt wuchs von Augenblick zu Augenblick.

Als ich von der Freiligrathstraße nach rechts in den selbst in heutiger Zeit noch dörflich anmutenden Stadtteil Rüstersiel abbog, hatte ich noch immer keine Ahnung, wohin dieser Trip mich führte. Der winzige Körper des Hundes neben mir zitterte vor aufgeregter Anspannung. Er glotzte aus der Windschutzscheibe, als könnte er Angie erkennen, deren dunkle Mähne man durch die Heckscheibe des Taxis jedoch nur schwach erblickte. Es schien, als wolle er am liebsten zu ihr, vermutlich um sich erneut von ihr streicheln zu lassen.

Die üblichen Vorsichtsmaßnahmen beim Verfolgen eines Pkws vernachlässigte ich weitgehend. Ich war so erleichtert, das bereits verloren geglaubte Taxi wiedergefunden zu haben, dass ich es nicht riskieren wollte, dieses im vergleichsweise dichten Verkehr erneut aus den Augen zu verlieren, indem ich zwei oder drei andere Fahrzeuge zwischen uns kommen ließ.

Du bist ganz schön unvorsichtig, warf dann meine innere Stimme auch prompt ein. *Sie braucht sich ja nur umzudrehen.*

»Na und? Ist doch völlig schnurz«, sagte ich zu der Stimme. »Wenn sie uns entdeckt, geht sie davon aus, dass du dich an sie vermitteln lassen willst.« Ich grinste über meinen müden Scherz und betrachtete dabei überflüssigerweise den Hund.

Das Taxi stoppte vor einem alten Einfamilienhaus in unmittelbarer Nähe des Segelhafens, an welchem ich herumlungernd ungezählte Jugendtage verbracht hatte. In sicherer Entfernung hielt ich am Straßenrand und ließ den Motor ersterben. Die Frau, die aus dem Taxi stieg, war schwarzhaarig, hübsch, aufgetakelt. Aber sie war nicht Angie.

»Na, tolle Wurst!« Ich schlug mit der flachen Hand aufs Lenkrad. Versehentlich traf ich dabei die Hupe, was einen kurzen, aber lauten Hupton zur Folge hatte. Die Frau, die zweifelsfrei nicht Angie war, jedoch über eine große Ähnlichkeit mit ihr verfügte, diese Nicht-Angie drehte sich zu meinem Auto um, während in mir eine Welt zusammenbrach: Da Nicht-Angie nicht Angie war, war die Wahrscheinlichkeit, über sie auf Marietta zu stoßen, gleich null.

Nicht-Angie hatte sich weit in das Fenster des Taxis hineingebeugt und dabei ihr eng bekleidetes Hinterteil weit in die Welt gereckt, weshalb sie mein versehentliches Hupen für blöde Anmache hielt, was ich ihr nicht verübeln konnte, auch wenn ich unschuldig war. Anschließend reckte die Dame erneut ein Körperteil in die Luft: den Stinkefinger.

Ich spürte das Blut in meinen Kopf schießen. Die Situation war ausgesprochen peinlich, weshalb ich ungerecht wurde: Als könne der Hund etwas dafür, wischte ich diesen mit meiner Rechten vom Beifahrersitz. Hastig warf ich den Motor wieder an, drückte das Gaspedal durch und ließ die Kupplung versehentlich so kommen, dass der Start meines Autos mit quietschenden Reifen geschah. Der Hund sprang zurück auf den Sitz, während Nicht-Angie, deren Taxi bereits wieder abgefahren war, nun auch den Mittelfinger der anderen Hand reckte.

Nun mal langsam! Wo willst du denn hin?

Ricky bellte einmal kurz und kräftig. Dann winselte er.

»Nach Hause, wohin sonst? Wir sind der falschen Person gefolgt, noch immer nicht gecheckt?«

Unbeirrt fuhr ich weiter, jetzt unter exakter Einhaltung der auf der Rüstersieler Straße angesagten dreißig Kilometer pro Stunde. Als der Hund erneut zu niesen begann, schaltete ich die Klimaanlage aus und öffnete das Fenster.

Der falschen Person vielleicht. Dafür aber am richtigen Ort gelandet. Aber wenn du meinst. Was geht's mich an?

Auch der Hund hatte die Nase voll und sprang (freiwillig!) zurück in den Fußraum.

»Was heißt ›richtiger Ort‹? Ich wär dir verdammt dankbar, würdest du aufhören, in verdammten Rätseln zu sprechen.«

Wieder schickte ich meine Blicke in Richtung Hund, als würde ich mit ihm reden. Ich musste mir unbedingt einen neuen Termin bei Deuter besorgen, der mich mit seinem saublöden Hundegag in die Irre geführt hatte.

Wer lesen kann, ist deutlich im Vorteil, sagte die Stimme.

Ich weigerte mich, erneut nachzufragen, und fuhr einfach weiter. Die aus Rüstersiel führende Rüstersieler Straße war lang. Mit Hilfe meiner Geduld erreichte ich jedoch mein Ziel.

Neben der Haustür hing ein Schild, sagte die Stimme.

Ich bremste schroff, trotz Schneckentempo quietschten die Reifen erneut.

»Polski Tenderness?«, fragte ich ungläubig.

Wow! Ich ließ mich nicht dadurch bluffen, dass dies ähnlich klang wie »Wau«. *Echt clever!* Hörbar grinste die innere Stimme. *Wenn du so weitermachst, wirst du noch* effektiv*!*

Noch während die Stimme sich in ihrer Häme ergoss, wendete ich den Wagen. Langsam fuhr ich an dem Haus vorbei, in dem Nicht-Angie mit hochprozentiger Wahrscheinlichkeit verschwunden war. Davor stand sie jedenfalls nicht mehr. Meine Stimme hatte die Wahrheit gesagt. Auf dem kupferfarbenen, etwa zwanzig mal dreißig Zentimeter großen Schild neben der Tür stand in Druckbuchstaben:

PARTNERVERMITTLUNG
Polski Tenderness

Obwohl das Schild in mir Assoziationen unbekannter Herkunft auslöste, die ich prinzipiell gern geklärt hätte (sie fühlten sich an wie eine Spur), zögerte ich keine Sekunde. Zu viel Zeit war bereits vertrödelt worden. Im Interesse von Mariettas Überleben konnte es so nicht weitergehen.

Hastig parkte ich den Wagen erneut am Straßenrand. Beim Aussteigen schlug mir die Hitze faustgleich ins Gesicht. Ich öffnete dem Hund, der aus dem Wagen sprang und wie ein aufgescheuchtes Huhn hin und her wetzte. Dann ging ich zum Haus.

Besagtes Schild (das mich immer noch auf etwas anderes hinweisen wollte als auf den Inhalt der Worte) war neben der Tür mit vier Schrauben fest verankert. Vergeblich suchte ich nach einer Klingel und fuhr erschrocken zusammen. Noch ehe ich zum Klopfen kam, wurde die Tür mit energischem Ruck geöffnet, und vor mir stand … Angie.

»Na duh«, säuselte sie begeistert. »Das gieng ja schnäller als gädacht. Abber kohm doch rain, mein Süßer.«

Wie aufgezogen raste Ricky an ihr vorbei, einmal den langen, im schattigen Dunkel liegenden Hausflur auf und ab. Anschließend sprang er an Angie hoch.

»Uhnd duh?«, sagte Angie etwas gelangweilt zu mir. »Kohm doch auch härein. Odder wielst du niecht?«

Ich war froh, Angie bei unserer ersten Begegnung meinen Beruf gedankenschnell verheimlicht zu haben, da dieser über eine gewisse Brisanz verfügte und die Menschen vorsichtig stimmte. Der lockenden Versuchung, ihn trotzdem zu nennen, hatte ich erfolgreich widerstanden, worauf ich mit Recht stolz war. Mein aufgepäppeltes Selbstbewusstsein umhüllte mich wie eine schusssichere Weste.

»Natürlich wiel iech«, erlaubte ich mir in meinem emotionalen Höhenflug, ihren Akzent zu imitieren. Dass Angie den Scherz verstand, sah ich an ihrem honigsüßen Lächeln.

»Dahn kohmen Sie härein.« Dass sie wieder zum offiziellen Sie wechselte, deutete an, dass es jetzt offiziell werden würde, was mir aus ermittlungstechnischen Gründen nicht unlieb war, das erotische Prickeln aber seltsam steigerte.

»Arbeiten Sie denn für die Agentur?«, fragte ich in einem Tonfall, der mein Verblüffen verheimlichte. Diese Frau war für die Liebe gemacht, nicht für eine Bürotätigkeit.

»Jah natürlich, haate iech das dänn niecht gäsagt?«, wisperte sie mir über die Schulter zu, während sie vor mir her ins Büro overkneestiefelte, was meine Gedanken kurzfristig benebelte. Vom Ende des Flurs drang ein seltsames, quietschendes, meinen Argwohn erregendes Geräusch an mein Ohr. Ich fragte mich, ob es sich eventuell um das gequälte Jaulen eines Tieres oder gar eines Menschen handelte. Gewitterschlägen gleich donnerte mein Herz im Brustkorb! Marietta!

Mein Instinkt hatte mich also nicht getäuscht! Das Haus am Rüstersieler Segelhafen war der Ort ihres Martyriums! Keine Sekunde zweifelte ich daran, dass sich das quietschende Geräusch ihrem prachtvollen Körper entwunden hatte. Augenblicklich überschlugen sich die Gedanken in mir, von denen jeder einzelne mich in eine andere Richtung lenken wollte als der jeweils vorausgegangene. Angie niederschlagen, sie verhaften, zur Rede stellen und vergleichbare Aktivitäten stellten die eine Seite der Möglichkeiten dar, während die andere im Bewahren eines dick aufgetragenen Gleichmuts bestand, um den Augenblick nicht eskalieren zu lassen und Mariettas Leben nicht in letzter Minute unnötig zu gefährden.

Immer wieder blitzten Bilder in mir auf, wie Mariettas Reaktion auf ihren Retter aussehen könnte. Auf allen Bildern fiel sie mir um den Hals, küsste mich und schwor mir ewige Treue, während sie dem Terrier nur nebenbei den Kopf tätschelte und ihn als braves Huhndili bezeichnete.

Zunächst aber verblüffte mich die Ruhe des Tieres, das so unauffällig neben mir hertrottete, dass ich es fast vergessen hätte. Das war mir unheimlich. Die Art, in der es bei unserer letzten Begegnung körperlich auf Angie eingegangen war, hatte mich an den Rand unerklärbarer Eifersucht getrieben ... und jetzt das!

Sie war länger nicht hier, sagte die Stimme. *Rick riecht so was.*

Dass von Marietta die Rede war, begriff ich sofort. Ich schob die Info als falsch beiseite und beschloss, die abgebrühte Abgezocktheit meines Handelns zu intensivieren. Das von uns erreichte Büro machte einen provisorischen Eindruck auf mich. Es strahlte keinerlei Behaglichkeit aus. Es strahlte überhaupt nichts aus. Die Wände waren weiß getüncht, das Mobiliar aus einem Möbel-Billigmarkt, nur der Laptop auf dem cremefarbenen Schreibtisch war ein edles Teil einer edlen Marke.

Der Raum besaß keine Sitzecke, weder eine gemütliche noch eine ungemütliche, und die Glühbirne unter der Decke keinen Lampenschirm. Das quietschende Geräusch, das mich beunruhigt hatte, erwies sich als enttäuschend harmlos: Es entrang sich einem in die Jahre gekommenen abgeschabt blauen Ventilator, der sich neben dem Tisch stehend von links nach rechts und zurückbewegte und so die Luft halbwegs erträglich machte.

»Sie mussen äntschuhldigän«, schlug Angie vor und forderte mich auf, auf einem knallgelben Klappstuhl ohne Sitzkissen Platz zu nehmen, während sie sich auf einen komfortablen Chefsessel pflanzte, dem unbestrittenen Prunkstück des Raums. »Abber wir sein nohch ahm Einriechten uhnd ränowieren. Bieshär habben wir vornähmlich übber Ienternät geahrbeität.«

Mit einem einzigen Blick erfasste ich, dass hier keinerlei Renovierungsarbeiten im Gange waren. Oder sah vielleicht irgendjemand einen bekleckerten Farbeimer, einen ausgefransten Pinsel, einen achtlos hingeworfenen Schraubendreher, eine aufgestellte oder an die Seite geschobene Leiter, ein zu einem Papierhütchen gefaltetes Stück Zeitungspapier? Nur der Ventilator quietschte und surrte behäbig vor sich hin.

Die lügt voll!, bestätigte die Stimme meinen Eindruck.

So wie die Liebe des Hundes zu Angie sichtbar erloschen war, so erlosch nun auch meine vorübergehende Zuneigung zu ihr. Ich kann damit umgehen, ein bisschen angeschwindelt zu werden, falls ein Notfall im Spiel ist oder ein Weihnachtsgeschenk, aber was zu viel ist, ist zu viel. Diese Entwicklung spielte mir in die Karten, da ich meine liebevolle Konzentration nun mit noch größerer Schärfe auf Mariettas Rettung fokussieren konnte.

Unbeschwerter konnte ich nun einen Trick anwenden, der mich zwangsläufig schlechter aussehen ließ. Locker stieg ich in meine neue Rolle ein. Meine imponierende Coolness wandelte sich wie unterm Zylinderhut in wohldosierte Unsicherheit.

»Ja, also …«, begann ich. »Ich, also ich, äh, ich …«

»Sie suchähn ein Frau, stiemmt's?«, unterbrach Angie mich hilfreich und in einem Tonfall, den sie für sachlich hielt. »Iech habbe soffort gemärkt vorhien ihn Farrstuhl. Diese suchände Ausdruuck in deine Auge … äh … in Ihre Auge.«

»Stimmt! Ich suche … äh … also nein … aber wenn Sie es so ausdrücken wollen, doch, ich suche …« Ich versuchte die verkrampfteste Form eines Lächelns. »Und zwar eine polnische Frau. Eine Dame aus dem Ostblock wäre mir jedenfalls genehm. Russland, Thailand oder so was … von mir aus Philippinen, wirklich sehr genehm.«

Verwirrt sah sie mich an.

»Gänähm?«

»Also, das fände ich super.«

»Ach soh.«

Angie fuhr ihren Laptop hoch.

»Wahs sohl iech saggen?«, strahlte sie mich an. »Da sein Sie sowwas vohn riechtieck! Allsoh niecht Phielipienski odder soh, abber gut Polski Frauh, bästes Frauchen vohn gahnze Wält. Schließlich wir Polski Tändärnäss.«

Ich zog ein verbissen begeistertes Gesicht.

»Tatsächlich nur Polinnen? Na, so ein Zufall!«

»Niex Zufall. Das iest Kohnzept natürliech.«

Den Einwand meiner inneren Stimme, ich solle Schauspielunterricht nehmen, und zwar dringend, ignorierte ich. Angie glaubte mir. Nur das zählte. Der Ventilator quietschte. Marietta war praktisch gerettet.

8

Wie sich herausstellte, vermittelte Polski Tenderness tatsächlich ausschließlich polnische Frauen an deutsche Männer, was bei einer in Deutschland ansässigen Agentur mit Namen Polski Tenderness keine sensationelle Erkenntnis darstellte. Es jedoch als konkret ermittelten Fakt in meinem Notizbuch lesen zu können, gab mir das Gefühl eines ersten Erfolges. Das war alles andere als unbedeutend, nachdem die Lage sich mittlerweile gegenüber der bisher geschilderten Entwicklung dramatisch geändert hatte.

Sieben weibliche Vermittlungsvorschläge hatte Angie mir unterbreitet, während ich ihr wie auf einem Feuerstuhl gegenübergesessen und hinter meiner perfekten Tarnung des verunsicherten Mannes stets sprungbereit auf den Augenblick gelauert hatte, in welchem ein Vorstoß Richtung Mariettas Rettung mir sinnvoll erschien.

Eine der vorgeschlagenen Damen gefiel mir schon auf dem Foto nicht. Kurzes Haar im Straßenköter-Look ist nicht mein Fall. Da kann der Rest noch so perfekt sein, und ob er das war, blieb unklar. Eine zweite war in ihrem Persönlichkeitsprofil meinen Anforderungen konträr entgegengesetzt: Neben ihrem Zwergkarnickel und ihrer Rennratte liebte sie Hunde aller Art, möglichst winzig, ein Chihuahua schien ihr zu groß. Die nächste überschritt die für mich relevante Altersgrenze mit achtzehneinhalb Jahren deutlich nach unten, eine weitere mit siebzig nach oben. Allmählich zweifelte ich an Angies vermittlungstechnischer Kompetenz. Der Fauxpas mit der Tierfreundin erschien mir verzeihlich, da ich selbst mit Hund vor ihr saß.

Nach Abzug dieser vier Vorschläge blieben drei in Frage kommende Möglichkeiten. Diese reduzierte ich auf zwei, um mir die Entscheidung am Ende nicht noch schwerer zu machen: Urszulina und Agnieszka. Mit diesen Vorschlägen in der Tasche ließ ich mich vor die Tür setzen. Beide entsprachen nicht meinen Idealvorstellungen, waren aber auch nicht hässlich.

Urszulina war eine niedlich-zierliche Person, die sicher viele Männerherzen höherschlagen ließ, meins jedoch nicht.

Warum aber ließ ich mich vor die Tür setzen, obwohl ich weiter davon ausging, dass Marietta im Haus versteckt wurde? Die Entscheidung zum vorläufigen Rückzug ergab sich aus dem Umstand, dass ich mit meinen Versuchen, nach dem Beratungsgespräch weitere Räume des Hauses unauffällig zu inspizieren, am sanft-entschlossenen Widerstand Angies scheiterte. Diesen zu brechen erschien mir gefährlich für Marietta.

Angie schob mich über den langen, dunklen Flur zur Ausgangstür und sagte: »Ahles nooch niecht färtig! Niechts zu kuhke für ahnspruchsvohle Gentlemän.«

Mir fiel auf, dass diese Argumentation jener fast aufs Wort glich, mit der sie mir zuvor einen Gesamtüberblick über das weibliche Agenturangebot verweigert hatte. Obwohl sie noch kurz zuvor angedeutet hatte, mir einen solchen unterbreiten zu wollen. Nach einem schnellen Telefonat jedoch hatte sich ihr Verhalten mir gegenüber schlagartig verändert. Zwar blieb ihr Lächeln freundlich, der Honig darin schmolz jedoch bereits während des Anrufs dahin wie erhitzter Zuckerguss auf einem Berliner. Für die Dauer des Gesprächs schaltete Angie den quietschenden und ratternden Ventilator aus, was nicht nur Ruhe zur Folge hatte, sondern auch einen schnellen Anstieg der Temperatur. Während am anderen Ende der Leitung pausenlos geredet wurde (ich meinte, eine weibliche Stimme zu vernehmen), antwortete Angie nur mit knappen, leisen, unbetonten Jas und Neins. Dazu nickte sie jeweils bestätigend beziehungsweise schüttelte den Kopf, was überflüssig war, da die Person am anderen Ende sie nicht sehen konnte. Nach dem Telefonat schaltete Angie den Ventilator wieder an. Es dauerte, bis dieser die alte Geschwindigkeit wiedergewonnen hatte, was für sein Alter sprach.

Das Ende unseres Beratungsgesprächs, zuletzt eher eine Abfertigung an einem stillgelegten Fließband, erfolgte unmittelbar nach dem mysteriösen Anruf. Auf meine wie nebenbei eingestreute Frage, ob sie allein im Haus sei (schließlich hatte ich an der Tür eigentlich Nicht-Angie und nicht Angie erwartet), antwortete sie, ebenfalls nebenbei: »Natührlich. Wär sohl dänn sohnst noch hierr sein?«

Dass sie damit meinen Verdacht entscheidend bestärkte – gegen sie als Person, gegen die Agentur als Einrichtung und gegen das Haus, in welchem wir uns befanden, als Ort eines Verbrechens gegen die Menschlichkeit –, muss nicht eigens erwähnt werden.

Falls ich Interesse an einer der beiden Damen hätte (Urszulina oder Agnieszka), solle ich mich wieder an die Agentur wenden, schlug Angie noch vor, während sie mich, wie bereits erwähnt, über den Flur zur Ausgangstür schob und mir, wie noch nicht erwähnt, kein adäquates Mittel einfiel, mich unauffällig dagegen zu wehren, weshalb ich es unterließ. Den Hund verlor ich dabei für circa eine Minute aus den Augen und dachte während dieser Zeit auch nicht an ihn, da meine Gedanken mit anderem beschäftigt waren. Erst als eine Angie-Hand die Tür aufhielt und die andere wie ein eiserner Ring um meine Hüfte lag, fiel er mir wieder ein.

Ich rief nach ihm, auch Angie stutzte.

»Nanu, wo iest er dänn? Riecky, woh biest du dänn?«

»Vermutlich haben wir ihn im Büro eingesperrt.« Ich witterte meine Chance.

»Kahn niecht«, meinte Angie. »Türr stäht auf.«

Sie hatte recht, auch wenn ich dies bedauerte, da es die von mir angestrebte Umkehr erschwerte. Deutlich erkannte auch ich, dass Licht aus dem Büro in den feuchtkalten Flur fiel. Das surrende Quietschen des Ventilators hörte man bis hier, was ebenfalls für eine geöffnete Tür sprach. Auch von einem Raum schräg gegenüber fiel Tageslicht in die Finsternis, woraus ich schloss, dass hier eine weitere Tür offen stand. Ich konnte mich nicht daran erinnern, dass dies auch vorhin schon so gewesen war. Mein Argwohn steigerte sich: Es musste noch mindestens eine weitere Person im Haus sein, deren Existenz Angie jedoch leugnete. Möglicherweise handelte es sich hierbei um Nicht-Angie.

»Dann muss Ricky in diesem Raum dahinten sein«, rief ich, ließ mich nun nicht mehr von Angie halten und preschte los wie ein Wildpferd. Da ich hierbei versehentlich über Angies linken Fuß stolperte, lag ich eine Sekunde später lang auf dem Flur. Eine Situation, mit der ich nicht gerechnet hatte, weshalb sie mich verblüffte. Ich sah Angies hochhackige Overkneestiefel an mir vorbeieilen in Richtung des Raumes, in welchem ich den Hund vermutete. Ich wollte sie greifen, doch mein Griff ging ins Leere.

Um ihr zu folgen, kam ich hastig hoch. Vermutlich zu hastig, denn ich geriet erneut ins Straucheln, kippte seitwärts gegen die rechte Flurwand und fand mich bereits im nächsten Moment erneut auf dem mit rauem Filzteppich ausgelegten Flurboden wieder, was kein angenehmes Gefühl war, zumal ich mir beide Ellenbogen daran aufratschte, was schmerzhafte Folgen hatte.

Als ich endlich wieder oben war, war Angie verschwunden. Am von dort nicht mehr einfallenden Tageslicht erkannte ich, dass besagte Tür nunmehr geschlossen war. Wahrscheinlich war Angie von dieser verschluckt worden. Die Frage, welches Geheimnis der dahinter liegende Raum barg, brannte mir so sehr unter den Nägeln, dass es mehr schmerzte als die Ellbogen.

Noch nie in meinem Leben hatte ich unmittelbar vor der Aufklärung eines Verbrechens gestanden. Aber einmal ist immer das erste Mal. Als ich die Hand auf die Klinke legte, um im nächsten Moment das Geheimnis zu lüften, war ich mir sicher, Marietta hinter jener Tür zu finden. Tot oder lebendig.

Mein Herz wummerte. Einen letzten, vielleicht nicht erklärbaren, jedoch zutiefst verständlichen Sekundenbruchteil zögerte ich, bevor ich die Klinke voller Entschlossenheit hinabdrückte und sofort sah, wer hinter der Tür war.

Niemand.

In meinem Innern breitete sich neben einer gewissen Erleichterung ein Gefühl gähnender Leere aus. Der zum Vorschein gekommene Raum war klein, sonnendurchflutet, unmöbliert. Die schmuddelig weiße Wandfarbe erinnerte an die des Büros. Da es hier jedoch keinen Ventilator gab, war die Luft unerträglich. Hätte sich in der hinteren Ecke des Raumes nicht eine ebenfalls geschlossene, mit brauner Farbe mies gestrichene Holztür befunden, hätte ich an meinem Verstand gezweifelt. So aber konnte ich mir derartige Zweifel sparen, denn es war sehr gut möglich, dass sowohl Angie als auch Ricky hinter dieser zweiten Tür steckten, warum auch immer. Vielleicht war auch Marietta dort, und der Hund hatte es gerochen, war dabei von Angie erwischt worden und …

Hastig durchquerte ich den winzigen Raum und öffnete besagte zweite Tür. Hinter ihr kam eine vermoderte, mit Wurmstichen übersäte Holztreppe zum Vorschein, die ich sofort tastend erklomm. Das Knarren des Holzes unter meinen Schuhen war das einzige Geräusch. Dass es in diesem Bereich des Hauses immer heißer und stickiger wurde, wunderte mich nicht, denn erfahrungsgemäß wurde es in alten, schlecht isolierten Häusern an tropisch anmutenden Sommertagen stets heißer und stickiger, je mehr man sich dem Dach näherte, auf welches die Sonne von außen gnadenlos herunterknallte.

Ich hielt kurz inne, um zu hören, ob da nicht vielleicht doch noch etwas anderes war als Holzknarren, aber diese Aktion war erfolglos: Es blieb gespenstisch still. Totenstill.

Jedenfalls bis zu dem Moment, in welchem der Hund zu bellen begann. Das Bellen kam von oben. Da es sich weder um ein wütendes noch erschrockenes Bellen handelte, sondern um ein fast schon fröhlich anmutendes Kläffen, wie ich es vom Terrier kannte, wenn ihn etwas begeisterte (er war sehr leicht zu begeistern!), legte ich die letzten Schritte nach oben ohne jene Beklommenheit zurück, die mich bis dahin beherrscht hatte. Rickys Bellen hatte auf mich eine entwarnende Wirkung. Entspannt wollte ich gerade die hässlich hellgelbe Plastiktür öffnen, welche oben die Holztreppe begrenzte, als ebenjene von innen geöffnet wurde. Heraus trat Angie, den freudig quiekenden Ricky auf dem Arm.

Schnell wie ein Iltis und wendig wie ein Aal schlüpfte die kleine Frau samt Hund aus der Tür und schloss diese hinter sich. Zeitgleich passierte etwas psychologisch höchst Interessantes, was mich noch lange beschäftigen sollte: Meiner bewussten Wahrnehmung gelang es nicht, einen Blick in das Innere des hinter der Tür liegenden Raumes zu werfen. Nichts von dem, was meine Augen in diesen Sekundenbruchteilen erhaschten, leiteten sie weiter an mein Bewusstsein, sodass das Gesehene zunächst im Dunkeln blieb. Dementsprechend hätte ich jeden Eid geleistet, nichts von dem gesehen zu haben, was ich jedoch gesehen haben musste, und damit einen Meineid geleistet.

Bewusst nahm ich nichts weiter wahr als die exzessiv geschminkte Angie mit dem sich in ihrem Arm begeistert windenden Ricky Weinzierl. Hinter den beiden zwei undefinierbare Lichtreflexe, das war's. Als Nächstes erkannte ich die Tür, die Angie mir vor der Nase zuschlug.

»Äs tut mier leid, dahs Sie gäfallen sind über meihne Fuß da uhnten«, versuchte Angie ungeschickt, mich abzulenken. »Äs war eine Värsehen.«

Sie erreichte ihr Ziel: Ich war sofort abgelenkt. »Ein sehr merkwürdiges Versehen«, sagte ich. »Passieren Ihnen solche Versehen vielleicht häufiger?«

Sie schob mich die Treppe hinunter. Die kleinwüchsige Polin verfügte über enorme Kräfte, was mir nicht zum ersten Mal auffiel.

»Was war denn da oben los?«, fragte ich, als wir unten angekommen waren und erneut auf dem langen, dunklen und kühlen Flur standen, alle Türen hinter uns nun wieder fein säuberlich geschlossen. Nur die Bürotür stand weiter offen. Die nervtötenden Geräusche des Ventilators erfüllten die Atmosphäre. »Wieso ist der Hund nach oben gerannt?«

»Ach där neugiehrige kleihne Kärl«, verschleierte Angie mögliche Fakten. Mit dem Fehlen jeglicher Unentschlossenheit öffnete sie die Haustür. Es gab kein Zurück. Ich war angefüllt mit seltsam leerer Unzufriedenheit.

Erst als wir auf der anderen, also äußeren Seite der Haustür in unverändert stickig-schwüler Hitze standen, ließ Angie ihren kleinen »Lieplink« vom Arm.

Wie aufgezogen begann der Hund augenblicklich, wilde Kreise auf dem Vorplatz des Hauses zu rennen, als wäre er die letzten drei Tage eingesperrt gewesen. Seine hinteren schienen schneller als die vorderen Laufwarzen, aber er überschlug sich nicht. Er war vollständig überdreht. Angie stutzte kurz, verschwand dann aber grußlos wieder im Haus.

»Seltsam, seltsam«, sagte ich zu mir selbst, während der Hund ausgepowert neben mir hertrabte.

Schlafmütze!, zischte meine innere Stimme. *Chance vertan!*

Wir erreichten das Auto.

»Ich bin zufrieden«, log ich. »Ich weiß, was ich wissen wollte.« Manchmal darf man sich seine Schwäche nicht anmerken lassen.

Ich öffnete die Beifahrertür. Kaum saß der Hund drin, betrachtete er mich vorwurfsvoll. Ich warf ihm die Tür vor der Nase zu und stieg ebenfalls ein.

Ohne Rick wärst du genauso blöd wie vorher.

Im Wegfahren streiften meine Blicke noch einmal das Schild neben dem Eingang. Erneut löste dies ein Déjà-vu-Gefühl in mir aus: Woher nur, verdammich, kannte ich ein ähnliches Schild? Den Start des Autos betrachtete meine innere Stimme als Signal zum Losquasseln. Ausnahmsweise hatte ich nichts dagegen. Mit ihrer Bemerkung, dass ich ohne Rick genauso blöd wäre wie vorher, hatte sie meine Neugier geweckt.

Oder hast du vielleicht auch nur die geringste Ahnung, fragte die Stimme markant provokativ, *was sich da oben hinter der Tür abgespielt hat, hä?*

»Was soll daran wichtig sein?«, konterte ich markant lapidar, während ich meinen Wagen aus Rüstersiel auf die Freiligrathstraße lenkte.

Mein Weg Richtung Meer zu meinem Büro mitsamt angestrebtem Brainstorming plus Soziogramm führte auch an Altengroden vorbei (hier lebten die Janßens, und ich hatte hier mit Luna die glücklichsten Stunden meines Lebens verbracht, bevor sie das sechswöchige Zusammenleben mit mir aus unerfindlichen Gründen abbrach), es folgten Neuengroden, Heppens … Ich kannte mich aus in dieser Nordseestadt wie kein anderer. Jede Straßenecke war mir vertraut, der Anblick eines jeden Hauses nicht fremd. Überall klebten Erinnerungen in der Luft wie unsichtbare Briefmarken auf Briefen, die niemand abschickte.

Als ich so vor mich hin sinnierend den Weg gen Südstrand zurücklegte, wurde mir bewusst, dass ich mich durch nostalgische Gefühle zu sehr ablenken ließ. Ich war so tief in meine

Erinnerungen abgetaucht, dass ich nur allmählich wieder aus ihnen auftauchte. Entsprechend langsam wurde ich gewahr, dass meine innere Stimme etwas gesagt hatte. Meine Unkonzentriertheit gefiel mir nicht. Die Nächte seit Mariettas Verschwinden hatte ich zu wenig geschlafen. Fortwährend war ich zwischen wilden Träumen schweißgebadet erwacht, angefüllt mit Verfolgungsjagden und ähnlichem Zeug.

Ein Traum war dabei immer wiedergekehrt: Auf verzweifelter Suche nach Marietta war ich den nächtlichen Bontekai am Wasser entlanggehetzt und hatte sie, als ich die KW-Brücke (Kaiser-Wilhelm-Brücke) erreichte, endlich am anderen Ende dieser riesigen Hafenüberführung entdeckt. Den Hund neben sich, erkannte ich sie trotz diesiger Luft deutlich unter der hinteren großen Laterne, welche sie nebst Brücke und Hund von oben bestrahlte wie ein böses Omen. Beglückt rief ich ihren Namen. Sie drehte sich um und schenkte mir das traurigste Lächeln, das ich je gesehen hatte. Ohne seinerseits zu lächeln, machte der Hund es ihr nach. Als ich losrannte, lösten beide sich im großen Nichts der Nacht auf, als hätte es sie nie gegeben. Die bestens beleuchtete Brücke war so leer, wie eine nächtliche Brücke nur sein konnte. Dieses Bild hatte sich in mein Hirn gebrannt wie das Foto auf dem Cover eines Buches, das erst noch geschrieben werden wollte.

»Entschuldige«, entschuldigte ich mich nun aufrichtig bei der Stimme. »Ich war geistig weggetreten. Was sagtest du?«

Ach nix. Da war er wieder, dieser beleidigte Unterton, den ich nicht zu schätzen wusste. Um ehrlich zu sein, konnte ich ihn nicht ausstehen. *Es war nur eine Antwort auf deine Frage.*

Immerhin redete sie noch mit mir, worüber ich eine gewisse Erleichterung verspürte. Die Chancen, dass mein Fehler sich noch einmal ausbügeln ließ, standen nicht schlecht. Ich versuchte, mich an meine Frage zu erinnern, was mir auch gelang: War es wichtig, was sich auf dem Dachboden abgespielt hatte? Ich befand mich wieder auf der Höhe des Geschehens.

Falls es wichtig sein sollte, spulte die Stimme lustlos herunter, *dass auf diesem Dachboden eine ganze Horde Frauen hockte, dann ist es wichtig. Andernfalls ist es piepegal.*

Ich wusste nicht, wie ich auf diese Aussage reagieren sollte, da ich sie nicht einordnen konnte.

»Was für Frauen denn?«, fiel mir in Höhe Mühlenwegkreuzung die passende Gegenfrage ein.

Vorgestellt haben sie sich nicht, räumte meine innere Stimme ein. *Eine von denen hat Rick die Schnauze zugehalten.*

Drei mögliche Fragen schossen gleichzeitig in mir hoch:

a) Woher willst du das denn wissen?
b) Wieso hat sie das getan?
c) Wieso hab ich angeblich vorhandene Frauen nicht gesehen?

Kurzerhand entschloss ich mich, alle drei Fragen vorerst zurückzuhalten, da a) vergleichsweise ohne Bedeutung war, b) sich möglicherweise allein erklären würde und ich bei c) Gefahr lief, bei der Antwort schlecht abzuschneiden. Außerdem fehlte mir noch immer die Antwort auf meine vorausgegangene Frage: Was für Frauen sollten das gewesen sein?

Die hockten da alle rum. So als ob sie bei irgendwas unterbrochen worden wären. Oder auf irgendwas warteten.

»War die Frau aus dem Taxi auch dabei?«, fragte ich.

Natürlich. Das ist Angies Schwester, und die heißt Petra.

»Petra?«, fragte ich ungläubig. »Nicht Petroschka oder so was?«

Petra!

Ich dachte darüber nach, ob ich erneut umkehren sollte, der Bismarckplatz eignete sich hierfür bestens. Andererseits duldete das Soziogramm keinerlei weiteren Aufschub. Gedanken schossen wie ungeordnete Lichtstrahlen durch meinen Kopf. Ich schwitzte nicht nur wegen der ausgeschalteten Klimaanlage.

Nun mach schon!, hörte ich meine innere Stimme.

»Was, verdammt, soll ich machen?«, rief ich verzweifelt, da wir die Wendemöglichkeit schon so gut wie passiert hatten. Ich befand mich in der Nähe eines Nervenzusammenbruchs.

Kehr um!, ordnete die Stimme an (ein Tonfall, der mir überhaupt nicht passte). *Und bewahr die Ruhe. Was willst du eigentlich erst machen, wenn es gefährlich wird? Und das wird es, versprochen. Also reiß dich gefälligst zusammen!*

Daraufhin versuchte ich, mich zusammenzureißen, was trotz der ungebrochenen Brisanz der Situation hervorragend klappte. Die Worte der Stimme leuchteten mir ein. Voller Tatendrang umfuhr ich die Verkehrsinsel und startete erneut in Richtung Rüstersieler Segelhafen.

9

Diesmal parkte ich direkt vor dem Haus. Ich klingelte an der Tür. Das Haus wirkte menschenleer. Jedenfalls kam niemand an die Tür, um diese zu öffnen. Das betraf sowohl Angie als auch jede andere möglicherweise in Frage kommende Person. Auf dem Dachboden hatte es ja angeblich von Frauen nur so gewimmelt!

Da es mir allerdings äußerst unwahrscheinlich erschien, dass in den geschätzten siebzehn Minuten meiner Abwesenheit all die Damen schlagartig und so spurlos das Haus verlassen hatten, als gäbe es sie gar nicht, blieb eine gewisse Skepsis gegenüber ihrer Existenz in mir wach. Ich beschloss, das Haus in gebührender Vorsicht zu umrunden.

Für diese Umrundung holte ich aus Effektivitätsgründen den Hund hinzu (vier Augen sehen mehr als zwei, zwei Nasen riechen mehr als eine, auch die Ohrenverdopplung konnte nicht schaden), welchen ich, ebenfalls aus Effektivitätsgründen (mit ihm dauerte alles doppelt so lange), im Auto gelassen hatte. Aber man musste abwägen.

Selbstverständlich hatte ich aus Tierschutzgründen das Fahrzeug im Schatten einiger großer Bäume geparkt und wegen der trotzdem noch brütenden Hitze beide Fenster weit heruntergelassen. Normalerweise vermeide ich derartige Nachlässigkeiten zum Schutz vor Dieben grundsätzlich, konnte mir aber in diesem Fall getrost eine Ausnahme leisten, da Ricky jeden verbellen würde, der sich dem Auto auch nur auf zehn Meter näherte. Das war so sicher wie das Amen in der Kirche. Zumindest war ich hiervon bis zu jenem Zeitpunkt überzeugt, der mich ans Auto treten und es hundeleer vorfinden ließ.

Ich erschrak zutiefst, und mein Schrecken war nicht geheuchelt. Offenbar war der Hund gestohlen worden oder, um es richtiger auszudrücken: Man hatte das Tier entführt! War dies der Fall, und davon musste ich ausgehen, dann konnte es sich bei dem Entführer ausschließlich um eine Person handeln, die ihm so vertraut war, dass er sie selbst beim direkten Griff durchs Fenster nicht angebellt hatte.

Blitzschnell durchdachte ich die Möglichkeit, ob es einen Zusammenhang gab zwischen der mutmaßlichen Entführung von Frauchen Marietta und Hund Ricky Weinzierl. Fanden im Rahmen eines kurzen Zeitraumes innerhalb einer Familie so viele Entführungen statt, dann gab es nicht viel zu deuteln: Die Familie war ins Fadenkreuz verbrecherischer Aktivitäten geraten, was kein langes ermittlerisches Zögern zuließ.

Meine diesbezüglichen Gedanken wurden jäh durch meine innere Stimme unterbrochen, die sich seit der Wende am Bismarckplatz in erschöpftes Schweigen gehüllt hatte.

Wir müssen ums Haus rum, Mann, meldete sie sich eindrucksvoll zurück. *Dass keiner aufmacht, heißt noch lange nicht, dass auch keiner drin ist.* Plötzliche Aufregung hatte sie befallen. Und plötzlich war auch der Hund wieder da, winselnd sprang er an mir hoch.

»Wo kommst du denn her?«, fragte ich, und anstelle des Hundes antwortete die Stimme: *Das Fenster war offen.*

Unter Einsatz meiner menschlichen Überlegenheit begann ich wortlos die Hausumrundung. Den Hund konnte ich auch später noch wegen seines unerlaubten Fenstersprungs zusammenfalten. Schließlich hätte er sich sonst was brechen können. Mariettas mögliche Reaktion malte ich mir lieber nicht aus, obwohl ich mich an die Vorstellung einer solchen Reaktion klammerte wie ein Ertrinkender an den Rettungsring, da eine Reaktion voraussetzte, dass Marietta nicht nur lebte, sondern von mir gerettet worden war, worin mein einziges Ziel bestand.

Wie ein schmerzhafter Pfeil durchfuhr mich nun jedoch die Frage, ob ich sie überhaupt jemals wiedersehen würde. War dies aber der Fall, so viel stand fest, würde ich liebend gern Beschimpfungen aller Art über mich ergehen lassen. Meine Gefühle für sie hatten sich in den Tagen ihrer Abwesenheit in Dimensionen gesteigert, die mich befremdeten. Die Luft in diesen Sphären war dünn. Ich fühlte mich wie ein verlorener Heuler, der statt im Watt oder in der ihn auffangenden Seehundstation in Norden versehentlich auf dem Arngaster Leuchtturm mitten im Jadebusen gelandet war.

Ich umrundete das Haus von links, unabgesprochen der Hund von rechts. Manchmal waren wir ein gutes Team. Auf der Rückseite des Hauses, das vom Nachbargrundstück durch einen halb verrotteten, mannshohen Bretterzaun getrennt war, trafen wir aufeinander, ohne einen Erfolg erzielt zu haben. Trotzdem (ich konnte mich nicht auf einen hypernervösen Hund verlassen) vollendete ich meine Runde, bis ich wieder vor dem Haus stand. Da die Erfolglosigkeit geblieben war, wusste ich nicht recht, was ich weiter tun sollte.

Immer mehr ging ich davon aus, dass der Weg zu Marietta nur über dieses vom Verfall bedrohte Haus führte. Eine rationale Erklärung dafür hatte ich allerdings nicht. Eindeutig handelte es sich um eine Machtübernahme meiner Instinkte, auf die ich mich stets verlassen konnte.

Wir müssen da rein, forderte meine innere Stimme gereizt.

»Ich bin ein Mann des Gesetzes«, sagte ich stolz. »Soll ich vielleicht einbrechen?«

Blitzmerker, frotzelte die Stimme, derweil der Hund anweisungslos erneut hinters Haus wetzte. Als ich ihn eingeholt hatte, befand er sich schwanzwedelnd vor einem auf Kipp stehenden Fenster. Erwartungsvoll schleuderte er seine Blicke zwischen mir und Fenster hin und her.

Nun mach schon!, schlug die Stimme ermunternd vor.

»Und was ist«, flüsterte ich, »wenn mich da drin schon jemand erwartet? Mit Knüppel in der Hand?«

No risk, no fun!

»Seh ich aus, als wollte ich Spaß haben?«

Ganz sicher nicht.

Wortlos wandte ich mich zum Gehen.

Ich hab nur gedacht, du wolltest Ricks Frauchen finden, zumindest Hinweise …

Meine innere Stimme war nicht ohne Raffinesse, das musste ich zugeben, aber so leicht ließ ich mich nicht einwickeln. Der Terrier betrachtete mich schwanzwedelnd.

»Natürlich will ich das, aber doch nicht hier.«

Wo denn sonst?

Ich verschwand um die Hausecke. Als ich nach dem Hund

rief, folgte er mir nicht, was mich zur Umkehr nötigte. Unverändert hockte das Tier weiter an selbiger Stelle.

»Ich brech da nicht ein«, sagte ich. »Und wenn du dich hier festklebst.«

Wenn wir jetzt verduften, finden wir sie nie.

Nach kurzem Seufzer ergab ich mich ins Unvermeidliche. Dank meiner Teilnahme am nur halb legalen Online-Seminar »Momente, in denen der Detektiv nicht anders kann« stellte das Öffnen des Fensters für mich zwar ein moralisches, aber kein handwerkliches Problem dar. Innerhalb weniger Sekunden würde die Sache erledigt sein, ich hatte den Kurs mit summa cum laude abgeschlossen. Da mir jedoch die praktischen Erfahrungen fehlten, dauerte es neunzehn Minuten. Was aber sind ein paar Minuten, wenn man sein Ziel am Ende erreicht?

Nach sportlich-geschmeidigem Abschlusssprung fand ich mich im Innern des Hauses wieder. Ebenfalls wie eine Katze sprang der Hund in einem Satz auf das niedrig gelegene Fensterbrett und von dort in den winzigen Raum dahinter, der mit einer uralten, aber ordentlich geputzten Kloschüssel sowie einem Handwaschbecken für Minimalansprüche ausgestattet war. Der mit rostiger Abzugskette aus dem vorigen Jahrtausend versehene Toilettenspülkasten befand sich unter der niedrigen Decke. Da ich kein entsprechendes Bedürfnis verspürte, ließen wir den Toilettenraum schnell hinter uns.

Als Erstes öffnete ich zu diesem Zweck die Tür vorsichtig und spähte in den sich davor lang erstreckenden dunklen Flur, der mir von der anderen Seite bereits vertraut war. Trotz aller von mir angewandten Behutsamkeit hätte das Quietschen und Knarren in den vollständig ungeölten Türscharnieren, die sich wie ein beißender Schrei in die Stille des Hauses bohrten, uns schnell verraten können.

Kein Schwein da, meinte die innere Stimme. *Höchstens oben.*

Ohne dies zu äußern, gab ich ihr in beidem recht. Mit vorsichtig gestopptem Atem setzte ich einen Fuß vor den anderen, während ich verblüfft war über das ausgefuchste Verhalten des Hundes, der sich meinem Schleichen anschloss.

Jetzt aber rauf, flüsterte die Stimme.

Warum sie flüsterte, entzog sich meiner Kenntnis, da sie außer mir niemand hören konnte. Trotzdem machten wir uns auf den Weg hinauf. Ein Knarren des Holzes auf der alten Treppe war unvermeidbar, aber wie alles Unvermeidbare war es nicht zu ändern, weshalb ich es hinnahm.

Von oben war weiterhin kein Geräusch zu hören. Überaus vorsichtig und mit zittrigen, wie elektrisch aufgeladenen Fingern öffnete ich die Tür am Treppenende und sandte meine Blicke wie Vorboten des Lichts hinein. Mein Herz schlug kräftig. Meine Wangen glühten, mein Kinn vibrierte. Die Welt hielt den Atem an. Ohne meine Vorsicht zu vergessen, dachte ich nicht an sie.

Glaube und Hoffnung verbündeten sich mit meinem festen Willen und gebaren so die Gewissheit, dass ich schon in wenigen Augenblicken Mariettas Fesseln lösen und sie in Form ihres Körpers in meine danach lechzenden Arme schließen würde. Der Lohn harter Arbeit lag hinter dieser Tür und wartete auf seine Erlösung. Die Erhabenheit der Sekunde war perfekt.

Die auf den Fuß folgende abrupte Enttäuschung glich einem unvermittelten Sturz vom Wilhelmshavener Rathausturm. Hinter der Tür der Hoffnung befand sich ein großer, mit Sitzgelegenheiten und Ventilatoren übersäter Raum. Menschen waren nicht vorhanden. Vier sich in den Dachschrägen befindende Fenster waren aufgerissen. Ich gab meine erwartungsvolle Zurückhaltung auf und betrat rücksichtslos den Raum. Auch der Hund lief entspannt hinein.

Aber du siehst schon, gab meine innere Stimme nicht triumphfrei von sich, *dass Rick recht hatte.*

»Womit?«, fragte ich genervt und sah mich prüfend um. Die massenhaft anwesenden Sitzgelegenheiten, die aus bunten Sitzsäcken, knorrigen Stühlen, zusammengewürfelten Sesseln sowie einem allein stehenden plüschbezogenen Dreisitzsofa bestanden, erfasste ich in ihrer Gesamtheit auf den ersten Blick. »Siehst du vielleicht Marietta irgendwo?«

Hab ich das denn behauptet?, tönte die Stimme. *Aber vor nicht allzu langer Zeit waren hier noch Frauen.*

Daran konnte es in der Tat nicht den geringsten Zweifel

geben. Die aus diversen Parfümdüften zusammengesetzte Geruchswolke, welche die Luft des Raumes süßlich schwängerte und mir in etwa so dezent in die Nase stieg wie der Gestank von Schwefel und brodelndem Teer, sprach eine allzu deutliche Sprache. Die Anordnung der vorhandenen Sitze verlieh der Örtlichkeit das Flair eines Tagungsraums. Dieser Eindruck wurde verstärkt durch drei Flipcharts. Die darauf befestigten Papierblöcke waren blank. Deutlich erkennbar waren jedoch Blätter abgerissen.

»Das ist lächerlich!«, entgegnete ich. »Es kann auch Tage zurückliegen. Du solltest vorm Quasseln schon ein bisschen nachdenken, Schlaumeier. Auch wenn dir das nicht liegt.«

Bei näherer Betrachtung des Flipcharts entdeckte ich Spuren durchgedrückter Wörter. An dem Versuch, diese zu lesen, scheiterte ich mit Ausnahme vereinzelter, in dieser Form nichtssagender Buchstaben.

Und wieso ist es hier nicht halb so heiß, wie es direkt unterm Dach sein müsste?

Ohne sie zu finden, suchte ich nach Häme im Klang der Stimme. Sie hörte sich sachlich an. Vergeblich auf Lesbarkeit hoffend, schob ich das Flipchart in helleres Licht.

»Die Fenster sind geöffnet.« Zu spät wurde mir klar, dass durch geöffnete Fenster nur zusätzliche Heißluft einströmte.

Auf einem der Tische entdeckte ich einen Bleistift. Vorsichtig fuhr ich damit über die Druckstellen im Papier.

Die Ventilatoren liefen vorhin auf Hochtouren. Und jetzt sind sie noch nicht länger aus als ein paar Minuten.

Noch ehe ich dazu kam, über die Worte der Stimme nachzudenken oder mein Bleistiftwerk zu vollenden, klingelte es an der Tür. Ich fuhr zusammen wie ein Mimosenblatt. Dass auch der Hund erschrak, erkannte ich daran, dass er alle Vorsicht vergaß und wie aufgezogen sowie laut bellend die steile Treppe hinunterraste, sich auf den letzten Stufen überschlug, unsanft unten ankam, sich dann sofort wieder berappelte und noch lauter bellend weiterrannte. Es klingelte ein zweites Mal. Das Kläffen des Terriers entfernte sich über den langen Flur. In fliegender Eile, jedoch ohne mich unter Druck zu setzen, riss ich den Papierbogen vom Flipchart und faltete ihn so zusammen, dass er unter meinen Arm passte.

Danach folgte ich vorsichtig dem Weg des Hundes die Treppe hinab. Vermutlich hätte ich ihm böse sein müssen wegen seiner Unvorsichtigkeit. Dass ich es nicht war, erschien mir großzügig, denn möglicherweise brachte er mich durch sein problematisches Verhalten in Teufels Küche.

Jedoch überwog in mir die überlegene Einsicht, dass er in seiner Eigenschaft als Hund dies natürlich nicht einzuschätzen vermochte. Während er triebgesteuert war, verfügte ich über ganz andere Möglichkeiten.

Als ich nach gefühlter Ewigkeit unten ankam und meine Blicke um die Ecke den Flur entlang zur Haustür schickte, erkannte ich, wer auf der anderen Seite der gelbverglasten Tür stand und mit seinen Versuchen, den Hund zu beruhigen, kläglich scheiterte: Monsieur Feuerkopf, Ubbo Dose, der große ostfriesische Hundekenner. Ich staunte nicht schlecht.

Mittlerweile fiel auf, dass im Rahmen meiner Ermittlungsarbeiten irgendwann, irgendwie und irgendwo immer wieder unerwartet Dose auftauchte. Das wurde mir beim Erstellen meines Soziogramms (endlich war es so weit, bei eingeschalteter Klimaanlage und einem zweiten Glas eisgekühlter Apfelschorle) mehr als deutlich bewusst.

Meine vorausgegangene Ankunft in Wohnhaus, Wohnung und Detektei hatte für mich nicht nur ein pragmatisch-reales Nachhausekommen dargestellt, sondern auch das Gefühl eines inneren Nachhausekommens nach langer Abenteuerreise. Das erschien mir zunächst selbst ein wenig übertrieben, da der Tag mich kilometermäßig nicht weiter fortgeführt hatte als zum Hooksieler Dose-Anwesen. Dann jedoch bedachte ich, dass dieser Trip von Erkenntnissen gewimmelt hatte wie das Watt von Würmern, die der geübte Angler nach wenigen gezielten Spatenstichen nur noch einzusammeln brauchte, um mit ihrer Hilfe einen fetten Aalfang zu erzielen. In meinem Fall bedurfte es noch der Spatenstiche, ohne die auf der weiten Wattfläche von den zukünftigen Ködern nichts weiter sichtbar war als die vielen kleinen, von den Tieren hergestellten Schlickhäufchen und nichts hörbar als das vom Wurm und anderem Getier (Krebse und so weiter) verursachte gurgelnde Blubbern in endloser, leise atmender, schlickiger Stille.

Gierig schlürfte ich die eisgekühlte Apfelschorle in dem durch Jalousien halb verdunkelten Raum in mich hinein und legte meine in elegant schwarze italienische Schuhe gekleideten Füße in Bogart-Manier auf dem Schreibtisch ab wie Werkzeuge, die ich eine Weile nicht brauchen würde. Das Soziogramm hatte inzwischen so lange vergeblich auf seine Erstellung gewartet, so dachte ich mir, dass es auch noch ein paar weitere Minuten Zeit hatte. Wertvolle Zeit, in der ich meine Energien regenerieren konnte. Es war sechzehn Uhr. Noch einmal ließ ich die mich teilweise verwirrenden Ereignisse des Tages (weshalb ich hier auch ihre Chronologie zugunsten freier Assoziation vernachlässige) vor meinem geistigen Auge Revue passieren …

… und wäre dabei fast eingeschlafen. Jedoch fiel mir an entsprechender Stelle der durch meinen Kopf ziehenden Erinnerungen ein, dass ich auf dem Dachboden des Rüstersieler Hafenhauses den Flipchart-Papierbogen entwendet und nach meiner Heimkehr achtlos in der Küche abgelegt hatte, während ich aus dem Kühlschrank die letzten Reste einer gestrigen Krabbenmahlzeit gegabelt hatte. Aufgeregt sprang ich hoch, um den Bogen zu holen und mein Bleistiftwerk zu vollenden.

Die Sache war nicht ohne Mühe, aber mein Plan ging auf: Inmitten dumpfer Bleistiftfarbe entstanden weitere Buchstaben, gefolgt von deutlich sichtbaren Wörtern. Ein schnelles Erfolgserlebnis, dem jedoch noch schnellerer Frust folgte. Offensichtlich handelte es sich um Worte einer mir nicht geläufigen Sprache, vorsichtigen Schätzungen zufolge tippte ich auf Polnisch. Lustlos setzte ich die begonnene Arbeit fort, brach jedoch resigniert wieder ab, da ich verständlicherweise nichts verstand.

Das oberste Wort war *zając*. Obwohl ich mir davon nicht viel versprach, googelte ich die deutsche Übersetzung. Sie lautete »Hase«, was mich nicht weiterführte. Also versuchte ich es auch noch mit dem zweiten und dritten Begriff (*misiu* und *mysz*), deren Übersetzungen mit »Bärchen« beziehungsweise »Maus« angegeben wurden. Vermutlich war hier ein harmloses Spiel gespielt worden, bei dem es um das Erraten verschiedener Tiere ging. Offensichtlich führte diese Spur ins Dunkel, weshalb ich sie vernachlässigen konnte.

Enttäuscht (ich hatte einige Hoffnung in die Fährte investiert) legte ich das Papier auf dem Boden ab, um endlich mit meiner eigentlichen Aufgabe beginnen zu können. Leider hatte ich zu diesem Zeitpunkt keine Ahnung, dass eine Fortsetzung meiner Papierbogenarbeit mich wesentlich weitergeführt hätte. Der Mensch lebt von seinen Fehlern …

Warf man einen Blick auf das von mir anschließend erstellte Soziogramm, konnte fast der Eindruck entstehen, dass sich alles um ihn drehte. Nicht, weil er so extrem häufig darin vorgekommen wäre, sondern wegen der Umstände, unter denen er darin auftauchte. Die Rede ist von Ubbo Dose, dem aus Ostfriesland stammenden Hundetrainer. Aber, um den Überblick nicht vollständig zu verlieren, eins nach dem anderen. Zunächst erstellte ich eine Liste aller (möglicherweise) in den Fall verwickelten Personen, die folgendermaßen aussah:

- Marietta Weinzierl (Sonne des Systems)
- ein mir namentlich nicht bekannter Mann mit gepflegtem Vollbart und dunkelgrünem Alfa Romeo mit Bremer Kennzeichen
- Ilonka Janßen
- Janßen
- Angie
- Angies Schwester Petra (Nicht-Angie) sowie
- eventuell zahlreiche (zwölf bis fünfundzwanzig) weitere Damen (welche meine innere Stimme auf dem Dachboden gesehen haben wollte) verschiedensten Alters und Aussehens
- Urszulina und Agnieszka, mir persönlich nicht bekannt, jedoch durch Polski Tenderness vermittelbar.

Und dann eben immer mal wieder dieser
- Dose, undurchsichtiger, ostfriesischer Hundecoach.

Die Beziehungen dieser Personen untereinander stellten sich mir nach bisherigem Ermittlungsstand folgendermaßen dar:

a) Mariettas für mich nachvollziehbarer letzter Kontakt war der zu dem gut aussehenden Kerl mit Bremer Kennzeichen.
b) Einziger mir nachvollziehbarer Kontakt des gut aussehenden Kerls mit Bremer Kennzeichen war der zu Marietta.
c) Ilonka Janßen war mit Janßen nach Vermittlung durch Mariettas Agentur Polski Tenderness verheiratet (und umgekehrt). Auch hier bestand also eine direkte Verbindung zu Marietta (und umgekehrt). Ilonka jedoch weigerte sich, den wahren Charakter dieser Bekanntschaft einzuräumen, was den Verdacht nahelegte, dass hier noch eine ganz andere, mir bislang unbekannte Form der Beziehung bestand.
d) Angie war Angestellte (mit welchem genauen Aufgabenbereich auch immer) in Mariettas Agentur Polski Tenderness. Hier war die Beziehung also eine klare Arbeitgeber/-nehmer-Beziehung.
e) Petra war die Schwester von Angie beziehungsweise andersrum. Familiäre Verbindung.
f) Angie hatte versucht, ihre Verbindung zu den vermuteten zwölf bis fünfundzwanzig anderen Damen (zu denen möglicherweise ihre Schwester Petra gehörte) zu vertuschen.
g) Welche Beziehungen die zwölf bis fünfundzwanzig anderen Damen zu irgendwem hatten, war völlig unklar.
h) Coach Dose kannte vermutlich Marietta und sie ihn. Zumindest hatte sie seine Karte besessen. Aus der Tatsache, dass Ricky Dose offenbar durch sein Frauchen nicht gekannt hatte (Dose ihn auch nicht), war zu schließen, dass M. entweder zum Zeitpunkt ihres Verschwindens den Kontakt zu D. geplant, aber noch nicht hergestellt hatte oder dass ein solcher Kontakt bereits existent gewesen war, allerdings auf anderer Ebene als der des Hundetrainers zur Klientin.
i) Der Ostfriese war (getarnt?) in seiner Eigenschaft als Hundecoach bei Ilonka Janßen aufgetaucht.

j) Der Ostfriese war (in welcher Eigenschaft auch immer, Hausmeister?) vor der Rüstersieler Niederlassung von Polski Tenderness erschienen.
k) Dieses Auftauchen D.s konnte ebenso gut der Person Angies gelten (mögliche persönliche Beziehung!) wie auch
l) der Person Petras (mögliche persönliche Beziehung!) oder
m–z) einer der zwölf bis fünfundzwanzig anderen spurlos verschwundenen Damen.

An diesem Stand meiner Arbeit angelangt, hätte mich (das spürte ich genau) ein Gefühl allertiefster Befriedigung erfüllt, hätte ich Marietta nicht weiter in den Händen der Bestie gewähnt, die ihr womöglich gerade wer weiß was antat. Die tiefe Befriedigung hätte ich nicht etwa daraus gezogen, dass die Arbeit am Soziogramm mich faktisch weiterbringen würde, sondern daraus, dass ich den Inhalt meiner bisherigen Ermittlungen schwarz auf weiß und wundervoll geordnet auf meinem eigenen Flipchart vor mir sah. Ein Zustand, nach welchem ich eine immer stärker werdende Sehnsucht verspürt hatte, bis er schließlich eingetreten war. Nebenbei sei erwähnt, dass der Hund die ganze Zeit zwischen meinen Füßen liegend verbrachte und mir interessiert zusah.

Während ich mir in der Küche ein drittes Glas eisgekühlte Apfelschorle zubereitete, löste sich auch meine imaginäre Befriedigung allmählich in Luft auf. Die Fragen, die sich aus der geleisteten Arbeit ergaben, waren bohrend. Zu bohrend, um ein zufriedenes Gefühl länger bestehen zu lassen als ein paar Minuten. Immerhin entfachte dieser Verlust der Zufriedenheit in mir erneut das Feuer der Leidenschaft.

In schmerzlicher Weise unbeantwortete Fragen waren die Brücke, die von meiner bisherigen Ermittlungstätigkeit hinüberführte zum anderen Ufer, an dem Mariettas Rettung auf mich wartete. Mit frisch gefülltem Glas und voll unbändigem Tatendrang eilte ich zurück ins Büro. Anstehende Fragen wollten formuliert und notiert werden, sonst würden die Antworten für immer im Dunkeln verborgen bleiben.

Ich ahnte, dass diese Fragen mich vertreiben würden aus

dem geliebten Büro, der behütenden Wohnung, dem Haus, der Stadt, die ich meine Heimat nannte, vielleicht sogar aus diesem Land (womit nicht nur Friesland gemeint war). Entschlossen jedoch schob ich die lähmenden Ahnungen beiseite, da sie mir im Weg standen. Am Flipchart angekommen, schlug ich einen frischen Bogen auf, indem ich den alten nach hinten klappte.

In Großbuchstaben platzierte ich das Wort »FRAGEN« am oberen Ende der noch unbefleckten Seite und unterstrich es: »FRAGEN«. Daraufhin legte ich los:

1. Wo (VERDAMMT!!) ist Marietta?
2. Warum (VERDAMMT!!) meldet sie sich nicht?
3. Was haben die anderen mit ihrem Verschwinden zu tun?

Was soll das denn werden, wenn's fertig ist?, schaltete sich meine innere Stimme in einem Tonfall ein, der mir missfiel. Hätte ich mir nicht zufälligerweise gerade die gleiche Frage stellen wollen, hätte ich die Stimme mit einigen deutlichen Worten zurechtgewiesen. So aber sagte ich nur, während ich mich resigniert auf meinen Schreibtischstuhl fallen ließ und die notierten Fragen nachdenklich betrachtete:

»Das habe ich mich auch gerade gefragt.«

Du trittst auf der Stelle, Mann. Kennst du diese Dinger im Fitnessstudio? Laufbänder? Man rennt und rennt und kommt nicht voran?

»Und wie soll ich das ändern?«

Mehr handeln, weniger grübeln.

»Leicht gesagt«, sagte ich.

Was ist denn mit dem Papier, das du in Rüstersiel geklaut hast? Das sah doch mal nach 'ner guten Idee aus … schon ausgewertet? So richtig, meine ich.

Ich nickte unmotiviert. Der Hund betrachtete mich mitleidig, bevor er bellend aus dem Zimmer raste. Es hatte an der Tür geklingelt. Eine Unterbrechung, über die ich aufgrund meiner Befürchtung, in einer Sackgasse gelandet zu sein, zunächst nicht unfroh war. Die Freude über die willkommene Ablenkung sollte jedoch nicht lange anhalten.

Kriminaloberkommissarin Gesine von Röhrbach war die Letzte, nach deren Gesellschaft ich gedürstet hatte. Dass sie mir unterstellte, in die am Rüstersieler Segelhafen gelegene Partnervermittlungsagentur Polski Tenderness eingebrochen zu sein (mit Hund), verbesserte meine Laune nicht.

In krassem Gegensatz zu mir genoss Frau von Röhrbach ihren Auftritt. Sie zelebrierte ihr Erscheinen und hatte die gegen meine Person gerichteten Vorwürfe sorgfältig in imaginäres Geschenkpapier gewickelt, aus dem sie diese nun genüsslich befreite. Die Stimme der forschen Polizistin zwitscherte lieblich. Sie fragte mich, wo ich zum fraglichen Zeitpunkt denn wohl gewesen sei, ohne eine Antwort abzuwarten, die ich ihr nicht gegeben hätte.

Die Wirkung der anschließend stets kühler werdenden Blicke ihrer eisblauen Augen hatte auf mich eine niederschmetternde Wirkung, die dadurch verstärkt wurde, dass die Oberkommissarin heute besonders gut aussah. Der straff gebundene Pferdeschwanz ihres Hinterkopfs hüpfte bei jedem ihrer anklagenden Worte neckisch auf und ab und löste bei mir einen Berührungsimpuls aus, der meine Frustration verstärkte. Über die optischen Vorzüge ihres ärmellosen Sommerkleidchens hülle ich den Mantel des Schweigens. Wie sich schnell herausstellte, bezog sie ihre haltlosen Vorwürfe gegen mich einzig aus Informationen, die ihr eine hinter dem vergammelten Holzzaun, welcher die Polski-Tenderness-Filiale vom Nachbarhaus trennte, lauernde Omi telefonisch hatte zukommen lassen.

Ohne Mensch oder Hund wirklich erkannt zu haben, wollte jene Frau gehobenen Jahrgangs einen Mann und seinen weißen Hund beobachtet haben, wie diese in das Klofenster des Instituts eingestiegen waren. Sie hatte sich mehrere Autonummern davor geparkter Autos notiert. Dass eine dieser Nummern die meines schwarzen Touran war, verblüffte mich nicht, da dieser dort gestanden hatte. Durfte man denn neuerdings nicht mehr am Rüstersieler Hafen spazieren gehen und in Kindheitserinnerungen schwelgen, ohne gleich verdächtigt zu werden?

»Natürlich ist das kein Beweis«, schloss selbst Gesine von

Röhrbach ihre nebulösen, halbherzigen und undifferenzierten Anschuldigungen gegen meine Person mit einer überraschenden Kehrtwende. »Aber als ich ihren Namen ermittelte, erschien mir da schon ein gewisser Zusammenhang möglich. Schließlich haben Sie erst vor wenigen Tagen die Pächterin des Rüstersieler Hauses, in das nun eingestiegen wurde, bei mir als vermisst gemeldet. Sie müssen zugeben …« Blitzartig erkannte ich meine Chance.

»Ich gebe überhaupt nichts zu«, unterbrach ich die attraktive Polizistin reaktionsschnell mit smartem Lächeln und brachte sie so zu einem mehrere Sekunden währenden verdutzten Schweigen, welches mir die Luft verschaffte, die ich dringend benötigte.

»Sie sprechen hier nur in Andeutungen«, sagte ich und erhob mich in der Hoffnung, dass die junge Oberkommissarin, die heute so sahnemäßig aussah, meinem Beispiel folgen würde. »Außerdem würde ich mir an Ihrer Stelle lieber mal einen gewissen Ostfriesen namens Ubbo Dose vorknöpfen, hochgradig verdächtig und eine zwielichtige Gestalt. Würde mich sehr wundern, wenn dessen Bulli nicht auch in der Nähe des Hauses abgestellt war … Aber ist denn tatsächlich eingebrochen worden, oder handelt es sich bei der ganzen Geschichte nur um die überdrehten Phantasien einer vermutlich pensionierten Nachbarin, die den lieben langen Tag keine andere Beschäftigung hat, als sich hinter ihrem verrotteten Holzgartenzaun auf die Lauer zu legen, immer auf der Jagd nach unschuldigen Bürgern, um diese mit haltlosen Vorwürfen bei der Bullerei anzuschwärzen?«

Halt die Klappe, Mann!, forderte meine innere Stimme genervt. *Du laberst dich noch um Kopf und Kragen.*

»Woher kennen Sie überhaupt den Zaun hinterm Haus?«, bestätigte Gesine von Röhrbach die Befürchtung der Stimme prompt und absolut lächelfrei.

»Das spielt doch keine Rolle!« Ich war nicht gewillt, mir das Heft von der Oberkommissarin so schnell wieder aus der Hand nehmen zu lassen, nur weil sie halbwegs passabel aussah und ein tief in mir verborgener Teil meines Ichs weiterhin gern ihren

Pferdeschwanz … »Sie wissen doch gar nicht, welche Art Zaun die Grundstücke voneinander trennt. Oder sind Sie vielleicht ebenfalls zwischen den Häusern rumgeturnt?«

Oh Mann. Meine innere Stimme konnte irgendwas nicht fassen.

Aus unerfindlichen Gründen heulte der Hund leise auf.

Selbstverständlich, triumphierte Gesine von Röhrbach, ohne ihren durchtrainierten kleinen Polizistinnenhintern von meinem Stuhl zu erheben, habe sie eine Tatortbegehung vorgenommen.

Im Gegensatz zu dir, kommentierte die Stimme, *weiß sie, was sie zu tun hat.* Der Hund kratzte sich mit der Hinterpfote wild hinterm Ohr.

»Schließlich weiß ich, was ich zu tun habe«, stieß Gesine von Röhrbach eitel hervor, stand endlich auf und präsentierte mir ihr Angesicht hautnah. Sie war kaum kleiner als ich, roch hervorragend, und ewig wippte der Pferdeschwanz.

»Was wollen Sie denn damit sagen?«, fragte ich lächelnd.

Die Oberkommissarin schnappte sich ihre zuvor auf meinem Schreibtisch abgestellte Handtasche. Systematisch und konsequent bereitete sie ihren Aufbruch vor. »Ihr Glück ist«, sagte sie, »dass der Tatbestand eines Einbruchs nicht bewiesen werden kann.«

»Lassen Sie mich raten.« Gemeinsam mit dem Hund folgte ich ihr auf den Flur. »Das Fenster, durch welches der Einstieg angeblich stattgefunden haben soll, war geschlossen?«

Die Stimme hakte interessiert nach, wie blöd ich eigentlich sei.

»Sie sind ja ein richtiger Ratefuchs«, meinte Frau von Röhrbach. Ihr Gang in den sportlich flachen Schuhen federte gekonnt.

»Intuition?« Ich drückte den Fahrstuhlknopf für meinen scheidenden Besuch, der eine Aufzugbenutzung ablehnte.

»Dann verrät Ihre Intuition Ihnen sicher auch«, die Oberkommissarin drehte sich auf der dritten Stufe noch einmal um, »dass zwar nichts gestohlen wurde, die Haustür aber offen stand, obwohl die Agenturangestellte sie beim Verlassen des Hauses doppelt verschlossen hatte.« Flotten Schrittes nahm sie einige Stufen.

»Woraus Sie was schließen?« Natürlich war mir klar, dass sie nicht in der Lage war, daraus überhaupt irgendetwas zu schließen. Jedenfalls nichts Beweiskräftiges.

Wenn das nicht auf der Hand liegt …, stöhnte die Stimme.

»Na, das ist ja nun wirklich nicht so schwer«, behauptete Gesine von Röhrbach. »Aber was schließen Sie denn daraus? Ihre untrügliche Intuition? Das würde mich interessieren.«

»Ich hab nur eine Erklärung«, sagte ich, während die Oberkommissarin weiter auf den Stufen stand. Wissbegier drang aus jeder Pore ihrer heute ungeschminkten Haut. »Ihr Einbrecher hat das Fenster, durch welches er zuvor eingestiegen ist, wieder gerichtet, damit ein Einbruch nicht nachweisbar ist. Dann hat er das Haus durch die Tür verlassen, nachdem er diese von innen ganz locker aufgeschlossen hatte.«

Vergeblich wartete ich auf eine Reaktion Gesines.

»Perfekt, oder?«, hakte ich ungeduldig nach.

Endlich trat das Leben zurück in die erstaunte Polizistin.

»Absolut«, sagte sie verblüfft. »Da wäre ich jetzt aber im Traum nicht drauf gekommen.«

Locker grinste ich sie an.

Sie verarscht dich!, meinte meine innere Stimme.

Gesine von Röhrbach war bereits aus meinem Blickfeld verschwunden, als sie die Treppe doch noch einmal so weit wieder heraufkam, dass ich sie erneut zu Gesicht bekam.

»Wer ist eigentlich dieser Ostfriese, von dem Sie sprachen, Udo Dosen?«, wollte sie neugierig wissen.

Trotz ihres Fehlers wusste ich sofort, von wem sie sprach.

»Singular«, sagte ich trocken.

»Wie bitte?«

»Singular«, wiederholte ich. »Einzahl.«

»Wollen Sie mich vielleicht verarschen?« Ihre aufkeimende Wut war nicht gespielt. »Sie unsäglicher Hobbyschnüffler. Ich hätte Sie genauso gut verhaften können, Sie …«

»Was Sie warum nicht getan haben?« Ich hatte jetzt so viel Oberwasser, dass ich lässig drauf herumschwamm.

»Was meinen Sie mit Einzahl, verdammt?«, wich sie mir aus. Auch der Hund sah mich fragend an.

»Dose heißt der Mann. Nicht Dosen. Ubbo Dosen, äh, Dose.«

Überraschend schnell fand die ansehnliche Beamtin zurück zu professioneller Abgeklärtheit, was sie in meiner Achtung steigen ließ. Von ihrer Wut war nichts mehr zu merken.

»Und wer ist das nun?«, fragte sie gelassen. »Dieser Dose?«

»Ein dringend Tatverdächtiger«, entgegnete ich. »Seines Zeichens selbst ernannter Hundecoach. Lebt in Hooksiel.«

»Und den halten Sie des Einbruchs für verdächtig?«

Ich war mir nicht sicher, ob das Interesse der Oberkommissarin tatsächlich erlahmte oder ob sie dies nur vorgab. Jedenfalls wirkte sie plötzlich genervt.

»Allerdings«, sagte ich. »Aber …«

»Ja?« Sie ging weiter hinunter, bis ich sie erneut nicht mehr sah.

Ich wollte sie trotzdem nicht enttäuschen. »Verdächtig nicht nur des Einbruchs, Frau Oberkommissarin!«, rief ich und wiederholte leise für mich: »Nicht nur des Einbruchs.«

Sondern?, fragte die Stimme.

Laute der sich öffnenden und wieder schließenden Haustür drangen durchs Treppenhaus. Gesine von Röhrbach war draußen.

»Irgendjemand muss Marietta schließlich entführt haben«, antwortete ich vielsagend und machte mich auf den Rückweg. Der Hund trottete neben mir her, verdächtig ruhig und mit hängendem Kopf. »Und irgendwo muss sie sein.« Eine Panikwelle überflutete mich wie eine herbstliche Sturmflut den Campingplatz in Schillig, als ich so leise hinzufügte, dass ich mich selbst kaum verstand: »Wenn sie noch lebt.«

10

Als ich erkannt hatte, dass es Hundecoach Dose war, der nicht nur vor der Tür von Polski Tenderness herumlungerte, sondern inzwischen auch mehrmals an selbiger geklingelt hatte, wusste ich kurzfristig nicht weiter. Ich erstarrte in ungewohnter Tatenlosigkeit, was ich mir folgendermaßen erklärte:

Da der Hund den Hundetrainer zu diesem Zeitpunkt bereits seit vielen Sekunden von der anderen Seite der Tür aus ankläffte und dem Ostfriesen das Tier persönlich bekannt war, musste ich mit großer Sicherheit davon ausgehen, dass der Coach assoziativ die Verbindung zu mir herstellte. Dass mein nagelneuer schwarzer und in der Sonne des Tages besonders auffällig glänzender Touran zudem in nicht allzu großer Entfernung des Hauses von mir geparkt worden war, kam für mich erschwerend und für Dose erleichternd hinzu.

Ich fragte mich, ob das schon ausreichte, dass ich meine Deckung aufgeben und dem Hundefreund die Tür in lässiger Selbstverständlichkeit öffnen konnte, als sei meine Anwesenheit in der Agentur völlig normal. Während ich nachdachte, verharrte ich in meinem Versteck am Ende des Flurs.

Das Bellen des Hundes verebbte, es hatte auch schon eine Zeit lang nicht mehr geklingelt. Trotzdem beschloss ich, noch eine Weile zu warten. Keinesfalls wollte ich mir durch eine vorschnelle Handlung alles versauen. Der Hund tauchte auf und belagerte mich mit erwartungsvollen Blicken seiner schwarzen Knopfaugen.

Meine innere Stimme brach ihr Schweigen: *Er ist weg. Die Luft ist rein.*

Genervt wollte ich wissen, ob ich sie vielleicht gefragt hätte, verließ mein Versteck und bewegte mich viel freier als zuvor. Ich war nun sicher, der einzige Mensch im Haus zu sein. Durch von der Hinterseite des Gebäudes zu mir dringende Geräusche wurde ich aus meinen Gedanken gerissen. Ich lauschte angespannt und bewegte mich vorsichtig auf die undefinierbaren

Laute zu. Dabei verlor ich den Hund aus den Augen, was mir riskant erschien.

Schritt für Schritt näherte ich mich dem engen Toilettenraum, durch dessen Fenster ich zuvor eingestiegen war. Dass ich die Tür angelehnt gelassen hatte, kam mir nun zugute: Um sie zu öffnen, musste ich die quietschende Klinke nicht herunterdrücken. Linkshändig schob ich sie auf und blickte in zwei mich erschrocken anstarrende Augen. Diese waren Bestandteil eines Menschen, der absprungbereit auf dem Fensterbrett saß und sich nun ertappt fühlte. Dieses Gefühl teilte ich mit ihm. Bei dem Ertappten handelte es sich um den Ostfriesen, was keine wirkliche Überraschung war. Langsam, sehr langsam berappelte er sich. Während er vorsichtig das schmale Fensterbrett verließ, sagte er: »Und ich hadde schon gedacht, dat dir wat passiert wär.«

»Netter Versuch«, gab ich zurück.

Augenblicklich durchschaute ich seine unbeholfene Taktik, während er tatsächlich glaubte, mich mit dieser um den Finger wickeln zu können. Fast befiel mich Mitleid. Im Grunde war er ein armer Kerl. Menschen wie mir würde er immer unterlegen sein. Er hatte keine Chance, das von ihm gezogene miese Lebenslos an irgendeiner verrotteten Losbude gegen ein besseres einzutauschen. Das Schicksal meinte es nicht gut mit ihm, sonst wäre er intelligenter gewesen.

Um weiterhin unvoreingenommen meine Arbeit verrichten zu können, schob ich meine Empathie beiseite. Dose interessierte mich nicht in seiner Funktion als Einbrecher, sondern als mutmaßlicher Entführer Mariettas, zumindest in seiner Eigenschaft als Spur zu ihr, die möglicherweise die Breite der A 29 aufwies, die Friesland mit der Außenwelt verband.

»Nun lassen wir mal die Kirche im Dorf.« Ich ließ die Hand auf Doses Schulter. »Was sollte mir schon passiert sein?«

»Es hätt dich doch irgendwer oder irgendwat umhauen könn, 'nen Herzkasper hättste kriegen können ouder …«

»Schon gut, schon gut«, unterbrach ich die von ihm begonnene Aufzählung. »Nichts ist passiert. Aber jetzt reden wir mal Tacheles: Was haben Sie hier zu suchen, Dose?«

Auf einen Schlag verspielte der Hundecoach sich den Mitleidsbonus, als er kackfrech konterte: »Da sach du mir aber erst mal, wat du hier drinne zu suchen hast.«

Das hatte ich nun von meinem großen Herzen. Ich glaubte, mich verhört zu haben, und stellte ihm eine Verhaftung in Aussicht, falls er seine sture Haltung nicht aufgeben würde. Er lachte ein wieherndes Lachen.

»Ich zieh dann mol Leine, nä?«, sagte er und verschwand unkompliziert hinter der Haustür.

»Verhaften will der mich! Das is ächt hammergeil« war das Letzte, was ich von ihm hörte. Manchmal sprach er fast Hochdeutsch.

Nachdem ich diese surreal anmutende Szene halbwegs verdaut hatte, hängte ich das kaputte Klofenster wieder ein, beseitigte etwaige Fingerabdrücke und folgte dem Ostfriesen auf seinem Weg in die Freiheit, die er sicher zu schätzen wusste, denn bei den Ostfriesen handelte es sich um ein Völkchen, das in seiner unbändigen Freiheitsliebe uns Friesen nacheiferte. Vielleicht waren wir gar nicht so verschieden voneinander, wie viele dachten. Die Haustür ließ ich unverschlossen. Der Hund folgte mir. Er machte den Eindruck von schlechter Laune, und ich fragte mich, ob es so was bei Hunden gab.

Astrein, spottete meine innere Stimme, als ich wieder im Auto saß. *Da sind wir ja mal wieder keinen einzigen Schritt weiter. Du bist echt total effektiv, Haven-Meisterdetektiv!* Nachdenklich fügte sie hinzu: *»Defektiv« wär treffender …*

In der Hoffnung, dass die Ruhe des Schlafes mir helfen würde, die gewohnte Klarheit meiner Gedanken zurückzuerlangen, begab ich mich unmittelbar nach Beendigung des Besuchs der Oberkommissarin ins Bett, obwohl es noch viel zu früh war. Ich plante, einzutauchen in ein Meer aus Schlaf und Träumen. Hätte ich geahnt, dass der aufregendste Teil dieses Tages mir noch bevorstand, hätte mir hierfür die Ruhe gefehlt.

Die warme Luft im Schlafzimmer war für eine Übernachtung ungeeignet. Schaltete ich aber die Klimaanlage an, holte ich mir einen Sommerschnupfen, den ich vermeiden wollte, da ich bei der Suche nach Marietta klaren Kopf und freie Nase brauchte. Als ich Matratze und Bettzeug auf den Balkon verfrachtet hatte und wohlig entspannt auf dem Rücken lag, wusste ich, dass ich die richtige Entscheidung getroffen hatte. Die Matratze hatte ich auf Anraten meiner inneren Stimme in der schattigen Balkon-Westecke platziert.

Beim Aufwachen wurde mir bewusst, dass ich schnell eingeschlafen war. Die wenigen gedämpften Geräusche, die von Hafen und Straße kommend mein erschöpftes Ohr erreicht hatten, waren immer weiter in den Hintergrund getreten und hatten sich schließlich in der Stille aufgelöst wie Kandis im Ostfriesentee. Das friedliche Dösen des Hundes neben mir hatte seinen Teil zu meiner Beruhigung beigetragen.

Bei meinem Erwachen döste er immer noch. Er schnurrte vor sich hin wie ein Kätzchen. Die Dämmerung stand kurz vor ihrem allabendlichen Wandel in Dunkelheit. Ein paar Sterne glitzerten schon am Himmel. Meine Seele floss über, ich hatte offenbar Angenehmes geträumt. Ewig hätte ich so liegen können, und alles wäre gut gewesen. Dann aber fiel mir Mariettas vermutlich missliche Lage ein, und meine Harmonie zerbrach in tausend Scherben. Anschließend wurde ich unsanft durch eine knarrende, männliche Stimme ein weiteres raues Stück in die Wirklichkeit gezerrt.

»Was soll ich jetzt machen?«, wurde gefragt und nach einer Weile gesagt: »Sie ist nicht da.«

Augenblicklich war ich so wach wie seit Ewigkeiten nicht. Die Klugheit des ebenfalls erwachten Hundes, nicht sofort wie ein Wahnsinniger loszukläffen, verblüffte mich. Vielleicht war er aber auch nur selbst zum Bellen zu ängstlich. Eine Möglichkeit, die ich nicht ausschloss.

Die Stimme kam von Mariettas Balkon. Da ich mich in der Westecke meines Balkons aufhielt, befand ihrer sich in weitestmöglicher Entfernung zu meinem Nachtlager. Nicht alles, was die Stimme des wahrscheinlichen Einbrechers von sich gab, konnte ich verstehen. Offensichtlich war aber, dass er telefonisch Anweisungen einholte.

Leiser als eine Maus schlich ich von der West- auf die Ostseite. Aufgrund der herrschenden Dunkelheit war die Gefahr nicht gering, über einen der sich auf dem Balkon befindenden Gegenstände oder den Hund zu stolpern. Die Chance, Entscheidendes zu erfahren, hätte dies augenblicklich zunichtegemacht. Dass zwischen Einbrecher und Mariettas Verschwinden ein direkter Zusammenhang bestand, bezweifelte ich keine Sekunde. Ich witterte Morgenluft.

Den riskanten Seitenwechsel brachte ich perfekt hinter mich. Einerseits erschien mir das für einen Detektiv meiner Qualität selbstverständlich, andererseits musste es mir auch erst mal jemand nachmachen. Solche scheinbaren Kleinigkeiten sind oft das Zünglein an der Waage.

Als ich nach geringer Minutenanzahl das Ostende meines Balkons erreicht hatte, war mein Anfangsverdacht, dass es sich bei dem Kerl nebenan um einen unrechtmäßigen Eindringling mit bösartigen Absichten handelte, längst zur finsteren Gewissheit geworden. Unruhig flogen die Blicke des Hundes zwischen mir und seinem Heimatbalkon hin und her. Vom Großen Hafen drang das Tuten einer heiseren Schiffshupe durch die sich vorsichtig einschleichende Nacht.

Auf Mariettas Balkon war es jetzt wieder still. Ob der Gangster sich noch auf dem Balkon befand oder sich in die Wohnung zurückgezogen hatte, entzog sich meiner Kenntnis. Allmählich jedoch wuchs meine Sicherheit, dass der Balkon menschenleer war. Ein schweigendes Verharren des Eindringlings wäre sinnlos gewesen.

Trotzdem wartete ich noch drei Minuten, während derer das Schiff vom Bontekai her ein zweites Mal hupte und die Gerüche eines spät angeworfenen Holzkohlegrills unter mir belästigend in meine Nase drangen. Schließlich schob ich meinen Kopf so weit über die Balkonabgrenzung, dass ich einen Blick hinüberwerfen konnte. Aufgrund der Dunkelheit erkannte ich jedoch nichts.

Erst nach einer Weile zeichneten sich die Konturen zweier Gartenstühle sowie eines Tisches ab. Als ich des Umstandes gewahr wurde, dass beide Stühle unbesetzt waren, schnellte mein zuvor beschleunigter Herzschlag augenblicklich zurück.

Keine Spur vom Eindringling. In Mariettas Wohnung brannte kein Licht.

Sei nicht so unvorsichtig, sonst … Meine innere Stimme hörte sich fremd an. Olfaktorisch nahm ich wahr, dass der grillende Hausbewohner inzwischen marinierte Steaks auf seinen Holzkohlegrill gelegt hatte.

»Na, was suchen wir denn?«

Sofort erkannte ich die knarrende Stimme des belauschten Eindringlings, auch wenn er jetzt lauter redete als zuvor und sein Tonfall von Sarkasmus geprägt war. Der Kerl stand unmittelbar neben mir, den Lauf einer Pistole durch die Blätter eines Rankgittergewächses an die Schläfe meines Kopfes gepresst, welcher sich einschließlich Hals bereits auf Mariettas Balkon befand.

Da ich die Pistole nicht sehen konnte, war es mir unmöglich, ihre Gefährlichkeit einzuschätzen. Einiges Wissen über Schusswaffen hatte ich mir durch zielgerichtete Internetrecherchen angeeignet. Meinen Entschluss, persönlich auf den Besitz einer Wumme zu verzichten, hatte dies verstärkt. Als Rentner wollte ich mir nicht Vorwürfe meines Gewissens anhören, im Laufe der Zeit den einen oder anderen Mann umgenietet zu haben. Auch der größte Gangster war Sohn einer Mutter, die möglicherweise um ihn trauerte.

Da haben wir den Salat!, unkte meine innere Stimme.

Ich wusste nicht, was ich dazu sagen sollte, und war ohnehin der Ansicht, dass zunächst eine Antwort auf die Frage des Kriminellen angesagt war. Möglichst eine beruhigende, was die Gefahr für mich wahrscheinlich herabschrauben würde.

»Ich habe eine Stimme gehört«, meinte ich listig. »Und da meine Nachbarin schon lange nicht mehr in ihrer Wohnung war, dachte ich: Schau doch mal nach. Vielleicht ist sie ja wieder da.« Eine geschickt eingesetzte Lüge, wie ich fand.

»Und wie lange«, fragte der neugierige Mann, »war sie schon nicht mehr in ihrer Wohnung, deine knackige Nachbarin?«

Er trat hinter dem Efeu hervor, nutzte diese Gelegenheit aber nicht, um sein Schießeisen von meiner Schläfe zu entfernen. Er war ein kleiner, dicker Kerl, was mich enttäuschte, da ich einen großen, kräftigen Burschen erwartet hatte.

»Weiß nicht genau«, zischte ich, »schon ’ne ganze Weile.«

»Was soll das heißen?« Langsam wurde der Eindringling ungemütlich. »Fünf Minuten? Zwei Jahre? Nun drucks hier nicht so rum, Scheißkerl, sonst werd ich ungemütlich, kapiert?«

»Irgendwas dazwischen.«

»Wozwischen?«

Der Hellste schien er nicht zu sein, was ich auch nicht erwartet hatte von einem Einbrecher, der sich per Telefon Verhaltensanweisungen geben ließ.

»Zwischen fünf Minuten und zwei Jahre.« Allmählich spürte ich, wie ich trotz des an meinen Kopf gedrückten Pistolenlaufs die Oberhand gewann. »Ein paar Tage halt. Fünf, sechs, vielleicht eine Woche oder mehr. Ich hab darüber nicht Buch geführt. Wie wäre es, wenn Sie Ihrem Ballermann mal ein bisschen Abwechslung gönnen und ihn statt an meine Birne in die Nachtluft halten? Dann können wir alle besser atmen.«

Meine innere Stimme wollte wissen, aus welchem schlechten Detektivroman ich diesen Monolog entnommen hätte, aber ich strafte sie mit Schweigen, da er aus meinem eigenen Manuskript stammte. Von unten kommend, biss mir der Gestank verkokelten Grillfleischs scharf in die Nase.

»Warum sollte ich das tun?«, fragte der mopsige Einbrecher. Nach und nach pellte sich der Eindruck aus der Dunkelheit, dass er langes dunkles Haar und einen ebensolchen Vollbart besaß. »Du steigst jetzt fein über die Absperrung, damit wir uns besser unterhalten können.«

»Gute Idee«, sagte ich lässig und befolgte seine Anweisung umständlich. »In dieser Haltung krieg ich Rückenschmerzen.«

Der Steakgeruch wandelte sich in das Aroma völliger Ungenießbarkeit.

»Setz dich dahin!«, ordnete der dicke Zwerg autoritär an und schubste mich unsanft in Richtung des näher stehenden Gartenstuhls. Nur durch eine superschnelle Reaktion konnte ich ein Stolpern über diesen gerade noch verhindern. Der auf mich gerichtete Pistolenlauf klebte mittlerweile nicht mehr an meiner Schläfe.

Ich glaubte zu erkennen, dass es sich um eine Walther P38

handelte, vielleicht sogar eine P8, auch wenn ich mir beides nicht wirklich vorstellen konnte, da ich nicht wusste, woher ausgerechnet dieser unterbelichtete Möchtegern-Gangster eine so ehrwürdige Dame in seinen Besitz gebracht haben sollte.

Der Hund war schlau genug, sich aus allem rauszuhalten. Er war auf meinem Balkon geblieben und piepste nicht mal. Diese Cleverness überraschte mich.

»Verdammt, Schatz!«, drang eine machohaft schimpfende Stimme von unten nach oben. »Das gute Fleisch aus der Oberschale ist total verkokelt. Bevor du das nächste Mal über mich herfällst, nimm es gefälligst vom Grill.«

Dann schleuderte der Kerl das Oberschalenfleisch nach unten. Das aufs Pflaster klatschende Fleisch lockte eine späte Möwe an, welche sich laut kreischend über die Beute hermachte.

Währenddessen zog der unsympathische Eindringling seinen Gürtel geräuschvoll aus den Schlaufen seiner speckigen, trotz Gürtels in den Kniekehlen hängenden Jeans. Er forderte mich auf, die Hände hinter dem Stuhl zusammenzuführen, wo er diese mit dem Hosenriemen sowie geübtem Griff fesselte.

Erst danach traute er sich, die Knarre nicht weiter auf mich zu richten, sondern sie locker hängen zu lassen wie einen Pfannenwender. Er zündete eine Kerze an und setzte sich mir gegenüber. Die vom Hafen herübertönende heisere Schiffshupe störte erneut die Stille.

»Jetzt aber raus mit der Sprache, Freundchen, sonst …«

»Ich weiß«, entgegnete ich furztrocken. »Sonst werden Sie ungemütlich.«

»Genau!« sagte er, stutzte aber vorher kurz, vermutlich aufgrund meiner Schlagfertigkeit.

»Was wollten Sie noch mal gleich wissen?«, fragte ich. Ich konnte mich wirklich nicht erinnern.

»Ich will wissen, wo sie ist!«, schnauzte er. »Aber büschen plötzlich!«

»An Ihrer Stelle wäre ich nicht so laut«, schlug ich vor. »Sonst ruft noch jemand die Polizei.«

»Aber büschen plötzlich«, wiederholte er mit leiser werdendem Nachdruck.

»Ich hab keine Ahnung«, antwortete ich. Für mich selbst überraschend fügte ich hinzu: »Ich vermute aber, dass sie sich in Bydgoszcz aufhält.« In dem Moment, in dem ich es aussprach, wusste ich, dass ich es wirklich vermutete.

11

»Was laberst du da? Wo hält sie sich auf, verdammt?«

Im Licht der Kerze, deren still stehende Flamme mir die an unserer Küste ungewohnte Windstille anzeigte, erkannte ich nun auch in der Mimik des ungepflegten Eindringlings, dass die Groschen bei ihm grundsätzlich in Zeitlupe fielen. »Kannst du mal aufhören, in Zungenbrechern zu labern, und Deutsch mit mir quatschen?«

»Büdgoschdsch«, wiederholte ich und übersetzte: »Bromberg. Polnische Partnerstadt von Wilhelmshaven.«

»Sag mal«, antwortete mein Geiselnehmer geplättet, »was bist du eigentlich für 'n Klugscheißer?«

Ich überhörte seine Frage.

»Und was macht sie da angeblich, in diesem Brombeere?«

Ich hörte, wie der Hund sich auf der anderen Seite der Balkonbegrenzung zu schaffen machte. Hinter meinem Rücken versuchte ich verzweifelt, den um meine Handgelenke geschnürten Schmuddelgürtel zu lockern, was mir nicht gelang.

»Bydgoszcz, nicht Brombeere«, sagte ich und redete einfach weiter drauflos, um von den durch den Hund verursachten Geräuschen abzulenken. Ich befürchtete, der aufgestaute Zorn meines Gegenübers könnte sich gegen den unschuldigen Terrier entladen, falls dieser von ihm erwischt wurde. »Es handelt sich um die mit circa dreihundertsechzigtausend Einwohnern achtgrößte Stadt Polens, sie ist eine der beiden Hauptstädte der Woiwodschaft Kujawien-Pommern und verfügt über eine äußerst abwechslungsreiche Geschichte, deren Aufzeichnungen bis ins Mittelalter zurückreichen. Auch wenn das einen Barbaren wie Sie vermutlich nicht interessiert.«

Aufgrund anhaltend zäher Bemühungen begann der mich kampfunfähig machende Hosenhalter sich ein wenig zu lockern.

»Endlich mal ein wahrer Satz«, stöhnte der übergewichtige

Banause und richtete unerwartet den Lauf der Pistole wieder auf mich. Allerdings nur, um ihn Sekunden später auf genau die Stelle zu richten, an welcher der blöde Köter mittlerweile versuchte, seinen wurstförmigen Körper durch das Gitter der Balkonabgrenzung zu zwängen. Sein weiß leuchtender Kopf mit der schwarzen Knopfnase befand sich, für das geübte Auge deutlich sichtbar, bereits auf unserer Seite. Der Gürtel war inzwischen vollständig gelockert.

»Was ist das denn?« Erschrocken sprang der Kerl hoch, die Knarre weiter auf den feststeckenden Tierkörper gerichtet, und ich befürchtete, dass er auf Mariettas Hund schießen würde, welchen sie mir, in Zuversicht auf meine männliche Stärke, zum Schutz anvertraut hatte. Ein Gedanke, der mir ungeahnte Kräfte sowie überschäumende Tapferkeit verlieh.

Den vom Eindringling als Handfessel missbrauchten Gürtel weit von mir schleudernd (er segelte über das Balkongeländer in die ihn gierig verschluckende Dunkelheit, wo er unten die gierige Möwe traf, die laut schreiend aufflog), sprang ich mit der Nebenwirkung vom Stuhl hoch, dass dieser scheppernd umkippte. Anschließend stürzte ich mich (über den zusammenbrechenden Tisch hinweg und ohne über die möglichen Konsequenzen meines ungestümen Handelns nachzudenken) auf den bewaffneten Mann, dem ich alles zutraute. Als ich den nächsten klaren Gedanken fasste, lag ich quer auf Marietta Weinzierls Balkon, den zappelnden Kleinkriminellen unter mir begraben.

»Was ist denn da oben los?«, rief der Typ mit den achtlos entsorgten Nackensteaks vom mehrere Stockwerke unter uns liegenden Balkon in die angebrochene Nacht.

»Nichts!«, gab ich beruhigend zurück. »Ein Tisch ist zusammengebrochen, das ist alles.«

Es stank mir, dass ich den notgeilen Macho und Möwen sowie Hafenratten anlockenden Grillfleisch-vom-Balkon-Werfer nun auch noch beruhigen musste, statt ihn gehörig auf den Pott zu setzen.

Dem weiterhin unter mir liegenden Eindringling hielt ich mit der Linken den Mund zu, während meine Rechte nach der

Pistole tastete, die irgendwo herumliegen musste. Der noch immer im Gitter feststeckende Terrier hatte die Schnauze voll von seiner misslichen Lage und begann zu bellen.

»Schnauze!«, zischte ich etwas zu laut, woraufhin meine innere Stimme sich einschaltete und mich rüde aufforderte, gefälligst selbst die Schnauze zu halten, während die Stimme des benachbarten Möwenfans sich ihr anschloss.

Die Gesamtsituation nahm allmählich unübersichtliche Formen an, was mich beunruhigte. Während ich meinen dicklichen Kontrahenten weiter auf den Balkonboden quetschte, erstellte ich blitzschnell eine zeitliche Reihenfolge dessen, was in den nächsten Augenblicken passieren musste:

1. Die Pistole finden, um damit
2. die durch meinen gelungenen Hechtsprung veränderten Machtverhältnisse auf dem Balkon zu sichern, dem Dicken so zu zeigen, wo hier der Hammer hing.
3. Macho von unten beschwichtigen, währenddessen
4. meine innere Stimme komplett ignorieren und
5. Hund aus bedrückender Situation befreien.

Punkt 1 erledigte ich im Handumdrehen: Ich drehte meine Hand einmal um und fühlte den Griff der Pistole. Sofort erkannte ich nun, dass es sich um eine Walther P1 handelte. Im Gegensatz zur P38, deren Griffstück aus Stahl besteht und daher viel schwerer ist, verfügt die P1 über einen Griff aus Leichtmetall und ist kostengünstiger.

Punkt 2 war nach Durchführung von Punkt 1 ein Kinderspiel.

Punkt 3 erledigte sich von allein, da der Typ von unten nichts mehr sagte.

Punkt 4 stellte kein Problem dar, da ich viel zu beschäftigt war, um auf Stimmen zu achten.

Punkt 5 wurde mir von Ricky Weinzierl persönlich abgenommen, indem er aufgrund nicht abbrechender Bemühungen selbstständig seine Befreiung herbeiführte.

Am Ende des Plans hatte sich die Situation um hundertachtzig Grad effektiv! gedreht. Zwar saß ich erneut mit dem Gangster am Tisch, die Plätze jedoch hatten wir getauscht. Die Walther P1 befand sich jetzt in meiner Hand statt in der meines Gegenübers, von dem ich annehmen musste, dass er in der Absicht bei Marietta eingedrungen war, ihr Leid zuzufügen, was mich fuchsteufelswild machte.

Dass der Hund sich nun ebenfalls auf Mariettas Balkon aufhielt, verlieh mir keine zusätzliche Sicherheit. Die heisere Stimme der aus dem Großen Hafen heraufdringenden Schiffshupe schwieg nachdenklich, wofür jetzt das lang anhaltende Läuten einer Schiffsglocke zu hören war, zu dieser Zeit ebenso ungewöhnlich. Trieb sich da jemand auf dem alten Feuerschiff »Weser« herum, welches seit Jahren ausrangiert am Bontekai vor Anker lag? Verfügte dieses überhaupt über eine Schiffsglocke? Da ich es nicht wusste, wandte ich mich wieder dem mörderischen Eindringling zu. Die zwischen uns auf dem Tisch stehende Kerze spendete ihr armseliges Licht.

»Nun mal Butter bei die Fische«, zitierte ich ein altes, ermunterndes norddeutsches Sprichwort, mit dem sich einfach gepolte Menschen problemlos zum Reden bringen ließen. »Was haben Sie hier zu suchen, Mann?«

»Marietta Weinzierl«, sagte mein Gegenüber knarrend.

Mein Beschützerinstinkt schlug Alarm. Ich legte die Waffe ab, um nicht der Versuchung ihrer Benutzung zu erliegen.

»Was wollen Sie von ihr, Drecksack?«

»Ich habe den Auftrag, sie zu finden.« Er versuchte, seiner Stimme einen Anstrich von Harmlosigkeit zu verpassen, die mich nicht überzeugte. Er schickte einen langen, abtastenden Blick seiner listigen Äuglein wie einen Strahl in meine wachsamen Augen. Ich fragte ihn, ob er sich über mich lustig machen wolle, während meine innere Stimme mir vorwarf, ich verstünde wohl wieder mal nur Bahnhof, und den Eindringling als meinen Kollegen bezeichnete.

»Ich hab den Auftrag, Marietta Weinzierl zu finden«, sagte der dann auch prompt. »Ich bin Privatdetektiv, Kloos mein Name, Bruno Kloos, möglicherweise hast du schon von mir gehört. Ich komme aus Bremen.«

Hab ich's nicht gesagt?, triumphierte meine innere Stimme freudlos. *Das seh ich euch Vögeln an der Nasenspitze an.*

»Klappe!«, stieß ich hervor, während die Schiffsglocke im Großen Hafen erneut anschlug.

»Hä?«, fragte Kloos. »Warum wirst du denn jetzt beleidigend?« Er schien gekränkt, was mir leidtat, so weit hatte ich nicht gehen wollen.

Mein Hass gegen ihn verflog schnell wie eine Nebelwolke, die aus der morgendlichen Erde eines friesischen Feldes vor den Toren der Stadt aufstieg, sich spurlos in den Himmel verflüchtigte und so dem neuen Tag die Freiheit schenkte, ungetrübt zu sein. Neben Mitleid spürte ich nun ein warm menschliches Gefühl der Kollegialität zum Bremer Detektiv.

»Ich habe nicht Sie gemeint«, sagte ich. »Ich meinte die Glocke.«

Innerlich bot ich ihm eine imaginäre Zigarette an. Als hätte er meine Gedanken erraten, zog er ein Päckchen aus seiner Hemdtasche und hielt es mir hin. Dass ich ihm erklärte, Nichtraucher zu sein, hielt ihn nicht davon ab, sich selbst eine anzustecken, was mich hier draußen kaum störte. Ich drückte ein Auge zu.

»Und du bist jetzt einfach der besorgte Nachbar?«, fragte Kloos. »Oder wie soll ich das verstehen?«

»Das wäre nur die halbe Wahrheit.«

»Und die andere Hälfte?« Die Glut seines Glimmstängels leuchtete im Halbdunkel auf wie ein Glühwürmchen in lauwarmer südeuropäischer Nacht voller Grillenzirpen, preisgünstigem Bordeaux und etwas Baguette, wie ich es selbst aus Gründen ungebrochener Frieslandliebe nie erlebt hatte, sondern nur aus Filmen kannte.

Ermutigt durch die direkte Frage des Bremers schenkte ich ihm reinen Wein ein. »Die andere Hälfte der Wahrheit ist, dass wir Kollegen sind. Darf ich mich vorstellen: Reent Reents, Haven-Detektiv von nebenan.« Da das irgendwie seltsam klang, korrigierte ich mich: »Haven-Detektei effektiv!, welche sich nebenan befindet, jedenfalls von hier aus betrachtet.«

»Du willst mich verarschen, oder?« Ungläubig betrachtete

mich der nikotinsüchtige Ermittler. »Jetzt sag aber nicht, du bist am selben Fall dran wie ich!«

Das klang misstrauisch. So, als sähe er in mir unliebsame Konkurrenz. Als wären wir zwei Angler, die am Wasser saßen und denselben dicken Hering im Visier hatten. Ich hatte kein Interesse daran, meine neu gewonnene Sympathie für ihn gleich wieder schwimmen zu lassen wie einen zu klein geratenen Aal, wie ich es in meiner Kindheit an der Nassau-Brücke getan hatte, weil dies unter Anglern üblich ist. Ehe er sich aufregte, wollte ich den Mann beruhigen.

»Außer meinem eigenen Auftrag«, sagte ich gelassen, »hab ich keinen.«

»Der da wäre? – Aber sach mal, haste nich 'n Schluck was zu schlucken?«

»Später gern«, konterte ich. »Jetzt lassen Sie uns das hier erst mal zu Ende bringen. Nüchtern. Erst die Arbeit, dann das Vergnügen.«

»Von mir aus«, gab er mürrisch zurück. Nebenbei griff er sich die P1. Ich erschrak: Hatte ich meine Vorsicht zu früh aufgegeben? Erst als ich sah, dass Kloos die Wumme ganz cool sicherte und mit gleichem Ausdruck wieder in seiner Tasche verstaute wie zuvor die Zigaretten, lehnte ich mich entspannt zurück.

»Aber was für 'n Auftrag ist das denn nu, von dem du da quasselst?«, fragte der rundliche Kollege. »Auch wenn du ihn dir selbst gegeben hast? Ich bin da echt neugierig drauf.«

Na klar, dachte ich. Du bist Detektiv, Mann.

»Mein Auftrag ist es, Marietta Weinzierl zu finden.«

»Also doch.« Nervöse Unruhe blitzte in den wahrhaft winzigen Augen meines Gegenübers auf.

»Mein Auftraggeber ist die Liebe.«

Ach du lieber Himmel, stöhnte meine innere Stimme gefühlsverletzend. *Geht's nicht ein paar Nummern kleiner?*

Kloos steckte sich die nächste an und meinte erleichtert:

»Na, wenn das so ist, alter Schwede …«

»Friese.«

»Hä?«

»Alter Friese.«

»Ach so. Na egal. Jedenfalls ist es jetzt Zeit für einen Drink. Oder hast du noch nie was von Marlowe gehört, Mann?«

Ich grinste. Die Gemeinsamkeiten zwischen mir und Kloos begannen, mir unheimlich zu werden.

»Na, dann komm, Bruno«, sagte ich und stand auf. »Lass uns zu mir gehen. Ich hab da noch 'n guten Bourbon rumstehen.«

Kloos ließ sich nicht lange anbetteln. Beim Aufstehen rutschte ihm allerdings die Hose herunter, er musste sie mit den Händen festhalten. »Sorry«, sagte ich. »Wegen des Gürtels.«

»Keine Ursache«, gab mein Kollege zurück, bevor wir uns an der Begrenzung vorbei auf meinen Balkon quetschten und der Hund uns folgte. »War ja meine Blödheit, dich damit zu fesseln. Und dann auch noch so, dass du dich befreien konntest. Darf mir einfach nicht passieren so was.«

Dass Kloos mir keine Auskunft über seinen Klienten gab, steigerte sein Ansehen bei mir. Dass er allerdings selbst nach dem sechsten doppelten Bourbon, den ich ihm auf meinem Balkon eingeflößt hatte (es war immer noch wärmer als an einem milden Frühlingstag auf einer Wiese am Südstrand, wir brauchten nicht mal Pullover überzustreifen, was ich begrüßte, da ich Kloos nur ungern einen von mir geliehen hätte), sich noch immer nicht dazu überreden ließ, endlich Näheres auszuspucken, ging mir allmählich auf die Nerven. In mir entstand das Gefühl, auf heißer Spur gegen eine Mauer zu rennen. Das tat weh. Ich war kein emotionaler Holzklotz.

Trotzdem konnte ich kaum noch nachvollziehen, was ich an dem sympathischen Mann so unsympathisch gefunden hatte. Selbst seine Hose, die ich nun aufgrund dezent elektrischer Balkonbeleuchtung besser erkennen konnte, erschien mir nicht mehr wirklich speckig. Es waren nur ein paar Flecken auf ihr, die mich nicht weiter aufregten. Sie gingen mich nichts an. Damit er nicht dauernd am Hosenbund herumzerren musste wie am Halfter eines störrischen Esels, holte ich ihm einen meiner Gürtel aus dem Schlafzimmer, den er mit leuchtender Dankbarkeit in den Augen entgegennahm, auch wenn das

Leuchten vielleicht eher dem Bourbon entsprang als berechtigter Rührung über meine Großzügigkeit.

»Und du kommst also aus Bremen?«, fragte ich jovial und mit einem so winzigen Lallen, das es kaum auffiel. Ich hatte nur drei Gläschen getrunken und die nachfolgenden Portionen in die große Birkenfeige hinter mir gekippt. Um im entscheidenden Moment zuschlagen zu können, war es wichtig, voll da, aber nicht voll zu sein.

»Ja klar«, meinte Kloos bar jeglichen Lallens, während er uns freizügig das siebte Glas meines guten Bourbons mit lockerer Hand und ebensolchem Augenmaß einkippte. »Aus Bremen komm ich, das stimmt immer noch.«

Nicht grundlos hatte ich die Bestätigung seines Wohnortes aus ihm herausgekitzelt. Schon beim ersten Nennen hatten sämtliche Glocken in meinem Kopf geläutet wie Schiffsglocken. Der dunkelgrüne Alfa Romeo, mit dem Marietta am Tag vor ihrem Verschwinden fortgefahren war, hatte ein Bremer Kennzeichen.

Wenn dieser Zufall keinen Hinweis darstellte, dann wusste ich auch nicht. Keineswegs durfte ich die soeben aufgenommene Witterung aus meiner Nase wieder verlieren. Ich musste herausfinden, ob der gut aussehende Alfa-Typ Kloos' Auftraggeber war. Nur hatte ich keine Ahnung, wie ich dem verbohrt verschwiegenen Trunkenbold die entsprechende Info entlocken sollte.

Erwähn doch mal den Alfa, schlug meine innere Stimme vor. *Irgendwie reagieren muss der Vogel ja.* Zufälligerweise hatte ich im selben Moment den gleichen Gedanken gehabt.

»Wie viele dunkelgrüne Alfa Romeos gibt es wohl in Bremen?« Ich ließ die Frage fallen wie eine Lady ihr Taschentuch vor die Füße des Auserwählten und erzielte einen Volltreffer.

»Wie kommst'n jetzt auf die Frage, sach ma?«

Hätte ich mich nicht so gut ausgekannt in menschlicher Mimik, wäre diese von Kloos schnöde ausgespuckte Bemerkung vermutlich so unbemerkt an mir vorbeigetrieben wie eine von einer Segelyacht achtlos ins Wasser geworfene Plastiktüte. Da ich jedoch das Volkshochschulseminar »Mimik, unsere wahre

Sprache! – Wenn ein Gesicht mehr sagt als tausend Worte« interessiert besucht hatte, konnte Kloos mir mit all seiner aufgesetzten Gleichgültigkeit nichts vormachen. Der Mann suchte es zu verbergen, war aber hochgradig verwirrt. Sein Gesicht sagte (frei übersetzt): »Woher weißt'n das, sach ma?«

Deinen Gedanken zu lauschen, steuerte meine innere Stimme ungefragt bei, *ist echt spannend, das muss ich sagen.*

Ich ging in die Offensive. »Dein Auftraggeber fährt nicht zufällig so eine schicke Kiste?«

Den aktuellen Bourbon gab ich nicht weiter an den von langen Sommertagen ausgetrockneten Ficus Benjamini, welcher in dieser Nacht schon genug bekommen hatte, sondern kippte ihn mit scharfem Ruck in meinen Hals, was ein heftiges Brennen in diesem und anschließenden Innereien verursachte.

Mein Erfolg war einkalkuliert, aber so schnell hatte ich nicht mit ihm gerechnet. Bereits nach der ersten Attacke brach Kloos zusammen wie ein schlecht gebautes Kartenhaus.

»Woher weißt'n das, sach ma?«, fragte er verblüfft.

Oh Mann, der Typ ist ja noch schlimmer als du!

»Entweder man hat's«, sagte ich, »oder man hat's nicht. Die einen müssen den Gully putzen, und die anderen …«

Kloos teilte den Rest aus der Flasche zu seinen Gunsten in unsere Gläser auf.

»Du kippst ja eh das meiste weg«, meinte er und bewies damit nebenbei, dass auch er seine Umwelt stets mit wachem Auge im Blick behielt. Anschließend kam er zurück zum Thema: »Kennst du Drago Radic etwa?«

»Wer kennt den nicht?«, zockte ich weiter.

»Och, da gibt's bestimmt ein paar«, sagte Kloos. »Aber wenn du ihn kennst …«

»Jeder weiß«, setzte ich einen drauf, »dass er aus dem früheren Jugoslawien kommt.« Mein Vorstoß war nicht ohne Risiko. Nur wer wagt, gewinnt.

»Sieh mal an«, nuschelte Kloos, »das wusste ich gar nicht. Ich dachte, der wär aus Serbien.« Er dachte nach: »Oder Kroatien.«

Er wollte sich eine Zigarette anzünden, aber ich verbot es ihm mit den Worten: »Jetzt ist aber mal gut mit der Qualmerei!«, was er widerspruchslos akzeptierte. Er grübelte angestrengt und sagte schließlich: »Vielleicht kannst du uns ja sogar helfen.«

»Wem? Dir und Diego?«

»Drago.«

»Genau.«

»Wem sonst? Um's kurz zu machen: Drago vermisst seine kleine Schnuckelmaus ...«

Ein feuergleich brennendes Gefühl schoss in mir hoch. Ich riss mich zusammen.

»Wer soll das denn sein?«, unterbrach ich Kloos unwirsch.

»Drago?«, fragte er belämmert. »Ich denk ...?«

»Seine kleine Schnuckelmaus? Wer soll das sein, verdammt?« Die Worte schmerzten in meinem Mund wie heiße Kartoffeln.

»Von wem reden wir denn die ganze Zeit, Mann?«, fragte Kloos. »Ich kenn die ja nur von Fotos, aber ich muss schon sagen ...«

»Nennt er sie tatsächlich so?«, fuhr ich dazwischen.

»Wie?«

»Seine kleine ... du weißt schon!«

»Schnuckelmaus?« Er dachte nach. »Nee, glaub nicht. Das hab ich nur so gesagt, weil, na eben, weil ich finde, dass ...«

»Schon gut, schon gut, schon gut!« Er sollte endlich seine Klappe halten. Seine Worte verursachten mir Übelkeit.

Urplötzlich überfielen mich Schweißausbrüche, ich bekam kaum noch Luft. Vielleicht hatte ich zu viel getrunken, so ein Bourbon hat es in sich. Ich sprang auf und rannte zum Balkongitter. Kloos und der Hund betrachteten mich gelangweilt. Die Stimme fragte, was mit mir los sei. Etwas verbissen hielt ich mich am Geländer fest und warf einen nach Beruhigung heischenden Blick auf das in schwachem Laternenlicht schimmernde dunkle Wasser des Großen Hafens, dessen Optik ich so sehr liebte, in diesen Momenten jedoch nicht genießen konnte.

Ich beruhigte mich nur langsam, versuchte, mich daran aufzurichten, dass Radic meine Marietta doch nicht Schnuckelmaus nannte, wie Kloos es zunächst so lapidar formuliert hatte. Um mit den Ermittlungen voranzukommen, war es wichtig, meine überbordenden Gefühle für Marietta in den Griff zu kriegen und meinen analytischen Verstand zurückzuerobern. Das dauerte mehrere Minuten, nach denen ich mich Kloos wieder zuwandte und mich lässig ans Balkongitter lehnte.

»Zurück zu den Fakten«, sagte ich präzise. »Sie haben also den detektivischen Auftrag von Radic angenommen, Frau Weinzierl zu finden?«

Pfiffiges Kerlchen!, spottete die Stimme.

»Du.« Kloos starrte mich aus betrunkenen Äuglein an, die im Kerzenschein erneut glasig funkelten.

»Wieso ich?«, fragte ich. »Ich hab doch schon gesagt, dass ich keinen Auftrag …«

»Wir waren längst beim Du, Mann.«

»Von mir aus. Also du hast diesen Auftrag angenommen, alter Schwede?«

»Bremer.«

»Witzig.«

»*Yes*«, bestätigte Kloos, erleichtert darüber, dass ich ihn weiter duzte. »Sach ma, haste nicht noch so 'n Tröpfchen für uns? Is grad so gemütlich. Übrigens biste echt 'n prima Kumpel. Zuerst hab ich gedacht: Seltsamer Vogel, aber jetzt … du bist ganz okay, alter Friese.« Er zwinkerte mir zu.

Ich durchschaute, dass seine Schmeichelei einzig der Absicht folgte, mich großzügig zu stimmen, was ihr jedoch nicht gelang. Trotzdem entschloss ich mich zu einem Angebot, da ich Kloos' gelöste Zunge weiter nutzen wollte.

»Ich guck mal nach«, sagte ich. »Aber hast du eigentlich schon was rausgefunden?«

»Ja also …«, begann er zögernd und brach dann wieder ab.

»Ich glaub, ich hab da noch so 'n Korn.« Ich machte mich auf den Weg zum Kühlschrank. »Doppelkorn.«

»Astrein!«, hörte ich Kloos draußen erleichtert ausstoßen.

Ich fand nur Eierlikör. Als ich damit zurückkam, machte Kloos zwar ein langes Gesicht, ließ sich aber beim Einschenken erneut nicht lumpen.

»Hauptsache, flüssig«, meinte er gönnerhaft.

Ich setzte mich. »Nun, ich höre …«

»Was hörst du?«, fragte Kloos verdutzt und trank, ohne mit

mir angestoßen zu haben. »Also, ich hör nix.« Er verzog das Gesicht, als wäre mein Eierlikör eine Zumutung.

»Ich höre dir zu«, stellte ich mit Nachdruck klar.

»Ach so, ja, also …«

»Was, ›ach so, ja, also‹?« Aufgrund wachsender Ungeduld probierte ich versehentlich den Likör, der zu süß war und zu klebrig. Ich schob das Glas so weit von mir, dass ich sichergehen konnte, es nicht in einem Reflex erneut zu ergreifen.

»Da gibt's nicht viel zu hören.« Kloos leerte ein weiteres Gläschen. »Oder andersrum: Da gibt's nicht viel zu erzählen.«

»Was heißen soll …?«

»Ich tappe im Dunkeln.« Er brach förmlich über dem Glas zusammen, welches er gleich darauf erneut füllte.

Yes!, triumphierte meine innere Stimme. Der Typ ist der komplette Versager. *Das ist deine Chance, Mann.*

»Oh«, sagte ich enttäuscht. »Sind die beiden denn nun ein Paar oder nicht?« Ich bereute meine Frage sofort.

»Radic und die Polenschnecke?«, hakte er unsensibel nach.

»Wenn du sie noch ein Mal so nennst, hau ich dir eine rein.« Ich zog ein kumpelhaftes Gesicht.

»Sorry.« Er zeigte sich reumütig. »Wusste nicht, dass dich das kränkt.«

»Es kränkt mich nicht. Es geht mir auf den Sack.«

»Ach so. Also du meinst, ob Radic und Marietta ein Paar sind?«

»Nein, Caesar und Kleopatra!« Er spannte meine Geduld auf die Folter.

»Ich glaub, die haben nur eine Geschäftsbeziehung.«

Kloos schenkte sein Glas randvoll und leerte es überstürzt. Dann leckte er es aus, wobei er schmatzte.

»Geschäftsbeziehung? Was soll das denn heißen?« Ich zog mein Glas heran, trank und sehnte mich nach einem Bourbon.

»Ich dachte, du kennst Radic«, meinte Kloos misstrauisch.

»Na ja, was heißt schon ›kennen‹?«, wich ich seiner bohrenden Neugier clever aus. »Sagt man nicht viel zu schnell, man würde jemanden kennen? Eigentlich aber wissen wir alle nichts voneinander, bleiben immer nur *strangers in the night.*«

»Du weißt aber doch«, Kloos blieb am Ball, »was er beruflich macht, oder?«

»Na klar.« Ich nippte.

Beruhigt steckte Kloos sich eine an, wozu ich aus taktischen Gründen nichts sagte.

»Okay«, sagte er. »Na, und irgendwie hängt die Polensch…«, erschrocken korrigierte er sich, »also diese Marietta Weinzierl, irgendwie hängt die da mit drin.«

»Wie laufen sie denn so?«, fragte ich so beiläufig, als würde es mich nicht die Bohne interessieren. »Die Geschäfte?«

»Beschissen«, meinte Kloos. »Hast ja vielleicht mitgekriegt, dass Radic mir den Auftrag telefonisch grad wieder entzogen hat. Kennst das ja sicher von dir selbst. Die Zeiten sind hart. Die Knete sitzt keinem mehr so locker wie noch vor 'n paar Jahren.«

»Jaja.« Mein Hirn ratterte auf Hochtouren. Natürlich hatte ich nicht wissen wollen, wie Kloos' Geschäfte liefen, sondern die von Radic, aber die Info, die mein Kollege mir soeben frei Haus geliefert hatte, konnte für mich bares Geld bedeuten: Kloos war von Radic gefeuert worden, womit sein Job frei war. Erneut witterte ich Morgenluft, wenn auch diesmal aus anderer Richtung.

Außerdem: Wenn zwischen Radic und Marietta eine geschäftliche Beziehung existierte, war es wahrscheinlich, dass der gepflegte Serbe seine Finger nicht nur an Marietta hatte, sondern auch in den Geschäften von Polski Tenderness, welcher Art diese auch sein mochten. Dass Kloos mir bisher nur die halbe Wahrheit gesagt hatte, war klar. Noch herrschte viel Dunkel, in welches Licht gebracht werden musste.

Am Horizont streckte die Sonne ihre glutroten Finger in der Bereitschaft nach der Stadt aus, sie für den nächsten heißen Tag zu erobern und erst am Abend wieder loszulassen.

12

Radics Profession herauszufinden war ein Klacks. Meine sich von Tag zu Tag mit der präzisen Sicherheit eines Schweizer Uhrwerks verbessernde Berufsroutine kam mir dabei entgegen. Dass ein Typ wie Radic weder Bäckereifachverkäufer noch Realschullehrer oder Künstler war, lag auf der Hand.

Die Vorauswahl in Frage kommender Möglichkeiten jedoch, die ich nun blitzartig in meinem Kopf zusammenstellte, war deutlich subtiler: Bordell-, Diskotheken- oder Nachtbarbetreiber, Leiter eines Security-Dienstes, Besitzer einiger gut laufender Autohäuser, Drogendealer im größeren Stil, leitender Manager eines Wirtschaftsunternehmens, Pornofilmproduzent, Playboy mit ererbtem Vermögen, Immobilienhai, Schlagerproduzent.

Bei einigen dieser Möglichkeiten war eine direkte Verbindung zu Polski Tenderness denkbar, bei anderen weniger. Bereits seit geraumer Zeit vermutete ich, dass das angeblich so harmlose Partnervermittlungsinstitut keineswegs harmlos, sondern möglicherweise im Unterwelt-Milieu anzusiedeln war, wofür trotz komplett fehlender Beweise vieles sprach.

Die tatsächliche Wahrheit über Radic jedoch fand ich durch gezieltes Nichtlockerlassen im Gespräch mit dem immer betrunkener werdenden Kloos heraus. Ich biss mich an ihm fest wie eine Zecke im Hund. Immer wieder ließ ich geschickt Bemerkungen fallen, die ihn irgendwann provozieren würden, versehentlich die Profession des Ex-Jugoslawen zu benennen.

Als ich schließlich zusammenhanglos einstreute: »Kein Wunder bei seinem Beruf«, wollte Kloos dann tatsächlich von mir wissen, warum das kein Wunder sei bei einem Bank-Fuzzi. Das freute mich einerseits, da ich jetzt Bescheid wusste. Andererseits konnte ich seine Frage nicht beantworten, weil ich vergessen hatte, was kein Wunder war bei dem Beruf.

Aufs Geratewohl sagte ich: »Dass er kein Bankdirektor ist, wissen wir ja nun beide. Aber eben auch nicht die Putzfrau.«

Kloos kicherte unmotiviert. »Abteilungsleiter. Dafür macht der ganz schön einen auf dicke Hose.«

»Vielleicht hat er mehr Kohle«, hakte ich raffiniert nach, »als wir alle denken.«

Die Antwort darauf sitzt vor dir, sagte meine innere Stimme. *Höchstpersönlich.* Mir fehlten Zeit und Muße, mich mit dem Sinn dieser Worte auseinanderzusetzen.

Das von mir entwickelte Bild Drago Radics passte nicht unter denselben Hut wie ein kleiner, aber größenwahnsinniger Banksesselpupser. Vielmehr hielt ich ihn mittlerweile mindestens für einen führenden Kopf der Bremer Unterwelt. Marietta hatte er in seine rücksichtslosen Hände gebracht, aus denen nur ich sie wieder befreien konnte.

Wahrscheinlich war sie ihm in die Quere gekommen bei seinen düsteren Machenschaften, oder sie wollte gegen seinen Willen aussteigen aus gemeinsamen düsteren Machenschaften, in welche er sie zuvor hineingezogen hatte. Denkbar, dass sie Hals über Kopf geflohen war, um fiesen Mordabsichten zu entkommen. Der Plan konnte aber auch darin bestehen, sie nicht gehen zu lassen, um ihre wertvollen Dienste weiter für sich auszunutzen.

Je länger ich darüber nachdachte, umso wahrscheinlicher erschien mir die letztgenannte Variante.

Die sich auf der Flucht befindende Marietta war voll verzweifelter Angst untergetaucht, während er, Radic, alles daransetzte, sie aufzustöbern zwecks weiteren Ausquetschens ihrer Person wie eine handelsübliche Zitrusfrucht. An dieser Stelle kam Kloos als Stöberhund ins Spiel. Möglicherweise aber war der auch ein von Radic auf Marietta angesetzter Killer, wofür die von meinem Gast mit so großer Selbstverständlichkeit gezückte Walther sprach.

Überraschend wurde Kloos verlegen. Ohne die sich über Stadt und Meer ergießende rote Sonne hätte ich vermutlich sein Erröten erkannt. So konnte ich es nur erraten.

»Also, um ehrlich zu sein …«, stammelte er auf der verzweifelten Suche nach Worten.

»Ja?« Ich wartete auf sein Geständnis. Tief in sich drinnen war dieser Mann kein Killer. Er konnte keiner Fliege etwas zuleide tun.

»… und bei allem Selbstbewusstsein, das ich hab …«

»Ja?«

»Also …«

»Ja?«

Der Blick aus seinen Knopfaugen (die denen des Hundes ähnelten) bohrte sich unerwartet in meine Augen wie ein Anker auf der Suche nach sicherem Halt in den Hafenboden.

»Wenn er Kohle hätte …« Es war zu spüren, dass die Bombe gleich platzen würde. Spannung hing in der Luft wie Konfettischlangen zu Silvester. Und wie Silvester, wenn die Zeiger der Uhren sich tickend Sekunde für Sekunde aufs neue Jahr zuwälzten wie die Flut und nichts zu hören war außer diesem Ticken und dem eigenen Herzschlag, bis dann endlich das erlösende Johlen der Menschen und das Feuerwerk über dem Großen Hafen begann, welches dem neuen Jahr als Willkommen gezündet wurde und staunende Menschen auf der KW-Brücke zusammenführte, so blieb auch jetzt die Zeit stehen.

»Ja?« Meine Zähigkeit erinnerte mich an ein sturmgegerbtes Stück Leder.

»… sei mal ehrlich …«

»Bin ich.«

»… hätte er dann ausgerechnet mich engagiert?«

Ich musste schlucken, und all meine Überlegungen brachen zusammen wie eine alte Bauernkate unter der Abrissbirne. Der Bremer hatte recht: Darauf hätte ich auch von allein kommen können. Einer wie Kloos wurde bestenfalls von jemandem engagiert, der sich keinen optimal ausgebildeten und mit den äußersten Möglichkeiten kriminalistischer (oder krimineller) Kompetenz und intelligenter Professionalität ausgestatteten Ermittler oder Killer leisten konnte. War Kloos tatsächlich Detektiv, dann bot er seine Dienste zum Dumpingpreis an. War er Killer, dito. Möglicherweise unterbreitete er potenziellen Kunden regelrechte Schnäppchen.

Nächstes Mal hörste gleich auf mich, steuerte meine innere Stimme ihren Senf bei, den ich ignorierte.

»Du bist den Auftrag also definitiv los?« Nichts lag mir ferner, als einem Kollegen die Kundschaft auszuspannen.

»Zweifelsfrei.« Er verbarg seine Betroffenheit. »Aber sach ma, steht denn auch definitiv fest, dass du nix mehr zu saufen im Haus hast?«

Ich hatte ihn da, wo ich ihn haben wollte.

»Gibst du mir Radics Nummer, schau ich noch mal nach.« Mir war eingefallen, dass der vergeblich im Kühlschrank gesuchte Doppelkorn bester Sorte tatsächlich im Wohnzimmer stand.

»Das'n Wort, Kollege«, erklärte Kloos fröhlich. »Eine Hand wäscht die andere, so is richtich.« Er zog ein Kärtchen aus der linken Gesäßtasche. »Steht alles drauf, was du brauchst.«

Radics Name, der Name der Bremer Bank, für die er tätig war, seine Abteilung (Kredite), zwei Mobil- sowie zwei Festnetznummern plus zwei Mailadressen waren die auf der schmucklosen Pappkarte festgehaltenen Informationen.

»Jetzt bist du dran«, sagte Kloos mit forderndem Grinsen.

Ich warf einen Blick auf die Uhr.

»Ich kann ihn doch nicht um diese Uhrzeit …«

»Der versprochene Schnahaps«, erinnerte mich der mollige Mann. »Aber sach ma: Willst du den Fall denn echt übernehmen?«

»Klar«, warf ich den Ball zurück, während ich mich auf den Weg machte, den teuren Doppelkorn zu holen. »Ich bin an der Sache ja ohnehin dran. Warum soll ich mich dann nicht dafür bezahlen lassen?«

Ich dachte gar nicht daran, dem gescheiterten Kollegen gegenüber zu erwähnen, dass es mir als siebzehnfachem Lottomillionär nicht auf die Knete ankam. Ein solcher Auftrag erhöhte jedoch die detektivische Daseinsberechtigung.

»Da haste auch wieder recht!«, rief der kleine Kerl mir knarrend hinterher und nutzte die Gelegenheit, sich eine Fluppe anzuzünden. Erneut drückte ich ein Auge zu. Zur Feier des noch jungen Tages genehmigte auch ich mir, sobald ich zurückgekehrt war, ein Gläschen Doppelkorn, obwohl ich keinen Fisch gegessen hatte.

Wie eklig ist das denn?, motzte meine innere Stimme.

Ich füllte mein Glas so sehr, dass es überlief und einen hässlichen Ring auf der Tischplatte hinterließ, welchen ich hastig mit einem Taschentuch entfernte.

»Nich lang schnacken«, ermunterte mich der trinkfeste Kloos, »Kopp in Nacken.« Ich stieß mit ihm an. »Hau wech, die Scheiße!«, forderte er. Der Korn war lauwarm, aber der Bremer verzog das Gesicht nicht. Vergeblich bemühte ich mich, es ihm gleichzutun.

»Aber sach ma«, fragte Kloos jovial, »wie willste Radic denn davon überzeugen, dass du der Richtige für ihn bist?«

Ich warf einen weiten Blick über Hafen und Deich mit den dahinter rollenden Wellen des Jadebusens. Auf dem entfernten Wasser spiegelte sich das Morgenlicht. Die Weite des Betrachteten ging auf mich über.

»Nichts einfacher als das«, sagte ich, den Blick draußen lassend. »Ich werde mit meinem Pfund wuchern.«

»Hä?«, fragte Kloos.

»Ich bin kein Neuling in diesem Fall.« Das Gesicht meines Gegenübers war verquollen, die Augen blutunterlaufen.

»Ach so«, meinte er hohl und bombardierte mich nicht mit weiteren Fragen. Sein Glas füllte er zum dritten Mal mit Doppelkorn. »Nich lang schnacken …«

»… Kopp in Nacken«, ergänzte ich empathisch.

Ich hatte das Gefühl, dass es ein guter Tag werden würde.

Die Temperatur in der Stadt hatte bereits um zehn Uhr die Fünfundzwanzig-Grad-Marke erreicht und diese am Mittag schon weit hinter sich gelassen. Für mich persönlich hatten die Ereignisse des Vormittags einen so umwälzenden Charakter gehabt, dass ich mich in einer seltsamen Mischung aus Entschlossenheit und Ratlosigkeit in meinem Büro wiederfand, die Beine altbewährt lässig auf dem Schreibtisch abgelegt, ein Glas gekühlter Apfelschorle in der Hand, an der ich jedoch nur in winzigen Schlückchen nippte. Ein Blick auf die Digitalanzeige meiner Wanduhr informierte mich darüber, dass es zwölf Uhr achtundfünfzig war. Zum Thema stetig verstreichender Zeit:

Hier lag der einzige Widerhaken im sich ansonsten positiv entwickelnden Fall Marietta.

Der entschlossene Teil meines Ichs zweifelte nicht daran, dass ich am nächsten Tag meine Reise nach Bydgoszcz antreten würde, welche ich schon seit einer Weile auf mich zukommen sah wie ein herannahendes Unwetter, das mich von meinem angestammten Platz im Leben hinfortwehen könnte wie ein Blatt vom Baum. Über die notwendigen Reiseformalitäten hatte ich längst Erkundigungen eingezogen.

Grenzkontrollen waren angesichts der im Mai 2004 erfolgten Aufnahme Polens in die EU nicht zu erwarten, was mir entgegenkam, da mein nie benötigter Reisepass zeitgleich mit dem historischen Beitrittsereignis abgelaufen war. Mein Personalausweis dagegen befand sich nicht nur im Topzustand, sondern war auch noch ewig gültig, wie ich befriedigt feststellte.

Nach längerem Hin und Her hatte ich beschlossen, den Hund mitzunehmen (niemand außer mir kannte den Duft Mariettas so gut wie er!), weshalb ich jene Formalitäten zu klären hatte, die für einen legalen Grenzübertritt des Tieres notwendig waren.

Mit wenigen Klicks recherchierte ich die seit dem 3. Juli 2004 bestehende Vorschrift, einen EU-Heimtierausweis auf Reisen innerhalb des genannten Staatenbundes mitzuführen, aus dem unter anderem hervorging, ob eine noch wirksame Impfung gegen Tollwut vorlag, was ich grundsätzlich begrüßte.

Allerdings war ich nicht darüber informiert, ob der Terrier ein solches Dokument besaß. Da zum Zeitpunkt der nur für wenige Tage geplanten Aufnahme des Tieres in meine Obhut keinerlei Auslandspläne bestanden hatten, hatten Marietta und ich dieses Thema vernachlässigt.

Wie jedoch war herauszufinden, ob Ricky Weinzierl über einen EU-Heimtierpass verfügte? Der Einzige, bei dem ich mir in dieser Angelegenheit eine Chance zu eventueller Weiterhilfe ausrechnete, war der selbst ernannte Hundespezialist: Ostfriesen-Spross Ubbo Dose.

Da ich ihn telefonisch nicht erreichte, es noch früh am Tag war und ich ohnehin das Bedürfnis nach frischer Luft verspürte, beschloss ich, den Mann in seinem Hooksieler Anwesen persönlich aufzusuchen. Dass als Restwirkung unserer letzten Begegnung in den Räumen von Polski Tenderness ein bitterer Nachgeschmack nicht nur auf meiner Zunge, sondern in meiner ganzen Person zurückgeblieben war, muss ich nicht eigens erwähnen. Entsprechend war es mir ein inneres Bedürfnis, Dose mit ein paar zurechtweisenden Worten den Kopf gehörig zu waschen.

Bevor ich allerdings über meinen Dose-Besuch Bericht erstatte, möchte ich zunächst in die chronologische Reihenfolge der Ereignisse dieses inhaltsreichen Vormittags einsteigen und mit dem Anfang beginnen:

Ich erwachte nach einer nur kurzen Schlafspanne in meinem zweihundert mal hundertvierzig Zentimeter großen Bett, als der Hund mir einmal mehr das Gesicht ableckte. Mittlerweile träumte ich nicht mehr davon, dass es Mariettas Zunge war, und befand mich augenblicklich in hellwachem Zustand. Halb erschrocken, halb benommen setzte ich mich auf. Leise schimpfte ich mit dem Terrier, den dies jedoch nur ermunterte, noch heftiger mit dem Schwanz zu wedeln als bereits während des Leckvorgangs. Vielleicht wollte er mich auf sich selbst oder etwas anderes aufmerksam machen.

Dass Kloos auf meinem Sofa lag, wusste ich jedoch auch ohne seine Hilfe, da ich den D-Klassen-Detektiv am Ende unseres Balkonsaufens hierzu eingeladen hatte. Der betrunkene Bremer schnarchte walrossähnlich. Da ich jede Sekunde des neuen Tages nicht nur nutzen wollte, sondern im Interesse Mariettas nutzen *musste*, stand ich nach kurzer Besinnungsphase auf.

Als ich mich nach ausgiebigem Duschbad mit per exklusiver E-Zahnbürste blank geschrubbten Zähnen und frisch rasiert mit einem Becher Kaffee an meinem Schreibtisch postierte, voll ungeduldiger Erwartung, was der Tag mir bringen würde, stellte ich fest, dass es noch immer viel zu früh war, das anzugehen, was mir unter den Nägeln brannte: den Anruf bei Drago Radic.

Mangels einer anderen Idee griff ich trotzdem zum Telefon.

Für den Fall, dass Radic sauer sein sollte über einen so frühen Anruf, ging ich auf Rufnummerunterdrückung. Bis ich diese Einstellung erfolgreich vorgenommen hatte, waren weitere zwölf Minuten verstrichen. Nachdem ich Radics Karte eine Weile sinnierend betrachtet hatte, entschied ich mich für die private Festnetznummer, was mir am passendsten erschien. Zu meiner Überraschung meldete er sich umgehend.

Nach der Nennung meines Namens und dem Wünschen eines guten Morgens erklärte ich Drago Radic präzise und knapp mein Anliegen. Zu meiner erneut nicht geringen Überraschung schlug er sofort ein Treffen vor. Wie es der Zufall so wolle, befinde er sich gerade in Wilhelmshaven, eine schnelle Zusammenkunft unserer beiden Personen zur Klärung gegenseitiger Interessen komme ihm überaus gelegen, da die Sache ihm extrem eilig sei. Obwohl auch ich brennend daran interessiert war, die Angelegenheit nicht länger nutzlos vor sich hin köcheln zu lassen wie fade Fischsuppe, fühlte ich mich doch fast überrumpelt von Radics forscher Art.

Nachdem ich ihm einige Lokalitäten mit Wasserblick vorgeschlagen hatte (von denen Wilhelmshaven manche exquisite zu bieten hat: am Ems-Jade-Kanal, zu welchem der vor meinen Fenstern liegende Große Hafen gehört, da dieser sich in ihn ergießt, in Höhe der Deichbrücke, am Banter See im Fährhaus oder auf der Südstrandpromenade), meinte er trocken, dass ihm an einer wie auch immer gearteten Öffentlichkeit keineswegs gelegen sei.

»Da gibt's mehr Ohren und Augen«, sagte er geheimnisvoll, »als man denkt. Vor allem in einer überschaubaren Stadt wie Wilhelmshaven.«

Die verschiedenen Aspekte meines Verdachts gegen seine Person minderte diese Aussage nicht. Da ich jedoch nicht umhinkam, ihm zuzustimmen, bat ich ihn in mein Büro. Diesem Vorschlag stimmte wiederum er zu und kündigte sein persönliches Erscheinen innerhalb der nächsten fünf Minuten an, da sein derzeitiger Aufenthaltsort sich in der Nordseepassage befinde, wo er ein Fischbrötchen verdrückt habe, womit er mich in die nächste fiese Drucksituation brachte.

Auf keinen Fall durfte Radic Kenntnis davon erhalten, dass mein potenzieller Vorgänger sich nach durchzechter Nacht in meiner Wohnung befand. Andernfalls musste er kein Ratefuchs sein, um dahinterzukommen, dass ich den Hinweis auf ihn von der verkaterten Flachpfeife erhalten hatte. Kloos musste innerhalb der nächsten drei bis vier Minuten entweder aus der Wohnung verschwunden sein oder sich lautlos in einem für Radic nicht sichtbaren Teil dieser Wohnung befinden. Also weckte ich den Bremer. Zumindest versuchte ich es. Der Kerl ratzte vor sich hin wie eine Haselmaus im Winterschlaf.

Als meine Verzweiflung nach circa viereinhalbminütigem Herumzerren am massigen Leib des gescheiterten Ermittlers ihren Höhepunkt erreichte, deutete der Terrier an, dass seine Existenz nicht völlig sinnfrei war. Ohne langes Zögern tat er etwas, das ich in meiner Eigenschaft als Mensch nicht tun konnte: Er biss den Dicken in die Wade.

»Aua! Was'n los, verdammt?«, grummelte der Gepeinigte. Er versuchte, nach dem Hund zu treten, der sich jedoch wohlweislich in Sicherheit gebracht hatte.

»Aufstehen!«, rief ich hektisch. »Sie müssen … Du musst sofort verschwinden!« Zur Untermalung meiner Aufforderung riss ich erneut an ihm herum. Diesmal sogar im wahrsten Sinne des Wortes, denn sein Hemd riss, was mir sofort leidtat.

»Was soll'n das?«, fragte Kloos ungläubig, kam aber nun erstaunlich behände hoch. Etwas an ihm ließ mich an ein Frettchen denken. Er stank nach Schnaps, Schlaf, Schweiß und Käsefüßen und kratzte sich am Hinterkopf. Ich drückte ihm seine Schuhe in die Hand.

»Radic ist jeden Moment hier!«, zischte ich. »Bis dahin musst du verschwunden sein.«

»Wieso das denn?«, fragte er erstaunt. »Ich tu dem nix.«

Ich schob ihn vor mir her. »Vielleicht tut er dir was.«

Der Hund bellte und sprang an Kloos hoch, der erneut versuchte, nach ihm zu treten.

»Mistvieh! Wieso hast du mich gebissen, verdammt?«

Notwehr, erklärte meine innere Stimme. Wie eine heiße Kastanie reichte ich das Wort weiter an den Gebissenen.

»Notwehr?«, stammelte dieser verdutzt. Es klingelte an der Tür.

»Radic!«, rief ich leise. In Ermangelung einer Alternative schob ich meinen Kollegen samt Schuhen ins Bad. Der Riss in seinem Hemd war für das Aussehen desselben vernichtend. Ich beschloss, ihm später Geld für ein neues zu geben und den Schadensfall bei der Versicherung einzureichen. Zunächst aber schubste ich Kloos mit so viel Nachdruck ins Bad, dass er stürzte. Es hatte bereits zum zweiten Mal geklingelt.

»Alles in Ordnung?«, fragte ich durch die mittlerweile geschlossene Tür, und das Kloos'sche Fluchen beruhigte mich, da es sich nicht nach einem Schwerverletzten anhörte.

Ich wusste nicht, ob man mir die hektischen Anstrengungen der letzten Minuten ansah, fühlte mich aber so. Notdürftig richtete ich mein Haar und streifte meine Kleidung glatt, bevor ich die Tür öffnete.

13

Radic war kein Mann, der lange um den heißen Brei herumredete. Einer der Gründe, aus dem wir sofort einen guten Draht zueinander hatten.

»Wann sind Sie so weit?«, fragte er.

Zum ersten Mal während unseres bis hierhin circa zwei Minuten währenden Dialogs war ich irritiert. »Wofür?«

Noch ehe Radic sagte: »Für die Abreise. Wofür sonst?«, hatte es in meinem Kopf bereits Klick gemacht: Radic wollte, dass ich für ihn nach Bydgoszcz fuhr. Dies bestätigte er mir umgehend.

»Morgen früh«, sprudelte es aus mir heraus. »Möglicherweise schon heute Abend, also: später Abend.«

In seiner bisweilen wortkarg anmutenden Art führte Radic aus, dass es für ihn jenseits jeden Zweifels stand, dass Marietta sich weiterhin in Polen aufhielt. Und zwar nicht irgendwo in Polen, sondern in Bydgoszcz, ihrer Heimatstadt, in welcher, wie er meinte, alle Fäden zusammenliefen.

Auch wenn ich mich fragte, von welchen Fäden die Rede war, fand ich doch, dass die Fäden meiner eigenen Ermittlungen in die gleiche Richtung wiesen. Bydgoszcz war nicht nur die Partnerstadt Wilhelmshavens, sondern vor allem das Zauberwort für die Lösung des Falls Marietta. Zwischen Radic und mir herrschte männliche Harmonie. Dann drangen aus dem Badezimmer kommende Geräusche in unsere Ohren.

Während Radic sich fragen musste, was das denn sei, war mir sofort klar, was es war. Der Verursacher des hanebüchenen Lärms war mein frustrierter Kollege, der eine Niesattacke erlitt. Nach lautstarkem Naseputzen kam er aus dem Badezimmer über den Flur in mein Büro gestürzt und verlangte, ausgestreckt auf dem Boden liegend, vehement und als pfeife er aus dem letzten Loch, nach einem Krankenwagen. Ansonsten befürchte er, umgehend das Zeitliche zu segnen, und zwar an Ort und Stelle.

»Kloos, was machen Sie denn hier?«, konnte Radic gerade noch hervorstoßen, bevor den Angesprochenen ein erneuter heftiger Niesanfall heimsuchte. Entsetzt sprang Radic auf und hob den ein bis zwei Köpfe kleineren klopsähnlichen Mann mit verblüffender Leichtigkeit hoch.

»Allergie?«, fragte der Größere den Kleineren vertraut und platzierte diesen auf dem Sofa, während er per Handy einen Krankenwagen rief. Ich fragte mich, ob der Mann nicht doch ein falsches Spiel spielte. Mein Adrenalinspiegel schnellte in die Höhe wie das Quecksilber im Fieberthermometer eines Schulschwänzers.

Zwischen immer neuen Niesattacken nickte Kloos so heftig, dass ich befürchtete, sein Kopf könnte herunterfallen. Jaja, er verfüge gleich über mehrere Allergien, stieß er hervor, wisse aber nicht, welche von diesen aktuell zugeschlagen habe. Er fürchte nur, zu ersticken, falls man ihm nicht bald helfe. Seltsamerweise beruhigte er sich unmittelbar nach Beendigung dieses Satzes komplett, man hätte ihn für einen Simulanten halten können.

»Trotzdem Krankenwagen?«, fragte Radic vorsichtshalber, und als Kloos meinte, nein, nein, das sei ja jetzt, wo alles überstanden war, vollkommen überflüssig, bestellte er das Fahrzeug kurzerhand wieder ab.

Immerhin hatte Kloos so viel Taktgefühl, sich danach umgehend zu verabschieden. Erst später stellte ich fest, dass meinem Bremer Kollegen seine Walther P1 im Bad aus der Hose gefallen war, und kassierte sie, als Gegenleistung für die ihm gewährten Drinks, gleich ein.

»Haben Sie meine Nummer etwa von dem?«, fragte Radic, begleitet vom unausgesprochenen, aber im Unterton fest verankerten Kommentar: Dann gehe ich wohl besser mal wieder.

Gut vorbereitet erklärte ich selbstbewusst: »Ich hab ihn erwischt. Bei seinem dilettantischen Einbruch in Mariettas Wohnung. Die Zusammenhänge hat er danach in seiner Angst schnell ausgeplaudert. Zu schnell, wenn Sie mich fragen.«

In einer Mischung aus Bewunderung und Erstaunen sah Radic mich an. Mir fiel auf, dass ich vergessen hatte, ihm Kaffee anzubieten (oder Tee, falls er die friesische Variante bevorzugte, was ich bei einem Bremer aber nicht annahm). Dies nachzuholen erschien mir nun zu spät.

»Ihm dann die Karte seines Auftraggebers zu entlocken«, fügte ich hinzu, als hätte ich zwischendurch weder an Tee noch an Kaffee gedacht, »war das reinste Kinderspiel.«

Wenn du nicht bald zur Sache kommst, quakte meine innere Stimme, *ist der Typ schneller weg, als du gucken kannst.*

»Also, um es kurz zu machen«, fiel Radic mir unerwartet aggressiv ins Wort, was meinen Verdacht gegen ihn weiter erhärtete, »wenn Sie jetzt mal zum Punkt kommen würden, könnten wir uns sehr schnell einig werden.«

Ein Stichwort, das mir gefiel.

»Okay«, sagte ich locker. »Schießen Sie los, Mann.«

Radic sah mich so irritiert an, als hätte ich etwas Falsches gesagt, besann sich aber dann doch darauf, dass es sein Vorschlag gewesen war, aufs Tempo zu drücken.

»Hab ich mich so unklar ausgedrückt?«, fragte er. »Sie sind ab jetzt mein Mann, Reents. Sie reisen für mich nach Bydgoszcz und finden Marietta Weinzierl, diese elende Schlampe, die mich ausgenommen hat wie eine Weihnachtsgans.«

Emotionen kochten in mir hoch, die mir eine spontane Antwort unmöglich machten. Emotionen und Fragen, aber auch eine wichtige Antwort: Radic steckte nicht hinter der Entführung! So redete kein Entführer über sein Opfer. Hatte aber tatsächlich Marietta Weinzierl, diese von mir so hoch geschätzte Persönlichkeit, Radic ausgenommen wie jenes unglückselige Tier?

Radic sah meine Zweifel, deutete sie jedoch falsch: »Natürlich nur, wenn Sie wollen. Ich kann Sie nicht zwingen.«

»Ich reise für Sie nach Bydgoszcz«, erklärte ich markant, um weitere Unsicherheiten zu vermeiden.

Zufrieden zündete Radic sich eine Zigarette an. Ich unterließ es, ihn auf die kleine Tafel hinzuweisen, die hinter mir hing, neben Bogart (links Pistole, rechts Zigarette): »Auch Rauchen kann tödlich sein!«

Ich hatte das kleine Schild nach eigenem Entwurf in der

Schildermacherei »Schildermaxe« in der Marktstraße anfertigen lassen, worauf ich stolz war.

Und dann, urplötzlich, befiel mich die Erkenntnis, die sich mir so lange verweigert hatte: das Agenturschild am Rüstersieler Segelhafen! Die Schriftzüge darauf glichen denen auf meinen Täfelchen wie ein Ei dem anderen! Daran hatte mich das Polski-Tenderness-Schild die ganze Zeit erinnert: an meine eigenen Schilder. Ich fasste es nicht! Neben einem federleichten, etwas zittrigen Erschrecken befiel mich vor allem Erleichterung über das nunmehr gelöste Rätsel. Problemlos fand ich jedoch zurück in die aktuelle Situation.

»Allerdings«, sagte ich staubtrocken und legte meine Füße auf den Tisch (eine Coolness, die Radic mit anerkennendem Blick quittierte). »Allerdings sollten Sie mir vor der Reise doch noch einiges erklären. Oder sehen Sie das anders?«

»Wenn wir dafür keine hundert Jahre brauchen«, erwiderte er schnöde, »erkläre ich Ihnen gern alles, was es zu erklären gibt. Es liegt schließlich auch in meinem Interesse, dass Sie Bescheid wissen.«

»Eben«, bestätigte ich und wiederholte noch einmal meine Aufforderung an den guten Mann, endlich loszuschießen. Ganz nebenbei erinnerte mich das an die Walther P1, aber das spielte keine Rolle. Ich nahm die Füße vom Tisch, um weder mein Gegenüber noch mich selbst von der eigentlichen Sache abzulenken, die für Spielereien viel zu ernst war.

Radic gab sich einen Ruck und begann zu erzählen.

»Marietta Weinzierl, falls dies ihr richtiger Name ist, hat mich über den Tisch gezogen, und zwar vom Feinsten.« Ich verstand sein Zögern: Welcher Kerl unter der Sonne lässt sich schon gern von der Frau über den Tisch ziehen, die er liebt? Um ihn zu ermuntern, beschloss ich, aus meinem Herzen keine Mördergrube zu machen und diesen Gedanken auszusprechen. Nachdem ich es getan hatte, sah er mich verwirrt an.

»Wer sagt denn, dass ich diese falsche Schlange geliebt hätte?« Ohne nennenswerte Pause zündete Radic sich den nächsten Glimmstängel an.

Ein Segen!, stieß die Stimme erleichtert hervor.

»So ein Blödsinn!«, stieß Radic seinerseits hervor. »Hat der da das etwa behauptet?« Er deutete Richtung Flur, wo Kloos verschwunden war.

»Er hat so was angedeutet«, nuschelte ich.

»Na egal.« Radic blies einen dünnen Rauchstrahl zur Decke. »Mein Geld will ich von ihr zurück, sonst nichts.«

Das wird ja immer besser!, höhnte meine innere Stimme. *Was will er denn da ausgerechnet von uns?* Offensichtlich solidarisierte die Stimme sich nicht nur mit Marietta, sondern auch mit mir. *Ich glaub dem Arsch kein Wort. Der ist schuld am Verschwinden von Ricks Frauchen, jede Wette! Und jetzt dreht er das Ding einfach um. Vollarsch!*

Trotz dieser Anklage aus meinem Inneren schenkte ich Radic weiter meine uneingeschränkte Aufmerksamkeit. Mehr konnte ich zunächst weder für ihn noch für Marietta tun.

Unter Rücksichtnahme auf die Persönlichkeitsrechte meines Klienten vermeide ich es im Folgenden, auf intime Details einzugehen, und fasse so kurz wie möglich in nummerierter Aufzählung Radics Erzählung zusammen:

1. Drago Radic war zweimal geschieden.
2. Er war nicht gewillt, allein zu leben.
3. Drago Radic hatte seine Augen im Alltagsleben stets vergeblich offen gehalten nach der Frau, die einen dritten Versuch mit ihm starten wollte.
4. Entsprechende Kennenlernversuche hatte er über diverse Internetquellen bereits nach kurzer Zeit aufgrund eines Reinfalls nach dem anderen wieder abgebrochen.
5. Drago Radic hatte sich entschlossen, sich nach diesen negativen Erlebnissen einer seriösen ortsansässigen Vermittlungsagentur anzuvertrauen.
6. Bei dieser Suche war er auf Marietta Weinzierl gestoßen.
7. Frau Weinzierls damalige Agentur warb mit dem Slogan »Unsere Seriosität – Ihr Glück!«. Noch ehe Marietta ihm die ersten Vermittlungsangebote ihrer Agentur unterbreiten konnte, habe es, laut Radic, keiner solchen Unterbreitung mehr bedurft.

8. Sofort habe er den Eindruck gehabt, der Frau seines Lebens gegenüberzusitzen.
9. Radic war offenbar von Marietta der Eindruck vermittelt worden, dass es bei ihr nicht anders aussah als bei ihm. Entsprechend fühlte er sich ruckzuck als Mann ihres Lebens.
10. Drago Radic lud Marietta zu einem glamourösen Essen im Restaurant des am Großen Hafen gelegenen Atlantik-Hotels ein.
11. Nach Abschluss der Mahlzeit (Miesmuscheln) gelüstete es ihn nach einer sofortigen sexuellen Beziehung zu Frau Weinzierl.
12. Laut Radic hatte Marietta dies zunächst in so konservativer Art abgelehnt, dass seine Gefühle für sie weiter in die Höhe geschnellt seien.
13. Weiterhin behauptete er, bereits am nächsten Tag habe er nicht mehr lange betteln müssen, Frau Weinzierl habe ihn in den Himmel ausgebufftester Liebeskenntnisse eingeführt.
14. Radic berichtete von den sich an diese erste Liebesnacht anschließenden »supergeilen Wochen und Monaten«, die ihn in einen »geradezu ekstatischen Zustand« versetzt hätten.
15. Er glaubte, in Marietta die Frau gefunden zu haben, welche er vorher so verzweifelt gesucht hatte.
16. Sein Glaube verwandelte sich in Sicherheit.
17. Seine Sicherheit verwandelte sich in absolute Sicherheit.
18. Radic erfuhr zufällig von Mariettas finanziellem Engpass, in welchen sie angeblich unverschuldet mit ihrer Agentur geraten war.
19. Er bot ihr an, sie bei ihrem finanziellen Problem mit Beträgen aus seinem Privatvermögen zu unterstützen, was Marietta tränenreich abgelehnt habe.
20. Radic wiederholte sein Angebot, was Marietta tränenreich annahm.
21. Versehentlich nahm er einen eigentlich Marietta geltenden Drohanruf entgegen: Falls sie das restliche Geld nicht innerhalb der nächsten drei Tage berappe, gehe es ihr an den Kragen.
22. Radic konfrontierte Marietta mit dem Inhalt dieses Tele-

fonats, welchen Frau Weinzierl tränenreich abstritt: Es könne sich nur um ein Missverständnis handeln.
23. Wiederum zufällig wurde Radic Zeuge eines weiteren Telefonats, von Marietta hektisch geführt, in welchem sie offenbar massiv bedroht wurde.
24. Radic konfrontierte Marietta damit, versehentlich Zeuge dieses Telefonats geworden zu sein, woraufhin Marietta tränenreich zusammenbrach und einräumte, dass Drago bereits nach dem ersten Telefonat richtiggelegen habe: Sie brauche Geld, um ihr Leben zu retten!
25. Er wusste nicht, wie er Marietta weiterhelfen sollte, da seine Konten und sonstigen Geldanlagen allesamt abgeräumt beziehungsweise aufgelöst waren.
26. Drago Radic wurde um tausend Ecken herum von Marietta darauf aufmerksam gemacht, dass er Leiter der Kreditabteilung einer nicht gerade kleinen Bank war.
27. Radic machte Marietta darauf aufmerksam, dass er ihr in diesem Zusammenhang nicht helfen könne, da sie über keinerlei Sicherheiten verfüge.
28. Radic wurde von Marietta in ihn dermaßen überzeugender Manier erotisch bedient, dass ihm schwante, wie sich auf nicht ganz legalem Wege ein praller Kredit für sie auftreiben ließe.
29. Drago Radic machte die Erfahrung, wie es war, morgens im Bett der geliebten Frau zu erwachen und diese weder neben sich noch sonst wo in der Wohnung vorzufinden.
30. Als Nächstes machte er die Erfahrung, wie es war, wenn die Frau, die man heiraten wollte, spurlos verschwand.
31. Unmittelbar darauf erlebte er, wie es war, wenn mit der Frau, die man heiraten wollte, auch das gesamte Geld, welches man ihr gegeben hatte, verschwunden war.
32. Drago Radic beauftragte einen Detektiv, die Frau wiederzufinden, die er hatte heiraten wollen.
33. Radic begriff, dass nicht jeder Detektiv ein guter Detektiv war.
34. Drago Radic hatte seinen Mann gefunden!

Als erste ermittlerische Aktion nach Auftragserteilung folgte ich jener Spur, die mir während des Gesprächs mit Radic aufgefallen war: die Ähnlichkeit meiner Schilder mit dem der Polski-Tenderness-Zentrale. Meine hatte Schildermaxe in der Marktstraße angefertigt. Dort gab ich nun eine neue Tafel in Auftrag: »Jedem Anfang wohnt ein Zauber inne!« (Hermann Hesse).

Beflissen nahm die ältere Dame mit silbergrauem Haar und leichtem Ostakzent den Text auf und fragte nach sonstigen Wünschen für das georderte Täfelchen.

Ich gab mich unentschlossen: »Am Rüstersieler Hafen, da gibt's so eine Agentur …« Ich ärgerte mich, dass ich den Hund nicht mitgenommen hatte. Männer mit kleinem Hund erregten stets weniger Argwohn als Männer ohne kleinen Hund.

»Polski Tenderness?«, fiel die Dame mir erfreut ins Wort. Ihr war egal, ob ich einen kleinen Hund dabeihatte oder nicht. Sie mochte mich.

»Genau«, sagte ich irritiert. »Woher wissen Sie?«

»Für die haben wir auch ein Schild gemacht. Und ich selbst bin aus Polska, auch wenn es lange her ist. Da merkt man sich so was natürlich. Was ist mit der Agentur?«

»Nichts«, beschwichtigte ich. »Mit der Agentur ist gar nichts. Nur mit dem Schild: So soll meins auch aussehen.«

»Das ist gut«, rief sie mit strahlendem Lächeln. »Das machen wir gern. Wenn Sie hier noch den Auftrag unterschreiben würden.«

Ich ließ mich von ihrer Begeisterung anstecken und unterschrieb mit besonders großen Kringeln.

»Prima«, sagte sie. »Dann haben wir ja alles. Ich rufe Sie an.«

»Das ist nett von Ihnen!« Ich ging zur Tür, als mir auffiel, dass ich das Herauszufindende noch nicht herausgefunden hatte. Daher stutzte ich.

»Kann ich noch etwas für Sie tun?«, fragte die sympathische ältere Dame mit dem Silberstreif im Haar verblüfft.

»Ja.« Zögernd ging ich zurück. »Das können Sie bestimmt.«

»Dann bitte?« Sie strahlte weiter, blieb aber auch etwas irritiert.

»Polski Tenderness …?«

»Ja?«

»Wer hat da den Auftrag gegeben? Ein Mann, eine Frau?«

»Ein Mann«, antwortete sie sofort bestimmt und wie aus der Pistole geschossen. »Weshalb fragen Sie?«

»Ach nichts.« Ich winkte ab. »Ein Freund …«

Die Irritation aus ihrem Gesicht wich wie schmelzendes Eis.

»Ach, das ist ein Freund von Ihnen! Netter Kerl. So einer mit roten Haaren und Bart, der …«

»Hab ich's mir doch gedacht!«, rief ich selbstvergessen. »Dose!«

»Ja!«, jubelte sie. »So hieß er tatsächlich. Wirklich ein ganz netter Mensch. Hausmeister bei Polski Tenderness.«

Aha, dachte ich so bei mir und wunderte mich, dass meine innere Stimme offenbar keinen Anlass sah, ihre ohnehin nicht sehr ausgeprägte Zurückhaltung aufzugeben. Mit dieser neuen Erkenntnis im Gepäck verließ ich Schildermaxe, ohne zu wissen, ob sie mich weiterführte.

An diesem Punkt der Ereignisse jenes verwirrend heißen Sommervormittags habe ich den chronologischen Ablauf der Ereignisse eingeholt. Radics Auftrag hatte ich offiziell in der Tasche, war mir jedoch nicht sicher, ob er mich tatsächlich mit wahrheitsgemäßen Informationen versorgt hatte. Ebenso gut konnte er der Lügner sein, für den meine innere Stimme ihn nach wie vor hielt. Vielleicht wollte er mich in die Irre führen, um mich von der wahren Spur Mariettas abzubringen und so weiter sein dreckiges Süppchen kochen zu können. Gedankenbeladen befand ich mich auf dem Weg zu Doses heruntergekommenem Ex-Bauernhof bei Hooksiel. Ich war sicher, dass der Ostfriese mehr wusste, als er zugab, nicht nur zum Verbleib des Impfbuches.

Während der Fahrt hatte ich Gelegenheit, darüber nachzugrübeln, wie ich am besten nach Bydgoszcz kam, wo ich hinmusste, ohne hinzuwollen. Selbst wenn Radic log, ging ich davon aus, dass Marietta im ehemaligen Bromberg festgehalten wurde, von wem auch immer. Die Zusammenhänge waren kompliziert.

Der Stadtverkehr zog sich schwerfällig dahin. Schlaff döste der Hund im Fußraum. Ab und zu gähnte er gelangweilt mit weit aufgerissener Schnauze. Die angeberische Wolfsnummer hatte etwas Lächerliches.

Die Reisefrage lange vor mir herzuschieben, fehlte mir die Zeit. Ich war davon ausgegangen, in Bremen einen Flieger zu besteigen, aber nun meldete sich meine innere Stimme zu Wort: *Ich denk, du willst Rick mitnehmen? Er hat Flugangst.*

»Wie kommst du denn darauf?«

Alle Hunde haben Flugangst. Fliegen ist total unnatürlich.

»Backen zusammenkneifen und durch.«

Hunde kommen in den Gepäckraum! Das ist hundeunwürdig!

»Stell dich nicht so mädchenhaft an«, sagte mein Mund, während ich beim Stadttheater links in die Peterstraße einbog, die mich schnurgerade aus der hitzebrodelnden Stadt hinausführen und weiter durch die allmählich in der Sonne verdorrenden, normalerweise saftig grünen Weiden Frieslands über die Kraftfahrtstraße nach Hooksiel bringen würde.

So ließ ich das Gewerbegebiet der Wilhelmshavener Südstadt an der nördlichen Ausfahrtsstraße hinter mir. Etwa die Hälfte der Tour zu Doses fragwürdigem Anwesen hatte ich zurückgelegt, befand mich schon auf dem beidseitig blickdichten Alleeteil der Strecke und war doch noch kein Stück weiter mit der Frage, welches Verkehrsmittel ich für meinen Trip in die polnische Ungewissheit nutzen sollte. Ich beschloss, später die näheren Gegebenheiten eines Fluges oder einer Bahnfahrt zu googeln.

Als wir die dicht belaubten Bäume hinter uns gelassen hatten, die Autobahnauffahrten Richtung Oldenburg auf der einen, zum Jade-Weser-Port – dessen in den Himmel ragende Hebekräne man weiter hinten deutlich sah – auf der anderen Seite, erklomm der Hund den Beifahrersitz. Sehnsuchtsvoll ließ er seine Blicke über die Weiden schweifen und träumte vermutlich davon, ein paar der schwarz-weiß gemusterten Kühe zu jagen, die überall auf den trotz anhaltender Dürre noch immer grünen Weiden wiederkäuend herumstanden. Sicher hätte er auch bei den etwas später auftauchenden Pferden und Ziegen nicht Nein gesagt.

Die so unternehmungslustig daherkommenden Blicke des Hundes erfassten die Windräder, Energieumwandler und Symbole des windgepeitschten Charakters unserer herben Region, wahrlich nicht von allen geliebt, standhaft jedoch und mächtig. Auch vereinzelt ins weite Grün eingelagerte Gehöfte schienen nachdenklich von ihm betrachtet zu werden.

Wie er so neben mir saß, die schmachtenden Blicke seiner vor Ermattung und Hitze geschrumpften Hundeaugen nachdenklich schweifen lassend, bevor er sie sehnsuchtsvoll in unbestimmte Fernen sandte, befiel mich unerwartet Sympathie für den kleinen Zeitgenossen. Wir beide vermissten Marietta. Er auf seine Hunde-, ich auf meine Menschenart. Wahrscheinlich ließ sein Instinkt ihn das Gleiche spüren wie mich mein Verstand: nackte Angst um das Leben der geliebten Frau!

Auf Höhe des kleinen, im Laufe der Jahre touristisch aufgepeppten Fischerdorfs Hooksiel, nicht weit hinter dem rechter Hand vorübergleitenden Steak-House Landfrieden, schlug ich mich nach links in Richtung des Dose'schen Gehöfts. Von hier an befuhr ich schmale, nach ihrer Fertigstellung weit im letzten Jahrtausend nie wieder ausgebesserte Fahrtwege, gesäumt von kargen, sturmgebeugten Baumreihen, wie sie an so vielen unserer Küstenstraßen zu sehen sind. Kein Wunder, sprechen sie doch eine so deutliche Sprache über die Rauheit der Friesenwelt und erzählen so klar von dem Jahrhunderte währenden Kampf von Mensch und Natur gegen die von Nordsee und Atlantik hereinbrechenden Sturm- und Wassergewalten, denen wir seit Friesengedenken zum Erhalt des nackten Daseins zu trotzen nicht müde werden. Ein zum nackten Überleben notwendiger Kampf, der unsere Charaktere geprägt und geformt hat wie sonst nichts auf der Welt, der uns zu dem nüchternen und stets sachlich denkenden, in seiner Sturheit kraftstrotzenden Menschenschlag geformt hat, welchen wir bis heute so einzigartig verkörpern.

Einem Impuls folgend fuhr ich diesmal jedoch nicht bis auf den verrotteten Vorplatz des ehemaligen Bauernhauses, sondern parkte mein funkelnagelneues Auto bereits in einiger

Entfernung am im tiefen Schatten dicht stehender Bäume träge vor sich hin dämmernden Wegesrand. Der genannte Impuls kam von meiner inneren Stimme: *Stopp, nicht weiter! Da stimmt irgendwas nicht.*

Dem Auto entstiegen, machten der Hund und ich uns auf den Weg. Je mehr wir uns dem Haus näherten, umso vorsichtiger wurden wir aus mir unerfindlichen Gründen.

Ein Buch mit sieben Siegeln, von dem sich das erste Siegel öffnete, als ich schon von Weitem eine aggressive Stimme hörte. Entweder schimpfte hier jemand laut vor sich hin, oder ein anderer Mensch wurde von diesem Jemand angemeckert. Natürlich kam hier auch ein Hund als Empfänger in Frage, schließlich nannte Dose sich Hundetrainer.

Ob es sich allerdings tatsächlich um Doses Stimme handelte, konnte ich nicht erkennen, da ich den Mann noch nie hatte schimpfen hören. Ich beschloss, meine Vorsicht weiter zu erhöhen. Den Hund brauchte ich nicht speziell zu instruieren, da das Gezeter ihn so sehr erschreckte, dass er sich nur noch hinter mir hielt. Immer wieder warf er mir hilfesuchende Blicke zu, die meinen Beschützerinstinkt weckten.

Rick hat Angst um dich, meinte die Stimme, *das ist alles.*

Mit jedem meiner pirschenden Schritte wurde das Schimpfen lauter. Immer mehr glaubte ich, Doses Stimme zu erkennen.

Der seltsame Rhythmus der Schnauzerei fiel mir auf: Jedem Wortschwall folgte ein kurzes Schweigen. Da nichts entgegnet wurde, erhärtete sich mein Verdacht, dass hier ein Hund Opfer war. Andererseits klang es nicht, als wiese jemand ein widerspenstiges Tier in die Schranken …

Marietta! War sie die Adressatin der erbosten Tiraden? Möglicherweise war sie gar nicht in Polen, sondern hier. Befand sich auf dem verrotteten Hof des ostfriesischen Einwanderers. Natürlich! Alles passte plötzlich so gut zusammen wie Meer und Küste, Ebbe und Flut, Wind und Wellen. Marietta war Doses Gefangene auf dessen verkorkstem Anwesen.

Alle Zweifel fielen von mir ab wie die Schale von der Krabbe beim geübten Krabbenpuler. Bydgoszcz war eine falsche Fährte, auf die meine innere Stimme mich gelockt hatte.

Er telefoniert, sagte sie nun.

»Halt doch mal die Klappe«, flüsterte ich angespannt.

Durch eine kleine Lücke im Laubwerk eines Rhododendrons sah ich Doses rötlich schimmerndes Haar. Er näherte sich der Straße bedrohlich. Ich presste mich rücklings an einen Baumstamm. Der Hund fand Zuflucht hinter meinen Beinen.

Wenn er dich und Rick sieht, kommentierte die Stimme, *redet er nicht weiter, was blöd wäre.*

»Pssst!«, zischte ich.

Der telefonierende Dose horchte argwöhnisch auf. Da mein Versteck jedoch perfekt war, entdeckte er weder Terrier noch mich. Beruhigt, die Personen nicht gesehen zu haben, die mit angehaltenem Atem hinterm Baum standen, wandte er sich wieder dem Telefon zu. Sein Tonfall nunmehr rechtfertigend.

Das vorher war überhaupt kein Schimpfen!, plusterte meine innere Stimme sich auf. *Der Vogel war aufgeregt, sonst nix.*

Ich wandte mich erneut der Gegenwart zu, getreu meiner Devise »Lebe im Hier und Jetzt!«, die lange auf einem Täfelchen über meinem Schreibtisch im Einwohnermeldeamt gehangen hatte, gleich neben »Lebe wild und gefährlich!«.

»Glauben Sie mir dat doch!«, rief Dose so ungehemmt, als befände er sich allein auf der Welt. Vielleicht schlich ein solches Gefühl sich ein, wenn man als ostfriesischer Einwanderer in der friesischen Pampa ewig allein auf einem tristen Bauernhof des vorletzten Jahrhunderts sein Dasein fristete – »1896« stand über dem aus den Angeln hängenden, mit abgeblätterter grüner Farbe gestrichenen Scheunentor – und nie einen anderen Menschen zu Gesicht bekam als ab und zu einen Hund. »Er war inne ollen Schabragge am Hafen in Rüstersiel, dat stimmt ächt.«

Mein Puls kletterte in ungeahnte Höhen.

»Hä?«, fragte Dose ungelenk. »Klaro bin ich sicher. Es war dieser Heini, dieser Privat-Haven-Fuzzi, Detektiv oder wat auch immer der sein soll. Und ihren Köter … äh, Hund … den hat der auch bei sich gehabt. Und mit Hunden, dat is klar, weiß ich nu ächt so gut Bescheid, wie kein annerer dat tut.«

Verdammt! Wenn der Kerl mit Marietta telefonierte (»*Ihren*

Hund hat der auch bei sich gehabt«), war es äußerst unwahrscheinlich, dass sie sich als Gefangene in seinem Schuppen befand. Prinzipiell jedoch (beruhigend und verwirrend zugleich) hatte es sich gar nicht angehört, als befände Marietta sich überhaupt in Gefangenschaft.

14

Wer mich kennt, der weiß, dass ich in diesem Moment trotz aller verwirrenden Gedanken nur von einem einzigen Impuls beherrscht wurde: mein Versteck aufzugeben, zu dem Kerl zu rennen, ihm sein Handy zu entreißen und das Gespräch an seiner Stelle weiterzuführen: »Marietta, wo bist du?« Und auf ihre verblüffte, jedoch hoffnungsfrohe Frage »Räänt, biest du es?« würde es nur eine Antwort geben: »Wer denn sonst, Marietta? Hier ist Reent, der dich liebt. Aber nun sag schon, wo du bist.«

Aber natürlich war es viel schlauer, in der Deckung zu verharren und weiter dem Gespräch zu lauschen. Nur so ließ sich mehr, möglicherweise Entscheidendes, erfahren. Wie stets folgte ich, standen zwei Möglichkeiten zur Verfügung, der klügeren Variante. Ganz nebenbei konnte ich mich so mit wichtigen Fragen beschäftigen.

Weshalb hatte Dose Marietta gemeldet, dass er mir in der Rüstersieler Agentur unter seltsamen Umständen begegnet war? Welche Bedeutung hatte unser dortiges Aufeinandertreffen für sie? Welchen Sinn machte diese Berichterstattung? Wenn Marietta sich in Gefangenschaft befand (wovon ich gerade nicht wusste, ob ich es mir vielleicht sogar wünschen sollte), war die Antwort leicht: Sie machte keinen. Ein Sinn stellte sich erst ein, hatte Marietta mich hinters Licht geführt. Dann jedoch befand ich mich nicht nur mit Bydgoszcz, sondern vor allem mit Mariettas Gefühlen zu mir auf falschem Kurs. Dies aber wollte ich mir so wenig vorstellen wie einen Deichbruch bei Sturmflut.

Marietta hätte mich dann nur benutzt, um hinter dem Schutzschild meiner verwirrenden Ermittlungen ungestört fiese Intrigen spinnen zu können. Ein Indiz in diese Richtung wäre Drago Radics Behauptung, Marietta sei Heiratsschwindlerin.

Aufgrund meiner Gedankenlage bekam ich minutenlang nicht mit, was Dose am Telefon sagte. In meinem Kopf hatte ein Rauschen eingesetzt, hinter dem jedes gesprochene Wort versank wie ein Schiff im Meer. Marietta Weinzierl war die einzige Frau, die mir neben meiner Mutter und Luna jemals etwas bedeutet hatte. Nun schien es, dass sie mich nur benutzt hatte wie eine Gangway aufs Schiff. Vom vermeintlich Erlauschten verstand ich kein Wort. Als das Rauschen auf das Maß einer rauschenden Muschel geschrumpft war, hatte Dose sein Telefonat beendet und verschwand aus meinem Blickfeld.

»Und nun?«, fragte ich und erwartete keine Antwort, schon gar nicht von meiner inneren Stimme. Diese aber sagte:

Stell ihn zur Rede, Mann!

»Dann gebe ich alles preis, was ich weiß.«

Da das praktisch nix ist, gibst du auch nix preis.

»Auch meine Deckung gebe ich preis«, beharrte ich noch auf meinem Standpunkt, während meine Schritte sich schon aufmachten. Der Hund folgte, erst zögernd, dann neugierig. Ein kühler Kopf war angesagt.

Nun gib mal bisschen Speed!, verlangte die Stimme.

Ohne meine Erlaubnis wetzte der vorwitzige Terrier unternehmungslustig los. Nach circa drei Sekunden war er meinen Blicken entschwunden, da er auf Doses Hof abgebogen war. Hätte er statt Laufwarzen handelsübliche Gummireifen besessen, hätten diese beim In-die-Kurve-Gehen gequietscht. So aber wirbelte er nur eine Handvoll ausgetrockneter Erde auf. Die Staubwolke brach sich wie ein böses Omen im Licht der durch das Blattwerk diverser Laubbäume nur spärlich durchdringenden Sonnenstrahlen. Nach letztem Zögern folgte ich dem Hund zur Schuppentür, über der weiterhin »1896« stand und deren abgeblättert grün gestrichene Tür wie gewohnt aus den Angeln hing. Aufgeregt sprang der Hund vor der demolierten, angelehnten Tür hin und her, ein halb unterdrücktes Kläffen auf den Lefzen.

Dose ist da auf jeden Fall drin, lehnte sich meine innere Stimme recht weit aus dem Fenster.

Der Terrier führte sich auf, als wollte er am liebsten hineinrennen (Rick, der Waghalsige), würde sich jedoch genau dies nicht trauen (Ricky, der Schisser). Er war ein durch und durch gespaltenes Wesen, was ihn als Begleithund eines Topdetektivs prinzipiell disqualifizierte. Dennoch folgte ich dem Tier zur antiquierten Schuppentür, die einen Spalt offen stand. Ich hatte keinen Schimmer, was mich hinter dieser Tür erwartete. Dose oder vielleicht doch das Ziel meines Sehnens?

Ton und Wortwahl des Hundetrainers hatten zuletzt die Vermutung nahegelegt, dass er mit Marietta als freier Frau gesprochen hatte. Aus persönlichen Gründen wollte ich dies nicht wahrhaben, wünschte mir andererseits jedoch nichts stärker. Die Lage war kompliziert. Bei der Tür angekommen, standen mir zwei Handlungsoptionen zur Auswahl:

a) Ich schlich mich vorsichtig hinein, oder
b) ich öffnete die Tür unbefangen und führte mich auf, als wollte ich nichts anderes von Dose als eine Info, wie es mit einem EU-Heimtierpass für Ricky Weinzierl aussah.

Guter Rat war teuer. Außer mir selbst hatte ich jedoch keinen Berater. Detektive sind Einzelgänger, Mavericks, Nonkonformisten ohne Kompromissbereitschaft, unkonventionelle Eigenbrötler, einsame Wölfe vom Feinsten. Wer mich jedoch deshalb an der Klagemauer suchte, tat dies vergeblich.

Meine innere Stimme fragte interessiert, ob ich hier Wurzeln schlagen wolle. Ich ließ mich nicht verunsichern.

Leider versagte meine innere Klimaanlage, und ich schwitzte, was das Zeug hielt. Dann war meine Entscheidung getroffen, unumstößlich wie der Leuchtturm Roter Sand mitten im Meer. Klopfenden Herzens presste ich meinen Rücken gegen die Mauer des baufälligen Schuppens. Schritt für Schritt tastete ich mich im Gang eines Taschenkrebses (also seitwärts) voran. Ratlose Blicke des Hundes trafen mich. Als er ein leises Winseln anstimmte, bedeutete ich ihm, augenblicklich damit aufzuhören, was er befolgte.

Meine innere Stimme hingegen fragte permanent nach, was zum Teufel ich denn da mache, auf was das alles hier hinauslaufen solle. Ich sah keine Notwendigkeit, ihr Rechenschaft abzulegen, und schob vorsichtig einen Finger zwischen Mauer und Tür. Im Schuppen herrschte schwärzeste Finsternis. Es roch nach Verwesung. Als sich endlich erste Konturen aus der Dunkelheit zu lösen begannen, erstarrte ich. Mein Herz fiel aus mir heraus. Jedenfalls fühlte es sich so an.

Zwar konnte ich noch immer nichts erkennen, aber jemand tippte mir von draußen auf die Schulter. »Moin, Kollege. Alles fit in Schritt ouder wat?«

Noch bevor ich mich umdrehte, erkannte ich Dose an der Stimme. Meine Verwirrung war aufrichtig, da ich ihn in und nicht außerhalb der Scheune vermutet hatte. Blitzschnell sah ich meinen Irrtum ein, auch wenn es eigentlich der der inneren Stimme gewesen war. Mein Fehler hatte darin bestanden, dem Falschen zu vertrauen, für einen Detektiv zugegebenermaßen keine Kleinigkeit. Doses Nichtanwesenheit im Schuppen war jedoch nicht automatisch gleichzusetzen mit Mariettas Abwesenheit in diesem.

»Natürlich ist alles fit«, sagte ich im für mich so typischen lässigen Tonfall. Ich lehnte es ab, mir eine Blöße zu geben. »Ich hatte mir schon ein bisschen Sorgen um Sie gemacht, Dose.« Der Hund sprang wie besessen an ihm hoch und wurde dafür gestreichelt.

»Sorgen? Um mihich? Wieso dat denn?«

Mit einem kurzen »Aus!« forderte er den Hund zur Zurückhaltung auf, woran dieser nicht mal im Traum dachte.

»Ich hatte vorhin hier so ein Geschrei gehört«, sagte ich wahrheitsliebend. »Später hab ich gesehen, dass Sie telefonierten.«

»Und dann?« Mit hohlen Blicken betrachtete er mich. Der Hund ließ von ihm ab wie von einem nutzlosen Knochen und begann, kreuz und quer schnüffelnd den Hof zu inspizieren.

»Und dann«, sagte ich, »waren Sie plötzlich verschwunden. So spurlos wie ein Gespenst um ein Uhr nachts.«

»Hä?«, fragte Dose. »Wat soll dat denn jetzt schon wieder heißen?«

»Ach nichts.« Ich beschloss, unnötige Umwege zu vermeiden, da Wichtigeres mir auf der Haut brannte wie der Biss einer

Feuerqualle. »Ich dachte, jemand habe Sie vielleicht niedergeschlagen.«

Ohne ein weiteres »Hä?« auszusprechen, strahlte er ein solches doch aus. Die nächsten Fragen setzte ich wie Dolchstöße:

»Warum haben Sie mit Frau Weinzierl telefoniert?« Meine Blicke bohrten sich in seine blassen Augen. »Und wo befindet sie sich, verdammt? Nun reden Sie endlich, Mann!«

Beim letzten Wort des vorletzten Satzes sowie beim gesamten letzten Satz verlor ich fast die Contenance. In seinem ganzen Reaktionsmuster war Dose mir viel zu langsam, was besonders dann nicht gut ist, wenn es um Leben und Tod eines geliebten Menschen geht. Der Hund beruhigte sich halbwegs und sah mit einem letzten Rest seiner typischen Nervosität vom einen zum anderen wie eine aus der Bahn geratene Schaukel.

»Wat? Mit wen (friesischer Dativ, Anmerkung des Übersetzers) hab ich telefoniert? Und woher soll ich wissen, wou Mariedda Weinzierl sich befindet?«, stellte Dose eine Doppelfrage und wich instinktiv zwei Schritte zurück. Ich hatte den richtigen Tonfall getroffen. »Wat laberst du da eigentlich für 'n Schiet?«

Wie kommst du denn darauf, schaltete sich nun auch noch meine innere Stimme ein, *dass er mit Ricks Frauchen telefoniert hat? Und mal echt, woher soll ausgerechnet der Typ wissen, wo sie ist?* Die Stimme schien über meine Aussagen nicht weniger überrascht als der Hundetrainer, der in grüner Latzhose vor mir stand, in welche er links und rechts die Hände eingeschoben hatte, und dessen halb geöffnete, spröde Lippen zwei Reihen schiefer, vom Zigarettenqualm vergilbter Zähne schamlos entblößten.

Schlagartig wurde mir klar, dass hier irgendetwas nicht stimmte. Die durch meine Worte erzeugte Verwirrung Doses nutzte ich, um mir erneut die Szene vor Augen zu führen, in der ich den angeblichen Hundefreak beim Telefonieren belauscht hatte. Schnell und mit gewohnter Treffsicherheit gelang es mir, Doses Worte praktisch lückenlos zu rekonstruieren, ohne dass mir daran jedoch etwas auffiel.

In einem zweiten gedanklichen Check der Szene konzentrierte ich mich vor allem auf jenen Teil, in welchem von der Begleitung durch den Hund die Rede gewesen war. Ich filterte die Worte so lange, bis nur noch ein einziger Satz übrig blieb: »Und Ihren Hund hat er auch bei sich gehabt.« In einer Endlosschleife hallten die Worte in meinem Kopf nach: »Und Ihren Hund hat er auch bei sich gehabt … auch bei sich gehabt … Ihren Hund … Ihren Hund.«

Irgendetwas stimmte hier nicht, war verkehrt, passte nicht zusammen. Ich spürte es immer deutlicher, hätte aber noch nicht sagen können, was es war. »Ihren Hund hat er auch bei sich gehabt … auch bei sich … Ihren Hund …«

»Wat is'n mit dir lous?«, hörte ich plötzlich wie durch eine dichte, morgendlich vom Meer her aufziehende Nebelwand hindurch Doses Stimme. »Geht dir das vielleicht nich gut, Alder? Stimmt irgendwat nich?« Er hatte mich mit beiden Händen, die die Größe mittlerer Schaufeln besaßen, an den Schultern gepackt und schüttelte mich, zum Glück relativ vorsichtig, sonst hätte ich womöglich ein Schleudertrauma erlitten. »Du bist ja käsiger, als wie Ziegenkäse dat is.«

»Lassen Sie mich los!« Ich entzog meine Schultern seinem Griff. »Es ist alles in bester Ordnung. Ich hab nur nachgedacht.«

»Na, wenn dat bei dir immer so aussieht«, mit saublödem Grinsen schob er die Hände zurück in die Latzhose, »dann solltest du aber lieber nich so arch viel nachdenken. Ächt alles paleddi bei dir, Mann?«

»Sag ich doch, Mann!«, fuhr ich ihn etwas unbeherrscht an.

Selbst die von weit unten kommenden Blicke des Hundes schienen voller Sorge. Er winselte wieder leise.

»Schon gut, schon gut.« Dose zog die Hände mit plötzlicher Entschlossenheit aus dem Latz und reckte sie abwehrend in die Luft, als plane er das Aufhängen von Wäsche. Seine Waden steckten trotz der Hitze gemeinsam mit den Beinen der Latzhose in hohen olivgrünen Gummistiefeln. Die Schlicksprenkel und -klümpchen, mit denen sie übersät waren, machten den Eindruck, als wären sie nicht mehr ganz frisch.

»Und wenn du jetzt vielleicht noch so weit wärest«, fügte Dose in spöttischem Hochdeutsch hinzu, »mir endlich mal mitzuteilen, was du eigentlich von mir willst«, um dann doch wieder in seinen alten Slang zu verfallen, »dann wär dat ächt nett von dir. Ich mein, ich hab meine Zeit ja auch nich irgendwo in Supermarkt geklaut, nä?« Meine abschätzenden Blicke, die zwischen seinem wirren Haupthaar und den Gummistiefeln hin- und herflogen, übersah er.

Du bist aber echt ganz blass geworden, frotzelte meine innere Stimme. Ich ersparte mir die überflüssige Frage, wie sie das wohl bitte aus meinem Inneren heraus sehen wollte. In meinem Kopf hielt die endlose Wiederholung weiter an: »… Ihren Hund hat er auch bei sich gehabt … Ihren Hund … Ihren Hund … Ihren Hund.« Ich wollte aber nicht wieder so tief in meine Gedanken eintauchen, dass Dose erneut begann, an mir herumzuschütteln.

»Ich sage Ihnen, was ich von Ihnen will«, benannte ich mein Anliegen in klaren Worten, »sobald Sie meine Frage beantwortet haben.«

»Welche Froge dänn?« Langsamen Schrittes schlenderte er auf seinen schattig geparkten Bulli zu, als wollte er mir so signalisieren, dass er im Begriff stand, unser erst allmählich in Gang kommendes Gespräch schon jetzt zu beenden.

»Wo ist Marietta Weinzierl?«

Oh Mann, Nachdenken ist aber echt nicht deine Stärke, meinte meine innere Stimme, ohne dass ich den Grund dafür erkannte.

»Dat weiß ich doch nich, Mann«, sagte der verpeilte Hundecoach genervt und öffnete die Seitentür des Bullis. »Hab ich auch schon mol gesacht. Aber wollte die nich rüber nach Polski-Land? Ich mein jedenfalls, so wat gehört zu haben.«

Der Hund bellte dreimal schimpfend. Dose log wie gedruckt.

Der hat doch nicht mit Ricks Frauchen telefoniert, Mann! Auch die Stimme schien genervt. *Wann checkst du das denn endlich?* Ich versuchte, nicht auf sie zu hören, aber sie war ein zähes Luder. *Überleg doch mal:* Ihren *Hund hat er auch dabeigehabt …*

Um sie endlich zum Schweigen zu bringen, sagte ich: »Genau, das sagt ja wohl alles, Blödmann!«

Dose sah mich verletzt an. Ich winkte ab, um ihm so zu bedeuten, dass ich nicht ihn gemeint hatte. Tatsächlich schien er beruhigt, was mich dann auch wieder wunderte.

»Ihren« kann man auch ganz anders verstehen, beharrte die Stimme. *Kapierst du denn nicht?*

Da weiter unklar war, ob Marietta sich in Doses Gefangenschaft befand, ließ ich die Stimme reden und konzentrierte mich auf das Wesentliche. Am Tonfall des mutmaßlichen Entführers hatte ich zuletzt deutlich erkannt, dass er mehr wusste, als er zugab. Ich wollte aber nicht auf dieser Erkenntnis herumreiten und wiederholte: »Warum haben Sie mit ihr telefoniert?«

Warum hörst du mir eigentlich nicht zu, Superhirn? Wenn er mit ihr telefoniert hätte, wäre doch auch klar, dass sie nicht hier ist. Dann bräuchten wir nicht weiterzusuchen.

Weg, weg, weg mit der inneren Stimme! Zu diesem komplizierten Zeitpunkt konnte ich sie noch weniger gebrauchen als sonst. Fort mit ihr!

Dose holte zwei schwer bepackte Plastikeinkaufstüten aus dem Bulli und zog die Tür mit Schmackes wieder zu.

»Ich hab nich mit der telefoniert, Mann. Dat hab ich doch wouhl schon mal gesacht, oder etwa nich? Wieso zun Kuckuck soll ich denn mit der telefoniert haben? Wegen ihr'n Knackarsch oder wat? Den sieht man doch an Telefon nich.« Mit seinen Plastiktüten im Arm machte er sich auf den Weg zum Wohnhaus, während ich die Beherrschung verlor.

»Jetzt reicht's!« Ich hielt ihn an der Schulter zurück. »Entweder Sie sagen mir jetzt sofort die Wahrheit, oder ...«

»Ouder wat?« Er verzog sein Gesicht so, dass ich nicht wusste, ob er grinste oder kurz vorm Heulen stand. Beide Taschen auf den Schotter fallen lassend, wandte er sich mir zu. Zweifelsfrei hatte ich den richtigen Ton getroffen. Endlich war er zu einer emotionalen Reaktion bereit.

»Mir reicht dat jetzt, mein Freund«, sagte er erstaunlich ruhig. »Entweder du vertellst mi jetzt sofort, wat du von mir willst, oder du ziehst Leine, eh ich mich vergäss. Is dat jetzt endlich mol klar ouder wat?«

Kurz überschlug ich im Kopf die Situation. Was sollte es bringen, wenn sie eskalierte? Dose würde sich verschließen, wie ungenießbare Miesmuscheln es taten. Ein sinnvoller Weg konnte nur in der Deeskalation der Gesamtlage bestehen.

»Haben Sie eine Ahnung, ob Marietta Weinzierl«, sagte ich heruntergefahren, »für diesen Hund hier jemals einen EU-Heimtierpass beantragt hat? Ich plane nämlich höchstwahrscheinlich«, nebenbei warf ich einen prüfenden Blick auf Doses prall gefüllte Einkaufstüten, »eine EU-Auslandsreise mit dem Tier.« Unauffällig hängte ich die Frage an, ob er das Eingekaufte alles für sich allein benötigte.

Für jemanden, der sich auskennt in der unergründlichen Sprache menschlichen Mienenspiels, der weiß, was sich hinter all den aufgeblasenen Phrasen und vorgetäuschten Absichtserklärungen seines Nächsten wirklich verbirgt, für einen solchen Menschen war das, was sich in jenen Hooksieler Augenblicken im Gesicht des Ostfriesen abspielte, ein wahrer Leckerbissen. Es handelte sich um ein gefundenes Fressen.

In Doses Gesicht fand ein wahres Feuerwerk widersprüchlichster Emotionen statt. Ein ausgelassenes Fest sorgsam unterdrückter Gefühle wurde dort gefeiert. Authentische Emotionen, von denen ich niemals etwas erfahren hätte, wäre ich nicht ein Meister in der Kunst des Physiognomielesens. Unwissend wie ein begossener Pudel hätte ich dagestanden. In Doses Gesicht jedoch erkannte ich:

a) an Verblüffung grenzende Überraschung,
b) an Hilflosigkeit grenzende Ratlosigkeit und vor allem
c) an ein Erlösungsgefühl grenzende Erleichterung.

Während seine Worte sagten: »Nee, hab ich nich, also die Ahnung wegen den Pass. – Und klaro brauch ich dat für mich allein, Mann. Für wen dänn wouhl sonst? Oder siehst du hier vielleicht noch irgendein annern?« Dann hob er die Plastiktüten vom Schotter hoch, wobei eine riss, diverse Lebensmittel auf den Boden fielen und damit die vermeintliche Tarnung der Tasche zunichtemachten. »Mist!«, brummte er. Der Hund beschnüffelte die Lebensmittelverpackungen.

Dose begann, die heruntergefallenen Einkäufe einzusammeln und in die zweite, nicht beschädigte Tüte aus demselben Supermarkt umzupacken. Der Hund schien mit der Nase an einem plastikverpackten Hackfleischklumpen festzukleben. Vergeblich versuchte Dose, ihn zu verscheuchen.

In der Hoffnung, unter den Einkäufen etwas zu entdecken, das auf die Gegenwart Mariettas hinwies (Tampons, Schminkutensilien, Frauenzeitschriften, Föhn), hockte auch ich mich zu dem mutmaßlichen Entführer, hob eine Billigst-Leberwurst für ihn auf sowie ein Paket Schmierkäse-Ecken und steckte sie in die unbeschädigte Einkaufstasche, in welcher sich bisher ausschließlich Flaschen befanden, mindestens zwei davon Billig-Wodka. Ein typisches Frauengetränk (Prosecco, Pfefferminzlikör) gab es nicht. Marietta war zwar Polin und trank, wie ich wusste, ganz gern mal einen über den Durst, aber niemals würde sie sich dabei mit Billig-Wodka begnügen, so viel stand fest. Aber spendierten Entführer ihren Opfern überhaupt alkoholische Getränke? Zu diesem Thema war mir nichts bekannt.

»Ach so«, sagte ich und kam wieder hoch.

Dose sah mich fragend an, sagte aber nichts und griff sich die ihm verbliebene Einkaufstasche so behutsam wie ein Baby, damit diese ihm nicht auch noch herunterfiel. Er schlurfte in seinen Gummistiefeln, in welchen die Füße kochen mussten wie Würstchen im Topf, weiter Richtung Wohnhausruine. Merkwürdig verkrampft versuchte er, mir den Vorschlag unterzujubeln, dass unser Gespräch damit beendet sei. Dies lehnte ich ab. Ich wartete. Ich wusste, dass da noch etwas kommen würde, und siehe da: Er drehte sich um.

»Was willst du eigentlich do in Poulen, sach ma?« Dose bemühte sich, nicht neugierig zu wirken, was komplett in die Hose ging. Innerlich grinste ich über seine leichte Durchschaubarkeit, ließ mir aber nach außen nichts anmerken.

»Urlaub machen, was sonst?«, erklärte ich harmlos, um seine Aufmerksamkeit einzuschläfern und ihm dann einen Köder hinzuwerfen, der es verdammt noch mal in sich hatte. Ich war gespannt, ob er ihn schlucken würde wie der Fisch den Wattwurm. »Die Frauen dort sind ja auch nicht übel.«

Falls Dose den Wurm geschluckt hatte, war er so clever, es sich nicht anmerken zu lassen. »Dat stimmt allerdings«, meinte er leichthin. Mir war nicht klar, ob er mich mit diesen harmlosen Worten gezielt hinters Licht führen wollte oder ob ich seinen Argwohn tatsächlich nicht gekitzelt hatte. Jedenfalls verschwand er kurz in seinem unbehaglichen Heim, tauchte allerdings (die Einkaufstüte weiter liebevoll im Arm) noch einmal in der Tür auf.

»Tust denn eine suchen?«, fragte er mich in einer Mischung aus Skepsis und plumper Vertrautheit.

»Wie bitte?«

»'ne Schnalle, Alder.« Ich sah sein gieriges Lauern und war gefordert. Meine Antwort konnte weitreichende Folgen haben. Wollte ich in den Augen des Skeptikers glaubwürdig bleiben, musste ich ihm schnell die richtigen Worte verpassen.

»Nö«, nuschelte ich. »Im Moment kein Bedarf.«

»Trotzdem nach dat olle Poulen hin? Wieso dat denn?«

»Thailand ist mir zu weit weg«, meinte ich augenzwinkernd.

»Also doch. Warum sachst dat dänn nich gleich, Mann?«

Mit dieser Frage des Unverständnisses auf den Lippen wurde er vom Eingang seiner Behausung verschluckt wie der arglos dahinschreitende Wanderer vom Maul der Bestie. Um mir eine Anhäufung säuerlicher oder anderweitig widerwärtiger Gerüche zu ersparen, folgte ich ihm nicht.

Tarnungshalber machte ich auf dem Absatz kehrt. Ich dachte darüber nach, wie ich die Inspektion des Hofs so unauffällig gestalten konnte, dass Marietta ungefährdet blieb.

Meine innere Stimme raunte mir die provokative Frage zu, ob ich nicht Entscheidendes übersehen hätte. Die Kommunikation zwischen ihr und mir war gestört, seit sie behauptet hatte, Marietta wäre sicher nicht auf dem Hof, wenn Dose mit ihr telefoniert hatte. Eine Argumentation, die mir zwar einleuchtete, mich aber nicht weiterbrachte, weshalb ich sie vorerst beiseitegelegt hatte. Ich konnte hier nicht verschwinden, ohne Klarheit zu haben.

Der Hund blieb zurück. Er schnupperte an etwas herum, das auf dem ungepflegten Schottergrund lag, welcher übersät war mit ausgenuckelten Kippen, Kronkorken längst vergessener Bierflaschen und anderem Krimskrams. Überraschend trat Dose noch einmal einen halben Schritt aus dem Haus, sein Wodka-Baby weiter dabei.

»Wenn du ächt nach Poulen hinwillst, Meister, dann tu dat einfach, auch mit den Köter da. Schließlich is Poulen längst offen. Kein Arsch kontrolliert mehr die blöden Ausweise oder wat.« Grußlos verschwand er erneut. Ich erkannte, dass er mich abwimmeln wollte. Das erhöhte meinen Verdacht.

Die Ansicht meiner inneren Stimme, ich hätte Entscheidendes übersehen, war lachhaft. Die Rute des Hundes wedelte blitzschnell. Den von ihm beschnüffelten Gegenstand trug er nun in der Schnauze.

»Pfui!«, schimpfte ich gedämpft. »Lass das fallen!«

Merkwürdigerweise musste ich den Befehl nicht wiederholen: Das Ding fiel wie von allein. Befriedigt über meine Autorität ging ich los, bemerkte jedoch schnell, dass der Terrier mir nicht folgte, sondern neben der Beute hocken blieb. Er winselte leise und wedelte weiter. So gelang es ihm, meinen Zorn zu wecken. Ich kehrte in der Absicht um, seiner Beute einen solchen Tritt zu verpassen, dass sie im Gebüsch landete. Der Hund knurrte mich an, was meinen Argwohn weckte. Ich bückte mich nach dem Ding. Es war ein Handy.

»Nanu?«, fragte ich den Hund. »Wo hast du das denn her?«

Meine innere Stimme vermutete, dass es Dose aus der Tasche gefallen war, als er die Lebensmittel wieder eingesammelt hatte. Ich hob das Handy mit zwei Fingern wie mit einer Zange auf. Es war angesabbert, ich musste es mit einem Taschentuch säubern. Etwas zum Desinfizieren hatte ich nicht dabei.

Lass uns von hier verschwinden!, riet die Stimme nervös. *Wenn er rauskommt und sein Handy sucht, ist es zu spät. Dann will er's zurück, und die Chance ist verpasst!*

Da ich keinerlei Chance erkennen konnte, zögerte ich.

Nun komm schon! Hör wenigstens dieses eine Mal auf mich!

Ich sah mich nach dem Hund um und stellte fest, dass er verschwunden war. Spontan entschloss ich mich, auf meine innere Stimme zu hören. Konnte sie mir später keine vernünftige Erklärung bieten, würde ich ihr die Meinung geigen. Das Handy mit Taschentuch zwischen Daumen und Zeigefinger, machte ich mich auf den Weg zum Auto, nicht ohne einen letzten Blick auf Doses Behausung zu werfen. Sie lag da wie in der Steinzeit verlassen. Nichts deutete darauf hin, dass sich im Innern des verwahrlosten Gemäuers Menschen befanden, sich dort möglicherweise gar ein Drama abspielte.

Mein Blick nach dem letzten Blick streifte das »1896« über dem geschundenen Scheunentor. Dann sah ich den Hund, der bereits vorausgeeilt war. Auf Einlass wartend hockte er vor der Beifahrertür meines funkelnagelneuen Touran, bellte verhalten das Auto an. Nervös schaute er zu mir samt Handy. In diesem Augenblick fiel Erkenntnis auf mich wie Schnee aus Wolken: Mit Doses Handy in meiner Gewalt ließ sich möglicherweise herausfinden, mit wem er telefoniert hatte. Ich ließ mich auf den Sitz meines Autos fallen.

Meine Hände zitterten, als ich die Rückruftaste drückte, den Gedanken jedoch unterdrückte, dass das Telefon noch lange nicht von allem Unhygienischen befreit war (Hundespeichel, dreckige Hände). So konnte ich es in die Nähe meiner Lippen führen. Der Ruf ging hinaus, bis abgehoben wurde.

»Wie geht es dir?«, rief ich ungeduldig. »Wo bist du, Geliebte?«

»Dose?«, fragte eine weibliche Stimme am anderen Ende in einer Mischung aus Ungehaltenheit und Überraschung. »Was ist denn mit Ihnen los? Sind Sie jetzt völlig durchgeknallt?«

In diesem Moment zerplatzte die Membrane meiner Unwissenheit. Die Person am anderen Ende war nicht Marietta, und ich begriff, was meine innere Stimme gemeint hatte: »Ihren Hund« hieß eigentlich »ihren Hund«. Nicht zweite Person gesiezt Singular, sondern dritte Person Singular, egal ob gesiezt oder geduzt. Endlich kapierte ich, weshalb mir der Satz vorhin immer wieder durch den Kopf gezogen war wie eine Schafherde über die Außendeiche. Dose hatte nicht etwa Marietta erzählt, dass ich *ihren* Hund bei mir gehabt hatte, sondern jemand anderem, dass ich den Hund einer dritten Person (ihren Hund) mit mir geführt hatte. Der Teufel lag hier im Detail.

Ein Detail, das den gesamten Sachverhalt in ein vollständig anderes Licht rückte: Einerseits steckte Marietta nicht mit Dose unter einer Decke, sondern Dose mit noch nicht identifizierter Person, mit der er so fies über Marietta geredet hatte. Das machte die Möglichkeit wahrscheinlicher, dass Marietta sich doch auf Doses Hof befand. Ein Bündel widersprüchlichster Emotionen regte sich in mir.

15

Die Stimme am anderen Ende kam mir eigentümlich bekannt vor. Zunächst jedoch beschäftigte mich die Frage, wie ich meinen misslungenen Auftakt wieder geradebiegen konnte.

Lass sie im Glauben, du seiest Dose!, diktierte meine innere Stimme. Ich unterdrückte den Impuls, sie ob ihres autoritären Tonfalls auflaufen zu lassen.

»Sollte 'n lütter Scherz sein, verstehste?«, sagte ich. »Kleiner Gäg an Rande, ne, klaro?«

Die Frau am anderen Ende schien die Sache zu schlucken.

»Was soll denn das für ein Witz sein, bitte schön? Und seit wann duzen wir uns, Dose? Sind Sie vielleicht mal wieder betrunken?«

Noch immer war die Stimme mir seltsam vertraut. Es war wie ein bestimmtes Wort, das einem auf der Zunge brennt, sich aber nicht offenbaren will. Ich schaltete die Lautsprecherfunktion des Handys ein.

»Besoupen? Nee, wo denkst hinne, Deern?«, antwortete ich und dachte an die Wodkaflaschen in der Einkaufstüte. »Jedenfalls noch nich. Ein, zwei Buddels tun hier aber schon rumstehn.«

»Ich warne Sie zum letzten Mal, Dose! Wenn ich Sie noch einmal besoffen bei der Arbeit erwische, dann war es das mit unserer Zusammenarbeit! Haben Sie das kapiert?« Ich kannte die Stimme, daran hegte ich immer weniger Zweifel. Ebenso wenig aber daran, dass irgendetwas an dieser Stimme grundlegend anders war, als ich es kannte.

»Klaro«, sagte ich. »Bin ja nich blöde, nä?«

»Netter Scherz!« Die Frau war wütend. »Und wenn Sie jetzt nicht Ihr bisschen Grips zusammen mit Ihrem mickerigen Mut und einem trockenen Furz Entschlossenheit in einem Koffer verstauen, damit hier nach Bydgoszcz kommen und Ihren Auftrag erledigen, dann können Sie Imilava vergessen. Und zwar ein für alle Mal! Das schwöre ich Ihnen!«

Sekundenlang vergaß ich, dass sie Dose für blöd hielt und nicht mich. Deshalb rang ich um Fassung.

Blöde haben Narrenfreiheit, sagte die Stimme. *Nutz das.*

»Wie war das noch mal gewesen … äh … dat … wie war dat noch mol geweihsen?«, griff ich den Vorschlag gedankenschnell auf. »Bei euch givt dat nur Weibers, die von Poulen wechkommen, ouder? Also keine annern, mein ich.«

»Das wissen Sie doch! Was fragen Sie denn so bescheuert?«

In diesem Moment bemerkte ich meinen Irrtum: Ich kannte die Stimme doch nicht. Sie erinnerte mich nur an eine Stimme, die ich kannte. Dabei handelte es sich um die Stimme von Ilonka Janßen. Die Ähnlichkeit war verblüffend. Eine Schwester Ilonkas, hier aufgewachsen und deshalb akzentfrei sprechend?

»Ick häv da sou 'n Kumpel«, improvisierte ich, »der steiht auf Tussis so aus die Ecke Thailand rum ouder sou, China eben, nä? Der sacht, die sind so willich, wie die annern dat sonst nich sind. Der Typ hat noch wat gut bei mich. Aber da ist bei euch nix nich zu machen nich, ouder?«

»Wie viel haben Sie getrunken, Dose?«

»Gar nix, hab ich doch schon gesacht, ouder nich?«

»Dann können Sie sich vermutlich an den Namen unserer Agentur erinnern?«

»Klaro. Bin ja nich bescheuert, ouder?«

»Und wie ist der?«, fragte sie mit viel zu dick aufgetragener Geduld.

»Hä?«

»Der Name der Agentur? Wie lautet er, Dose?«

»Irgendwat mit Polnisch jedenfalls.« Es fiel mir schwer, das geistige Niveau des Ostfriesen zu halten. »Aber auf Englisch ausgedrückt, mein ich.« Der Fall verlangte mir mittlerweile Dinge ab, die ich so nicht erwartet hatte.

»Irgendwas mit Polnisch!«, verhöhnte mich die Frau (Zwillingsschwester?) durch Nachäffen. »Mann, Dose! Was geht nur in Ihrem Kopf vor? Hört sich ›Polski Tenderness‹ vielleicht so an, als würden wir Asiatinnen vermitteln?«

»Nee, eigentlich nich«, stellte ich mich weiter saublöd. »Hab ich mich ja eigentlich auch schon gedacht, dat dat dann irgendwat mit Thailändisch heißen müsste ouder mit Japanisch eben, nä?«

Ich hatte mich entschlossen, mich immer mehr als Vollpfosten zu präsentieren. Meine Dusseligkeit versetzte mein telefonisches Gegenüber dermaßen in Rage, dass es vielleicht das eine oder andere ausplauderte, was es besser verschweigen würde. Niemand ist so leicht zu knacken wie ein Mensch, der die Beherrschung verliert. »Nutzen Sie die Wut Ihres Gegenübers!« wäre ein sinnvolles Seminar. Vielleicht würde ich später selbst ein solches anbieten.

»Dann kann ich also ächt nix tun für meinen ollen Kumpel?«

Du musst rausfinden, klinkte sich die Stimme ein, *wohin Dose in Bydgoszcz fahren soll. Unbedingt! Das ist kein Kuhkaff. Da läuft man sich nicht einfach so übern Weg.*

Die Worte flößten mir Unbehagen ein. Ich wollte nicht nach Bydgoszcz! Ich wollte hier bleiben, an der Küste, wo ich hingehörte.

»Hören Sie, Dose …« Die Frau unterdrückte ihre Wut hörbar. Eins zu null für mich!

»Ja?«

»Wenn Ihr Kumpel«, sie sprach das Wort aus, wie man einen stinkigen Lappen anfasst, »eine einfühlsame Gattin sucht, dann müssten doch gerade Sie am besten wissen, dass er bei einer polnischen Frau am besten bedient ist.«

»Hast auch wieder recht«, gab ich zu und wagte einen Vorstoß. »Eben so eine wie meine lütte Imilava, die von euch da wechkommt. Die geilste … äh, die tollste Dame vonne ganzen Welt is dat!«

»Genau«, flötete sie. »Wie Ihre Imilava. Was soll der Mann da mit einer Asien-Schlampe?« Zuletzt schrie sie sehr laut.

Ich ließ mich nicht beeindrucken, blieb hart am Wind. Um Reent Reents vom Kurs abzubringen, hätte es eines Hurrikans bedurft, nicht eines lauen Lüftchens.

»Nur warum ihr mir die wieder wechgenommen habt, meine schnuckelige Deern, dat hab ich bis heute ächt nich kapiert.«

»Wir haben sie Ihnen doch nicht weggenommen.« Flexibel wechselte ihr Tonfall in Beratungsmodus. »Und das wissen Sie genau, Dose. Imilava ist in einer … schwierigen Situation, das habe ich Ihnen doch schon tausendmal erklärt.«

»Dat hatt ich glatt vergessen.« Wieder nutzte ich geschickt die Tarnung des Volltrottels. »Du weißt doch, ich bin manchmal ächt büschen tüddelich, nä? Erklär'n Sie mir dat doch eben noch mol so 'n büschen, bidde.«

Immer mehr übertrieb ich mit meiner Interpretation der Dose'schen Figur und pokerte damit hoch. Ich hielt den von mir eingeschlagenen Weg jedoch für den richtigen. Jemand wie Dose wurde durch Verwendung von Klischees glaubwürdiger.

»Also, sagen wir«, erklärte die Frau, »Imilava glaubt nicht mehr so recht daran, dass Sie sie tatsächlich lieben …«

Meine Taktik ging auf wie eine Lotusblüte. Die Lady schöpfte keinerlei Verdacht. Ich klopfte mir innerlich auf die Schulter, da ich meine Sache hervorragend machte.

»Warum dat denn nich?«, legte ich ermutigt nach.

»Das werden Sie ja wohl von allen am besten wissen, Herr Dose!« Dass ihre Empörung gespielt war, hätte selbst ein Gehörloser gehört. »Es war ja nicht zu übersehen, wie Sie an Ihrem Hausmeistertag unsere Damen begrapscht haben.«

Hausmeistertag?, fragte meine innere Stimme verblüfft, während ich dachte: Soso, Hausmeistertag!

»Ach, sou schlimm war dat ja nu auch ächt wieder nich«, versuchte ich, in die Spur zurückzufinden. »Wenn einer den ganzen Tach aufn Markt zwischen lauter route Äppels sein Job mouken dout, ist doch wouhl klor, datt der dann auch mal da reinbeißen will, ouder etwa nich? Dat kann ihn doch wohl keine eine ernsthaft ankreiden doun …«

»Nun, Herr Dose«, schlug der stimmliche Ilonka-Janßen-Verschnitt einlenkend vor, »wir wollen hier ja auch nicht die ganzen alten Geschichten wieder aufwärmen. Fakt ist und bleibt, dass Sie die gute Imilava mit Ihrem, nennen wir es mal offenen Wesen, tief verletzt haben.« Wieder war da dieser übertriebene Tonfall, mit dem man vielleicht einen normalen Deppen hinters Licht führen konnte, jedoch keinen, der über einen so gepfefferten IQ verfügte wie ich. »Das können Sie nur wiedergutmachen durch einen echten Liebesbeweis.«

Was sollst du denn in Bydgoszcz eigentlich machen?, versuchte die Stimme erneut ein Diktat des Gesprächs.

»Wat soll ich noch mal doun«, fragte ich gewitzt, »in diesen Dingsbums da, diesen ollen Brummbär oder wie dat heißen tut?« Noch während des Redens wurde mir klar, dass ich einen Fehler beging. Natürlich wusste Dose, was er in Bydgoszcz machen sollte. Aber für eine Umkehr war es zu spät.

»Sie sind nicht Dose!«, rief die Frau. »Die ganze Zeit kamen Sie mir schon so übertrieben vor. Wer sind Sie, verdammt?«

Damit eine sich an mein Auto heranschleichende Person das Telefonat nicht belauschen konnte, hatte ich die Scheiben des Autos geschlossen. Die Klimaanlage lief auf Hochtouren. Dose klopfte an die Scheibe und fragte: »Wat machst du denn dor mit mein Handy, sach ma?«

Der Hund bellte.

»Ach, Ihnen gehört das«, sagte ich ahnungslos. »Hab es grad gefunden, lag so auf der Erde rum wie ein Bierflaschendeckel. Hätte praktisch jedem gehören können.«

»Klaro«, kommentierte Dose feinsinnig. »Hier bei mir aufn Hof, alles klar, Mann. Hier kommen echt andauernd so Leudde vorbei und werfen ihre Handys wech. Die reinste Landploge is dat. – Sach ma, sonst geiht's noch, ouder wat?«

Zum Zeitschinden zuckte ich nichts- und gleichzeitig vielsagend die Schultern, sodass Dose alles oder nichts hineininterpretieren konnte, ganz wie er wollte.

»Gib dat Handy her!« Doses Tonfall nahm eine bedrohliche Färbung an. »Aber büschen plötzlich, Mann! Sonst tret ich dir mol in die beknackte Tür von dein bekacktes Audo hier. Dann kannst dich ma über 'ne Beule freuen.«

Da es einer Niederlage gleichgekommen wäre, mich einschüchtern zu lassen, reichte ich ihm das Handy nicht durchs Fenster, sondern öffnete die Tür.

Noch bevor ich draußen war, hatte der Körper des Hundes sich quiekend wie ein Ferkel an mir vorbeigequetscht, landete nach ungewolltem Überschlag (Salto mortale) rücklings vor den Füßen des Hundetrainers, als wolle er diesen beeindrucken, richtete sich jedoch blitzartig wieder auf und kläffte den Ostfriesen an, was das Zeug hielt. Mit einem kurzen »Aus!« brachte ich das Tier zum Schweigen. Für das, was ich zu sagen hatte, brauchte ich Ruhe.

»Mit schönen Grüßen von Imilava.« Ich überreichte Dose sein Handy. Verblüfft sah er mich an.

»Nu sach aber nich, du hast mit der telefoniert, Mann.« So gelassen seine Worte klingen sollten, so wenig taten sie es.

»Mit ihr nicht«, sagte ich langsam. »Aber mit …«

»Ilonka?«

»Mit der auch nicht.«

»Mit wen denn sonst? Es weiß doch kein annerer, dat …«

Raffst du es echt nicht, Mann? Die Stimme schien enttäuscht. Im Gegensatz zu mir war Geduld nicht ihre Stärke. Jetzt raffte ich es: Möglicherweise hatte ich tatsächlich mit Ilonka telefoniert! Auf einen Schlag war mir das so klar wie frisch ins Nautimo (Wilhelmshavener Schwimmbad) eingelassenes Wasser. War es aber denkbar, dass sich das Deutsch einer Polin mit Akzent innerhalb weniger Tage so verbesserte, dass sich ihre Herkunft nicht mehr heraushören ließ?

Mitten im Grübeln brach ich ab. Andere Fragen drängten sich vor. Jede zweite lautete: Wo ist Marietta? Hierfür konnte es keinen besseren Gesprächspartner geben als den vor mir stehenden, sein Handy von allen Seiten kritisch beäugenden ostfriesischen Einwanderer. Eine Situation, die ich schmieden sollte, solange das Eisen heiß war. Da ich nicht davon ausgehen konnte, dass ein kriminell angehauchter ostfriesischer Sturkopp wie Dose mir freiwillig Auskunft erteilen würde, sah ich mich gezwungen, ihn vorübergehend außer Gefecht zu setzen, um ihn danach ins Kreuzverhör brennender Fragen nehmen zu können.

Glücklicherweise hatte ich die von mir eroberte Walther P1 des Bruno Kloos dabei, und noch glücklichererweise war es eine P1 und keine P38. Hegte man die Absicht, einen Kontrahenten durch einen gezielten Schlag mit dem Waffengriff außer Gefecht zu setzen, dann war die P1 aufgrund ihres Leichtmetallgriffs hierfür mit weniger Risiken für den Niedergeschlagenen verwendbar als die P38 mit ihrem schweren Griff. Dose sank zu Boden wie ein betäubter Aal und zuckte auch in seiner Ohnmacht noch heftig, wie es genannter Fisch selbst dann noch tut, wenn der geübte Angler ihn bereits seines Kopfes entledigt hat.

Ich fesselte ihn (Dose) mit im Internet-Erotik-Versand (anonym) erworbenen Handschellen an einen schlanken Baumstamm, zu welchem ich den saftlosen Körper zuvor unter großem Kraftaufwand und dem Verlust manches Schweißtropfens geschleift hatte, wobei der Hund mir stumpf zusah und unmotiviert die flirrende, im typischen Küstenwind zitternde Luft ankläffte.

Nach dieser Arbeit beeilte ich mich, auf Doses Hof zurückzugelangen. Hierfür nahm ich meine Beine in die Hand und rannte trotz der tödlich anmutenden Hitze, was das Zeug hielt. Dies fiel mir schwer, aber immer wieder sagte ich mir, dass das Rennen womöglich einen Wettlauf mit der Zeit um Mariettas Leben darstellte. Einen Wettlauf, den ich weder verlieren wollte noch durfte. Die geschätzten vierzig Meter legte ich wie ein geölter Blitz zurück. Wer wusste schon, in welch misslicher Lage die Angebetete sich befand und wie sehr sie nach Rettung dürstete?

Da nichts in Doses Anwesen verschlossen war (außer einer Tür neben der Küche), stellte die Durchsuchung der Räumlichkeiten inklusive Geräte- und sonstiger Schuppen kein Problem dar. Diesen Teil der Ereignisse möchte ich daher ohne Detailbeschreibungen abhaken. Betonen möchte ich nur, dass ich bei der Begehung der Räume positiv überrascht war, da diese sich zwar allesamt in chaotischem Zustand befanden, dabei aber die Grenzen des Erträglichen kaum überschritten. Hier und da müffelte es, aber es stank nicht. Es war unordentlich, aber im bürgerlichen Rahmen. Dies sind Randnotizen. In erster Linie ging es um die Auffindung der von mir geliebten und von anderen entführten Frau, die ich jedoch weder in der Scheune fand noch in einem der vom Ostfriesen bewohnten, viel zu niedrigen (dreimal stieß ich mir den Kopf an Türzargen!) und düsteren Räume, in welche nur wenige Sonnenstrahlen schräg einfielen. Das Gefühl, etwas Wichtiges vergessen zu haben, ergriff Besitz von mir. Ich hatte keine Ahnung, um was es sich dabei handeln könnte.

Schnell wurde mir klar, dass Marietta, befand sie sich hier, dies nur in dem verschlossenen Raum neben der Küche tun konnte. Alles andere war von mir bis in den verborgensten Winkel erfolglos durchsucht worden. Nirgends auch nur ein Hauch Marietta. Der Hund brachte sich bei der Suche nur dezent ein. Oberflächlich schnüffelte er ein bisschen herum. Die für ihn typische neugierige Aufgeregtheit ließ er vermissen, was mich stutzen, aber nicht resignieren ließ. Zurück in der Küche, stieg seine Vitalität schlagartig an. Nun wieder hypernervös und überdreht, sprang er nicht nur an der verschlossenen Tür hoch, sondern schob auch seine Knopfnase in den Schlitz darunter, als wollte er so hinein. Das irritierte mich, schürte aber meine Hoffnung, dass Marietta dahintersteckte. Attackenweise befiel mich immer wieder das nervige Gefühl, Entscheidendes vergessen zu haben. All das führte dazu, dass auch meine Nervosität beim zaghaften Klopfen an die Tür ihren Höhepunkt erreichte.

»Marietta?«, rief ich flüsternd. »Bist du da drinnen?«

Die Hektik des Hundes stieg weiter. Deutlich hörte ich ein Geräusch hinter der Tür. Ein Geräusch, das nicht von allein entstanden war. Jemand hinter der zerkratzten Tür musste es verursacht haben. Das Geräusch eines herunterfallenden Gegenstandes, nicht leise, nicht laut. Der Hund entblödete sich nicht, zweimal laut zu bellen und erneut an der Tür hochzuspringen.

»Zurück!«, rief ich warnend, nahm vier Schritte Anlauf und trat weit ausholend gegen das Türschloss, welches überraschend problemlos aufsprang. Noch bevor ich einen Blick in Mariettas Gefängnis werfen konnte, fiel mir ein, was ich vergessen hatte: die Walther P1! Beim Anketten Doses an den schlanken Baumstamm hatte ich sie im ungemähten Gras liegen lassen. Ich hatte es bildlich vor Augen wie ein sich aus morgendlichem Nebel pellendes Segelboot. Dann sah ich Dose.

Die Schusswaffe in inkompetenter Hand stand er vor mir. Sein Versuch, Gleiches mit Gleichem zu vergelten, scheiterte entweder an meiner größeren Widerstandskraft oder an seinem fehlenden Schlagvermögen. Die Sache tat aber weh. Er traf exakt die Stelle meines Schädels, die schon dreimal Bekanntschaft mit zu niedrigen Türrahmen geschlossen hatte.

»Aua!«, rief ich verblüfft. Doses Augen fragten, weshalb ich weiterhin vor ihm stand und nicht lag. Auch den Hund überforderte die Situation, er machte gar nichts. Dann begriff ich, dass er sich schon lange hinter die Tür des mir unbekannten, düsteren Raumes gedrängelt hatte.

Plötzlich kam Doses gesamter Körper auf mich zugeflogen wie ein ostfriesischer Wurfspieß, das Gesicht voraus, die Füße hintendran. Dass es sich um einen persönlichen Angriff handelte, wurde mir in dem Moment klar, in welchem ich mich am Boden liegend wiederfand, Dose keuchend auf mir drauf. Da ich nicht bereit war, mich durch die hinterlistige Attacke widerstandslos und nachhaltig überrumpeln zu lassen, entstand ein wüstes Gerangel, aus welchem ich ohnehin siegreich hervorgegangen wäre. Der Terrier meinte jedoch, mir obendrein zu Hilfe eilen und dem Hundefreund in die Hand beißen zu müssen. Dies nutzte ich, um mir die zu Boden gefallene Walther P1 zu schnappen und den Lauf des Geräts auf den rothaarigen Ostfriesen zu richten. Die Hände weit über den Kopf haltend, rappelte er sich auf.

»Nich schießen, Alder«, unterbreitete er mir ein Friedensangebot. »Tu dat nich. Wir beide könn' doch über alles schnacken, ouder vielleicht nich?«

»Das sah allerdings gerade noch ganz anders aus«, antwortete ich gelassen. »Hinsetzen, Dose! Aber ein bisschen dalli!«

»Is ja gut, Mann.« Ohne Murren nahm Feuerkopf auf dem ihm von mir zugewiesenen knarrenden Holzstuhl Platz. »Aber wat soll dat hier eigentlich alles, sach ma?«

Ich war überzeugt davon, dass er sich bewusst dümmer stellte, als er es eh schon war, auch wenn ich den Grund dafür nicht erriet.

»Das werden Sie gleich sehen, Dose.« Mit der Rechten schob ich die Tür auf, ohne den Lauf der Walther P1 von meinem Gegner abzuziehen. Ich zielte genau auf die Mitte seiner

Stirn, ein dorthin abgefeuerter Schuss würde tödlich enden. Ich hoffte, der Ostfriese würde mich nicht zum Abdrücken zwingen, sonst hatte ich den Salat. In Doses furchtsamen Augen erkannte ich die gleiche Hoffnung. Verzweifelt suchten meine Blicke in dem dunklen Raum, in welchen die Sonne noch nie ein Auge geworfen hatte, nach etwas Erkennbarem.

Warum machst du das Licht denn nicht an?, wollte die Stimme von mir wissen. Noch bevor meine Hand den Schalter fand, kam der Terrier aus dem Raum geeilt. Mit deutlich triumphierendem Ausdruck um die Lefzen ließ er etwas vor meine Füße fallen. Ich beschloss, dies nicht weiter zu beachten, da ich für derartige Hund-und-Herrchen-Apport-Spiele keine Zeit hatte.

»Marietta?«, rief ich ins Dunkel. »Sag doch etwas! Du brauchst keine Angst zu haben. Ich bin es, Reent.«

»Hä?«, fragte der dusselige Hundecoach. »Mit wen schnackst du dann do, Mann?«

Als ich seine Hand auf meiner Schulter spürte, die mich ein Stück zur Seite schob, damit auch er einen Blick in den Raum erhaschen konnte, wurde mir klar, dass Dose nicht mehr auf seinem Stuhl saß. Meine Rechte tastete noch immer vergeblich nach dem Lichtschalter, welchen der vermeintliche Entführer jetzt benutzte und so Licht ins Dunkel brachte.

Zum Vorschein kam ein Vorratsraum. In drei verstaubten Siebziger-Jahre-Holzregalen, deren Herkunft ich einem schwedischen Möbelhaus zuschrieb, stand nicht viel. Außer ein paar Konservendosen verschiedensten Inhalts und einigen Spaghettitüten sowie mehreren gespannten und mit vertrocknetem Käse gefüllten Mausefallen (manche mit den Körpern verstorbener Kleinnager versehen) gab es hier in erster Linie Schnapsflaschen (Wodka und Korn) sowie eine halb geleerte Kiste Jever Pils aus der nahe gelegenen bekannten Brauerei mit dem Namen entsprechender Kleinstadt. Es stank, vielleicht waren einige der getöteten Mäuse nicht mehr taufrisch.

»Hier is doch kein einer drinne, Mann«, bestätigte Dose das, was ich nun auch problemlos erkannte. »Mit wen hast du denn do geschnackt? Vielleicht midde Maus, die der Hund dir grad vor die Quanten gelecht hat?« Er kicherte undefinierbar über seinen staubtrockenen Witz. »Die lebt ja noch in ihre Falle, muss ganz frisch da drinne sein, schätz ich mol. Wahrscheinlich beide vom Regal runnergefalln. Also, Maus und Klabbe, mein ich.«

»Wieso haben Sie denn ausgerechnet diesen Raum abgeschlossen?« Ich hörte meiner Stimme die aus meinem tiefsten Inneren kommende Enttäuschung an. »Wo doch alle anderen Türen offen stehen?« Ich warf einen letzten, resignierten Blick in die trostlose Vorratskammer des Ostfriesen. Von Marietta war hier ebenso wenig eine Spur zu entdecken wie überall auf dem Hof, womit meine Liebe erneut in weite Ferne und der Aufbruch nach Polen mir immer mehr auf die Pelle rückte. Ein doppelt kalter Schauer durchrann mich.

»Wenn ich immer ärst die Tür aufschließen muss, bevor ich 'ne neue Buddel anbrech«, erläuterte Dose den von ihm erfundenen Selbstschutz, »dann überlech ich mir dat jedes Mal zweimal, verstehste? So wat wirkt manchmal Wunder. Man muss sich nur zu helfen wissen, wat glaubste woul?«

»Marietta!«, schrie ich ihn in einem für mich selbst unerwarteten Ausbruch an und richtete erneut die P1 auf seinen hohlen Schädel. »Wo ist sie? Was haben Sie mit ihr gemacht, Sie Schwein?«

Nicht nur Dose, auch der Hund blickte mich überrascht an. Im rothaarigen Kopf des Ostfriesen ratterte es.

»Ach sou«, meinte er schließlich ungläubig. »Du hast angenommen, die wär hier drinne!« Erneut dachte er nach. »Ausgerechnet in meine Vorratskammä? Wie kommst denn da drauf, sach ma?« Er lief ein bisschen hin und her, räumte irgendwas ein, ohne die auf ihn gerichtete Waffe weiter zu beachten. »Also, dat kapier ich nu ächt überhaupt gar nich.«

Augenblicklich glaubte ich ihm jedes Wort. So konnte sich niemand verstellen. Er sagte, dass er keine Ahnung habe, und er hatte keine. Ahnungslosigkeit war das Karma seines Lebens, das begriff ich schlagartig.

»Hast gedacht, die säuft da drinne meinen Fusel, oder wat?«

Meine anschließende Einladung auf einen kleinen Schnack am Schilliger Hundestrand lehnte Dose so lange ab, bis es mir gelang, ihm mit dem Stichwort Imilava, über die ich angeblich neue Informationen besaß, den Mund wässrig zu machen. Der Mann war noch naiver und leichter zu ködern als bisher von mir vermutet. Bereits das Nennen des Namens Imilava machte ihn zu Wachs in meinen Händen, was mein Mitleid mit der geschundenen Kreatur erneut erweckte.

Von Hooksiel nach Schillig waren es mit dem Auto zehn Minuten. Nahmen wir uns für den Gang am Wasser entlang eine Stunde, so ergab das summa summarum (inklusive Heimweg) gute anderthalb Stunden, die in meinem Zeitplan fehlen würden. Obwohl ich mir Zeitverschwendungen dieser Kategorie angesichts der für Marietta lebensbedrohlichen Lage nicht mehr leisten wollte und aufgrund des mir im Nacken sitzenden Auftraggebers Drago Radic auch kaum leisten konnte, erschien mir die Investition dieses Zeitraums angebracht und sinnvoll, da ich mir zum Erhalt sensibler Informationen keinen geeigneteren Ort vorstellen konnte als den Schilliger Strand. Bei den unmenschlichen Temperaturen gab es kein angenehmeres Plätzchen als diesen Sandstreifen am offenen Meer, wo immer eine leichte Brise wehte. Eine Erfrischung, die nicht nur mir guttun, sondern auch Dose die Zunge lockern würde, während Ricky sich vor der Reise noch mal richtig auskacken konnte.

Da ich einen anderen Weg (den ich aus Diskretionsgründen nicht verrate) an den Strand kannte als vorbei an einem der beiden Kassenhäuschen, zahlten wir keinen Eintritt. Die Schleichwege des Lebens zu kennen ist eine wichtige Voraussetzung für erfolgreiches detektivisches Wirken. Ich parkte auf dem Grundstück eines mir bekannten Diplom-Sozialpädagogen, ein cooler Typ, welcher in der Inselstraße wohnte und mir bereits vor Jahren eine pauschale Parkerlaubnis erteilt hatte, was ich ihm hoch anrechnete.

Unterwegs hatte ich getestet, wie lange Dose schweigen konnte. Er konnte lange. Während der gesamten Fahrt übertrat kein einziges Wort seine Lippen, womit er sich als angenehmer Reisepartner empfahl. Er konnte nicht ahnen, über was ich so nachdachte. Der Hund saß auf dem Schoß des Ostfriesen und ließ sich von dessen verschmutzten Händen streicheln. Wäre der Terrier eine von mir geliebte Frau gewesen, dann hätte Eifersucht mich geplagt.

Dass auch ich nichts sagte, hatte zum einen damit zu tun, dass meine Gedanken auf Hochtouren liefen, zum anderen wartete ich auf einen Redestart Doses. Ich war gespannt, in welche Richtung er ein Gespräch lenken würde. Zudem befürchtete ich, ihn mit weiteren Fragen zu verschrecken, er hatte einiges zu verdauen. Empathische Sensibilität in hohem Maße war gefordert.

Wir stiegen aus dem Auto. Wir schwiegen. Wir schlugen die Türen zu und starteten schweigend unseren Fußmarsch. Wir gingen den etwa fünfhundert Meter weiten Weg zum Deich (den Hund vorschriftsmäßig angeleint) schweigend. Wortlos erklommen wir mittels der alten Steintreppe den Deich. Aufgrund von Doses Outfit (olivgrüne Gummistiefel, schmuddelgrüne Latzhose, Feuerkopf, ebensolch roter Wuschelbart) und des heftig an der Leine zerrenden schneeweißen Terriers bildete unser kleines Grüppchen einen touristischen Hingucker.

Ich hatte mich bereits darauf eingestellt, Doses Schweigen noch eine Weile ertragen zu müssen, und rechnete längst damit, dass er meine Geduld weiter auf eine harte Bewährungsprobe stellen würde (schon Friesen hiesiger Küste können extrem schweigsame, in sich gekehrte und überaus verschlossene Menschen sein, Ostfriesen jedoch sind in diesem Punkt nicht zu toppen!), als er völlig überraschend sagte: »Wat ’ne Scheiß-Hitze!« Auch wenn es noch lange nicht das war, was ich von ihm hören wollte, so war es doch ein Anfang.

Da ich mich entschied, nichts zu entgegnen, um ihn zappeln zu lassen, kehrte unser Schweigen zurück. Unsere Blicke, während wir auf der anderen Seite des Deiches durch den ausgetrockneten Sand Richtung Wattsaum stapften, schweiften über die sich vor uns ausbreitende Schlickfläche sowie über die aufgrund herrschender Ebbe weit draußen vor sich hin schwappenden Wellen Richtung Norden, wo die östlichste der Ostfriesischen Inseln, Wangerooge, in einer Entfernung von wenigen Kilometern gut zu erkennen war. Der dortige

Westturm reckte sich gen Himmel einem Mahnmal gleich, welches ein düsteres Omen übers Wasser sandte. Eine Weile, während der wir in weiterem dumpfem Schweigen unseren Weg durch tiefen Sand zurücklegten, beschäftigten mich diese trüben Gedanken.

Dann aber sah ich den Hund, dessen unbeschwerter Natur solche Grübeleien fremd waren, wie er in ungetrübter Lebensfreude von Grasbüschel zu Grasbüschel eilte, unverdrossen hier und da das Bein hob und mit exzentrischer Mimik sein Revier absteckte, und ich beschloss, es ihm gleichzutun, indem ich mich nicht entmutigen ließ von finsteren Vorzeichen.

Manchmal konnte es die unwissende Weisheit eines Tieres sein, die einem den entscheidenden Kick gab, alle Bedenken mit einem Wisch beiseitezuschieben und den eigenen Weg unaufhaltsam weiterzugehen. Das Gefühl einer leichten, zufriedenen Dankbarkeit gegenüber dem Hund überkam mich, und in diesem Stimmungsaufschwung fiel mir ein, dass ich noch immer auf eine Fortsetzung des von Dose zaghaft begonnenen Gesprächs wartete (*Wat 'ne Scheiß-Hitze!*). Nach kurzem Abstecher in düstere Abgründe hatte die Situation mich wieder und konnte sich fortsetzen.

Was sie dann auch tat. Zwar sagte Dose noch immer nichts, ich aber fasste frischen Mutes den Entschluss, nicht weiter zu warten, sondern selbst das Wort zu ergreifen.

»Sie wollen auch nach Bydgoszcz fahren?« Die Zeit war reif, mich nicht mehr mit zartbesaiteten Umschreibungen aufzuhalten.

»Hä? Wieso'n *auch*?« Zu wundern schien ihn nur das eine Wörtchen. Dass ich von seiner bevorstehenden Reise wusste, behandelte er dagegen, als hätte es gestern in der Wilhelmshavener Zeitung, im Jeverschen Wochenblatt und der Nordwest-Zeitung gleichzeitig gestanden. Seine Ignoranz lieferte mir ein weiteres Indiz nur rudimentär vorhandener Intelligenz. »Fährst du da dänn auch hin ouder wat?«

»Allerdings.« Wir hatten den Wassersaum erreicht. Statt der brausenden Gischt, welche ich hier schon so oft erlebt hatte, gab es heute nur Watt zu sehen. »Wenn's geht, noch heute.«

»Ach sou.« Nach dieser halbherzigen Stellungnahme schien es, als wolle Dose sich wieder in das dumpfe Brüten seines Schweigens verkriechen. Ich beschloss, dies nicht zuzulassen.

»Ich habe dort nämlich auch einen Auftrag zu erfüllen.«

Ich wartete lauernd. Er sprang jedoch nicht auf den nun von mir gezielt ausgelegten Köder »auch« an. Er sprang überhaupt nicht an, kratzte sich nur hingebungsvoll und schweigend die unter dichtem Haarfilz schwitzende Kopfhaut. Hatte er mir überhaupt zugehört?

Der Hund hatte seinen Feuereifer beim Bepinkeln von Grasbüscheln zurückgeschraubt und hob nur noch vereinzelt leidenschaftslos das Bein. Seinem Körper entwich dabei kaum noch Flüssigkeit. Auch er litt unter der Hitze. Buddhistisch anmutendes Mitgefühl mit dem Leid der Kreatur schoss wie eine Taube aus geöffnetem Himmel auf mich herab. Eine Möwe weit oben warf Ballast ab, verfehlte uns jedoch knapp. Ein Säbelschnäbler durchpickte Beute suchend das Watt.

»Und welchen Auftrag hast du?«

Wie einen überraschenden Schuss feuerte ich meine Frage auf Dose ab. Mein urplötzliches Umschwenken zum Vertrautheit heuchelnden Du beruhte dabei nicht auf Zufall, sondern zielte unmittelbar auf die Erhöhung von Doses Zutraulichkeit ab.

Zahlreiche erfolgreich absolvierte Psychoseminare ließen mich wissen, dass sein Unterbewusstsein sich nun von mir wohlig getätschelt fühlte, auch wenn er dies nicht zugab. Wie aus tiefer Betäubung schien er zu erwachen. Obwohl die salzige Luft hier am Wasser die erträglichste weit und breit war, litt auch der Ostfriese unter der Gluthitze.

»Auftrach? Ich? Hä? Sach ma, wovon laberst du da eigentlich, Mann?«

Aha! Die richtige Spur! Dass Dose log, hätte wahrscheinlich selbst der inzwischen nur noch fix und fertig zwischen uns trottende Köter gerafft. Meine innere Stimme sprang sofort darauf an: *Der macht doch nur einen auf ahnungslos.*

Seit dem Telefonat mit der Frau, die womöglich Ilonka Janßen war, wusste ich definitiv, dass Dose einen Auftrag in Bydgoszcz besaß.

»Ich laber von dem Auftrag«, entgegnete ich kühl, »den Ilonka Janßen dir erteilt hat. Bei dem es darum geht, ob du Imilava wiedersehen wirst oder nicht.«

Meine Worte übten auf Dose eine überraschende Wirkung aus: Ohne den gerade begonnenen Schritt zu vollenden, ließ er sich der Länge nach in den heißen Sand fallen, winkelte die Knie an, bettete seinen Kopf in die Hände und begann, so laut und schluchzend zu heulen, dass es das Meer, wäre es da gewesen, vertrieben hätte.

»Die wolln die mir wechnehmen!«, schluchzte er. »Ich weiß dat genau! Ganz genau weiß ich dat, Mann! Dat wolln die.«

Voller Mitgefühl, ohne jedoch meinen professionellen Verstand an der Eingangstür dieser Emotion abzugeben, setzte ich mich neben ihn. Tröstend legte ich meinen Arm auf eine Schulter seines verwaschenen, einst blau gewesenen T-Shirts. Ganz nebenbei hatte er mir die Bestätigung geliefert, dass ich tatsächlich mit Ilonka gesprochen hatte. Die Frage, warum sie plötzlich einwandfreies Deutsch sprach, musste ich verschieben.

»Aber warum, Sportsfreund?«, fragte ich empathisch. »Warum wollen die das tun?«

Machte ich so weiter, fraß er mir schon bald aus der Hand. Der Hund hatte seinen Körper im Minimalschatten einer der zahlreichen kleinen Sanddünen abgelegt. Der Sand war selbst durch die Hosen hindurch noch so heiß, dass ich der Versuchung widerstand, meine Schuhe abzustreifen (die Vorstellung, wie es um Doses Füße in den Gummistiefeln stand, verdrängte ich), um mir die Fußsohlen nicht zu versengen.

Vor uns lagen die winzigen Inseln Oldeoog und Alte Mellum neben dem beide überragenden rot-weißen Leuchtturm Mellumplate, hinter uns der weiße Hochzeitsbaldachin, in welchem sich verliebte Paare am Schilliger Strand regelmäßig das Jawort zuhauchten. Ließ man die Blicke gen steuerbord schweifen, waren die Hebekräne des Jade-Weser-Port zu erspähen, zu welchem ein riesiges Containerschiff schipperte. Dieses zog zwischen vielen kleinen Seglern so nah an uns vorbei, dass es gigantisch erschien. Backbord ging es hinaus auf Deutsche Bucht und offenes Meer. Der sehnsuchtsvolle Hauch unsäglichen Fernwehs streifte mich, an dem mich vor allem glücklich machte, dass ich es nicht erfüllen musste.

»Ich weiß dat nich«, jammerte Dose in meine abschweifenden Gedanken hinein. »Ich weiß dat ächt nich, Mann. Ich hab überhaupt gor kein' blassen Schimmer nich.« Um weiterreden zu können, was ihm, einmal gekonnt von mir angestochen, nun ein Bedürfnis war, versuchte er, sich zu beruhigen. »Auf jeden Fall woll'n die, dat ich irgendwat mach, damit ich Imilava wiederkriech. Ich weiß nich, wat dat is. Ich weiß nur, dat ich nach dieses verfluchte Büdgo-sonst-wat-witsch fahren soll, Bromberch eben. Da erfahr ich dann mehr, wenn ich erst mal in dat olle Hotel da bin, ham die gesacht.«

»Welches Hotel denn?«, stellte ich ihm eine unverfängliche Frage, um ihm weitere Gelegenheit zur Beruhigung zu bieten.

»Hotel Ratu-irgendwat«, sagte Dose. »Auf Deutsch gesacht: Roothuus-Houtel, dat hab ich gegoogelt.«

»Und du weißt überhaupt nicht, was dich da erwartet?«

Ich reichte ihm ein Taschentuch aus der Packung, die ich stets bei mir trug. Er schnäuzte sich leidenschaftlich und stopfte das verrotzte Tuch in eine Tasche seiner giftgrünen Latzhose. Ich hätte ihm ein paar Worte dazu sagen können, dass es nicht gut war, ein überfülltes Taschentuch mit sich herumzutragen, es möglicherweise noch ein weiteres Mal zu benutzen, aber aktuell gab es Wichtigeres zu besprechen.

»Ich weiß nur eins, Alder«, erklärte Dose unerwartet entschlossen und stand auf. »Ich will Imilava zurückham. Um jeden Preis aufe Welt will ich dat. Und dafür tu ich alles, wat die woll'n, Mann, ächt alles.« Er half mir hoch, wir gingen weiter.

»Auch jemanden … töten?«, fragte ich lauernd. Er zögerte keine Sekunde mit der Antwort:

»Klaro! Mann, Alder, ich lieb die Frau so doll, wie ich noch nie jemanden lieb gehabt hab. Ich will die heiraten, Mann, am liebsten hier in dat weiße Zelt ouder wat dat is hinner uns. Die is mir viel wichtiger, als mein eigenes Leben dat is, kapierste dat?«

Der hinter uns weiß in der Sonne blitzende Hochzeitsbaldachin erschien mir als blanke Ironie des Schicksals, das sich lustig machte über uns Kerle voller Sehnsüchte. Ich dachte an meine Gefühle für Marietta, und eine Welle tiefster Solidarität mit dem vom Unglück getriebenen Mann an meiner Seite durchrieselte mich warm. Dass er für sie töten würde, war natürlich im übertragenen Sinne gemeint und galt, so gesehen, auch für Marietta und mich.

»Und natürlich erst recht als dat Leben von irgendein annern«, ergänzte Dose schmerzerfüllt, »den ich gor nich kenn. Mich selbst würd ich sofort für die umbringen, dat glöv mi man. Warum dann nich auch ein annern, kannst mir dat vielleicht mal vertelln?« Auch wenn dies eine kriminelle Logik darstellte, die im Extremfall einen Menschen das Leben kosten konnte, so leuchtete sie mir doch ein.

Meine innere Stimme jedoch war anderer Ansicht: *Mannomann, wie bekloppt seid ihr eigentlich?*

Ich fragte Dose, ab wann das Hotel für ihn gebucht sei, und er antwortete: »Von morgen ab.« Ich staunte nicht schlecht. Viel Zeit war nicht mehr zu verlieren. Andererseits gab es kaum etwas, das meinen (und damit Mariettas) Interessen so sehr entgegenkam wie die nunmehr gebotene Eile.

Dann mal zu!, tönte die Stimme in Aufbruchslaune. Der köstliche Duft gebratenen Fischs stieg mir in die Nase. Wenig dezent wies dieser mich darauf hin, dass ich den ganzen Tag noch nichts gegessen hatte.

16

Der schnell erzählte Rest unseres Spazierganges am schattenlosen Schilliger Hundestrand, der zwei grundverschiedene Männer aufgrund sich ähnelnder Gefühle zu zwei grundverschiedenen Frauen einander nähergebracht hatte, erscheint wie die logische Folge des Bisherigen: Dose und ich beschlossen, zusammen nach Polen zu reisen. Richtiger: Ich beschloss es, er stimmte zu. Verzögert wurde die Sache nur durch einen kurzen Abstecher an den von Touristen stark frequentierten südlichen Strandabschnitt Richtung Campingplatz, wo es an diesem Tag Schollenbraten im Watt gab.

Der delikate Geruch gebratenen Fischs verleitete uns zu diesem sättigenden Umweg. Die bei dieser alljährlichen Aktion zubereiteten Plattfische verfehlten das unübertreffliche Niveau von mir persönlich zubereiteter Schollen nur knapp. Wir schlossen die rustikal-delikate Mahlzeit mit einem erstklassig gekühlten Fläschchen Bier aus dem großen, runden Strandladen ab. Hilde, die Betreiberin, verfügte über einen so wunderbar rau-freundlichen Tonfall wie die See selbst. Sie schien eine gute Bekannte Doses zu sein (»Die Schwester is auch ächt nett! Und astreine Mützen häkelt die, dor steiht ›Schillig‹ drauf auf so lütte Schilders, kannst hier kriegen. Ächt kultig.«)

Hilde ließ es sich nicht nehmen, uns das Kaltgetränk zu spendieren, was mir als großzügige Geste erschien. Vorausgegangen war ihr nicht weniger freundliches Angebot, Ricky während unseres Wattgangs nicht nur bei sich zu behalten, sondern ihn mit wabbeligen Würstchen aus dem Glas zu versorgen, da Schollen wohl nicht das Richtige für ihn seien, wie sie salztrocken scherzte.

Anschließend verfrachtete ich Dose so schnell wie möglich wieder in meinen Touran (er hatte Hildes Mann, einem gewissen Wolle, einem offenbar großzügigen Typen, gerade noch ein zweites Bierchen auf die Schnelle abgeschwatzt), welcher treu und brav in der Inselstraße auf uns wartete. Ich setzte den

Hundecoach direkt in seinem Hooksieler Unterschlupf ab und stattete ihn mit dem Auftrag aus, alles für einen mehrtägigen Aufenthalt im osteuropäischen Ausland Nötige zusammenzupacken. Danach sollte er auf ein Zeichen von mir warten und sich dabei von nichts und niemandem ablenken lassen. Ohne den geringsten Widerspruch stimmte er mir in allen Punkten zu. Offenbar war er heilfroh, in meiner Person jemanden gefunden zu haben, der das Heft entschlossen in die Hand nahm. Als ihm die Frage entfuhr, »wie zu'n Kuckuck« wir denn nun eigentlich nach Büdel-Dingsbums kämen, sicherte ich ihm zu, mich per Suchmaschine um alles zu kümmern.

Meine Wahl fiel auf eine Bahnfahrt, Start am nächsten Morgen um neun Uhr vierundvierzig am Wilhelmshavener Hauptbahnhof. Nachdem alles unter Dach und Fach war – die Tickets ausgedruckt, der Koffer gepackt, ein zweites Zimmer im *Hotel Ratuszowy* (»Rathaus-Hotel«, Anmerkung des Übersetzers) gebucht, in Bydgoszcz ein Auto gemietet –, war ich so aufgewühlt, dass ein gepflegter Wohnungsfluchtimpuls einsetzte.

Ich schnappte mir den Hund, um eine Runde mit ihm am Bontekai zu drehen und mich dort zu sonnen. Vom Jadebusen her zog ein angenehm frischer, frühabendlicher Wind über das im Hafenbecken entspannt vor sich hin plätschernde Wasser. Ich legte meinen üblichen (unerlaubten) Weg über Zaun und Hecke sowie stillgelegte, verrostet-verwachsene Bahngleise zum Kai zurück.

Das neu hier angesiedelte Theater der Jungen Landesbühne (TheOs) im alten Oceanis-Gebäude und das Café-Restaurant CaOs (mit Koch Viktor) im Rücken, den Blick nach links gerichtet Richtung Museumsschiff »Kapitän Meyer« nebst altem Feuerschiff »Weser«, unmittelbar vor der alles überragenden KW-Brücke, die soeben sich drehend (Drehbrücke) aufging und so einem großen, von der Nordsee kommenden Segler Einlass gewährte, rechter Hand die Deichbrücke mit dem dahinterliegenden Kulturzentrum Pumpwerk, die Rückseite des nach vorn glamourösen Hotels Atlantic, auf gegenüberliegender Seite des Wassers das Helgolandhaus mit seinen heiß begehrten Meerblick-Wohnungen und den weiteren, nicht weniger begehrten Wohnhäusern daneben, setzte ich mich ans Becken des Großen Hafens und ließ meine Beine baumeln. Mich erfüllte ein melancholischer Mix aus Wehmut und Tatendrang, wie ein Meeresgeist schien er aus dem Wasser zu steigen und mich von unten nach oben Stück für Stück zu packen: Wilhelmshaven! Wie sehr liebte ich diese Stadt! Trotz aller Widersprüche, welche sie in sich barg. Ebenso wie ich in ihr lebte sie in mir.

Eine Stadt mit starkem Charakter: Ihre Häfen, ihre Brücken, ihr Wasser, der Anblick all dessen ging mir stets runter wie Öl. Es war die Stadt, die mich geboren und gestillt hatte wie eine Mutter ihr Baby. So war ich zum Mann mit Visionen und unerschöpflicher Tatkraft herangereift. Wilhelmshaven hatte mich geprägt wie nichts sonst auf diesem Globus, von dem ich kaum etwas anderes kannte. Nun aber würde sie mich schon morgen von sich schieben, meine Mutterstadt, hinfort in die feindliche Welt, mich ausspucken wie einen lästigen Weintraubenkern, um mich ins polnische Bromberg zu schicken.

Aber ich war ihr nicht böse. Sie hatte keine andere Wahl, musste mir diesen Schubs verpassen, damit ich Marietta retten konnte, jene Frau, der mein Herz gehörte, das ich ihr, ebenfalls in Wilhelmshaven, überreicht hatte.

Als ich nach vielen am Kai wehmütig verträumten Minuten wieder in meinem gut klimatisierten Büro gelandet war, um auf einem Blatt Papier eine Liste noch zu erledigender Dinge anzufertigen, spürte ich einen ebenso plötzlichen wie überraschenden Rededrang. Verblüfft beobachtete ich meine Hand, die Deuters Nummer ins Telefon tippte.

»Entweder in Ihrer Praxis oder gar nicht.«

Meine Entschlossenheit hätte mir jeder Gefühlslegastheniker angehört. Deuter jedoch, der Profi-Empathiker, war auf diesem Ohr taub. Keine Ahnung, ob er mich nicht verstand oder nicht verstehen wollte, aber das würde ich schon herausfinden.

»Ein Patient noch«, betonte er zum vierten Mal, was die Aussage für mich auch nicht griffiger machte, »dann hab ich

Feierabend. Ich hab schon den ganzen Tag in meiner Praxis verbracht und gestern auch. Sonderschichten musste ich einlegen, damit die Leute sich nicht im Hafenbecken ertränken. Sie haben ja keine Ahnung, wie viele Menschen depressive Schübe kriegen bei dem Sommerwetter. Viele merken erst, wie schei… äh … schlecht es ihnen geht, wenn's um sie her schön ist.« Er stöhnte ausgiebig. »Dabei fühl ich mich den ganzen Tag schon etwas flau.«

Es hörte sich an, als erwartete er Mitleid von mir (nicht mit seinen depressiven Patienten, sondern mit ihm, der sich am Elend anderer eine goldene Nase verdiente). Meine Entscheidung, ihm dieses zu verweigern, war ebenso eindeutig wie die, mich nicht mit ihm in das von ihm vorgeschlagene Café Böll am Bismarckplatz zu setzen und ein paar Bierchen zu zischen.

»Haben Sie denn auch Depressionen?«

Sein scheinbares Einlenken war der schlechteste Bluff, mit dem ich es seit Jahren zu tun gehabt hatte. Dass ich auf diese Frage mit Nein antworten würde, war ihm klar. In der Vergangenheit hatte ich keine Depressionen, und er wusste, dass ich mir auch in der Zukunft keine anzuschaffen gedachte.

»Ich stehe kurz vor dem Abschluss eines wichtigen Falles«, warf ich ihm einen neugierig machenden Brocken hin, der seine Wirkung verfehlte.

»Wie schön für Sie«, sagte er schlaff. »Rufen Sie mich morgen wieder an, dann machen wir einen Termin. Ich schieb Sie irgendwo dazwischen.«

»Ich muss morgen verreisen«, konterte ich. »Außerdem höre ich wieder Stimmen.«

»Tun Sie das nicht immer?« Jetzt hörte ich nur, wie er seinen Schreibtisch aufräumte.

Ich versuchte, seinen inexistenten Ehrgeiz anzustacheln. »Ich meine, die eine, diese ganz spezielle innere Stimme.«

Nach einem kurzen Moment hatte er es. »Ach, Ihr Hund.«

»Sehr witzig. Mit dem Thema bin ich durch, da machen Sie sich mal keine Sorgen.« Im Hintergrund ertönte ein Klingeln.

»Da seien Sie mal unbesorgt«, sagte er lässig. »Sorgen mach ich mir bestimmt keine mehr, bin viel zu ausgelaugt. Also, Herr

Reis … äh … Reent, mein Gott, Reents, dann bis bald. Rufen Sie …«

Ich zog mein letztes Ass aus dem Ärmel. »Es geht um Leben und Tod!«

»Also doch.« Seine Stimme jaulte leise. »Okay, in einer Stunde. Aber nur ganz kurz.«

Nach Gesprächsende erfüllte ein feines Lächeln meine Züge.

Was grinst du denn so dusselig?, fragte die Stimme.

Als ich meinen Wagen vor Deuters Haus in der Holtermannstraße des Villenviertels auf engstem Raum gekonnt eingeparkt hatte, war es schon so weit nach neunzehn Uhr, dass es mit Riesenschritten auf zwanzig Uhr zuging. Die Strahlen der Sonne drängten sich nur noch vereinzelt zwischen ein paar der halbhohen Häuser hindurch und warfen im aufkommenden Hauch eines sich erneuernden Windes dezent flatternde Blätterschatten auf die Straße. Diese Strahlen hatten jedoch jenen Schrecken verloren, mit dem sie die Stadt tagsüber beherrscht und mit ihrer Glut in einen Backofen verwandelt hatten, in welchem es jedem Menschen, egal, ob eingefleischter Einheimischer oder locker auftretender Tourist, zu viel gewesen war, auch nur den kleinen Finger zu rühren.

Eigentlich hatte ich den Hund zu Hause lassen wollen. Er aber hatte mich so lange aus flehenden schwarzen Knopfaugen mit jämmerlich fragendem Quieken und armselig verzagtem Bellen bedrängt, bis ich ihm schließlich die Tür aufgehalten und großzügig gemeint hatte, nun denn, er solle schon mitkommen.

Allerdings nahm seine Aufregung nun so überdrehte Züge an, dass sie mir verdächtig erschien. Also peilte ich die Lage draußen und erkannte zügig die Ursache seines Gebarens: Auf dem Gehweg vor Deuters Haus befand sich ein Hund. Einer von diesen kleinen mit Schleife auf dem Kopf, deren Bezeichnung ich immer vergaß und auf die der Terrier stand.

Die Mini-Töle hier war soeben durch das gusseiserne Gartentor geschlüpft, welches in enger Zusammenarbeit mit dunkelgrüner Hecke Deuters Grundstück vom Gehweg trennte, und ließ ihre leeren Blicke verloren durch die Gegend schweifen. Vermutlich hatte Deuter sich so ein Vieh zugelegt. Obwohl Modezar-Terrier schon eher zu Modezaren passten oder zu stöckelnden High-Heel-Ladys in knackigen Jeans vom Typ Ilonka Janßen, die ebenfalls ein Tier dieser Rasse besaß namens … ich kam nicht drauf.

Hildburg, meinte meine innere Stimme, und recht hatte sie.

Ricky wurde immer hibbeliger. Er stemmte die Vorderpfoten von innen gegen Tür und Fenster, sodass ich die Tür nicht öffnen konnte, solange er nicht angeleint war. Wahrscheinlich schwebte er auf Wolke sieben, weil er das fremde Tier mit der von ihm angebeteten Hildburg verwechselte.

Da ich keine Leine dabeihatte, konnte ich ihn nicht anleinen. Folglich musste ich warten, bis der Gnom draußen verschwunden war. Dann traute ich meinen Augen nicht. Der Kerl, der nun aus dunkelgrüner Hecke auf den Gehweg trat, war … Janßen! Er trug halblange Shorts und dunkle Socken in ausgelatschten Sandalen. Instinktiv duckte ich mich und versuchte, den Hund unter mir zu begraben. Ich wollte nicht, dass Janßen mich erblickte. Ein gegenseitiges Erwischen beim Therapeuten hätte keine gute Grundlage für eine Versöhnung dargestellt. Und eine solche war notwendig geworden, nachdem er zuletzt sogar mich verdächtigt hatte, ihn mit seiner Frau zu hintergehen. Deshalb habe ich wohl auch keinen Täter ermittelt, hatte er seine dreiste These in den Raum seines Imbisswagens gestellt. Zweifellos litt der aus Nordrhein-Westfalen Eingewanderte an einer ausgewachsenen Verfolgungsneurose.

Nun allerdings glich er vielmehr einem tief in seine Gedanken versunkenen Zeitgenossen. Da seine von ihm heiß geliebte Gattin Ilonka sich zurzeit, wie von mir ermittelt, in Bydgoszcz aufhielt, musste er seinen Imbisswagen Pommes-Schranke entweder geschlossen oder mit einem x-beliebigen Angestellten besetzt haben, was immer ein gewisses Risiko beinhaltete. Beide Varianten waren Indizien dafür, wie wichtig dieser Besuch Janßens bei Deuter für ihn gewesen sein musste. Jedoch glich er keinem Mann, dem bei der Bewältigung seiner Probleme geholfen worden war.

Als er Hildburg anhob, wie man im Vorbeigehen eine herabgefallene Kastanie aufhebt, sie über die Schulter warf, wie sonst vermutlich Ilonka, und schließlich gemeinsam mit dem Mini-Terrier frustriert seinen Nobel-Astra bestieg, war vielmehr klar, dass er außer dem einen oder anderen möglicherweise suizidalen Gedanken nichts weiter in sich trug.

Zu Deuters Ehrenrettung kann ich anführen, dass der Therapeut schlimmer aussah als sein Patient. Er glich einem Stück verschimmeltem Käse mit ausgetrockneten Rändern. Deutlich war ihm anzusehen, dass ihm schon länger keine Gelegenheit mehr vergönnt gewesen war, sich am Südstrand in dem von ihm dauergemieteten Strandkorb zu tummeln, sondern sich von früh bis spät in seiner durch ein perfektes Jalousien- und Klimaanlagensystem abgedunkelten sowie stets leicht unterkühlten Praxis aufgehalten hatte, um von hier aus die Menschheit vorm Massenselbstmord zu retten.

Für die heutige Sitzung wählte ich ausnahmsweise das Ledersofa und erzählte dem hinter mir hockenden Deuter (der Hund lag schneckengleich zusammengerollt unterm Schreibtisch) alles, was sich während der letzten Tage ereignet hatte. Ich fasste den gesamten Fall Marietta noch einmal kompakt zusammen und ließ keine der Personen aus, die mir in diesem Zusammenhang über den Weg gelaufen waren. Den wahren Namen des von mir nur so genannten Herrn Janßen sprach ich dabei so unauffällig nebenbei aus, dass dies einen aufmerksamen Zuhörer zumindest zum Aufhorchen geführt hätte. Nicht so Deuter, die trübe Therapeutentasse.

Aus mir sprudelte die Information heraus, dass der Fall mich am nächsten Morgen ins polnische Bydgoszcz führen würde, da dort alle Fäden zusammenliefen und ich in dieser Stadt zudem Marietta vermutete, die ich außer an diesem Ort in allergrößter Gefahr wähnte. Mit eselsgleicher Ruhe lauschte Deuter meinen Worten. Mir fehlte jede Nachfrage, jedes mich auf den richtigen Weg führende Nachhaken. Dann begriff ich die Ursache: Der Psychologe schlief!

Um die Richtigkeit dieser Vermutung zu überprüfen, drehte ich mich um, stellte jedoch fest, dass Deuter mit gespitzten

Ohren dasaß und wie üblich Notizen in sein ledernes Notizbuch machte. Sogar ein Hauch Farbe war wieder in sein Gesicht getreten.

»Was ist?«, fragte er erschrocken. »Fühlen Sie sich nicht wohl?«

»Doch, doch.«

»Dann legen Sie sich wieder hin, reden Sie weiter. Etwas Zeit haben wir noch.«

Ich versuchte, den Faden wieder aufzunehmen, aber das funktionierte nicht. Ich hatte diesen so komplett verloren, dass ich keine Chance sah, ihn wiederzufinden. Ich setzte mich auf. Der Hund schickte einige verwirrte Blicke empor, begab sich dann jedoch zurück in seine verwurschtelte Körperhaltung.

Was'n jetzt los?, quakte meine innere Stimme.

»Wie steht es denn mit Ihrer inneren Stimme?«, wollte Deuter wissen.

»Ach, die ist ganz okay.« Ich winkte ab. »Sie hat meines Erachtens die gleiche Existenzberechtigung wie ich. Oder wie Sie. Leben und leben lassen, das ist mein Motto.«

Deuter attestierte mir eine erstaunliche Wendung meiner Ansichten. Ich konnte ihm nur teilweise widersprechen, hörte ihm aber kaum noch zu. Nachdem ich mir die Dinge von der Seele geredet hatte, interessierte mich nur noch eins: Was hatte Janßen bei Deuter gewollt? War er als Patient hier gewesen, oder hatte sein Besuch einen ganz anderen Zweck verfolgt?

Dass Ilonka Janßen, die Gattin von Herrn Janßen, so tief in den Fall Marietta verstrickt war wie eine spielende Katze im Wollknäuel, stand mittlerweile fest. Welche Rolle jedoch hatte Janßen selbst inne? Welches fehlende Teil im Puzzle stellte er dar? War er möglicherweise mit Vorsicht zu genießen? War vielleicht infolgedessen auch Deuter mit Vorsicht zu genießen?

Warum hatte der Diplom-Psychologe nicht reagiert, als ich Janßens Namen unauffällig in meinen Monolog hatte einfließen lassen? Therapeutische Schweigepflicht? Oder ein Schweigen, das über Deuters persönliche Verwicklung in den Fall hinwegtäuschen sollte? War der Therapeut involviert in den Polski-Tenderness-Filz? Und wenn, dann wie weit? Fragen, deren Klärung von entscheidender Bedeutung war, weshalb ich folgenden Vorstoß wagte:

»War das da draußen nicht gerade der Imbisswagen-Betreiber Janßen?«

Das Gebot der Stunde schrieb mir vor, die Frage so beiläufig wie möglich zu stellen, während ich vom Sofa aufstand und mich stattdessen auf einen der dunklen Stühle setzte, die in loser Anordnung um den hellen Tisch standen. Ohne darüber nachzudenken, mehr aus einem Impuls heraus, legte ich lässig ein Bein auf dem Rand der Tischplatte ab.

»Fühlen Sie sich ganz wie zu Hause.« Deuter setzte sich seinerseits hinter den Schreibtisch. Ich hatte nicht vor, mich aus der Ruhe bringen zu lassen. »Tun Sie, als wäre ich gar nicht im Raum«, betonte er spitzfindig.

Meine Frage schien er überhört zu haben. Er ordnete einige Unterlagen auf seinem Schreibtisch, als hätte er vor, innerhalb der nächsten zwei Minuten Feierabend zu machen. Ich ließ mich davon nicht irritieren.

»Was ist nun? War es mein alter Kumpel Janßen oder nicht?«

»Wenn er Ihr Kumpel ist …«

Ich triumphierte. Mit einem einfachen Trick hatte ich den oberschlauen Psycho reingelegt.

»Ich glaubte, ihn um die Ecke verschwinden zu sehen«, log ich clever weiter. »Ist er denn Ihr Patient?«

Dussel, schalt mich meine innere Stimme.

Der Hund kam unterm Tisch hervor und schüttelte sich kräftig. Hundehaarbüschel durchzogen die Luft. Der Terrier gähnte umfangreich, bevor er sich wieder hinlegte. Deuter blickte kurz von seinen Aufräumarbeiten empor.

»Sie wissen genau«, er stutzte kurz, »oder sollten es zumindest wissen, dass ich Ihnen nichts über andere Klienten sagen darf. Auch nicht, ob jemand überhaupt Klient bei mir ist oder nicht.«

Seine Miene verfinsterte sich bis zur Dunkelheit seiner vertrockneten Augenringe. Die Augen selbst traten ihm hinter den Brillengläsern kugelgleich aus dem Kopf. Seine Hand bedeckte den Mund, als müsste er sich übergeben.

»Sorry!« Er sprang auf, rannte hinaus. »Ich muss …«

Durch den hektischen Aufbruch animiert sprang auch der Hund auf und hüpfte durch die Gegend wie ein Kaninchen.

Nun los!, stieß meine innere Stimme aufgeregt hervor. *Ein Geschenk des Himmels, Mann. Nutze es!*

»Hä?«, sagte ich versehentlich laut.

Nutzen!

Plötzlich ging mir ein Licht auf und strahlte hell wie ein Kronleuchter in einem alten Barockschloss: Wollte Deuter die Infos über Janßen nicht freiwillig herausrücken, dann war ich gezwungen, sie mir auf anderem Weg zu verschaffen. Mein Blick fiel auf Deuters fein geordnete Unterlagen, obenauf das lederne Notizbuch. Ich hatte weder eine Wahl noch Zeit zu verlieren.

17

Wir starteten pünktlich. Ich hätte an diesem denkwürdigen Morgen nichts gegen eine zurückhaltende Sonne gehabt. Ein Gefallen, den sie mir jedoch nicht tat. So kam es, dass wir (Dose, Ricky und ich) schon wieder tierisch durchgeschwitzt waren, als wir endlich freie Plätze in der um neun Uhr vierundvierzig abfahrenden NordWestBahn ergatterten. Der Hund hechelte. Der Zug startete aus dem an die Einkaufsmeile Nordseepassage gekoppelten Hauptbahnhof von Gleis 1. In Wilhelmshaven gibt es zwei Gleise und einen intakten Bahnhof, seit der ehemalige Bahnhof West schon seit Jahrzehnten und nach langem Brachliegen als Restaurant betrieben wird.

Dose war von der ersten Sekunde an ausschließlich mit seinem Smartphone beschäftigt, und ich fand Gelegenheit, mir durchatmend noch einmal die abschließenden Ereignisse des Vortages in Deuters Praxis durch den Kopf gehen zu lassen. In der Nacht, obwohl diese für mich praktisch schlaflos gewesen war, hatte ich hierzu keine Gelegenheit gehabt, da die Frage, was zum Kuckuck mit Marietta geschehen war, sich noch deutlicher in den Vordergrund geschoben hatte als ohnehin schon. Kurz vor dem Einschlafen hatte diese erheblichen neuen Aufwind bekommen, der mich schlaflos gemacht hatte, als sie mich anrief.

Marietta. Persönlich. Mich.

Ich schloss die Augen und lauschte den gleichmäßigen Geräuschen des fahrenden Zuges, bevor ich mich in die noch ausstehenden Überlegungen zum Duo Deuter/Janßen fallen lassen wollte. Die Geräusche entfernten sich, wurden leiser und dumpfer. Ich schlief ein. Das wurde mir bewusst, als ich ein unsanftes Rütteln an meiner Schulter wahrnahm und das ausgiebig quietschende Bremsen der Regionalbahn sowie Doses dröge Stimme hörte: »Nu komm schon hoch, Alder. Oldenburch. Wenn der Zuch erst wieder lousfährt, is dat zu spät. Nu mach schon hinne, Kerl.«

Die steigende Aufregung seiner Stimme spiegelte sich nicht

im Gesicht. Dose trug ein relativ frisch gewaschenes weißes T-Shirt und noch nicht wirklich schmutzige Jeans mit kaum ausgebeulten Knien sowie Sandalen, die fast unbenutzt wirkten. Tatsächlich war er halbwegs passabel gekleidet.

Beinahe hätte ich mich mit diesem Gedanken so lange beschäftigt, dass wir es mitsamt Hund, Gepäck und Personen tatsächlich nicht mehr geschafft hätten, den Zug vor dessen Weiterfahrt nach Osnabrück rechtzeitig zu verlassen. Im letzten Moment gelang es mir jedoch, mich ausreichend zu konzentrieren. Wenige Minuten später hätten wir im Anschlusszug nach Bremen gesessen, wenn dieser planmäßig gestartet wäre, was aber nicht der Fall war. Dafür wurde uns pünktlich angekündigt, dass der Zug aus technischen Gründen an diesem Tag leider eine Verspätung von fünfzehn Minuten aufwies. Eine Frist, die sich im weiteren Verlauf zunächst auf zwanzig, dann auf fünfundzwanzig sowie dreißig Minuten steigerte, bis am Ende sechsundvierzigeinhalb Minuten Überhang entstanden waren.

Für den weiteren Fahrtverlauf erspare ich es mir aus ökonomischen Gründen, Details dieser Art aufzuführen, obwohl sie sich ununterbrochen fortsetzten: Die Zuglautsprecher hielten uns auf dem Laufenden darüber, wie weit wir der planmäßigen Zeit hinterherhechelten, wie viele Minuten wir wieder aufholten und dann doch wieder verloren, welche Anschlusszüge wo bereitstanden oder nicht warten konnten, welche Ansagen man auf den Bahnhöfen beachten sollte oder besser nicht und so weiter. Es hatte etwas Verwirrendes.

Dose war von vornherein so clever (Bauernschläue), gar nicht erst hinzuhören, sondern sich immer mehr in sein von mir erst kürzlich wiedererlangtes Smartphone zu vertiefen. »Dat lohnt nich«, hätte er gesagt, wenn ich ihn gefragt hätte, warum er nicht auf die Durchsagen achtete, was ich aber unterließ. Irgendwann beschloss auch ich, die auf uns einprasselnden irritierenden Informationen ins eine Ohr ein- und aus dem anderen praktisch ungehört wieder austreten zu lassen.

Glücklicherweise hatte ich Plätze reserviert, denn selbst die erste Klasse war rappelvoll, sodass uns ohne Reservieren ausschließlich Stehplätze zur Verfügung gestanden hätten. Dem latent fiesen Vorschlag meiner inneren Stimme, den Schnorrer Dose zweiter Klasse fahren zu lassen, war ich aus sozialromantischen Motiven nicht gefolgt. Erst zwischen Bremen und Hannover kam ich dazu, mich mit dem zu beschäftigen, was ich bei Deuter über Janßen erfahren beziehungsweise nicht erfahren hatte. Kurz darauf jedoch ereilte mich das bereits bekannte Schicksal: Ich schlief ein.

Ab Hannover war unsere Platzreservierung ungültig, da wir dem Zeitplan inzwischen so weit hinterherhinkten wie die anderen Sprinter Usain Bolt. Unser Anschlusszug war auf und davon, Reservierungen inklusiv.

Wir machten uns auf die verzweifelte Suche nach Sitzgelegenheiten. Reserviert hatte ich Plätze im Großraumwagen, Sechs-Sitzer-Abteile bedrohten mich aufgrund meiner gelegentlichen Klaustrophobie, die mit der Panik in Verbindung stand, eventuell keine Luft mehr zu kriegen. Der einzige von mir erspähte freie Platz befand sich jedoch in einem solchen Panik-Abteil. Meine verzweifelte Lage ließ mich trotzdem bei den Insassen anfragen, ob der von mir visuell bereits ergatterte Sitz noch frei sei.

»Aber nich mit Hund!«, meldete sich ein Dickwanst mit Fensterplatz und nordrhein-westfälischem Akzent. »Meine Frau hat Allerjie.«

Ich drückte dem hinter mir stehenden Dose die Leine in die Hand und forderte ihn auf, sich andernorts einen Platz zu suchen. Dann quetschte ich mich zwischen einem jungen, semmelblonden Paar hindurch, welches sein Gepäck in Form zweier Mega-Rucksäcke gebirgsähnlich zwischen sich stehen hatte, da die Gepäckabladeflächen hoffnungslos überfüllt waren. Einen Versuch, meinen Koffer trotz erschwerter Bedingungen mit ins Abteil zu nehmen, brach ich auf halber Strecke ab. Schweren Herzens ließ ich ihn auf dem Flur in meinem Sichtfeld stehen. Den einsilbigen Hinweis des Dicken am Fenster (»Fluchtwech«) beachtete ich insoweit, als ich den Koffer unter Schwierigkeiten ein Stück zur Seite schob.

»Oll klor, Meistä«, meinte Dose gelassen. Die Ereignisse

hatte er mit arrogant-dusseligem Gleichmut beobachtet. »Ich bin dann mol eben wech, nä? Und zwar inne zwoten Klasse, da is wenigstens büschen Platz. Also, bis denne, Meistä.«

Was das plötzlich sollte mit dem Meister, entzog sich meiner Kenntnis, war mir aber vor den anderen Fahrgästen peinlich. Bis auf das semmelblonde Rucksack-Pärchen, welches sich gegenseitig mit verliebten Blicken bedachte, warf man mir wenig leutselige Blicke zu. Allen voran der Dicke mit der ihm gegenüber (also neben mir) sitzenden, stark transpirierenden Allergiker-Gattin. Mir vis-à-vis eine circa achtzigjährige Dame mit Handtasche, die ich glatt als gutmütige Omi bezeichnet hätte, hätten mich ihre Augen nicht in Schach gehalten. Dose und der Hund waren, gemäß ostfriesischer Ankündigung, verschwunden.

Ich schloss die Augen, lehnte den Kopf zurück und beschloss, die negative Situation für ein weiteres Nickerchen zu nutzen. Für die kommenden Tage Kräfte zu sammeln war eine notwendige Vorkehrung. Zu meinem Bedauern musste ich aber feststellen, dass ich nicht einschlafen konnte, wofür ich die miese Stimmung im Abteil verantwortlich machte. Ich war aber auch nicht mehr müde. Das hatte den Vorteil, dass ich mich endlich dem noch offenen Punkt meiner Indizienkette zuwenden konnte: Janßens Auftritt bei Deuter.

Trotz Schlaflosigkeit hielt ich die Augen geschlossen. Ich zog mich in mich zurück wie eine Miesmuschel in ihre Schale (ein Heimwehanfall überkam mich beim Gedanken an diese Speise, außerdem bekam ich Appetit), sodass schließlich sogar die unangenehmen Gerüche im Abteil verblassten. (Neben den penetranten Ausdünstungen meiner Nachbarin lag der fettige Duft einer Salami-Stulle in der Luft, welche von der alten Dame verdrückt wurde; jemand hatte zudem heimlich einen fahren lassen.)

Nur langsam gelang es mir, mich in Bilder und Geschehnisse aus Deuters Praxis zurückzuversetzen:

Der Therapeut hatte Hals über Kopf den Raum verlassen, um seinen heraufdrängenden Mageninhalt dem Klo zu übergeben. Abgesehen vom Hund befand ich mich damit allein im

Raum. Auf dem Schreibtisch lag neben vielen säuberlich übereinandergeschichteten Unterlagen sowie Stiften, Heftklammern und ähnlichem Zeug Deuters ledernes Notizbuch. Dass sich hierin auch Informationen über Janßen befanden, musste nicht bezweifelt werden. Wollte ich mir aber Klarheit verschaffen, hatte ich nachzuschauen. Also ging ich zum Schreibtisch. Da ich keine Ahnung hatte, wie lange Deuter zum Reihern benötigen würde, wusste ich auch nicht, wie viel Zeit mir zur Verfügung stand.

Rick könnte bellen, wenn er den Psycho-Doktor kommen hört, schlug meine innere Stimme sinnloserweise vor. (Woher sollte der Hund wissen, dass und wann er zu bellen hatte?)

Ich wusste genau, dass mir niemand helfen konnte außer Reent Reents. Meine Instinkte und Intuitionen waren auf sich allein gestellt, und das Risiko, erwischt zu werden, war hoch. All meine Bedenken jedoch konnten mich nicht davon abhalten, das zu tun, was getan werden musste.

Dann mach wenigstens die Tür auf, zischte die Stimme. *Es muss ja niemand bellen.*

»Zu gefährlich«, flüsterte ich mir selbst zu.

Wieso das denn?

»Er sieht, dass jemand an der Tür war, und schöpft Verdacht.«

So 'n Quatsch. Der hat garantiert nicht darauf geachtet …

An dieser Stelle brach ich mein Zuhören konsequent ab. Unmöglich konnte ich mich weiter auf dieses zänkische Geplänkel einlassen, während die Sekunden von Deuters Abwesenheit ungenutzt von der Uhr tropften.

Auf dem Buch lag ein ausgedruckter Wetterbericht von Gomera, was mir keine neuen Erkenntnisse brachte. Dass es sich bei Deuter um den typischen Gomera-Urlauber handelte, stand ihm quasi auf die Stirn geschrieben. Eine Rechnung vom Autodienst Magerkurth, gewohnt preisgünstig, dem auch ich seit Jahren meine Autos anvertraute (da ich den Inhaber Jürgen M. seit meiner Rüstersieler Kindheit kannte) und von dem ich nie enttäuscht worden war. Es folgten diverses ausgedrucktes Psycho-Zeug, ein paar Unterlagen, lieblos hingehauene Notizen, alles typischer Deuter-Kram. Schließlich kam das Buch, und ich schlug es auf. Sofort befiel mich das Glück des Tüchtigen, und ich stieß direkt auf die Seite mit der Überschrift »H. Janßen«.

Der Hund stand angespannt vor der Tür und glotzte sie an, als würde sie ohne seine Hilfe umfallen. Vor aufgeregter Erwartung zitterte seine Schwanzspitze. Mit sicherer Hand, der meine innere Aufregung nicht durch das leiseste Vibrieren anzusehen war, hob ich das Buch an. Dieses war nötig, da Deuters Sauklaue nahezu unleserlich war. Gerade war es mir dennoch gelungen, die ersten Worte zu entziffern (»Eheprobleme, fühlt sich ungeliebt«, das Nächste war vollständig unlesbar, dann: »Frau Polin, Ehevermittlung«), als der Hund dreimal kurz und knapp bellte. Nicht so laut, dass ein sich nahender Deuter es hören könnte, aber auch nicht so leise, dass ich es überhören konnte. Ich fuhr erschrocken zusammen, wofür es zwei sich widersprechende Gründe gab:

1. Handelte es sich bei dem Bellen um ein Alarmsignal, befand Deuter sich also im Anmarsch (wovon ich ausging), dann musste ich das Buch schnell zurücklegen und mich auf den Platz begeben, auf dem Deuter mich vermutete.
2. Handelte es sich bei dem Bellen um ein Alarmsignal (wovon ich nicht ausgehen konnte!): Woher wusste der Hund, dass und vor allem wie er bellen sollte?

Erneut kläffte der Terrier dreimal leise. Ich hatte keine Zeit zu verlieren. Jedes weitere Zaudern hätte kontraproduktiven Charakter besessen. Kurz entschlossen riss ich die brisante Seite aus dem Buch und stopfte sie in die Tasche der leichten Sommerhose, welche ich zu diesem Zeitpunkt noch getragen hatte und für die Reise durch eine andere leichte Sommerhose ersetzt hatte. Das Buch legte ich zurück.

Der Hund spannte seine leicht vernachlässigte Körperhaltung nach. Beim Zurückrennen auf die andere Seite des Schreibtisches stießen mein Oberschenkel und eine Tischecke ungünstig zusammen, was mir einen heftig-dumpfen Schmerz bescherte, der mich leise aufschreien ließ und gleichzeitig meine innere

Stimme zu der unpassenden Bemerkung *Junge, Junge!* veranlasste. Manchmal hätte ich sie würgen können.

Trotz der Widrigkeiten schaffte ich es gerade noch rechtzeitig, den Stuhl zu erreichen, auf dem ich bei Deuters überhastetem Aufbruch gesessen hatte, und mich im letzten Sekundenbruchteil so darauf fallen zu lassen, als hätte ich meine Sitzhaltung in der Zwischenzeit kaum verändert, als Deuter … denkste, nichts, kein Deuter, kein gar nichts, niemand. Die Blicke des Hundes machten einen verdutzten Eindruck. Niemand trat ein.

Nun mach nicht so 'n dusseliges Gesicht, steuerte die Stimme bei. *Jeder kann sich mal irren.*

Weil ich die Zeit nicht ungenutzt verstreichen lassen wollte, kehrte ich noch einmal auf die andere Seite des Schreibtisches zurück. Möglicherweise existierte im Buch noch eine zweite Seite zu Janßen, die den Schlüssel zu dessen Problemen genauso gut enthalten konnte wie die erste.

Soeben stand ich wieder am Schreibtisch, als der Hund ein weiteres kurzes Bellen ausstieß. Zu mehr blieb keine Zeit. Noch in selbiger Sekunde stand der Psychologe im Raum. Gelblich und mit den eingefallenen Gesichtszügen einer längst verstorbenen Leiche. Außerdem wirkte er überrascht.

»Nanu, Reents«, in der Wirrnis des Augenblicks vergaß er die höfliche Anrede »Herr«, was mir neu war. »Was machen Sie denn da?«

»Was soll ich schon machen?«, antwortete ich gelassen und schlenderte ohne Eile zur Tür. »Ich hab vor meinem Abgang noch einen letzten Blick aus dem Fenster geworfen.«

»Von meinem Schreibtisch aus?«, hakte er ungläubig nach.

»Man hat so einen außergewöhnlich guten Blick von hier.« Abschiedsbereit stand ich in der geöffneten Tür.

»Aber die Jalousien sind doch runter«, erinnerte mich der verblüffte Psycho-Profi.

»Allmählich«, sagte ich, »könnten Sie sie ruhig mal hochziehen. Oder ist die Elektrik hin?«

»Nein, aber …« Der Mann wirkte überfordert. Ich hielt ihm zugute, dass er nicht auf dem Damm war. Da gerät man schneller an seine Grenzen. Diese Maßnahme half mir, nicht auf ihn herabzublicken, was unserer therapeutischen Beziehung geschadet hätte.

»Also dann, Deuter«, ich tippte mit dem Zeigefinger an einen imaginären Hutrand, »machen Sie's besser.«

Seine Blicke wanderten unruhig über die Unterlagen auf dem Schreibtisch. Ich ging hinaus, kam aber noch einmal zurück.

»Und viel Spaß auf Gomera, alter Knabe!« Ich grinste, obwohl mir nicht nach Grinsen zumute war. Immerhin schaffte ich es mit meiner Anspielung auf die beliebte Urlaubsinsel (vor allem beliebt bei alleinstehenden Psychologen sowie ledigen Diplom-Sozialpädagoginnen, auch Lehrern), ihn so weit aus dem Konzept zu bringen, dass er seine Suche verdattert unterbrach, was mir wertvolle Sekunden verschaffte.

»Woher wissen Sie …?« Mit hängenden Armen stand er da. Ein Bild wahren Jammers.

»Intuition?«, schlug ich vor. »Instinkt? Kombinationsgabe? Cleverness? Effektivität? – Suchen Sie sich was aus, Deuter. – Danke, ich finde den Weg allein. Tschüss, bis neulich.«

Die ersten Schritte, während deren der irritierte Mann mich noch im Blick hatte, schlenderte ich so gemütlich über den Flur, als käme ich vom friesischen Teekränzchen. Ich verkniff es mir, »Always Look on the Bright Side of Life« zu pfeifen.

Kaum aus dem Blickfeld des Therapeuten, beschleunigte ich meine Schritte. Der unangeleinte Hund hatte mich längst überholt. In der ihm eigenen ungeduldig-aufgekratzten Art sprang er an der Haustür hoch. Dort erwartete er mein Eintreffen, damit ich die Tür öffnen und er hinausstürmen konnte. Endlich (die letzten Meter war ich gerannt) kam ich an. Ich spürte schon den Türgriff in meiner Linken, als ich einen hysterisch vorgetragenen Schrei vernahm. Es war Deuters unverwechselbare Stimme. »Reents!«, schrie sie schroff.

Seine Hoffnung, dass ich mich dadurch aufhalten ließ, erfüllte sich nicht. Vielmehr eilte ich hinter zugeschlagener Tür zum Gartentor. Der Hund legte in gleicher Zeit dieselbe Strecke dreimal hin und her zurück. Als ich die Straße in Richtung meines Autos überquerte, erreichte Deuter die Haustür. Wenige Sekunden später das Gartentor, welches ich dummerweise hatte offen stehen lassen, sodass es für ihn kein Hindernis darstellte. Unverständliches schimpfte er vor sich hin. Er wirkte wütend.

Beim Öffnen der Autotür erblickte ich meine zitternden Hände. Natürlich hatte ich keine Angst vor dem zornigen Psychotherapeuten (kampfsporttechnisch war ich ihm überlegen), aber mir lag daran, die entglittene Situation nicht weiter eskalieren zu lassen. Als ich endlich mitsamt Hund im Wagen saß, Deuter nur noch wenige Meter entfernt, meldete sich meine innere Stimme: *Tu so, als würdest du auf ihn warten.*

Mangels einer besseren Idee (Deuter stürzte mit verzerrtem Gesicht, wie unter großen Schmerzen, frontal auf mein Auto zu), fläzte ich mich lässig hin und pfiff nun tatsächlich »Always Look on the Bright Side of Life«.

»Deuter«, gab ich locker durch die geöffnete Scheibe, »was ist denn mit Ihnen los?« Dass wir dazu übergegangen waren, uns nur noch mit Nachnamen anzureden, gefiel mir, es hatte etwas Marlowemäßiges. Innerlich steckte ich mir eine an.

»Wie kommen Sie dazu, Seiten aus meinem Notizbuch zu reißen?« Deuter war außer Atem und nuschelte. Ich gab vor, ihn nicht verstanden zu haben:

»Wie bitte? Ich hab Sie nicht verstanden. Sie nuscheln und schnaufen.«

»Ich nuschle nicht!«, rief er, auf dem letzten Loch pfeifend. »Und ich schnaufe nicht! Steigen Sie aus, Mann.« Er schien mir ein bisschen zu aufgeregt für einen Kerl, dem ein anderer ein DIN-A4-Blatt aus dem Notizbuch gerissen hatte.

»Ich hab mich doch grad erst reingesetzt.« Meine Gelassenheit war perfekt. »Was ist eigentlich los?«

Wie besessen wollte er die Tür aufreißen, die ich jedoch verriegelt hatte. Dann versuchte er, sich selbst zu beruhigen. Er hatte kapiert, dass er übertrieben hatte.

»Okay, okay, okay«, sagte er, weiter schlecht bei Atem. »Ich will nur meine Aufzeichnungen wieder, sonst nichts. Wenn ich die habe, ist alles gut.« Er lehnte sich weit ins Fenster. Ich roch das von ihm nach dem Spucken verwendete Mundwasser, auch etwas Zahnpasta. Er war ein reinlicher Mensch, was ihm in meiner Skala Achtungspunkte bescherte.

»Was für Aufzeichnungen? Wovon reden Sie, Deuter?« Die von mir ausgestrahlte Unschuld hatte etwas Jungfräuliches.

»Das wissen Sie genauso gut wie ich, Reents.« Er war zäh, mir aber nicht gewachsen, da ich genau der Typ war, an dem jemand wie er sich die Zähne ausbiss.

»Ich weiß nur, dass die Zeit zum Aufbruch gekommen ist.« Unaufgeregt startete ich den Motor. »Sie wissen ja, dass ich morgen sehr früh rausmuss.«

»Her damit!« Die bedrohliche Färbung, die er seiner Stimme verlieh, schüchterte mich nicht ein. »Aber ein bisschen plötzlich!«

Ich fuhr an und zwang so den Therapeuten, die Ellenbogen aus dem Fenster zu ziehen, was ihm nur unvollständig gelang.

»Tut mir leid.« Ich bremste. »Ich hab weiter keinen Schimmer, was Sie von mir wollen.«

Um ihn vor unüberlegter Gewaltanwendung zu bewahren (er hätte den Kürzeren gezogen), fuhr ich erneut an und bremste nach zwei Metern. Der auf dem Beifahrersitz platzierte Hund beobachtete das Geschehen aufmerksam, aber verspannt.

»Bleiben Sie da stehen, Deuter, sonst bin ich weg.«

»Okay, okay.« Mit beiden Händen vollzog er übertrieben beschwichtigende Gesten. »Geben Sie mir das Papier, und ich erlasse Ihnen die Kosten für die heutige Sitzung.«

Um ihm meine Meinung zu diesem lächerlichen Angebot inklusive meiner finanziellen Unabhängigkeit zu demonstrieren, zückte ich meine Brieftasche in der Absicht, zwei Hundert-Euro-Scheine (mehr, als ihm zustand) lässig fliegen zu lassen. Leider hatte ich mein Bargeld jedoch bereits in Złoty gewechselt, sodass ich entweder meine letzten fünf Euro oder neunhundert Złoty (circa zweihundert Euro) werfen konnte. Da ich so viele Złoty aber nicht besaß, entschied ich mich, es bei zweihundert Złoty zu belassen, die ich in acht Scheine aufteilte, was optisch einiges hergab.

»Ihr Honorar«, sagte ich. »Kaufen Sie Ihrer Frau hübsche Unterwäsche, verkleiden Sie sich als Weihnachtsmann.«

Hä?, fragte die Stimme. Ich gab ihr keine Antwort, sondern fuhr los. Nach circa fünfundzwanzig Metern hielt ich an und lehnte mich aus dem Fenster. Deuter stand da wie angewurzelt. Er glich einem Mann, der etwas nicht begreifen konnte. Die Złoty -Scheine flatterten sanft wie Elfenflügel in der leichten, maritimen Sommerbrise über den aufgeheizten Straßenbelag. Deuter stand dazwischen wie das Sinnbild eines Kerls, der wusste, dass er verloren hatte.

»Übrigens«, rief ich ihm zu, »wo sollte ich dieses Blatt mit Ihren Aufzeichnungen über Janßen denn wohl versteckt haben?«

Deuter rührte sich nicht. Der Sommerwind spielte weiter mit den Złoty-Scheinen. Wenn der Therapeut noch etwas wartete, war das Geld futsch.

»Außerdem interessieren mich die Eheprobleme dieses verklemmten Imbiss-Puff-Besitzers keinen Deut, Deuter.« Das spontane Wortspiel gefiel mir, aber ich lächelte nicht.

Zu Hause angekommen erwartete mich eine Überraschung: Auf meinem Anrufbeantworter befand sich eine Nachricht. Die wirkliche Überraschung jedoch haute mich um: Es war Marietta!

»Hallo«, zischte sie mit unterdrückter Stimme, »iech bin es. Du muhsst miech unbediengt hier rausholen. Die halten miech gefangen, iech weiß niecht, was die mit mir vorhaben. Iech bien noch iemmer ien Bydgoszcz. Das Telefon iest niecht meins. Iech bien hier iergendwo beim Sch… (ein seltsames Rauschen störte die Verbindung) … Ostro…« Dann hörte ich eine andere weibliche Stimme, die Polnisch sprach, was ich nicht verstand: *»Hej, ty dziwko, co robisz z moim telefonem? W tej chwili masz mi go oddać, jak nie to …«* (»Hey, du Schlampe, was machst du mit meinem Telefon? Gib es sofort her, sonst …«, Anmerkung des Übersetzers.) Die folgenden Geräusche hielt ich für Kampfgeräusche. *»Puść mnie, głupia krowo!«* (»Lass mich, blöde Kuh!«, siehe oben), hörte ich dann Mariettas Stimme und noch einmal die fremde Stimme: *»Puść ten przeklęty telefon!«* (»Lass das verdammte Telefon los!«) Wieder kurzer Kampf, dann die Fremde (auf Deutsch): »Na warte!«

Das Gespräch endete abrupt. Die anschließende Stille in meiner Wohnung dröhnte lauter in mir nach als eine Sturmflut. Panik um Marietta befiel mich. Nackte Panik. Um ihr Leben. Immerhin wusste ich aber nun meine These bestätigt, dass Marietta sich gegen ihren Willen in Bydgoszcz aufhielt.

Ich hörte den Anruf noch zwanzig- bis dreißigmal ab, ohne weitere verwertbare Informationen zu erhalten. Was zum Teufel war Ostro…? Und was genau hatte Marietta gesagt: »Iech bien hier iergendwo beim Sch… Ostro…« Ich war erfüllt vom sicheren Gefühl vorweggenommenen Triumphes, dass es, konnte ich dieses Rätsel lösen, nicht mehr weit sei zur Lösung des undurchsichtigen Falles, was unweigerlich die Rettung der Geliebten zur Folge hätte. Jedenfalls hoffte ich das.

Das verworrene Spiel des Lebens hatte mich aufgrund zäher Bemühungen auf eine Fährte gesetzt, die ich unter keinen Umständen wieder verlassen durfte. Wie ein Hannoverscher Schweißhund musste ich mich daran festsaugen und nicht eher von ihr lassen, bis ich mein Ziel erreicht hatte. Ein Ziel, das nur einen Namen hatte, weil es nur einen Namen haben konnte. Ihn an dieser Stelle auszusprechen fällt mir zu schwer, weshalb ich es lasse.

18

Die Grenzen zwischen meditativem Wachsein, Einnicken, erneuter meditativer Wachheit, wiederholtem Einnicken und immer so weiter befanden sich mittlerweile in schwammigem Zustand. So wurden auch meine Erinnerungen an die Ereignisse bei Deuter immer wieder unterbrochen, fügten sich schließlich jedoch zu einem nachvollziehbaren Ganzen zusammen. Zwischendurch fiel mir ein, dass ich mein Handy zu Hause vergessen hatte, was mir unvorteilhaft erschien, nun aber nicht mehr zu ändern war.

Ich versuchte, den ärgerlichen Gedanken daran zu verdrängen. Es nützte nicht das Geringste, sich über Dinge aufzuregen, über die sich aufzuregen nutzlos war. Mir fiel auf, dass in meinem meditativen Zustand Gedanken und Leitsätze in mir aufstiegen, die verblüffend an die Weisheiten alter asiatischer Meister erinnerten, was mich mit berechtigtem Stolz erfüllte. In einem tranceähnlichen Zustand geriet ich schließlich an einen weiteren Erinnerungspunkt vom Vortag …

… Nachdem ich in meine Wohnung zurückgekehrt war, hatte meine innere Stimme mich ermahnt, dass ich, ehe ich aus lauter Verzweiflung Fernsehen guckte, mich besser noch einmal mit dem aus dem Rüstersieler Polski-Tenderness-Haus erbeuteten Flipchart-Papierbogen beschäftigen sollte. Manchmal hatte sie recht. Und da sie ein Teil meiner selbst war, ließ sich dies gelegentlich auch zugeben. Ich kramte den Bogen hervor und begann, weitere in das Papier gedrückte Buchstaben und Worte mit Hilfe des Bleistifts zu dechiffrieren. Vorher las ich noch einmal das bereits Entzifferte.

Das oberste Wort auf der rechten Seite war *»zając«*, was bekanntermaßen »Hase« bedeutet. Neu entdeckte ich, dass genau dieses deutsche Wort auch davorstand, was nicht sensationell war. Wiederum vor »Hase« stand »Hahse«, was mich verblüffte. Handelte es sich hier um eine dritte Sprache?

In einer Mischung aus Irritation, genervter Lustlosigkeit und

Neugier machte ich weiter. *»Misiu«,* stand da und: *»mysz«*, deren von mir ermittelte Übersetzungen »Bärchen« beziehungsweise »Maus« nun durch den Bleistift bestätigt wurden. Davor stand (im ersten Fall) »Bährrchen« sowie (im zweiten) »Mauhs«. Ohne eine Ahnung, was all das mir zu sagen hatte, schipperte ich dösend weiter von Gedanken zu Gedanken.

Von dem mich unangenehm berührenden Abteilleben bekam ich kaum etwas mit, da ich nie wirklich wach wurde. Vereinzelt zogen Fahnen penetranten Schweißgeruchs und geräucherten Stullenbelags unter meiner Nase entlang, die ich mittels angewandter asiatischer Gelassenheit weit von mir schob.

Als ich dann das erste Mal richtig erwachte, befand mein Blut sich in seltsamer Wallung. In meinem Kopf blitzten Traumbilder der nur äußerst spärlich bekleideten Marietta auf, welche mich mit sehnsuchtsvoller Freude erfüllten. Erwacht war ich, wie mir allmählich klar wurde, durch ein unsanftes Schulterrütteln, dieses Mal nicht verursacht durch Ubbo Dose, sondern durch einen mir unbekannten Mann mit blauer Uniform und Mütze. Wie sich schnell herausstellte, handelte es sich um den Fahrkarten kontrollierenden Zugbegleiter. Ich signalisierte ihm verbal und mittels Körpersprache, dass ich gern bereit sei, ihm mein von mir persönlich ausgedrucktes Billett vorzuweisen, dazu allerdings zunächst an meinen sich auf dem Flur befindenden Koffer gehen müsse, welcher das Ticket enthielt. Er sagte: »Nun denn«, und wartete.

Zum x-ten Male überstieg ich das zwischen mir und Flur angelegte Rucksackgebirge. Es gelang mir, die Fahrkarte nach nur wenigen Minuten in einem Kofferseitenfach aufzustöbern. Da dem Zugbegleiter die Sache zu lange dauerte, entschloss er sich, zwischenzeitlich die Fahrkarten der Insassen benachbarter Abteile unter die Lupe zu nehmen.

Als ich so weit war, war er es noch nicht, und als er es war, kontrollierte er vorschriftsmäßig meinen Ausdruck und ging. »Übrigens muss der Koffer hier weg«, rief er mir aus sicherer Entfernung zu. »Fluchtweg.«

Ich kehrte zurück auf meinen angestammten Platz. Der Allgemeinzustand der Abteilluft war unter aller Sau.

»Macht bloß die Tür auf!«, forderte auch der dicke Westfale aggressiv vom semmelblonden Pärchen. »Dat hält ja kein Schwein aus.«

Der Jüngling erfüllte seinen Befehl. Energischen Schrittes stöckelte eine Frau vorbei. Ich glaubte an eine Fata Morgana. Trotz High Heels war die Dame winzig. Ihre transparente Sommerhose machte kein Geheimnis daraus, dass sich zwischen ihr und Haut kein weiteres Textil befand. Die rückwärtige Identität war unverwechselbar. Zunächst zögerlich rief ich ihren Namen, dann energischer: »Angie!«

Da sie sich weder umdrehte noch zurückkam, sah ich mich gezwungen, eine höhere Initiativstufe zu zünden. Unverdrossen überstieg ich erneut die Rucksäcke. Diesmal hektischer, fünf ungläubige Augenpaare verfolgten mein überraschendes Tun. Rechten Fußes verfing ich mich in einem Tragegriff, was mir die Chance nahm, einen Sturz zu verhindern. So landete ich bäuchlings auf dem nicht unerheblich verschmutzten Boden. Während des Fallens rief ich erneut Angies Namen und schob liegend ein beinah resigniertes »Nun warten Sie doch!« hinterher. Viel zu leise, als dass sie es noch hören konnte.

Obwohl ich in die richtige Richtung gefallen war, sah ich Angie nicht mehr. Sie konnte nur in einem der nächsten Abteile verschwunden sein. Ich musste unbedingt mit ihr reden. Nicht zuletzt über das, was ich durch die lieblos hingeschmierten Notizen Deuters zur Person Ilonka Janßens erfahren hatte. Wichtige Fragen waren für mich offen. Fragen, deren Antworten mich, wie ich stark hoffte, zu Marietta führen würden.

»Kann ich Ihnen helfen?«, hörte ich die Stimme des semmelblonden Jünglings, der mich am Arm hochreißen wollte. Unwirsch entzog ich ihm diesen.

»Seh ich so hilfsbedürftig aus?« Locker grinste ich ihn an. Aus mir unbekannten Gründen kam ich so leicht nicht wieder auf die Beine. Der wohlerzogene Knabe meinte es gut, aber so weit war ich noch nicht gesunken, dass ich die Hilfe eines halben Kindes nötig hatte, das sich vor seiner Freundin als Retter brüsten wollte.

»Irgendwie schon«, sagte er hilflos.

»Nun setz dich wieder zu deiner Kleinen, Junge. Sieht doch nett aus.« Ich zwinkerte ihr zu, was sie verlegen machte.

Dann entdeckte ich, weshalb meine Idee, aufzustehen, sich nicht so einfach umsetzen ließ: Mein rechter Fuß steckte weiterhin in besagter Schlinge fest. Einmal erkannt, ließ das Problem sich jedoch problemlos lösen. Anschließend empfand ich große Erleichterung, wieder auf festem Boden zu stehen, auch wenn dieser durch das Fahren des Zuges vibrierte.

»Danke trotzdem, Junge«, sagte ich zum Semmelblonden, der aber längst wieder in den azurblauen Augen seiner Freundin versunken war, die ihn wohl an tiefe schwedische Seen erinnerten, durch die er in ihre Seele eintauchte.

Ohne besondere Eile machte ich mich auf den Weg. Es war klar, dass die von mir gesuchte Polski-Tenderness-Mitarbeiterin sich in einem der nächstgelegenen Abteile befinden musste, womit sie praktisch in der Falle saß. Sie verfügte nicht mehr über die geringste Chance, mir und meinen unangenehmen Fragen zu entkommen, was mich leise triumphieren ließ. In aller Ruhe schlenderte ich den Gang entlang, unauffällig inspizierte ich ein Abteil nach dem anderen.

Die meisten Insassen schliefen oder dösten vor sich hin. In jedem Abteil jedoch hockte mindestens eine Person, die weder schlief noch döste, sondern meine freundlich durch die Scheibe geworfenen Blicke unfreundlich erwiderte. Es gelang aber keinem von denen, mich so zu irritieren oder von meinem Plan abzubringen. Andernfalls wäre ich nicht Reent Reents gewesen.

Abteil für Abteil schritt ich ab, die Hände lässig in die Hosentaschen gestopft. Schlendernd, unauffällig, wachsam. Es waren zwölf Abteile bis zum Ende des Waggons. Weiter konnte Angie unmöglich gekommen sein. Auch wenn sie kurzbeinig auf ihren Stelzen so flott unterwegs war, dass ihr das erst mal jemand nachmachen musste.

Nach meiner dritten Inspektionsrunde (die Blicke der Argwöhnischen wurden nicht zutraulich) stand fest, dass Angie in elf der zwölf fraglichen Abteile nicht vorhanden war. Meine Vermutung, sie könnte sich in der am Waggonende befindlichen Toilettenkabine für Behinderte aufhalten, zerschlug sich, da diese, wie mir ein Schild klarmachte, in defektem Zustand war. Von insgesamt dreizehn Möglichkeiten ließen sich also zwölf ausschließen. Das konnte nur bedeuten, dass Angie sich im letzten Abteil befand.

Dieses war (von meinem Abteil aus gezählt) Abteil Nummer sieben und bereitete mir Probleme, da der blickdichte grüne Vorhang so lückenlos zugezogen war, dass ich trotz aller Bemühungen keinen Blick hinein erhaschen konnte. Da die Prostituierte sich jedoch nur hier aufhalten konnte, hatte ich alle Zeit der Welt. Das Luder hockte in der Falle wie der Laubfrosch im Glas.

Natürlich hätte ich ins Abteil stürzen und Angie für die Befragung auf den Gang zitieren können. Ich entschied mich jedoch gegen diese Brachialvariante, da sie überflüssig war. Ich bevorzugte die sanfte Methode. Seelenruhig und mit Affengeduld schlenderte ich in steter Nähe zum »Abteil sieben«, wie ich es für mich nannte, den Gang auf und ab.

Während dieser nachdenklichen Phase zog ich das Deuter'sche Notizbuchblatt aus meiner Gesäßtasche, wo ich es am Morgen verstaut hatte. Am Vorabend zu Hause hatte ich das zusammengeknüllte Indiz mit einem Bügeleisen geglättet und sauber gefaltet. Bis auf ein kurzes Überfliegen hatte ich mich mangels Zeit, das schier nicht Entzifferbare zu dechiffrieren, noch nicht weiter mit dem Notierten beschäftigt. Jetzt aber kniete ich mich während des Gehens in die Sache hinein.

»H. Janßen«, stand also darüber. Dass der entsprechende Klient Eheprobleme hatte und sich nicht mehr geliebt fühlte, hatte für mich schon am Vortag ebenso einen alten Hut dargestellt wie die Tatsache, dass die Gattin eine ihm vermittelte Polin war.

Weiteren Kritzeleien konnte ich nun entnehmen, dass Ilonka Janßen zurzeit im polnischen Bydgoszcz weilte. (Der Therapeut hatte »Bromberg« geschrieben, vermutlich kannte der ungebildete Imbisswagen-Betreiber nur diesen Namen.)

Da das von Deuter lieblos hingeschmierte Zeug im Gehen kaum entzifferbar war, stellte ich mich gelassen ans Fenster. Durch die natürlichen Fortbewegungsrütteleien des fahrenden

Zuges wackelte das Blatt zwar weiter vor sich hin, aber mit dem Lesen klappte es nun.

Allmählich betrat ich bei der unerlaubten Lektüre Neuland. War ich bisher davon ausgegangen, dass Frau Janßen eine durch ihren Gatten genehmigte und abgesegnete Reise in ihre Heimat angetreten hatte, so wurde ich jetzt eines Besseren belehrt: Ilonka hatte sich von Janßen getrennt, ohne dass eine gegenseitige Absprache vorausgegangen war. Sie war abgezischt! Und dies nicht, ohne im Vorlauf diverse Bankkonten Janßens gnaden- und restlos abgeräumt zu haben. Die Nachricht schlug wie eine Bombe bei mir ein.

Dass Ilonka in Polen war, hatte Janßen per Zufall erfahren. Dass er mich nicht beauftragt hatte, sie dort wiederzufinden, kränkte mich. Schließlich hatte ich bei seinem ersten Auftrag nichts falsch gemacht, sondern ihm nur wahrheitsgemäß berichtet, dass seine von ihm heiß begehrte Ehefrau mit keinem anderen ins Bett stieg als mit ihm.

Mit einer weiter unten stehenden Notiz Deuters konnte ich zunächst nichts anfangen, da ich weder wusste noch erraten konnte, was »Bel. PP« heißen sollte. Doch dann erkannten meine wachen Augen, dass da in Wahrheit »Det. RR« stand, was mich sofort mit Janßen versöhnte. Erstens weil mit diesem Kürzel natürlich ich gemeint war. Zweitens weil die in Klammern gesetzten Worte vermutlich »Auftrag erteilen« heißen sollten. Und ich Blödi hatte mein Handy vergessen!

Nachdem ich mit dem Schmierzettel des Psychologen durch war, betrachtete ich die vorüberfliegende Landschaft. Je weiter wir in den Osten drangen, umso mehr Wolken störten das Spiel der Sonne. Ich hoffte nicht, dass dies ein schlechtes Omen für meinen Polentrip darstellte. Schmerzhaft wurde mir bewusst, wie sehr ich meine friesische Heimat vermissen würde, da sie mir jetzt schon fehlte. Ich begriff, wie groß meine Zuneigung für Marietta sein musste. Weltweit existierte kein anderer Mensch, für dessen Errettung ich ein vergleichbares Martyrium auf mich genommen hätte.

Im Abteil sieben rührte sich weiterhin nichts. Kein Laut von dort drang auf den Flur. Niemand kam heraus oder ging hinein, der zugezogene Vorhang bewegte sich keinen Millimeter. Nicht mal das Huschen eines Schattens war dahinter auszumachen. Ich fragte mich, wie lange ich noch hier herumlungern wollte, ohne aktiv zu werden. Da ich nicht sofort eine Antwort fand, passierte es zum ersten Mal, dass ich meine innere Stimme um Rat fragte.

Glücklicherweise antwortete sie nicht. Hätte sie es getan, wäre die Sache zu kompliziert geworden. Schon ihr ständiges ungefragtes Einmischen war mir zu viel. Trotzdem fühlte ich mich in diesem Moment vernachlässigt. Gleichzeitig war es der Augenblick, in dem ich begriff, dass ich keine andere Wahl hatte als die spontanen Handelns. Vielleicht waren wir auch schon viel näher an Berlin, als ich vermutete. Dann würde ich zu spät begreifen, dass wertvolle Zeit mir durch die Finger gerieselt war wie trockener Sand am Schilliger Strand, an welchen ich nicht denken konnte, ohne dass eine Träne bitteren Heimwehs mein Auge füllte.

Ruckartig öffnete ich die Tür von Abteil sieben. Dahinter erblickte ich zwei schlafende und vier schreckhaft erwachende Menschen. Keiner von ihnen war Angie, schlimmer noch: Niemand ähnelte auch nur der aufgedonnerten Frau. Mein Erstaunen darüber ließ ich mir nicht anmerken und entschuldigte mich höflich bei den Betroffenen, bevor ich die Tür wieder zuzog. Abteil sieben hatte seine Bedeutung abrupt verloren. Es war jetzt einfach nur noch irgendein Abteil, wie es so viele gab in diesem Zug.

Die Frage, wohin Angie verschwunden war, gewann dagegen immer mehr an Bedeutung. Hätte sie mich vorhin gesehen, müsste ich davon ausgehen, dass sie mich bewusst an der Nase herumführte. Da dies jedoch nicht der Fall gewesen war, konnte ich es bleiben lassen. Erfolgreich unterdrückte ich den erneuten Impuls, die Stimme zu fragen, was ich tun sollte. Dann fiel es mir von allein ein: der Zugbegleiter! Ihn würde ich suchen und nach Angie fragen.

Schon mein erster Blick zum Ende des Waggons erfasste den jungen Mann. Soeben stand er vor der Behindertentoilette und entfernte das Schild, das auf die derzeitige Unbrauchbarkeit der Anlage hinwies. Offenbar war alles wieder in Butter.

»Alles wieder in Butter?«, fragte ich. Irgendwie musste man ein Gespräch schließlich eröffnen.

Der Zugbegleiter erschrak heftig. Vermutlich war er in Gedanken vertieft gewesen. Er richtete seine schief auf dem Kopf sitzende Mütze, nestelte an seiner Uniformjacke herum und fragte: »Wie bitte?« Vermutlich aus Verlegenheit über sein Erschrecken fügte er ein unangebrachtes »Kann ich Ihnen irgendwie helfen?« hinzu.

»Nein danke«, antwortete ich ihm zunächst auf seine zweite und dann auf seine erste Frage: »Ob die Toilette wieder okay ist, wollte ich wissen.«

»Die Toilette? Ach die … ja. Ist nur gerade besetzt.« Er zeigte auf das rote Feld neben dem Türschloss.

Dass er ein nervöser Typ war, war mir bei seiner Fahrkarten-Kontrollaktion entgangen. Alles an ihm wirkte jetzt zerfahren und unkonzentriert, er war kaum wiederzuerkennen. Seine messerscharf an Arroganz grenzende Souveränität war dahin. Er führte sich auf, als wäre er bei irgendwas erwischt worden. An Bord dieses Zuges jedoch war er derjenige, der dafür vorgesehen war, andere bei etwas zu erwischen, weshalb ich mich täuschen musste.

»Das macht nichts«, beruhigte ich ihn, »ich muss gar nicht. Ach übrigens …«

»Ja?« Er wandte sich mir zu, die Hinweistafel »Toilette defekt!« vor sich haltend wie einen Schutzschild.

»Der Fluchtweg ist wieder frei.« Ich wies auf den Platz vor unserem Abteil.

»Welcher Fluchtweg?« Er hatte sich noch immer nicht berappelt. Dann wusste ich, warum.

Die Toilettentür wurde entriegelt, und heraus trat … Angie! Sie machte einen zerzausten Eindruck auf mich, ihre Augen strahlten beglückt von innen und den Zugbegleiter an. Auf mich rieselte Erkenntnis. Von wegen defekte Toilette!

Angies Blicke fielen auf mich, nach kurzer Überraschung fing sie sich schnell.

»Wahs mahchst dänn du hier? Wielst du vielleicht auch mal?«

»Allerdings«, sagte ich. »Ich würde gern mit Ihnen reden.«

»Niex räden« lautete ihr Gegenvorschlag. »Liehbe mahchen. Da drien.« Sie klopfte flachhändig gegen die Klotür.

Ich spürte, wie wichtig es war, den richtigen Tonfall zu treffen, und beschloss, das Problem in Bogie-Manier zu lösen.

»Nichts ›Liebe‹, Kleines.« Ich fuhr ihr mit dem Zeigefinger der linken Hand über ihre erheblich geschminkte rechte Wange. »Reden, nichts als reden.« Mit der Rechten hielt ich ihr einen ganz nebenbei aus der Tasche gezogenen Schein hin.

»Złoty?«, rief sie empört. »Wahs sohl iech miet Złoty, biete sähr? Und dahn auch nooch zwahnzig. Wielst du miech vielleicht verarschen?«

»Wie käme ich dazu?« Ich zog meine Blicke keine Sekunde von ihren zu stark geschminkten Augen ab, dafür einen weiteren Schein aus der Tasche. Diesmal erwischte ich einen Hundert-Euro-Schein, welchen sie mir mit dem Tempo einer zustoßenden Giftschlange entriss.

»Iech wiel abber niecht räden«, sagte sie. »Iech wiel Liehbe mahchen. Du giebst mirr nohch so ein Scheinchen, uhnd dahn …«

Der Zugbegleiter, der mit leicht geöffnetem Mund schweigend neben uns stand, fand nur langsam in die Spur zurück.

»Das geht jetzt aber nicht«, sagte er.

»Wahs gät niecht, meine süße Schnukkel?« Sie packte ihn an der Krawatte, zog ihn ein Stück zu sich herunter. »Soll iech zu Lockomotiev-Führerchen gähen uhnd ihm erzällen, wahs für eine superdolle Schnukkel du biest?«

»Also ich muss jetzt weiter«, stammelte der Zugbegleiter. »Und das Schild kann auch nicht hierbleiben.« Weg war er.

Ich hielt Angie den nächsten Hundert-Euro-Schein vor.

»Reden«, sagte ich.

»Wie du wielst«, meinte sie. »Opwoll iech viel liebär … abber iest es okay. Kohm härrein.«

»Doch nicht hier drinnen«, brachte ich mein Unwohlsein mit der Situation treffend zum Ausdruck.

»Woh sohnst?« Sie lächelte verführerisch. »Vielleicht hier auf Flur? Odder in deine Abteil? Wir könne gärne …« Sie machte Anstalten, die in der Tat relativ geräumige Behindertentoilette wieder zu verlassen, aber sie hatte mich bereits überzeugt.

»Nein, nein«, sagte ich schnell. »Bleiben wir hier. Gemütlich geht zwar anders, aber immerhin haben die Wände hier keine Ohren.«

Angie verriegelte die Tür, ich lehnte mich gegen den Waschtisch. Großen Auges sah sie mich an. »Uhnd du wiellst wierklich niecht?«

»Doch«, sagte ich entspannt, »ich will reden. Aber das wissen Sie ja.«

Sie betrachtete mich weiter erwartungsvoll.

»Also«, begann ich mein getarntes Verhör. Mir war klar, dass Frauen wie Angie auf Verhöre allergisch reagierten. Ich musste die Sache wie eine lockere Unterhaltung rüberbringen. »Warum reisen Sie nach Bydgoszcz?«

»Wär sagt dänn dahs? Vielleicht äher nach Bärlin?«

»Ich sage das, kleine Lady. Als der liebe Gott die Blödheit verteilt hat, hab ich nicht ›Hier!‹ geschrien.«

»Aber was rädest du da?«

In eindeutiger Absicht kam sie mir zu nahe.

»Zwei Schritte zurück!« Die Erfüllung dieser Forderung machte ich durch einen Fünfzig-Euro-Schein attraktiver. Sie grapschte ihn und machte die gewünschte Schrittzahl nach hinten.

»Allsoh«, spuckte sie dann endlich aus, »iech farre nach Bydgoszcz wägen Agentur. Duh kännst ja: Pollski Tändärnäss.«

»Geht doch.« Man musste nur wissen, wie man die Puppen tanzen ließ. »Aber was genau wollen Sie da?«, hakte ich raffiniert nach. »Vielleicht Marietta Weinzierl besuchen?«

Offenbar ein wunder Punkt. Angie startete nervöse Auf-und-ab-Schritte im engen Raum, was eine Menge aussagte.

»Die iest da niecht.«

Sie konnte mich nicht ansehen. Was hatte sie zu verbergen? Die Kleine wusste mehr, als sie zugab. Kurz ließ ich mich durch die Hüftbewegungen auf High Heels in Verbindung mit dem dünnen Hosenstoff ablenken und hatte ein paar dumme Gedanken, bevor ich voll zurück war.

»Natürlich ist sie dort.« Kaum wahrnehmbar, aber doch deutlich hob sich meine Stimme. »Ich hab selbst mit ihr telefoniert. Zweimal, ein Irrtum ist ausgeschlossen.«

Dass ich ihr nichts Neues erzählte, war unübersehbar. In ihrem Habitus war dies ebenso deutlich zu erkennen wie in ihrer Mimik. Ich las darin wie der Prophet im Kaffeesatz. »Iech glaube, sie iest abgäreist«, startete sie den nächsten kläglichen Versuch, sich aus der Affäre zu ziehen.

Obwohl ich sie für eine phantastische Lügnerin hielt (ausgebildet von knallharter Kindheit in den Slums von Bydgoszcz oder Warschau), versagte diese Kunst jetzt vollständig. Vermutlich hatte die Dame ein paar Gefühle für mich entdeckt im Auffangnetz ihrer schwarzen Seele, die es ihr verboten, mich zu belügen und mir dabei offenen Blickes ins Gesicht zu schauen.

Mitleid erfasste mich. Am liebsten hätte ich sie mal wieder tröstend in den Arm genommen. Aufrichtigen Trost hatte sie vermutlich noch nie erfahren. Weder von ihrer Mutter noch von den Männern, die ihr beim Umarmen den Hintern tätschelten. Meine Absichten wären dagegen so rein gewesen wie ein Gang am Schilliger Strand neben der aus dem Meer in rotem Glühen aufsteigenden Morgensonne.

Die Situation jedoch ließ es nicht zu, Taten folgen zu lassen, ohne meine Professionalität zu verraten. Noch wusste ich nicht, was ich wissen wollte. Was ich wissen musste, um Marietta und der Rettung ihres Lebens näherzukommen.

Also lächelte ich nur freundlich, als ich sagte: »Der letzte Anruf, Schätzchen, kam gestern.« Innerlich streifte ich Asche ab. »Auf meinen AB. Hörte sich nicht gut an. Hab ihn mir trotzdem zwanzigmal angehört, vielleicht auch dreißigmal. Hörte sich mit jedem Mal weniger gut an.«

Um nichts von den vielfältigen Reaktionen zu verpassen, die meine Worte in ihr auslösten, vermied ich es, sie aus den Augen zu lassen. Aber da war nichts. Sie hatte sich wieder gefangen und von innen verschlossen wie eine Jakobsmuschel, die nicht verspeist werden wollte. Den von mir erkauften Zwei-Schritte-Abstand unterschritt sie, als wäre die Gebühr abgelaufen. Sie lächelte ihr professionelles Lächeln, das Vertrauen auslösen und Verführungskraft ausstrahlen sollte, biss bei mir jedoch auf Granit.

»Nah uhnd?«, fragte sie mit einer Unschuld, die so dick aufgetragen war wie ihre Schminke. »Wahs habbe iech dammit zu tuhn, wenn iech fraggen darf?« Inzwischen betrug der Abstand zwischen uns bestenfalls noch zehn Zentimeter, ich konnte sie riechen, und sie roch gut. »Nuhr weill iech ihn irre Agäntur arrbeite, heißt dahs nohch niecht, dass iech jedden Schriet von ihr känne, Hahse.« Das letzte Wort betonte sie, als wolle sie so die Machtverhältnisse zurechtrücken, was mir ein mildes Lächeln entlockte.

»Sie dürfen alles fragen, was Sie wollen.« Ich nahm einen letzten Zug meiner unsichtbaren Zigarette und schnipste sie in die offen stehende Toilette, wo sie sich schnell mit Wasser vollsog. »Aber Sie kriegen nicht auf alles eine Antwort. Die Rechnung hier habe ich bezahlt, nicht Sie, das sollten Sie sich merken. Und mir eine letzte Frage beantworten.«

Schweigend sah ich sie an, um sie so zur Gegenfrage zu provozieren: »Uhnd die wärre? Hahse?« Wir beide lächelten wie im Contest um das falscheste Lächeln der Welt.

»Sie kennen sich doch in Bydgoszcz aus?«, tastete ich mich mit der gefährlichen Zurückhaltung eines schwarzen Panthers an meine eigentliche Frage heran.

»Dahs iest äs, wahs du vohn mir wiessen wielst, Hahse?«, konterte Angie. »Dahn iest die Antworrt: Ja, ein bieschen.« Ihr Lächeln fror ein, während ich zustieß:

»Welche Örtlichkeit in Bydgoszcz fängt mit ›Ostro‹ an?«

Hinter der starren Maske aus Rouge und Gleichgültigkeit zeigte sie keine Reaktion. Sie war das ausgekochteste Luder, das mir je untergekommen war. Erst mal sagte sie nichts, und ehe sie dazu kam, erschraken wir beide: Es wummerte und donnerte plötzlich wie bei Gewitter oder als würde jemand mit den Fäusten hemmungslos gegen die Tür der Behindertentoilette schlagen. Dann begriff ich, dass Letzteres der Fall war.

»Wat denn los da drinnen?«, rief eine aufgebrachte Stimme. »Sind Sie eingepennt oder wat?«

Angie lächelte schweigend. Ich brauchte keine zwanzig Sekunden für eine passende Reaktion. Zwanzig Sekunden, in denen der Kerl da draußen noch einmal schrie: »Hey! Aufwachen! Dat sind Sie doch, stimmt's?«

»Alles okay«, rief ich. »Ich hab nur etwas …«

Angie öffnete die Tür und trat selbstbewusst hinaus.

»Färtiek!«, sagte sie zu dem dicken Nordrhein-Westfalen, der hochroten Kopfes vor der Tür stand. »Odder wielst du vielleicht auch nohch? Iech habbe Ausdauär.« Ohne sich aufhalten zu lassen, stöckelte sie gemächlich davon. Ihre Hüften schwang sie so kunstvoll, dass weder der Gatte der Allergikerin noch ich meine Augen davon lassen konnten.

Als sie weg war, besann der Kerl sich auf sein offenbar ursprüngliches Anliegen. »Mit Ihnen hab ich noch ein Hühnchen zu rupfen!«, polterte er zusammenhanglos.

»Ach ja?« Ich schlenderte an ihm vorbei. »Und ich dachte, Sie müssen mal.«

19

Leider hatte ich das mit Angie auf der Behindertentoilette geführte Gespräch zu keinem befriedigenden Ende führen können, weshalb ich weiterhin keine Ahnung hatte, was in Bydgoszcz Ostro... Dingsbums sein sollte.

Da ich außer Angie niemanden im Zug kannte, der mir diese Frage hätte beantworten können, machte ich mich erneut auf die Suche nach dem käuflichen Geschöpf. Eine Suche, die nicht nur erfolglos begann, sondern sich auch erfolglos fortsetzte. Unruhig durchstreifte ich Waggon um Waggon, spähte in Abteile, wartete vor verschlossenen Toilettentüren, bis die Benutzer wieder herauskamen (manchmal ging das ratzfatz, manchmal nicht), blickte dabei in bleiche, angespannte, gequälte oder erleichterte Gesichter, ärgerte mich über meine innere Stimme, die ausgerechnet in dieser schwierigen Situation die Klappe hielt.

Wie eine Hyäne lauernd zog ich durch endlose Großraumwagen, warf verlorene Blicke in unbesetzte Toilettenkabinen, kannte am Ende jeden Meter Zugboden: Nichts! Von Angie keine Spur. Das einzige mir bekannte Gesicht, auf das ich während meiner Odyssee durch die zweite Klasse stieß, war jenes des aus Ostfriesland eingewanderten Hundetrainers Ubbo Dose, was nicht überraschend war, auch wenn ich seinen Aufenthalt im Zug fast schon vergessen hatte.

Überraschend war dagegen die Gesellschaft, in welcher Feuerkopf sich (neben der des Hundes) befand. Diese bestand aus einer elfköpfigen Frauengruppe, die sich in zwei Sechser-Sitzgruppen mit dem Ostfriesen und dem überdrehten Schoßhund tummelte. Es wurde Sekt getrunken. Die Altersspanne der aufgekratzten kleinen Gesellschaft lag zwischen zweiundzwanzig und sechsundsechzig. Altersunabhängig waren sie alle flotte Käfer, scharfe Bräute, Sahneschnitten. Die Stimmung innerhalb der Gruppe schlug hohe Wellen, und meine beiden Pappenheimer fühlten sich sauwohl. Zwar wurde Dose nicht von einem Schoß auf den anderen gereicht, und niemand zankte sich darum, ihn als Nächste haben zu dürfen, um ihn ordentlich durchzuknuddeln sowie am Bauch und sonst wo zu kraulen, aber auch er war guter Dinge.

Angie jedoch blieb verschwunden. Es war, als hätte ein Erdspalt sich feuerspeiend aufgetan und sie in seinen Schlund gerissen – oder als hätte sie jemand aus dem Zug geworfen. Die Möglichkeit, dass sie in suizidaler Absicht den Zug freiwillig verlassen hatte, schloss ich aus. Es konnte nicht mehr weit sein zum Berliner Hauptbahnhof, dem letzten Umstieg vor der polnischen Grenze und der Provinzhauptstadt Bydgoszcz, der Stadt von Mariettas früherer Geburt, momentaner Pein und zukünftiger Errettung.

Unentspannt schlenderte ich noch einmal über die Endlosflure des Zuges und nutzte die Gelegenheit, weiter nach der Prostituierten Ausschau zu halten, wenn auch inzwischen ohne jede Hoffnung. Den Hund musste ich an der Leine hinter mir herzerren. Offenbar befand er sich in beleidigtem Zustand, da ich ihn dem ihn verwöhnenden Damenklüngel entrissen hatte. Ich war der Meinung, dass eine Horde betrunkener Weiber nicht der richtige Umgang für ihn darstellte, und sicher, ganz in Mariettas Sinn gehandelt zu haben, als ich ihn entgegen dem künstlich aufgebrachten Widerstand der angetrunkenen Clique befreit hatte.

Bei Frankfurt/Oder hatte es sich in meiner Vorstellungswelt stets um eine Stadt gehandelt, die neben verschiedenen Grauschattierungen über keinerlei Farben verfügte, in der die Sonne sich nur widerwillig zeigte, in der es außer der Oder oder in den Leitungen kein Wasser gab und in welcher niemals eine aufmunternde Brise wehte. Dass es sich hierbei um eins jener dummen Vorurteile handelte, die sich ungefragt in den Kopf schleichen und sich dort zeckengleich festbeißen, war mir immer klar gewesen.

Die Stadt selbst jedoch nutzte die erste Gelegenheit, das Vorurteil zu bestätigen. Je näher wir Frankfurt/Oder kamen, umso mehr zog sich die an der Nordsee noch strahlende Sonne hinter Wolken zurück, die immer dichter und grauer wurden und schließlich den Feuerball vollständig schluckten wie ein gieriger Kindermund eine Kugel Vanilleeis.

»Stell dir mol vor, Alder«, sagte Ubbo Dose, der außer mir und dem Terrier der einzige Mensch im Abteil war, »die ganze Horde Weiber fährt nu auch nach dieses Büd-Dingens-Büddel da hin.« Erst nach diesem Satz, der mich aufhorchen ließ, kam er allmählich wieder zu sich. Beim Umstieg in Berlin war er noch klar angetrunken gewesen und danach laut schnarchend an meiner Seite eingenickt. Seinen auf meine Schulter gesackten Kopf hatte ich umgehend wieder entfernt, obwohl sein Gesicht in diesem Zustand dem eines unschuldigen Babys glich, dem man nichts Böses wollte.

Der süßliche Geruch getrunkenen und wieder aufgestoßenen Sektes, der seinem Mund entströmte, hatte nach und nach das Abteil erobert wie Wellen nach der Ebbe das Watt. Selbst der Hund hatte bei diesem Erlebnis sichtbar die Nase gerümpft. Mittlerweile jedoch hatten sowohl er als auch ich uns so sehr an den Mief gewöhnt, dass wir ihn kaum noch wahrnahmen. Nicht nur der Mensch ist ein Gewohnheitstier.

»Warum sind sie dann nicht in den Zug gestiegen?«, fragte ich trotz meines lodernden Interesses nüchtern. Meine Blicke ließ ich durch ein paar der Frankfurter Hinterhöfe gleiten, in denen die Tristesse blühte wie der Rhododendron in einem Ammerländer Garten und die sich neben der Bahntrasse aufreihten wie graue Perlen einer trostlosen Kette.

»Die woll'n erst noch büschen Berlin unsicher machen.« Zweideutiges Grinsen. »Ob ich nich mitwill, ham die gefracht.«

»Und warum sind Sie dann hier, Dose?« Die Frage war rein rhetorisch, da ich ihm was gehustet hätte, wäre er mit einem derartigen Anliegen bei mir aufgekreuzt. Er bestätigte mir, dass eine solche Unterbrechung auch für ihn nicht in Frage kam.

»Imilava«, stöhnte er leidvoll. »Ich will die wiederham. Noch nie war jemand so lieb zu mir gewesen, wie die dat gewesen war.« Dann weinte er. Ich vermutete einen Alkoholkater, gepaart mit einem Schuss Katzenjammer, da in meinen Augen bereits der von ihm heftig geführte Flirt mit elf attraktiven

Damen einen Treuebruch gegenüber der von ihm angeblich angebeteten Polin darstellte.

Das Bild des heulenden Ostfriesen hatte etwas gleichermaßen Anrührendes wie Lächerliches. Obwohl ich immer wieder in Versuchung war, es doch zu tun, beschloss ich, nicht länger hinzusehen. Als der Hundecoach zwischenzeitlich mit seinem Geplärre lauter wurde, heulte selbst der Terrier klagend mit. Da ich vermutete, dass er um sein Frauchen jaulte, musste ich mich zusammenreißen, nicht auch noch einzustimmen. Meine Sorge um Marietta befand sich auf dem Höhepunkt.

Drei heulende Kerle in einem einsamen Zug nach Bromberg hätten zu viel des Elends dargestellt. Zumindest einer von uns musste Stärke an den Tag legen, wofür nur ich in Frage kam. Also tat ich es, bevor wir in einem Meer aus Tränen ertranken. Eine oder zwei meinen Augen entweichende salzige Tropfen zerquetschte ich unauffällig zwischen meinen Fingern.

Hinter der dicken Wolkenschicht, aus welcher nun Regen troff wie Wasser aus einem vollgesogenen Schwamm, setzte Dämmerung ein, davor auch. Ich schloss die Augen und glitt hinüber ins Land der Träume, wo ich auf die mittelalterlich gekleidete Marietta traf, die in einem Verlies in schwere Eisenketten gelegt war und von sieben schwarzen, bis unter die Zähne bewaffneten Piraten bewacht wurde. Sie weinte, dass es einen Stein erweicht hätte. Von den sieben Holzklötzen jedoch, von denen einige klischeehafterweise Augenklappen trugen, erreichte Marietta emotional keinen einzigen.

Keinesfalls wollte ich in blinder Aktion einen ungestümen Befreiungsversuch starten, wie es unbedachte Charaktere à la Dose getan hätten, hierfür war die feindliche Übermacht zu groß. Eine Alternative fiel mir aber nicht ein …

»Jetzt musste aber langsam die Klüsen mal wieder auftun, alder Schwede«, drang eine Stimme wie durch Nebel an mein Ohr. »Wenn mich nich alles täuscht, sind wir jeden Moment in diesen Büdschikowski ouder wie dat heißen tut.«

Und tatsächlich: Keine fünf Minuten nach meinem Erwachen hatten wir Bydgoszcz erreicht. Da ich bisher weder in Polen noch in einem anderen nicht friesischen Staat gewesen war, fühlte ich mich wie der erstmals den Mond betretende Neil Armstrong, nur umgekehrt: *That's one small step for mankind, one giant leap for man.* (»Dies ist ein kleiner Schritt für die Menschheit, aber ein riesiger Sprung für einen Menschen.« Anmerkung des Übersetzers.)

Vor dem Bahnhof wartete bereits der von mir georderte Renault auf uns. Ohne weitere Mätzchen vertraute ich dem Navi die Adresse des Hotel Ratuszowy an, und unsere Fahrt durch Bydgoszczs nächtliche Straßen begann. Da alles wie geschmiert lief, hatte ich nichts dagegen, wenn es so weiterging. Der Regen hatte ein Ende gefunden, und die Sonne schien nur deshalb nicht, weil sie untergegangen war. Der Himmel war sternenklar.

Stets hatte ich mit dem Klang des Namens Polen etwas Schwermütiges verbunden. Das, was ich nun in mir spürte, war jedoch das Gegenteil: Eine überraschende Leichtigkeit erfüllte mich, deren Ursache mir unklar war. Ich beschloss, die Sache nicht weiter zu hinterfragen. Selbst sieben schwer bewaffnete Piraten hätten mich nicht mehr aufhalten können auf meinem Weg, die schöne Marietta aus den Klauen der Bestie zu befreien. Auf meinen Armen würde ich sie aus dem Verlies tragen oder hinter mir herschleifen. Und wenn es mein eigenes Leben kosten sollte, obwohl mir dieses am Herzen lag. Welcher Tod jedoch ist süßer als der für die Liebe?

Bydgoszcz war größer als von mir erwartet, wie ich selbst im Dunkeln problemlos erkannte. Die Straßen waren breit und hell erleuchtet, die Flächen dazwischen groß, ebenso die unseren Weg säumenden Gebäude. Die Atmosphäre im Auto war geprägt von gelassener Ruhe. Meine tiefenentspannte Ausgeglichenheit hatte auf den unausgeglichenen Hundetrainer abgefärbt. Selbst Ricky, der seit meinem Erwachen im Zug eine unfassbare Unruhe ausgestrahlt hatte, war zur Ruhe gekommen.

Wir waren einfach zwei Friesen mit Hund, die in einem französischen Auto, dessen Motor wie ein Kätzchen schnurrte, über nächtliche Straßen in unerkundetem Land dahinglitten. Abenteurer mit dem festen Ziel ihrer unerschütterlichen Mission vor Augen. Entschlossene Kerle, die wussten, was sie wollten. Die bereit waren, für das ganz große Gefühl alles zu tun, nötigenfalls auch ihr Leben zu verpulvern.

Das Navi führte mich mit säuselnder Marilyn-Stimme nur viermal in die Irre, korrigierte seine Fehler jedoch überraschend unkompliziert. Nach einer knappen halben Stunde fuhr ich beim Rathaus-Hotel vor. Die Uhr zeigte kurz vor Mitternacht, die Luft war lauwarm wie ein Wannenbad.

»Du hast dein Ziel erreicht«, säuselte die Hollywood-Diva, die einst so viele Männerherzen entflammt hatte.

»Sind wir ächt schon da?« Dose befand sich mit seinen Gedanken an einem völlig anderen Ort. Das Erraten dieses Ortes war nicht schwer, es lag auf der Hand wie eine frische, schnell schmelzende Schneeflocke: All seine Gedanken kreisten um Imilava, die von ihm so innig geliebte polnische Frau.

»Wenn Marilyn uns nicht an der Nase rumgeführt hat«, ein Lächeln umspielte meine Lippen, »müsste es die Hütte sein.«

»Hä?«, wollte Dose wissen. »Wat für ne Märy dänn?«

Ich antwortete ihm nicht, während wir unser Gepäck aus dem Kofferraum holten, und er beharrte auch nicht auf einer Antwort.

Die Bezeichnung »Hütte« traf es nicht ganz: Das Hotel Ratuszowy war ein alter und großer Bau mit hellem Anstrich, links und rechts von anderen alten und großen Bauten gesäumt.

Unterwegs hatte ich in das Schweigen, welches unseren Weg so wohltuend erfüllt hatte, nur eine einzige Frage fallen lassen: »Was war das eigentlich für eine Damenriege, mit der Sie im Zug gefeiert haben? Was wollen die in Bydgoszcz?«

An diesem Punkt hatte sich auch meine innere Stimme eingeschaltet: *Endlich!*, krächzte sie, sofort wieder genervt, was mich sehr nervte. *Ich hab schon gedacht, du fragst überhaupt nicht mehr.*

»Goile Schnäcken, nä?« Die Erinnerung belebte Dose. »Und gleich so 'n ganzen Haufen davon, dat findst ja nich mal in Puff, Alder.«

Ich überhörte seine Machosprüche.

»Ausnahmsweise geht es hier mal nicht um Ihre sexuellen Befindlichkeiten, Dose.«

»Wat soll dat denn heißen?« Dose war nicht ganz sicher, ob er sich angegriffen fühlen sollte.

»Dat soll heißen«, imitierte ich ihn, »dat ich dat, wat du gesocht hast, gor nich wissen will, klaro?«

»Sondern?« Der Mann wirkte ratlos.

»Wer sie waren!«, rief ich erzürnt.

»Ach sou.« Dose entspannte sich. »Dann sach dat doch gleich, Mann. Paar davon känn ich.«

»Ach ja?« Ich horchte auf. »Und woher, wenn ich fragen darf?« Selbst der Hund spitzte die Ohren.

»Na klar«, sagte der Ostfriese. »Darfste.« Er spuckte die Worte aus wie Murmeln. »Aus Rüstersiel kenn ich die. Na, dat Haus dor an Segelhafen kännst ja auch, nä? Wir ham uns da ja schon mol getroffen.« Er grinste herausfordernd.

Fällt endlich der Groschen? Dass meine innere Stimme auf etwas Bestimmtes hinauswollte, war ebenso klar, wie unklar war, was das sein sollte.

»Welcher Groschen?«, fragte ich, versehentlich laut. Dies führte zu ein paar unbedeutenden Missverständnissen mit Dose, auf die ich wegen ihrer Bedeutungslosigkeit nicht eingehe.

Die Tussis vom Dachboden in Rüstersiel!, warf meine innere Stimme mir einen weiteren Brocken hin, und plumps, der Groschen fiel: die Frauen vom Dachboden! Ein Kreis schloss sich, wie Handschellen ums Gelenk.

Einer Eingebung gehorchend fragte ich: »War Petra denn auch dabei?« Die Frage stand im Raum wie eine Offenbarung.

»Nee«, antwortete Dose verblüffend schnell. »Die is doch längst in Polski-Land. Und die annern kommen morgen nach, ham die gesacht. Heut sind die jo noch in Berlin. Aber sach ma: Pepe kennste auch?«

Ich nickte so unbestimmt, dass es ebenso gut ein Kopfschütteln hätte sein können.

»Und was machen die alle hier in Bydgoszcz?«, fragte ich eine halbe Stunde später im Hotel weiter.

»Keine Ahnung«, meinte Dose und wandte sich den Schmierkäsestullen zu, die man uns neben einem Stück fettiger Knoblauchwurst im längst geschlossenen *restauracja hotelowa* (»Hotel-Restaurant«, Anmerkung des Übersetzers) als Nachtmahl mit etwas zu dünnem Tee kredenzt hatte, was für den Ostfriesen eine Beleidigung darstellte. »Schlabbäwassä«, warf er ein, um dann zu antworten: »Vielleicht so 'ne Art Betriebsausfluch ouder wat.«

Was für 'n Betrieb denn?, hakte meine innere Stimme wissensdurstig nach. *Polski Tenderness?*

»Und was für ein Betrieb?«, fragte ich den ausgehungerten Hundecoach. »Vielleicht Polski Tenderness?« Praktisch ohne zu kauen, schlang Dose alles in sich hinein, was sich ihm bot. Er war eine Boa constrictor, die ihr Beutetier als Ganzes in sich hineinwürgte. Nicht mal für den Hund hatte der Tierfreund ein Wurstzipfelchen über, sodass ich mich gezwungen sah, dem Terrier Nahrung in Form meiner Wurst zukommen zu lassen. Den Napf wässriger Haferflocken, den die verschlafene Bedienung ihm auf Polnisch kredenzt hatte, ließ der verwöhnte Vierbeiner naserümpfend stehen. Zaghaft biss ich in mein Käsebrot.

»Kann schon angehen.« Dose schmatzte und leckte sich Schmierkäse von den groben Fingern. »Irgendwie warn die ja andauernd inne Hüdde do an Hofen.«

Etwa die Putzkolonne?, hakte die Stimme ironisch nach.

»Und was arbeiten die da?«, fragte ich Dose raffiniert. »Sind das vielleicht die Putzfrauen?« In dem hohen Raum hallten die Worte seltsam nach.

Dose nahm die Frage ernst. Mein subtiler Humor überforderte ihn. Wir hätten ebenso gut Polnisch miteinander reden können.

»Keine Ahnung.« Laut trompetend putzte er sich mit einer dünnen Papierserviette die Nase, warf sie auf den Teller und schob diesen weit von sich. Das Ende seiner Nahrungsaufnahme war erreicht, er machte ein nachdenkliches Gesicht. »Glaub aber nich. So viel zu putzen gibt's inne Hüdde ja nich.«

»Aber was machen die Ladys denn dann für Polski Tenderness,

Dose? Da sollten Sie gelegentlich mal drüber nachdenken.« Ich stand auf. »Aber nun müssen wir sehen, dass wir eine Mütze voll Schlaf abkriegen. Der Tag morgen wird es in sich haben.«

»Worauf du gepflecht einen lassen kannst, Alder.« Dose kam viel schwerfälliger hoch als ich, er war weniger fit. »Wenn ich an morgen denk, wird mir ächt ganz anners.«

Ich kam nicht zur Ruhe. Ist ein Typ wie ich einmal in Fahrt gekommen, kann ihn nichts mehr bremsen. Nach ausgiebigem Duschbad und dreiminütigem Zähneputzen kriegte ich auch eine Viertelstunde nach dem Löschen des Lichts noch immer kein Auge zu.

Ich knipste die Nachttischlampe an und setzte mich auf. Auch der Hund schlief nicht. Er blinzelte mich an. Meine innere Stimme wollte ungehalten wissen, was das jetzt wieder sollte. Ich blickte mich im Zimmer um. Die Möbel waren geschmackvoll, aber altmodisch dunkel, während Teppichboden und Wandbehang sowie die schweren Gardinen rot waren. All das brachte mich nicht weiter.

Die Tasche mit Sudoku-Heften hatte ich im Auto vergessen. Da es nichts gab, was mich zuverlässiger zur Ruhe brachte als Sudokus, beschloss ich, sie zu holen. Da ich um diese Zeit niemandem mehr begegnen würde, konnte ich dies im Schlafanzug tun. Mein passabler Pyjama konnte sich aber ohnehin sehen lassen.

Ich trat auf den dunklen Flur, ein trübes Licht schaltete sich ein. Ohne dass ich es bemerkte, schlüpfte der Hund durch den offenen Türspalt. Ich beschloss, ihn mitzunehmen. Nicht dass mir mulmig gewesen wäre im Funzellicht des hohen Flures, auf dem kein Geräusch vernehmbar war außer meinem Atem und meinen Schritten auf der breiten, knarrenden Treppe, die hinunterführte am nicht besetzten Portiertresen vorbei zum Ausgang, welchem ich entgegenstrebte, aber das Tier zurückzubringen erschien mir schlicht zu aufwendig. Die Straße präsentierte sich ebenso menschenleer wie das Hotel. In seiner Furcht entfernte der Hund seinen wurstähnlichen, aber durchtrainierten Körper kaum von meinen Beinen.

Auf der Straße ließ er sich nicht mal hinreißen zum Bäumeanpinkeln, so sehr erfüllte ihn Angst. Seine Schwanzspitze reckte er steil in die Höhe. Es war noch immer sehr warm. Ich vermisste die erfrischenden Nordseebrisen, welche die friesischen Hochsommernächte so erträglich machen.

Um die kühlen Hotelhallen schnellstmöglich wieder zu erreichen, legte ich einen Zahn zu. In Höhe des Portiertresens drangen seltsame Laute an mein Ohr.

Hörst du das auch?, fragte die Stimme.

Der Hund stutzte.

»Da schnarcht jemand«, flüsterte ich mir selbst zu.

Der Portier, sagte die Stimme. *Der hat gerade auch schon geratzt. Ich mein das Geräusch von oben. Schritte?*

Ich lauschte angespannt.

Da, ganz deutlich, sagte die Stimme, während ich weiter nur das Schnarchen des faulen Nachtportiers hörte. *Schritte einer Frau. Sie versucht, so zu gehen, dass man sie nicht hört.*

»Sie schleicht?«

Vor allem ist sie einfach barfuß.

»Dann versalzen wir der Lady mal die Suppe.«

Ich pirschte die Treppe hinauf. Oben angelangt, sah ich Doses Zimmertür gerade noch zugehen.

»Also doch keine Frau«, sprach ich vor mich hin.

Wetten?

Ich schaltete sofort. »Imilava?«

Quatsch!

Ich schlich zu Doses Tür und presste mein Ohr dagegen. Aufgeregte Stimmen. Eine männliche, eine weibliche, die Sache passte. Beide bemühten sich nicht, leise zu sein. Man fühlte sich sicher. Kaum überraschend, war Dose der männliche Part. Unerwartet kam, dass die weibliche Stimme Ilonka Janßen gehörte. Wie bereits am Telefon hatte sie auch hier keinen Akzent, wofür es nur eine Erklärung gab: Sie sprach einwandfrei Deutsch. Und tat trotzdem manchmal so, als ob nicht. Jedoch zu welchem Zweck? Wenn ich mir dieses Verhalten Janßen gegenüber noch mit einem Fetisch des stumpfsinnigen Imbisswagen-Betreibers erklären konnte, so griff diese Erklärung hier nicht.

Denk doch mal an das Papier vom Dachboden, riet meine innere Stimme. *Aber jetzt sperr erst mal die Lauscher auf.*

Das hörte sich vernünftig an. Ich presste mein Ohr fester an die Tür. Der Hund beobachtete mich pausenlos. Einzelne Worte waren kaum zu verstehen, da mein Herzschlag lauter war.

»... wenn du es nicht tust, siehst du sie nicht wieder ...«, hörte ich schließlich Ilonka.

»Dat kriech ich nich ferddich, Mann!«, jaulte Dose laut. »Ich kann doch kein nich dot machen nich!«

Das Blut gefror in meinen Adern. Dose sollte jemanden töten? Hatte ich mich verhört? Äußerungen vergleichbarer Tragweite kannte ich nur aus Filmen, Kriminalromanen oder Alpträumen. Dies hier aber war Wirklichkeit. Es existierte kein Knopf zum Ausschalten, kein Buch zum Zuklappen, kein Erwachen zum Durchatmen. Ich traute meinen Ohren nicht.

Kannst du ruhig! Drei Worte, mit denen meine innere Stimme mir die Hoffnung zum Guten hartherzig raubte. Aber damit nicht genug: *Und um wen es geht, weißt du auch. Da machen wir uns mal nix vor. Wenn wir jetzt nicht am Ball bleiben, kann es ganz schnell zu spät sein für ...* Es war, als erstickten Tränen ihre Stimme.

Obwohl sich alles in mir dagegen sträubte wie ein Seeigel, wäre es naiv gewesen, der mörderischen Wahrheit nicht ins fiese Gesicht zu blicken. Erstarrt sah ich, wie die Türklinke sich langsam nach unten bewegte. Eine eiskalte Hand griff nach meinem wild schlagenden Herzen. Hatte man mich als Lauscher erwischt? Ein Fall, für den nur zwei Lösungsmöglichkeiten existierten:

a) So schnell wie möglich ab durch die Mitte oder
b) den Feind überwältigen.

a) war nicht mein Stil, bei b) hätte ich nach der Überwältigung ohne Beweis dagestanden. Allzu leicht hätte Ilonka mich als Täter abstempeln können, der sie und ihren ostfriesischen Bekannten beim Verlassen des Zimmers grundlos zu Boden schickte. Pfeilschnell schossen Gedanken durch mein Hirn. Die

Klinke der Tür war nun unten, die Tür weiter ungeöffnet. Im Zimmer flogen nach wie vor aufgeregte Worte zwischen Ilonka und dem Hundecoach hin und her.

Angesichts der inneren Zwickmühle, in der ich mich befand, kreierte ich in gebotener Eile Möglichkeit c): Ich musste mich verstecken. Präzise, schnell, effektiv!

Verlor ich jetzt die Fährte, auf die ich mich gesetzt hatte, gab ich keinen Pfifferling mehr auf Mariettas Leben. Dass Dose alles tun würde, Imilava wieder in die Arme zu schließen, hatte er mehr als ein Mal betont. Auch vor einem Mord würde er nicht zurückschrecken. Seine Worte hatten sich in mein Hirn gebrannt wie glühendes Eisen: »Mich selbst würd ich sofort für die umbringen, dat glöv mi man«, hatte er verzweifelt hervorgestoßen. »Warum dann nich auch ein annern, kannst mir dat vielleicht mal vertelln?«

Wer konnte schon eine einmal ins Rollen geratene ostfriesische Kuh-Stampede aufhalten? Wie sollte das möglich sein, wenn es erst zu spät war? – *Nun aber zackig!*, rief die innere Stimme in meine aufgewühlten Gedanken hinein.

Der Hund war schon gestartet, hatte sich hinter einem Mauervorsprung versteckt und warf lauernde Blicke nach mir. Die Tür öffnete sich einen Spalt, deutlich nun Ilonkas Stimme: »Sie wissen, was zu tun ist, Dose.«

Ich war wie gelähmt. Ich wollte dem Hund in sein Versteck folgen, schaffte es jedoch nicht, ein Bein vor das andere zu setzen. Ein mir bislang unbekanntes Phänomen. Die Tür schob sich weitere Zentimeter auf. Visuell nahm ich bereits Teile von Ilonkas passabler Rückfront wahr. Sie steckte in einem seidenroten Morgenmantel, der zwei Handbreit über den Knien endete. Mir rannte die Zeit davon. Im Zimmer schrie Dose auf: »Ich kann dat nich. Dat kriech ich nich hin, Mann!« Ilonka öffnete die Tür vollständig, drehte sich aber noch immer nicht um.

»Ihre Entscheidung, Dose. Entweder Sie tun's, oder Imilava ist futsch … futsch für Sie, Schätzchen.« Sie trat aus dem halbdüsteren Zimmer auf den Flur, der im Dreivierteldunkel lag.

Nach einem Stoßgebet war die Bewegungsfähigkeit meiner Beine zurückgekehrt, sodass ich mittlerweile beim Hund hinterm Mauervorsprung stand, ein lausiges Versteck.

Trotzdem wäre die Sache wohl gut ausgegangen, hätte sich Ilonkas Zimmer rechtsseitig befunden, was jedoch nicht der Fall war. Um uns zu entdecken, benötigte die Dame keine Luchsaugen. Trotzdem war sie mit ihrem auch barfuß noch wogenden Gang schon ein gutes Stück an uns vorbeiflaniert, als sie sich umdrehte und mir kühn ins Auge blickte. Ich war froh, in einem vorzeigbaren Schlafanzug unterwegs zu sein.

»Där Schriefststeller!« Ilonka bemühte sich nicht um leises Reden, schien hocherfreut über die unverhoffte Begegnung. »Uhnd dahs liebe Huhndchen.« Ihre Stimme quietschte in jenem Stil, auf welchen der Terrier abfuhr wie die Fliege auf den Haufen. Er gab alle Zurückhaltung auf, raste zu ihr, sprang stürmisch an ihr hoch, lüpfte so ihr Morgenmäntelchen und offenbarte die Abwesenheit von Unterwäsche.

»Nanu, habben Sie dahs mit ihm geübbt?«, fragte Ilonka kokett. Ich trat zwei Schritte aus dem sogenannten Versteck, wodurch mein Gesicht aus dem Halbschatten ins Halblicht gelangte. Innerlich ließ ich cool mein Feuerzeug klicken.

»Und Sie, Püppchen? Plötzlich wieder Sprachprobleme?«

»Wie biete?« Sie war nicht die mieseste Schauspielerin. Wäre ich nicht hundertprozentig sicher gewesen, hätte sie mich mit ihrer oscarreifen Leistung vielleicht sogar aus dem Konzept gebracht. »Wahs sohl dahs denn heißen?«

Erzähl ihr jetzt bloß nicht, dass wir sie belauscht haben!

Reaktionsschnell switchte ich um: »Machen Sie mir nichts vor, Ilona!«

Ich trat so nah an sie heran, dass der Abstand zwischen uns nur noch wenige Zentimeter betrug. Sie wich keinen davon zurück. Durch das Fenster ihrer Augen sah ich ihre Gedanken hin und her schwappen wie das Wasser im leckgeschlagenen Boot. Sollte sie ihren Widerstand aufgeben, so fragte sie sich, oder mir weiterhin etwas vorspielen?

»Wenn Sie es eh schon wissen«, meinte sie schließlich. »Das ewige Akzentgequatsche geht mir sowieso auf die Nerven.

Kommen Sie noch mit aufs Zimmer, für einen kleinen Absacker?«

Freundlich wedelte sie mit Schlüssel und Hüften. Ich war so ruhig wie das Watt an einem trüben, eisigen Wintermorgen und sah keinen Grund, ihre Einladung abzulehnen.

In ihrem Zimmer angekommen, fläzte ich mich aufs Sofa, wie Marlowe es getan hätte. Damit, dass mein Schlafanzug trotz aller kostspieligen Eleganz nicht ins Bild passte, musste ich irgendwie klarkommen. Als Ilona zwei Gläser und eine Flasche Wodka holte, meldete ich mich jedoch (für einen angeblichen Toilettengang) kurz ab, um mir in meinem Zimmer ein vor der Abfahrt frisch gebügeltes Hemd sowie Jeans überzustreifen.

Bei meiner Rückkehr fand ich Ilona mit der Anmut einer griechischen Göttin aufs Sofa gegossen vor, sodass ich gezwungen war, mich auf einem der beiden Sessel zu platzieren. Die Gläser standen zu je einem Drittel gefüllt auf dem Tisch. Das Zimmer war durch den Schein einer Nachttischlampe spärlich erleuchtet.

»Und was wissen Sie sonst noch so über mich, Herr Schriftsteller?«, fragte Ilona mit säuselnd-sanfter Bewunderung. »Außer dass ich niex Polski bin und Ilona heiße?« Sie reichte mir ein Glas und behielt das andere.

Trink nicht!, warnte meine innere Stimme. Ich beschloss, die Warnung ernst zu nehmen.

Die Waffen sind also gewählt, dachte ich. Mir soll's recht sein, *zając* (»Hase«, Anmerkung des Übersetzers). Nachdem wir die Gläser in Richtung des jeweils anderen erhoben hatten, Ilona mir ein *»Zdrówko!« (*»Na, dann prost!«, siehe oben) zugesäuselt und unmittelbar danach einen ordentlichen Schluck in sich geschüttet hatte, tauchte ich meine Oberlippe ins Getränk, welches so scharf roch, dass ich froh war, nicht getrunken zu haben, egal, ob der Drink vergiftet war oder nicht. Ilona übersah meinen Bluff.

»Die ›Ilona‹ war nur geraten«, sagte ich locker. »Ansonsten hab ich viel mehr Fragen als Antworten.« Erneut täuschte ich vor, zu trinken. Auch Frau Janßen wiederholte ihr Trinkgebaren. Danach war ihr Glas so leer, dass sie es wieder füllen musste.

»Das ist ja meistens so bei euch Dichtern«, raspelte sie Süßholz und rieb dazu verführerisch mit ihrem linken Fuß die Innenseite ihrer gut rasierten rechten Wade. Ihre Zehennägel glänzten von dunklem Nagellack. »Oder soll ich besser sagen, bei euch Detektiven?«

So gut die Lichtverhältnisse es zuließen, forschte sie in meinem Gesicht nach Anzeichen eines Mich-ertappt-Fühlens. Ein Gefallen, den ich ihr nicht tat, obwohl ich ihr in diesen verdammten Momenten manch anderen Gefallen gern getan hätte.

»Eins eins«, sagte ich cool. »Ich kenne Ihren Namen und Sie meinen Beruf. Schriftsteller bin ich allerdings auch, und zwar umsatzsteuerpflichtig.«

»Welch aufregende Mischung«, umgarnte sie mich weiter. Allmählich jedoch griff Müdigkeit mit ihren klebrigen Fingern nach mir. Die Anstrengungen des Tages forderten ihren Tribut.

»Warum benutzen Sie diesen polnischen Akzent?«, fragte ich unbeeindruckt. »Ein Fetisch Ihres Gatten?«

Amüsiert lachte sie auf. »Ja, das wohl auch.« Sie glaubte, es dabei belassen zu können, was jedoch nicht in Frage kam.

»Und was noch?«

»Ach, irgendwie fand ich's am Anfang ganz lustig, hat mir Spaß gemacht. Aber inzwischen ödet es mich nur noch an. *Na zdrowie, mój misiu!*« (»Zum Wohl, mein Bärchen!«, Anmerkung des Übersetzers.)

Der Hinweis meiner inneren Stimme, ich solle mich an den auf dem Dachboden erbeuteten Papierbogen erinnern, fiel mir ein. Als ich es tat, ging mir ein Licht auf.

»Na zdrowie, kicius!« (»Zum Wohl, Kätzchen!«), gab ich gesellig zurück.

Sie leerte ihr halbes Glas mit einem Schluck. »Aber du trinkst ja gar nicht, mein Süßer.« Sie kam auf meine Seite des Tisches. »Magst du denn nicht in Stimmung kommen?«

Selbstbewusst platzierte sie ihr stolzes Gesäß auf meine Beine. Erinnerungen stiegen in mir auf, wie Marietta durch eine vergleichbare Aktion mein Herz im Sturm erobert hatte, welches infolgedessen nun aber bereits vergeben war.

Lass dich bloß nicht einlullen! Meine innere Stimme fühlte sich zum Mahner in der Wüste berufen. Die Sache war lächerlich: Ich und mich einlullen lassen! Ich war zwar hundemüde, und ich war ein Mann, aber in erster Linie war ich noch immer Reent Reents.

Ilonas Linke durchwuschelte mein Haar, während die Rechte routiniert die oberen Knöpfe meines Hemdes öffnete und durch den so entstehenden Schlitz einfuhr. Ihre Linke ergriff mein Glas, während sie erneut *»Na zdrowie, skarbie!«* (»Zum Wohl, Schätzchen«) proklamierte, und führte es an meine Lippen. Ehe ich mich versah, befand sich die Hälfte des Getränks in mir. Mit solch forschem Vorgehen hatte ich nicht gerechnet.

Ich hab's gewusst!, schimpfte meine innere Stimme. *Trottel!*

20

Der Hund rannte aufgebracht im Zimmer hin und her. Ich hustete, sprang auf, aber es war zu spät. In einem Reflex hatte ich den vermeintlichen Höllentrunk geschluckt.

»Was ist denn mit dir los?«, rief Ilona erstaunt. »Bist du vielleicht trockener Alkoholiker oder so was?«

»Alles okay«, sagte ich mit verblüffender Ruhe, die signalisierte, dass ich nicht gewillt war, mich aus der Fassung bringen zu lassen. So was imponiert jeder Frau, natürlich auch Ilona. Da die Sache mit den K.o.-Tropfen nicht bewiesen war, schnitt ich das Thema nicht an. »Hab mich nur verschluckt.« Ich setzte mich wieder, natürlich auf den anderen Sessel. »Apropos ›verschluckt‹, das reimt sich auf ›gespuckt‹. Wie wär's denn, wenn Sie mal ausspucken würden, Schätzchen, was das soll mit diesem polnischen Akzent? Steht das Ganze vielleicht in einem größeren Zusammenhang? Stichwort: das Haus am Rüstersieler Segelhafen.«

Na endlich! Meine innere Stimme schien euphorisiert. *Manchmal bist du nicht halb so blöd wie sonst.*

Meine Müdigkeit war bleiern.

»Du bist ja ein ganz Schlauer«, hörte ich Ilonas verzerrte Stimme. Ich sah sie wie durch dichten Nebel. Ihr Gesicht kam näher, entfernte sich. Verschwommen. Leise Panik. Ilonas Stimme langsamer, schwerer, als gäbe ihr Akku den Geist auf.

Erneut nahm die Möchtegern-Polin auf mir Platz, streichelte mein Gesicht, sagte: »Jetzt erzähl ich dir ein bisschen, dann kannst du besser einschlafen, mein kleines Baby. Bist du denn so müde?«

»Aber warum ...?«, vernahm ich meine letzten Worte. »Was ergibt das alles für einen Sinn?«

»Was ergibt welchen Sinn, Hase?«, fragte Ilona, bevor meine Müdigkeit mich ins Dunkel zog.

Die offizielle Frühstückszeit des Hotels war längst abgelaufen, als ich aus meinem hinterhältig herbeigeführten Schlaf auf fremdem Terrain erwachte. Aber als geborener Optimist wankte ich dennoch zuerst unter meine Dusche und anschließend in den gähnend leeren Frühstücksraum, wo ich sogleich mein charmantestes Lächeln nachahmte. Und prompt war man so freundlich, mir zwei Tassen lauwarmen Kaffee sowie zwei süße Gebäckteile zu servieren, die ich gierig verschlang. Durch die hohen Fenster des Restaurants fiel Sonne ein und spielte ein so unbeschwertes Spiel im glänzend hellbraunen Kaffee, als hätte es nie eine Nacht gegeben. Als hätte meine innere Stimme mir nicht soeben bestätigt, dass Ubbo Dose tatsächlich gedungen war, Mariettas Leben auszulöschen. Auszuradieren wie einen Bleistiftstrich, den niemand auf der Rechnung hatte.

Tränen erfüllten meine Augen. Der Gedanke erschütterte mich so tief, dass dagegen selbst mein nagendes Heimweh nach friesischer Weite und dem erst am Horizont endenden Meer mir winzig und unbedeutend vorkam.

Bei aller Wehmut, aller gebotenen Eile erschien es mir wichtig, nicht in Hektik zu verfallen. Diese war ein schlechter Ratgeber für einen Mann, der all seine Talente bündeln musste, um den goldenen Federstrich, welchen die Geliebte auf den Bogen seines Lebens gezogen hatte, nicht erlöschen und schon gar nicht von einem ostfriesischen Hundecoach überpinseln zu lassen.

Dass weder Dose noch Ilona Janßen sich weiterhin im Hotel befanden, war längst klar. Meine entsprechende instinktive Vermutung – wozu sonst hatte mich die durchtriebene Polin mit ihrer Verführungsmasche und ihren durchtriebenen Tropfen im Wodka eingeschläfert? – war zuvor bestätigt worden durch die mäßig freundliche und ebenso hübsche Dame, die an diesem Vormittag die Rezeption besetzt hielt.

»Nix mehr da«, hatte sie geantwortet. Eine Ilona Janßen war ihr unbekannt. Nachdem ich mit Händen, Füßen, Englisch und ein paar Brocken Polnisch aus einem alten Reiseführer eine Personenbeschreibung abgegeben hatte, schüttelte sie den Kopf. »Sie früh weg. Mit andere deutsche Mann.«

»Wohin, ich mein, *where*?«

»Weiß niecht.« Das kaufte ich ihr sofort ab.

»Maybe to … Ostro…« Ich täuschte einen Hustenanfall vor. Die Rezeptionistin ging mir auf den Leim.

»Ostromecko?«

Peng! Der Hannoversche Schweißhund in mir sprang auf.

»Ostromecko. Ja, könnte stimmen.« Meine Aufregung blieb verdeckt. »Aber was … *But what is Ostromecko?*«

»Kleine Dorf in Nähe.«

In mir ratterte es. Ostro-sonst-was war ein Dorf! Nicht etwa ein Platz oder Gebäude in Bydgoszcz.

»*What*, ähm, Sehenswürdigkeiten? … *Special places?*« Die harmlose Aura des interessierten Touristen lag mir.

»Schloss mit schöne Park: Park Zamkowy. Wundervohl. Viel Kultur da. Mussen Sie sehen.«

Und plötzlich passte alles zusammen: Marietta befand sich im oder beim Schloss in Ostromecko. Das war es, was sie mir am gestörten Telefon hatte sagen wollen!

»Oh yeah!«, rief ich begeistert. *»That is the right location. I'm sure. Thank you very much, darling.«*

Die graue Maus sah mich verlegen an. Ich schenkte ihr ein erwärmendes Lächeln, das sie erröten ließ. Das Wissen, was als Nächstes zu tun war, versetzte mich in einen rauschhaften Zustand.

Ein Gefühl, das anhielt. Die siebzehn Kilometer bis Ostromecko legte ich deshalb ebenfalls berauscht zurück. Meine fieberhafte Aufregung ging auf den Terrier über. Mit der Anspannung einer Giftschlange vorm Angriff hockte er zitternd neben mir, erinnerte dadurch an ein unterkühltes Albino-Eichhörnchen (falls es so was gibt). Der Widerspruch zwischen Schlange und Eichhörnchen ließ mich lächeln. Ich erreichte den Schlossparkplatz.

Das Wetter war weiterhin nicht schlechter als zuletzt im alten Wilhelmshaven, welches ich vermisste wie Hölle. Bei schönstem Sonnenschein schlenderte ich durch den Park, betrachtete das kleine, hellgelbe, klassizistische Schloss mit seinen wenigen Flügeln plus Nebengebäuden in touristischer Arglosigkeit.

Die Nummer mit dem schlendernden Touri fiel mir leicht.

Häufig nutzte ich am Südstrand die Gelegenheit, touristisches Gebaren zu studieren und nachzuahmen. Das Leben ist die beste Schule. Um keinen Verdacht zu erregen, hielt ich den Hund an der Leine. Auch meine innere Stimme hatte mir zu dieser Maßnahme geraten.

Der Terrier wehrte sich nicht durch die übliche Zappelei oder Totalversteifung seines von ihm rücklings aufs Pflaster geworfenen Körpers. Der Spaziergang durch den Park brachte mich insofern weiter, als ich das Schloss als ein kulturelles Veranstaltungszentrum der Stadt Bydgoszcz identifizierte, in dem musikalische Events und Ähnliches stattfanden. Meine Hoffnung, im Schloss eine Spur Mariettas zu finden, zerschlug sich nach und nach. *Jetzt bloß keinen blinden Aktionismus!*, warnte meine innere Stimme.

Unauffällig umrundete ich das Hauptgebäude auf der Suche nach einem offenen Fenster. Da es keins gab, fiel es mir leichter, der Stimme folgend, nicht einzusteigen. Für eine kurze Denkpause nahm ich auf einer Parkbank Platz. Es roch nach frisch gemähtem Gras. In mir lebte das sichere Gefühl, im ersten Anlauf gescheitert zu sein. Intensiv dachte ich darüber nach, wie ein zweiter aussehen könnte, als mir der Zufall zu Hilfe kam.

Kurz glaubte ich, zu halluzinieren. Aber auch der Terrier legte eine derartige Aufregung an den Tag, dass ich anderer Meinung wurde. Hinter einer entfernten Baumgruppe bewegte sich eine Person eilig fort. Sofort war mir klar, dass es sich hierbei um eine mir bekannte weibliche Person handelte.

Was macht die denn hier, verflixt noch eins?

In seltener Übereinstimmung mit meiner inneren Stimme fragte ich mich (wörtlich!) das Gleiche. Zweifelsfrei war es die Wilhelmshavener Oberkommissarin Gesine von Röhrbach. Das Erstaunlichste daran war, dass ihr Stammsitz sich in einer Entfernung von annähernd tausend Kilometern befand.

Das kann kein Zufall sein, kommentierte mein innerer Klugscheißer. *Ihren Urlaub verbringt sie hier sicher nicht.*

Da die Stimme recht hatte, sprang ich auf wie von der Tarantel gestochen. Quer eilte ich über die bestens gemähte Wiese dorthin, wo ich die von und zu Röhrbach gesehen hatte. Soweit die ausziehbare Leine es zuließ, wetzte der Hund voraus. Glücklicherweise sah ich niemanden, der uns bei dieser peinlichen Verhaltensauffälligkeit beobachtete.

Die Oberkommissarin war und blieb spurlos verschwunden. Vergeblich sandte ich meine Blicke in alle Richtungen. Wie belämmert stand ich da, Ratlosigkeit bedrohte mich. Der Terrier rannte im Rahmen der Leine sinnlos in jede Richtung. Das führte uns auch nicht weiter, weshalb ich mich nachdenklich am Kopf kratzte.

Wie ich dich kenne, höhnte die Stimme, *glaubst du jetzt an eine Fata Morgana. War aber keine! Nun lass endlich Rick los. Er kann besser riechen als du.*

In Ermangelung eines Gegenvorschlags befolgte ich den sinnlosen Rat. Der Hund dachte überhaupt nicht daran, eine Fährte aufzunehmen, sondern peilte unter permanentem Rutengewedel den nächsten Baumstamm an, um diesen anzupinkeln. Dann trat das von mir Befürchtete ein: Ohne sich umzudrehen, eilte das miserabel erzogene Tier die Straße rechts hoch, die Nase übers Pflaster ziehend wie einen Strich. Der Hund ließ mir keine andere Wahl, als ihm nachzurennen und ununterbrochen seinen Namen zu rufen, was erfolglos blieb. Spurlos wie Gesine von Röhrbach verschwand auch er.

Erneut stand ich da wie belämmert. Meine Blicke stießen auf ein etwas größeres, in seiner klassizistischen Bauweise dem Schloss angepasstes Haus, das in einigem Abstand inmitten einer Baumgruppe aufragte. Dort entdeckte ich dann auch den Terrier, der an der Eingangstür schnüffelte und sich mehrmals fragend zu mir umschaute. Ich spürte die fieberhafte Aufgeregtheit des Jagdhundes bis in die eigenen Knochen und eilte zu ihm, ohne meine touristische Tarnung aufzugeben. Es imponierte mir, dass ich selbst in Situationen äußerster Anspannung und Gefahr die wichtigsten Regeln detektivischen Verhaltens nicht aus den Augen verlor. Das war schon klasse.

Während ich über den Kiesweg auf das Haus zuging, dachte ich darüber nach, wie ich in dessen Inneres gelangen konnte, denn dort spielte die Musik. Alle für mich sichtbaren Fenster waren verschlossen. Führte der Hund mich in die Irre oder war Gesine von Röhrbach tatsächlich hier?

Beides war möglich. Ich musste das Wagnis eingehen, es herauszufinden. Inzwischen war ich bei der Tür angekommen, deren schön geschwungenen Griff ich von oben ebenso anstarrte wie der Hund von unten. Einige Momente verharrten wir in nachdenklicher Tatenlosigkeit. Zweifelsfrei war die Tür verschlossen. Auf der Suche nach einem einstiegbereiten Fenster musste ich das Haus auch von den anderen drei Seiten unter die Lupe nehmen.

»Nun komm schon!«, zischte ich dem Hund zu, bevor ich um die Hausecke verschwand und ihn etwas völlig Verrücktes tun sah: Hoch und kraftvoll sprang er empor. Er landete mit den Vorderpfoten auf der Türklinke und drückte diese herunter. Die Tür ging auf. Ganz baff über den Erfolg seiner sinnlosen Tat schaute Ricky hilfesuchend zu mir herüber, da er mich als seinen Rudelführer betrachtete.

»Auch ein blindes Huhn findet mal einen Doppelkorn«, scherzte ich friesisch, jedoch in erneuter wehmütiger Erinnerung an die ferne Heimat. Ich schob den Jack Russell beiseite und betrat als Erster das Haus, wie es sich für einen Rudelführer geziemt. Der Hund war voller Furcht. Er war noch jung und hatte meine Erfahrung nicht. Toleranz bereitete mir keine Probleme. Als ich den ersten Fuß in das Haus setzte, stellte mein Instinkt mir in Aussicht, mich unmittelbar vor der Lösung meines ersten großen Falls zu befinden. Der intensive Geruch von Mariettas möglicherweise bevorstehender Rettung hing in der Luft. Mein Inneres vibrierte, ich spürte die Nähe der geliebten Frau fast körperlich.

Zwischen 20 und 21

Vor dem Schlussspurt entspricht ein kurzer Einschub den Notwendigkeiten: Als ich die oberste Stadtverwaltung Bydgoszczs um Genehmigung fragte, das nun Folgende an jener Lokalität zu schildern, an welcher es sein tatsächliches Geschehen fand, bat man mich von höchster Stelle, diesen Ort erzählerisch geschickt so zu verlegen, dass niemand (weder neugieriger Journalist noch vorwitziger Tourist) auf die Idee käme, aufdringlich nach diesem mysterienumhangenen Ort zu forschen und seine Nase in jenen hineinzustecken.

Der Verwaltungsleitung von Bydgoszcz ist aus nachvollziehbaren Gründen daran gelegen, die über Jahrhunderte geheim gehaltene Stätte auch weiterhin geheim zu halten. Dass diese (außer durch die anderen Beteiligten) nur durch meine exzellente Spürnase überhaupt entdeckt werden konnte, bedarf keiner besonderen Erwähnung. Das Kellergewölbe, von dem also in Kapitel 21 die Rede sein wird, ist NICHT von dem zuvor geschilderten Haus des Schlossparks Ostromecko aus erreichbar. Es befindet sich auch NICHT in der Ortschaft Ostromecko selbst. Es befindet sich ganz woanders.

21

Bereits nach den ersten Schritten im Haus fuhr meine Aufregung auf ein erträgliches Durchschnittsniveau herunter. Meine Schritte hallten trotz aller Vorsicht in den leeren und hohen Räumen des Hauses wider wie der verzweifelte Schrei eines mutterlosen Heulers im morgendlichen Watt.

Kein Schwein zu Hause, resümierte meine innere Stimme.

Ich sah keinen Anlass, ihr zu widersprechen.

»Hallo!«, rief ich. »Kein Schwein … äh … niemand zu Hause?«

Meine innere Stimme muckte auf. Warum ich denn hier so herumbrülle, wollte sie wissen. Vielleicht hatte sie recht, aber nichts ließ sich mehr ungeschehen machen. Ohne weitere Vorsichtsmaßnahmen durchstreifte ich alle Räume, bis ich wieder am Ausgangspunkt angelangt war. Das Haus war so leer wie die berühmte Grabkammer am Ostermorgen. Bis auf einen schmucklosen Billigteppich, der in einem der hinteren Räume den akkurat und brillant gefliesten Boden verunzierte, war das gesamte Erdgeschoss ausstattungsfrei.

Eine breite Treppe führte nach oben. Da der Hund von dort heruntergewetzt kam, ohne etwas gefunden zu haben, ersparte ich mir, es ihm nachzutun. Nach einem Kellerzugang suchte ich vergeblich, da es keinen gab. Der Hund führte sich auf, als wüsste er Bescheid. Als ich mich gerade fragte, wo verdammt Gesine von Röhrbach abgeblieben war, sagte meine innere Stimme: *Die Bulette ist jedenfalls nicht hier.*

Durch ein Fenster erspähte ich einen auf das Haus zueilenden Menschen. In wenigen Sekunden würde er an Ort und Stelle sein. Blitzschnell musste ich mich zwischen zwei Möglichkeiten entscheiden:

a) Ich konnte so stehen bleiben oder
b) mich so schnell wie möglich unsichtbar machen.

Unsichtbar machen!, rief die Stimme despotisch. Entsprechend seinem devoten Naturell gehorchte der Hund, obwohl er meine innere Stimme nicht hören konnte. Ich folgte ihm in den kleinsten und nächstgelegenen Raum. Unmittelbar bevor die Haustür geöffnet wurde, war ich spurlos verschwunden. Ich vergaß zu erwähnen, dass es sich bei der sich nähernden Person um die Oberkommissarin gehandelt hatte. Vermutlich war sie es auch, die nun das Haus betrat.

Deutlich vernehmbar drehte sie auf klackenden Schuhen eine trostlose Runde durchs leere Erdgeschoss. Dann eilte sie urplötzlich die Treppe hinauf, als sei eine Horde alter Schlossgespenster hinter ihr her. Kurz darauf wurde die Haustür aufgerissen. Eine aufgeregt vor sich hin brabbelnde Menschenmenge befiel das Haus wie eine Herde Viren. Der Tonfall war aggressiv-entrüstet. Ich hörte nur Frauen und dachte sofort an die Damenriege aus dem Zug. Ein Blick hinaus bestätigte mir, dass ich richtiglag. Wild gestikulierend passierten sie unser Versteck. Ich sah sie, sie mich jedoch nicht. Zu sehr waren sie in die Tiefe ihres Zorns versunken. Der Hund befand sich in Toter-Mann-Stellung. Er orientierte sich augenscheinlich an mir.

Heiße Bräute, sagte meine innere Stimme. *Aber die aus dem Zug sind das nicht.*

»Natürlich sind sie es«, flüsterte ich ihr genervt zu.

Die hier reden Polnisch.

Tatsächlich war das am häufigsten verwendete Wort *»dziwka«* (»Schlampe«, Anmerkung des Übersetzers). Behutsam blickten der Hund und ich der zeternden Damenriege hinterher. Unsere Blicke verfingen sich in einem Meer wippender Pferdeschwänze, langer Mähnen, stutenähnlich wogender Hinterteile. Die Amazonengruppe bestand aus circa fünfundzwanzig Mitgliedern. Das von allen Seiten furchteinflößend widerhallende *»dziwka, dziwka, dziwka«* flaute nicht ab.

In dem Raum mit dem hässlichen Teppich schoben die Damen den Teppich ohne langes Federlesen beiseite und verschwanden in einer darunter verborgenen Luke. Es wurmte mich, dass ich nicht allein auf die Idee mit dem Teppich gekommen war. Damit der Ärger mich nicht auffraß, schluckte ich ihn hinunter.

Nach dem Verschwinden der Frauen war alles wie vorher. Stille übertönte die Szene. Eine weniger realistische Seele hätte wohl an eine Halluzination geglaubt. Ich wartete eine sekundengenau berechnete Minute, bevor ich der zornigen Gruppe folgte. Die Luke allein hochzukriegen war schwierig, aber machbar. Die Holztreppe dahinter bestand aus sechsundzwanzig Stufen, welche ich spontan »die sechsundzwanzig Stufen zu Marietta« nannte. Von den verfolgten Damen sah und hörte ich während meines Abstiegs nichts. Sie machten einen verschwundenen Eindruck.

Das Gewölbe, in welchem ich mich nun befand, glich einer verzweigten Höhle. An den Wänden steckten brennende Fackeln in entsprechenden Halterungen und verpassten der gespenstischen Szenerie einen goldenen Anstrich, welcher mein Inneres mit Ruhe erfüllt hätte, wäre es nicht mit zitternder Angst um Mariettas Leben bereits okkupiert gewesen.

Wenn sie hier gefangen gehalten wurde, wie mochte es ihr nach einer mehrwöchigen unterirdischen Kerkerhaft gehen? In welchem Zustand befand sich die geliebte Geisel? Oder, ich konnte den Gedanken nicht zu Ende denken, hatte es sie womöglich längst dahingerafft? Alle in Frage kommenden Antworten waren überzogen mit einer schimmernden Lasur aus Furcht.

Vorsichtig tastete ich mich voran, den ängstlichen Hund hinter mir herschleifend wie einen bockigen Esel. Eine Fackel entzog ich ihrer Halterung, um selbst dunkelste Ecken mit ihr auszuleuchten. Auf der Suche nach Marietta durfte ich keine Finsternis scheuen. Ich sehnte mich danach, sie als geretteten Menschen in die Arme schließen und ihre Tränen trocknen zu können. Dieser Gedanke beschleunigte meine Schritte, jede Sekunde zählte.

Die trügerische Gewölbestille wurde durch einen markerschütternden weiblichen Schrei unsanft aus ihrem verlogenen Frieden gerissen. Marietta? Schrie sie verzweifelt um ihr Leben? Mein Herz brannte. Die dem Schrei folgende Stille hatte etwas Erhabenes.

Der Hund vergaß seine Angst. Wie eine aufgezogene Plüschfigur raste er kreuz und quer durchs Gewölbe. Planlos, ziellos, sinnlos! Immer wieder verlor ich ihn aus den Augen, immer wieder tauchte er auf (wie zu Hause – welchen Zauber dieses Wort doch innehatte – ein Seehundskopf sich überraschend aus den Wellen reckt, um sofort wieder zu verschwinden). Dann vergewisserte der Terrier sich ängstlich, ob ich noch da sei, um ihn zu beschützen.

Systematisch suchte ich die Gänge des Gewölbes ab, leuchtete mit erhobener Fackel in Ecken und Winkel der Finsternis, ohne etwas anderes zu finden als vertrocknete Mäuseköttel und Spinnweben, die im sanften Licht brennender Presspappe golden schimmerten. Einmal schweiften meine Gedanken zu Gesine von Röhrbach, von der ich seit ihrem Verschwinden im Obergeschoss nichts mehr gesehen hatte. Ich hoffte, dass ihr nichts passiert war. Auch wenn die Kleine mich früher manchmal gepiesackt hatte (worüber ich schon damals lächeln konnte), so war doch auch sie nur ein Mensch aus Fleisch und Blut.

Meine so dahinplätschernden Gedanken wurden unsanft gestört durch von fern kommende Stimmen. Der Hund, der gerade mal wieder Sicherheit bei mir tankte, spitzte die Löffel. Überdreht wetzte er los, ich hinterher. Die Stimmen wurden lauter. Wieder polnische weibliche Stimmen, was den Schluss nahelegte, dass ich mich auf der richtigen Spur befand.

Als ich sicher war, dass die Gruppe zorniger Polinnen sich in der nächsten Gewölbebucht aufhielt, löschte ich meine Fackel. Zufrieden, daran gedacht zu haben, näherte ich mich auf leisen Sohlen dem Ort des Geschehens. Nun konnte ich jedes Wort deutlich hören (nicht verstehen!) und auch diverse Blicke auf die Amazonenschar erhaschen. Diese saß auf Stuhlreihen hinter kleinen Tischen und eine Dame dem Hauptpulk gegenüber an einer Art Pult auf bequemem Chefsessel. Diese Frau war Ilona Janßen. Hinter ihr befand sich eine Wandtafel. Das alles erinnerte an ein Klassenzimmer. In einer dunklen Ecke hinter Ilona saß eine Person, deren Gegenwart ich mehr erahnte, als dass ich sie tatsächlich sah, weshalb ich ihre Identität nicht feststellen konnte. Einen Verdacht hatte ich jedoch.

Fünf Minuten lauschte ich so. Meine anfängliche Euphorie flaute ab. Ich trat auf der Stelle, da ich keins der gesprochenen Wörter verstand. Die Gruppenaufregung war weiter enorm. Fieberhaft sann ich über einen Ausweg nach, als das Schicksal mir in die Karten spielte. Deutlich vernehmbar sagte Frau Janßen: »Wir müssen jetzt Deutsch reden. Sonst versteht unser Freund hier kein Wort. Und das sollte er.«

Ich zuckte zusammen: Hatte sie mich entdeckt? Dann aber wurde mir klar, dass nicht von mir die Rede war, sondern von jener Figur in verborgener Raumecke. Ich fragte mich, ob Dose als freier Ostfriese dort saß oder als Gefangener polnischer Amazonen.

22

»Marietta Weinzierl ist nicht nur unsere Feindin, liebe Schwestern«, tönte Ilona Janßen. »Sie ist die Feindin jeder polnischen Frau. Auch wenn sie selbst eine Polin ist, was nichts zur Sache tut! Auf beiden Seiten der Grenze gibt es gute Frauen, und es gibt Schlampen, unabhängig von der Staatsangehörigkeit.«

Frenetischer Beifall brauste auf, vom widerhallenden Charakter des Gemäuers vielfach verstärkt. Aufgeputscht ließ die Rednerin sich zu noch größerer Lautstärke hinreißen: »Marietta Weinzierl hat euch nicht nur um den wohlverdienten Lohn harter Arbeit gebracht! *Ona was obraziła! Wasze ciała, waszego ducha! Wasze dusze! Wasze serca!*« (»Sie hat euch beleidigt! Eure Körper! Euren Geist! Eure Seelen! Eure Herzen!«, Anmerkung des Übersetzers.) Nach jedem Satz legte sie eine hinterlistige Pause ein, um den Beifall weiter zu pushen. Final wiederholte sie eindringlich: *»Ciało! Duch! Dusza! Serce!«* (»Körper! Geist! Seele! Herz!«)

Die Begeisterung der Frauen eskalierte und wurde zu einer vernichtenden Woge, die an der Nordsee »Land unter« bedeutet hätte. Frau Janßen hatte es geschafft, die vorgeheizte Gruppe in Ekstase zu versetzen. Sie hatte die attraktiven Damen in einen hässlichen Mob verwandelt, der die Bereitschaft andeutete, jeden zu lynchen, der ihm in die Quere kam.

»Dlatego musi ona umrzeć!«, rief Frau Janßen (»Deshalb muss sie sterben!«). Und nach wohlberechneter Pause: *»Abyśmy mogli żyć!«* (»Damit wir leben können!«)

Stühle kippten, polnische Parolen wurden skandiert, teilweise auf Deutsch, Chaos entstand. Ohne viel zu sehen, hörte ich es doch, und es grauste mich. Ilona Janßen ließ sich Zeit, die aufgebrachten Amazonen zu beruhigen. Danach jedoch wurde es so ruhig, dass es schien, als habe die Versammlung sich aufgelöst. Die Vollkommenheit der Stille war erschreckend. Von weit hinter mir glaubte ich leise Geräusche zu hören, war mir dessen aber nicht sicher.

Immer wieder fragte ich mich nach dem großen Zusammenhang. Nach Sinn und Zweck, Ursache und Wirkung der vor meinen Augen stattfindenden Versammlung. Während mir jedoch der entscheidende Hinweis für ein erhellendes Aha fehlte, murmelte meine innere Stimme: *So langsam schwant mir, was hier läuft.* Ich hielt dies für reine Angeberei und ging nicht weiter darauf ein.

»Und deshalb, liebe Genossinnen«, sagte Ilona Janßen mit der feierlichen Gelassenheit einer Predigerin, »deshalb ist dieser Mann hier unter uns. Ubbo, steh bitte auf, damit alle dich sehen können.«

Das leise Rücken eines Stuhls war hörbar. Als ich vorsichtig hinüberspähte, sah ich den aufgestandenen Dose. Wieder ein Knacken weit hinter mir, vermutlich im Gebälk. Ilona Janßen sagte: »Diesem armen Mann hat die von uns allen verachtete Marietta Weinzierl das Liebste genommen, was er hatte.«

»Imilava«, bestätigte Dose hängenden Kopfes. »Die is ächt voll die Liebe von mein Leben. Und nu is die wech. Und wenn da ächt Mariedda Weinzierl hintersteckt, wie ihr dat sacht, dann …« Resigniert brach er ab.

»Und wir«, Ilona wandte sich wieder an ihr dankbares Publikum, »werden dafür sorgen, dass unser guter Ubbo, der in Wilhelmshaven schon so viele wichtige Dienste für uns verrichtet hat, seine zierliche Imilava sehr bald wieder in seine starken Arme schließen kann.«

Die sich anschließende Jubelsalve kam gedämpfter als die vorausgegangene.

»Uhnd wie mahchen wir dahs?«, wurde gefragt, nachdem die Ruhe wiederhergestellt war. »Biete schöhn?«

Ilonas Tonfall verhärtete sich. »Du sollst nicht so dumme Fragen stellen, Urszulina. Du sollst mir vertrauen.«

Urszulina! Der Name klingelte in meinen Ohren. Handelte es sich um die Person, die Angie mir als Vermittlungskandidatin angepriesen hatte? Das hätte bedeutet, dass Polski Tenderness nicht Kandidatinnen des freien Marktes anbot, wie behauptet wurde, sondern freie Mitarbeiterinnen, was keineswegs dem Stil einer seriösen Vermittlungsagentur entsprach.

Ich hörte Schritte und versuchte, einen tieferen Blick in den Versammlungsraum zu erhaschen, was mir auch gelang. Ilona stand vor einer sehr jungen Frau, die etwas weniger aufgebrezelt war als die anderen. Das Bild erinnerte mich unangenehm an die Schulzeit.

Zweifelsfrei erkannte ich in der zierlichen Person die mir von Angie wie Sauerbier angebotene Urszulina wieder, womit die fehlende Seriosität von Polski Tenderness bewiesen war, was aber nur die Spitze des Eisbergs darstellte. In mir erhärtete sich der Verdacht, dass die Agentur ein gezielt kriminelles Anliegen verfolgte: Polnische Frauen wurden an friesische Männer vermittelt, zogen diesen das Geld aus der Tasche und verschwanden, aus Sicht der Kerle, im Nirwana.

»Unser Ubbo wird seine Imilava wiederbekommen«, sagte Ilona leise und Widerspruch nicht duldend zur körperlich unterlegenen Urszulina. »Sobald er seinen letzten Dienst für uns verrichtet hat.«

In diesem Augenblick geschah etwas völlig Unvorhersehbares: Mit der plötzlichen Heftigkeit einer deichbrechenden Schafherde fiel eine Meute weiterer Frauen von hinten ein. Wie eine mächtige Woge überspülte sie den Versammlungsraum. Dass ich dabei übersehen wurde, verdankte ich einem Zufall: Soeben hatte Ricky mich durch sein nervöses Gebaren tiefer in die Nische gedrängt, in welcher ich mich schon vorher befunden hatte. Das hatte den Weg für die Monsterwelle freigegeben.

Unerschrocken stellte Ilona Janßen sich der Flut in den Weg. »Halt!« Sie übertönte alles. »Immer langsam mit den jungen Pferden! Was ist denn los?« Wie durch ein Wunder gelang es ihr, den Angriff zu unterbrechen. Alles blieb stutzend stehen.

»Was los ist?«, sagte eine orangerot gefärbte Mittvierzigerin, die ich zweifelsfrei als eine der Ladys aus dem Zug identifizierte. »Das fragt die Richtige!«

Das sind wieder die vom Dachboden, meinte meine innere Stimme. *Die waren ja auch schon im Zug.*

»So? Tut sie das, die Richtige?« Ilona ging bedrohlich auf die Mittvierzigerin zu, die sich nicht einschüchtern ließ.

»Dass du ein doppeltes Spiel spielst, alte Schlampe«, brachte sie bewundernswert gelassen hervor, »das hab ich schon lange geahnt. Jetzt weiß ich es.«

»Ich hab keine Ahnung, wovon du redest.«

»Dann muss ich es dir wohl erklären.« Statt klein beizugeben, wurde die Apfelsinenhaarige immer sicherer. »So wie es mir deine Komplizin Angie erzählt hat, nachdem ich ihr auf ihre lackierten Nägel getreten bin.« Sie ging ein paar Schritte auf und ab. »Übrigens, falls du sie später suchen solltest oder die Polizei: Sie liegt bestens verpackt in ihrem Hotelzimmer. Sie steht ja auf Fesselspiele.« Niemand lachte über den zynischen Witz. Und ich begriff, dass Angie bereits im Zug aus dem Verkehr gezogen worden war. Kleine Menschen passen in große Koffer.

»Apropo policja«, Frau Janßen plante einen vernichtenden Konter, »wenn ihr euch nicht auf der Stelle vom Acker macht, wird sie gleich hier sein.« Sie hatte ein Smartphone zur Hand. »Wer sind denn die Betrügerinnen? Welche angeblichen polnischen Superweiber ziehen denn die deutschen Kerle bis auf die Unterhosen aus mit Mariettas ach so glänzend ausgeklügelter Masche?«

Drei lange Sekunden herrschte epochales Schweigen in der Weite des gewaltigen Gewölbes. Vorbote eines Sturms, wie es ihn wohl nur noch ein Mal an dem Tage geben wird, an dem es mit dieser Welt vorbei ist: Die frisch eingetroffene Frauenriege aus Deutschland stürzte sich mit Vehemenz auf die polnischen Damen, die nicht zimperlich damit waren, sich mit allen Mitteln zu wehren und schließlich zum Gegenangriff überzugehen. Es wurde geschrien, auf Polnisch und Deutsch gezetert, geheult, gejammert, gebrüllt. Handtaschen wurden über Köpfe gezogen, gut und schlecht gezielte Fausthiebe verteilt, an Haaren gezerrt, Perücken von Köpfen gepflückt, Blusen und T-Shirts zerrissen. Kleider, Röcke, BHs, Slips flatterten durch die Lüfte. Es wurde gestürzt, aufgestanden, gekratzt und gebissen, dass es für jeden Liebhaber von Damenringkämpfen eine Pracht gewesen wäre.

Von den Ereignissen überwältigt stand ich da und fragte mich, ob ich eingreifen sollte. Ich hatte keinen Überblick, wer die Guten und wer die Bösen waren. Nur ungern hätte ich mich auf die falsche Seite geschlagen. Der Hund bellte aus sicherer Entfernung. Niemand beachtete ihn.

Gerade hatte ich den salomonischen Entschluss gefasst, mich ins Getümmel zu stürzen, um die in mannigfach entbrannten Einzelkämpfen jeweils Schwächeren zu unterstützen, als ich im rechten Blickwinkel wahrnahm, wie Ilona Janßen sich mit Ubbo Dose aus dem Staub machte. Eine innere Debatte, ob ich ihnen folgen sollte, war überflüssig.

Wie so oft lag das nächste Problem in meiner Vielseitigkeit: Im linken Blickwinkel sah ich, wie drei der eingefallenen deutschen Damen sich die übermäßig zierliche Urszulina vorknöpften, die sich mit ihrem couragierten Auftritt gegenüber Frau Janßen einen festen Platz in meinem Herzen erobert hatte. Ohne überflüssige Grübeleien stürzte ich mich ins Getümmel und entriss Urszulina den kräftigen Furien. Behutsam schleuderte ich das elfengleiche Wesen über meine Schulter und machte mich so an die Verfolgung Frau Janßens und ihres ostfriesischen Spießgesellen. Nach den ersten Metern bemerkte ich drei Dinge gleichzeitig:

1. wurde auch eine leichte Last mit jedem Schritt schwerer,
2. hatte ich die zu Verfolgenden aus den Augen verloren, und
3. war der Hund verschwunden.

Punkt eins ließ sich nicht ändern. Urszulina befand sich in tiefster Ohnmacht. Ich konnte sie nicht einfach ablegen wie einen Kartoffelsack. Punkt zwei und drei verbanden sich in wunderbarer Weise miteinander: Der Hund tauchte wieder auf und deutete durch Herumhoppeln an, dass er die entscheidende Spur nicht verloren hatte, sondern sich auf ihr befand. Ich folgte ihm. Das Geschrei der Kämpfenden ließ ich gern hinter mir. Es wurde leiser und leiser, bis es versickerte wie ein schmaler Priel.

Vermutlich zufälligerweise befand der Hund sich tatsächlich auf der richtigen Spur. Ich hörte Stimmen aus entsprechender Richtung. Je weiter wir kamen, umso deutlicher schälte sich eine davon als Doses ostfriesisch-knarrendes Organ heraus.

Urszulina (die ich fast vergessen hätte, obwohl sie sich nun auf meiner Schulter wand wie ein Aal, der nicht geräuchert werden wollte) fragte mich hektisch, warum ich sie nicht endlich herunterließ. Ob ich denn glaube, sie könne nicht allein gehen. Als sie mich schließlich als perversen Bastard beschimpfte, erkannte ich, dass ihre Unfreundlichkeit nicht gespielt war.

Ich hatte es nicht nötig, mich von ihr beleidigen zu lassen, und setzte sie unsanft ab. Da andere Dinge sich in den Vordergrund drängten, beschloss ich, mich nicht weiter über die schlecht erzogene Nachwuchspolin zu ärgern, die ich beim nächsten Mal den kraftstrotzenden Amazonen überlassen würde. Vielleicht war die Tracht Prügel, welche diese ihr verpassen wollten, genau das, was sie als Lektion benötigte. Nun aber schlich sie gemeinsam mit mir und Hund weiter, was mich so versöhnlich stimmte, dass ich beschloss, sie auch beim nächsten Mal zu retten.

Das extrem weitläufige Gewölbe war sehr verzweigt. Die Stimmen, die ich seit geraumer Zeit vernahm, waren noch viel weiter entfernt als zunächst vermutet. Unterwegs erwies Urszulina sich als redselige Zeitgenossin. Sie entsprach jenem emotionalen Typus, welcher schnell hochfuhr, sich jedoch ebenso schnell wieder beruhigte. Sie war nicht mehr sauer auf mich. Ungefragt brabbelte das zierliche Geschöpf drauflos. Dabei fiel mir auf, wie entzückend sie war. Sie redete wie ein Wasserfall, ihr Plappermäulchen stand nicht still. Anfangs hörte ich ihr nicht zu. Zu sehr beschäftigte mich die Frage, was mich in jener Region des Gewölbes erwartete, in welche ich Dose und Frau Janßen folgte.

»Wir sein vohn Polski Hardness«, schnatterte Urszulina nun, und ich wusste nicht, ob sie es mir erzählte oder sich selbst. Ich bedeutete ihr, leiser zu reden, was sie dann auch schimpfend tat.

»Niex Tän-där-näss! Pah, so eine komplette Blödsien: Tän-där-näss! *Fuck the devil* nohch eins. Die mahchen uhns gahnze Gäscheft kapuht, niex weiter. Blödde Weiber die! Du muhst dich vorstellen, gutte Mahnn: Lahssen siech ausbielden zu gut polniesch Frau, zu ziehen deutsche Mahn, wie gesagt iehr?

Über die Tiesch? Lernen so redden wie uhns uhnd all dahs. Bei Angie lernt sie schönn Liebe mahchen wie nur kahn gut polski Frau, deutsch Weib niex fänommenal wie polnisch, du ver-stähen?«

»Klaro verstäh ich, Püppchen.« Ich lächelte angenehm. Urszulina flüsterte pausenlos weiter. Anpassungsfähig war sie, das musste man ihr lassen. Die Chancen, bei ihrer Lautstärke von den anderen nicht gehört zu werden, standen gut. – Apropos die anderen: Die Entfernung zu ihnen war kaum noch der Rede wert.

»Also los, Ubbo!« Dieser Befehl Ilona Janßens war der erste annähernd vollständige Satz, der an mein Ohr drang.

»Aber wenn ich die nu kaltmach«, Dose klang aufgeregt, »dann kann die uns doch gar nich mehr vertellen, wo Imilava nu is.«

Wir standen so dicht am Eingang des Raumes, in welchem die beiden sich befanden, dass es schien, als spürte ich Ilonas Atem am Ohr. Tatsächlich war es Urszulina, die mir ins Ohr hauchte wie ein sanfter Küstenwind: »Diesä fahlschä *wąż*!« Ihr zarter Atem berührte mich. Gerade wollte ich fragen, was *»wąż«* bedeutete, als ich begriff, dass es nur »Schlange« heißen konnte. So sparte ich Zeit, die Leben retten konnte. Mariettas Leben.

Finde raus, wo Ricks Frauchen ist, statt rumzuschwafeln!, pöbelte meine innere Stimme. *Oder willst du warten, bis der Knallkopp sie gekillt hat?*

»Sie weiß doch gar nicht, wo deine Liebste steckt, kleiner Dussel!« Frau Janßen setzte alles auf eine Karte. »Das weiß nur …« (Den Namen verstand ich nicht, da Urszulina »Dahs siend Mörrder« in mein Ohr hauchte.)

»Ach sou«, meinte Dose in seiner trockenen ostfriesischen Art. »Dat hab ich gar nich gewusst. Na, denn bleibt mir ja wohl nix anners überig.«

Ich hörte ein lautes Schmatzen und war sicher, dass es Ilonas Lippen auf Doses Wange waren. »Ich hab's doch gewusst«, jubelte sie. »So ein Schlückchen Wodka löst Blockaden. Ein paar mehr erst recht. Du bist und bleibst halt mein Bester, Ubbo.«

»Einer geiht noch«, meinte Ubbo.

»Nun aber los«, ermunterte Frau Janßen ihn. »Hier die Pistole. Es ist ja nur ein kurzes Drücken am Abzug. Ein Kinderspiel für einen Kerl wie dich.«

Ich war unbewaffnet, zweifelte aber nicht daran, den betrunkenen ostfriesischen Hundetrainer leicht überwältigen zu können. Der Zeitpunkt war jedoch noch nicht gekommen. Zuerst musste ich wissen, wo genau Marietta sich unfreiwilligerweise aufhielt.

Das kriminelle Duo war naiv und unsensibel genug, den Weg vor uns herzugehen, ohne sich auch nur ein einziges Mal nach möglichen Verfolgern umzusehen. So hatten sie nicht den Hauch einer Chance gegen einen professionellen Ermittler.

23

Je tiefer wir uns in die Gewölbegänge verstrickten, umso klarer wurde mir, dass es sich um frühere geheime Fluchtwege oder Verstecke handelte, vermutlich aus der Entstehungszeit des alten Schlosses der Familie Mostowsky im 18. Jahrhundert, möglicherweise aber auch aus der des hundert Jahre später erbauten neuen Schlosses der Familie Schönborn und schließlich derer von Alvensleben.

Diese historischen Infos erschienen mir jedoch in den Momenten brennendster Gefahr völlig irrelevant. Von Bedeutung war, dass wir auf dem vermeintlichen Weg zu Marietta durch eine weitere geheime Tür traten, die sich mit einem überlebensgroßen, in Marmor gemeißelten Wolfskopf öffnen ließ. Wir betraten ein zweckmäßig ausgestattetes Apartment mit gefälliger Einbauküche und per Vorhang abgetrenntem Duschbad.

Auch wenn mein Verstand kaum noch überrascht war über den plötzlichen Anblick Mariettas, so explodierte doch mein Herz. Frei und ungebunden wie der Wind lief die Geliebte in der Wohnung umher. Mich erfüllte das erhebende Gefühl, nach langer Odyssee zurück zu sein in Ithaka, auch wenn ich niemals zuvor in dieser Einbauküche gewesen war und mein persönliches Ithaka Wilhelmshaven hieß.

Hatte ich ein Bild des Jammers einer in Ketten gelegten, abgeschminkten Marietta erwartet, durfte ich jetzt einsehen, dass ich mich getäuscht hatte. Ihr einstiger Prachtkörper war noch immer einer und steckte statt verhungert in zerrissenen Säcken wohlproportioniert im heißesten Minikleid, in dem ich den Traum meiner schlaflosen Nächte je erblickt hatte. Mir drängte sich die quälende Frage auf, ob ihre angebliche Gefangenschaft nur ein Fake war. Ein mieser Trick, um mich und andere in unfassbarer Weise hinters Licht zu führen.

Während ich an diese Möglichkeit glaubte, war mir unklar, ob ich erleichtert sein sollte, dass der Angebeteten keine Gefahr drohte, oder empört über ihren gespaltenen Charakter. Frau

Janßens Auftritt Marietta gegenüber rückte die Dinge dann jedoch schnell zurück ins rechte Licht.

»Na, da hat sich aber jemand schick gemacht«, spottete Janßens durchgebrannte Gattin. »Erwartest du männlichen Besuch oder den Tod?« Ihr schallendes Lachen prallte von den Wänden zurück. »Aber«, fügte sie drosselähnlich hinzu, »der Tod ist ja auch ein Kerl.« Sie grinste hämisch.

Marietta trat ihr mit der Würde einer Königin entgegen. Ihre aufrechte Körperhaltung, welche ihren edlen Wuchs ebenso unterstrich wie ihre Seelengröße, gefiel mir außerordentlich. Da ihre Pumps höher waren als die der Janßen, zwang sie jene, zu ihr aufzuschauen. Ein psychologisch ausgeklügelter Schachzug. Der ostfriesische Killer stand mit hängenden Schultern hinter Ilona, die Pistole vorn in die Hose gesteckt wie einen jämmerlichen Phallus.

»Du hast völlieg recht«, sagte Marietta mit der erhabenen Gelassenheit Maria Stuarts. »Komiesch, dass den Emanzen das noch nie aufgefallen iest. Aber der Tod iest ja auch niecht so angenehm. Das dürfen Kerle ruhig behalten.« Sie wandte sich an Dose. »Fiendest du niecht auch?«

»Ächt kein Schimma«, meinte der intellektuell überforderte Mann. »Ich will nur Imilava zurückham, sonst gor nix.«

Marietta machte die drei noch fehlenden Schritte auf ihn zu. Ihr galeerenhaftes Hinterteil vernebelte kurzzeitig meinen Verstand. Zu gut erinnerte ich mich daran, wie sie sich einst mit der Selbstverständlichkeit einer Baronesse auf mir platziert, mir den Kuss meines Lebens verpasst und so mein Herz im Sturm erobert hatte. Eine kostbare Erinnerung, die ich nicht missen wollte. Meine Unkonzentriertheit blieb ohne Folgen.

Der ängstliche Hundenarr aus der Westrhauderfehner Gegend griff den Schaft seiner Knarre, kam aber nicht mehr dazu, die Waffe aus der Hose zu ziehen. Marietta streichelte dem Döskopp so sanft über die Wange, dass Eifersucht mich erfasste.

»Du Narr«, sagte sie ernst und lächelnd. »Du tust mier wierklieh leid.«

Wie erstarrt stand Frau Janßen daneben.

»Warum dat denn?«, fragte Dose verdutzt.

»Imilava iest doch lange fort.«

»Dat weiß ich, Mann«, erklärte Dose, ohne die Hand vom Schaft zu lassen. »Deswegen soll die ja wieder herkommen.« Seine Stimme spannte sich wie die Sehne eines abschussbereiten Bogens: »Is dat nu endlich mol klor ouder wat?«

»Sie iest auf Mallorca«, sagte Marietta ohne jede Falschheit. »Schon sehr lange lebt sie dort miet iehre Mann.«

»Du lüchst doch, wie gedruckt lüchst du!«, fuhr Dose sie an, wich danach instinktiv zwei Schritte zurück, zog das abschussbereite Gerät aus seiner Hose und richtete es auf Marietta, womit er den wahrscheinlich größten Fehler seines Lebens beging, da er mich durch diese gedankenlose Aktion zu seinem Todfeind machte. Ein Fehler, den man nur ein Mal in seinem Leben begeht. Wild kläffend raste der Terrier los und biss den Bedroher seines Frauchens in die Wade.

»Riecky!«, rief das überraschte Frauchen. »Wo kommst denn du her?«

Aufgrund der Blitzartigkeit der Attacke besaß der angegriffene Ostfriese keine Chance zu effektiver Gegenwehr. Verzweifelt hob er das Bein, versuchte, den Hund abzuschütteln wie eine lästige Fliege, aber der schon im Normalzustand verbissene Terrier ließ sich nicht entfernen. Doses Bein schleuderte ihn herum wie der Mixstab zähen Kuchenteig.

»Sie lügt! Sie lügt! Sie lügt!«, schrie Frau Janßen nun mehrmals und trug so nicht dazu bei, das Tohuwabohu zu entzerren.

Die Situation brannte wie ein loderndes Osterfeuer am Rüstersieler Hafen, für mich das unwiderrufliche Signal zum Eingreifen. Ein Zurück konnte es nicht mehr geben. Dann jedoch erlebte ich eine böse Überraschung: Urszulina, die kleine, zarte Urszulina, die mir eben noch ihren Atem ins Ohr gehaucht hatte, drückte mir nun den Lauf einer Waffe an den Kopf. Herrisch meinte sie, ich solle es besser sein lassen.

Ein langes Nachdenken erübrigte sich. Lag ich erst tot in der Gegend herum, war ich außerstande, wertvolle Leben anderer zu retten. Ricky würde ohne meine Hilfe genauso dran glauben müssen wie sein Frauchen. Das Gebot des Augenblicks konnte im Interesse der anderen nur im Stillhalten bestehen. Ein Ermittler, dessen Bestreben sich stets um die eigene Person dreht, wird es nie in die Champions League der Zunft schaffen.

Auch Dose suchte in der ihm eigenen Erbärmlichkeit nach seiner jämmerlichen Chance. Das war nur menschlich. Da Ricky ihn ums Verrecken nicht losließ, richtete er schließlich seine Waffe auf den Kopf des Tieres. Ich fragte mich, ob er tatsächlich keinerlei Skrupel verspürte, das Leben des unschuldigen Terriers auszulöschen wie die Figur eines Computerspiels. Die Situation stand auf Messers Schneide. Griff ich nicht ein, war der Hund vielleicht schon bald tot. Griff ich dagegen ein, war der Hund möglicherweise ebenfalls bald tot und ich obendrein. In einem solchen Fall war auch Mariettas Ermordung unaufhaltsam.

Im ersten Fall biss nur der Terrier ins Gras. Im zweiten Fall wir alle drei. Das Pendel der Vernunft schlug in Richtung Fall eins. Einzugreifen hätte einen Sieg purer Unvernunft dargestellt. Ricky war das Bauernopfer, das gebracht werden musste. Es gab keinen anderen Weg.

Aber kaum war ich zu dieser Erkenntnis gelangt, fiel mir noch etwas anderes ein: Ich habe Bauernopfer schon immer gehasst. Ich vergaß die Wumme, die Urszulina gegen meinen Schädel hielt, vergaß die ganze verdammte Vernunft und stürzte mich blind entschlossen auf Dose. Mit gezieltem Tritt entfernte ich die Pistole aus seiner Hand, die sich daraufhin durch die Luft segelnd aus dem Gefahrenbereich entfernte.

Während meines Sprungs streiften meine Blicke die verdatterten Gesichter der anwesenden Protagonisten: Dose, Ilona, Urszulina, der Jack Russell und vor allem: Marietta. Noch im Flug vertieften sich unsere Blicke ineinander, und ich wusste erneut, für wen ich das alles hier auf mich nahm.

»Räänt!«, rief sie in überraschter Erleichterung. »Wo kommst denn du her?«

Auch die anderen sahen mich fassungslos an. Für sie musste es sein, als würde ein Himmelskörper mit der Brachialgewalt eines leuchtenden Kometen in die Szene eindringen. Von einem Sekundenbruchteil zum anderen war ihre gesamte Welt in ein völlig anderes Licht gerückt.

Nach meiner unsanften Landung rücklings auf gefliestem

Boden spürte ich sofort, dass diese Landung meiner Wirbelsäule nicht guttat. Jedoch verdrängte ich den Schmerz und widmete mich der Situation, die nun angehalten war wie bei Dornröschen. Die Zeit war gestoppt, die Beteiligten mitten in der Bewegung erstarrt. Selbst der Hund, der weiter Doses Hosenbein festhielt, zerrte nicht mehr an diesem herum. Ein paar Momente wusste keiner, was als Nächstes zu tun war. Wer sich als Erster wieder regte und das Richtige tat, besaß große Chancen auf den Gesamtsieg. Was aber war das Richtige? Blinder Aktionismus konnte tödlich sein.

Ich wunderte mich, dass Urszulina nicht abdrückte. Als ich mich vorsichtig zu ihr umblickte, sah ich nicht mal mehr ihre Pistole. Zu spät begriff ich, dass sie nie eine andere Waffe auf mich gerichtet hatte als ihren Zeigefinger. Nun jedoch war sie es, die den Fluch des Nichthandelns brach.

Ohne dass irgendjemand sie aufhielt, raste die kleine Person los wie ein geölter Blitz. Dass ihr Ziel Doses Pistole war, die in einer entfernten Raumecke gelandet war, erkannte ich nicht sofort. Als es so weit war, hielt sie die Knarre schon in ihrer zarten Hand. Ich verlor den Überblick. Wer steckte mit wem unter einer Decke? Wer vertrat das Gute, wer das Böse? – Als ich jedoch Urszulina die Waffe abwechselnd auf mich und Marietta richten sah, womit sie uns in eine Ecke zwang, kehrte meine Übersicht zurück.

»Marietta«, sprudelte es aus mir heraus. »Wie geht es dir? Bist du gesund?«

Ihr Lächeln war die schönste Belohnung für meine Mühen. Ich vergaß alle Pein, jede erlittene Schmach, sogar mein Heimweh und unsere missliche Gesamtsituation. Welches Spiel Urszulina genau spielte, blieb mir allerdings weiterhin verborgen.

Rick weiß, was er zu tun hat, sagte meine innere Stimme. Prompt verschwand der Hund. Dem kleinen Feigling wurde die Luft zu dünn, er fürchtete um sein Leben, was ich ihm nicht verübelte. Er war nur ein einfacher Hund, der sich auf Frauchens Schoß am wohlsten fühlte, wenn sie ihm den Bauch kraulte.

Dose erhielt von der bewaffneten Urszulina den Auftrag, Marietta und mich mit Handschellen an die Heizung zu ketten. Ich hielt ihm zugute, dass ich sein Unwohlsein bei dieser Handlung spürte. Als Liebeskranker war er nicht voll zurechnungsfähig, außerdem war der Pistolenlauf auf ihn gerichtet. Ich befand mich in der seltsamen Stimmung, nicht nur dem Terrier, sondern auch dem Ostfriesen alles zu verzeihen, woran Mariettas Nähe schuld war. Wir lächelten uns an, und mein Herz blühte auf.

Eiligen Schrittes strebte Frau Janßen auf Urszulina zu. Kurz befiel mich die Hoffnung, sie würde diese entwaffnen, da ihr die Sache zu weit ging. Schnell erkannte ich jedoch, dass das Gegenteil eintrat: Ilona umarmte Urszulina verblüffend innig. Als sie sich wie ein Liebespaar küssten, begriff ich, dass sie ein Liebespaar waren.

»Mein Engelchen«, sagte Ilona Janßen. »Ich bin so stolz auf dich! Du hast uns den Arsch gerettet.« Sie verpasste ihr einen Klaps. »Und jetzt gib Dose die Knarre, damit er seinen Job erledigt.«

»Aber die hat doch gesacht …«, wandte der Neu-Hooksieler schwächlich ein. Urszulina reichte ihm die Waffe. Mit schlaffer Hand nahm er sie entgegen. »Mallorca«, stieß er kraftlos hervor.

»Seit wann hörst du denn auf das«, fuhr Ilona ihn unvermittelt an, »was die Schlampe sagt? Die will doch nur ihren Arsch retten.«

»Ihr eingeschränkter Wortschatz«, warf ich lässig ein, »langweilt mich. Und nun machen Sie uns los. Dann wird vielleicht noch alles gut.« Frau Janßen lachte und versuchte, mich schweigend zu demütigen. Mein Rücken schmerzte.

»Also!«, befahl Ilona barsch. »Mach sie endlich kalt!«

»Und Imilava …?«, startete Dose den nächsten Versuch, etwas über den Aufenthaltsort seiner Liebe zu erfahren.

»Die siehst du wiederr«, versprach ihm Urszulina. »Kahnst diech darauf värlassen.«

»Wenn du dich auf die kleine Lady verlässt, Ubbo«, sagte ich, als er die Waffe auf mich und dann so lange auf Marietta richtete, dass mir angst und bange wurde, »dann bist du schon verlassen, bevor es losgeht.« Meine Stimme zitterte fiebrig, aber das hörte nur ich.

»Wieso dat dänn?«, fragte Dose wie ein Ertrinkender, der sich verzweifelt an einen Rettungsring klammert.

»Nun schieß schon!«, zischte Ilona. »Knall sie ab!«

Die Blicke des verwirrten Rothaarigen wanderten zu Frau Janßen, weiter zu Marietta, auf die er den Lauf der tödlichen Waffe hielt, und landeten bei mir, als suche er Hilfe.

»Nimm mich zuerst.« Das Zittern meiner Stimme war weg.

Wild entschlossen richtete Dose die Pistole tatsächlich auf mich. Meine Physiognomiekenntnisse unterrichteten mich darüber, dass mein letztes Stündlein geschlagen hatte. Der Finger am Abzug krümmte sich. Als ich den Mann, der mich nun erschießen würde, zum ersten Mal gesehen hatte, wäre ich nicht auf die Idee gekommen, dass er mein Mörder sein könnte. Schweißperlen traten auf meine Stirn. Die Rückenschmerzen waren wie weggeblasen.

»Halt!«, rief Frau Janßen. »Zuerst sie! Er ist mir schnurz. Du kannst ihn als Zugabe kriegen, zu mehr taugt er nicht.«

Wie in Trance ließ der Ostfriese den Lauf der Pistole erneut Richtung Marietta wandern, deren Gelassenheit mir Bewunderung abrang. Sie sagte kein Wort, während ich mir den Mund fusselig geredet hatte. Wieder krümmte sich Doses Finger am Abzug. Schon ein nervöses Zucken oder ein Fingerkrampf bedeuteten Mariettas blutiges Ende.

»Nein!«, schrie ich verzweifelt. »Ubbo, die verarscht dich doch! Mach dich nicht unglücklich, alter Knabe.«

Dose jedoch schien mich nicht mehr zu hören. Er war versunken in seine eigene Welt. Eine Welt, die für ihn in seiner Verblendung wie Liebe aussah, die ihn jedoch nur einmal mehr an der Nase herumgeführt hatte. Sein Finger krümmte sich um einen weiteren, für Marietta lebensgefährlichen Millimeter. Der nächste halbe Millimeter würde zweifelsfrei das hauchdünne Papier durchstoßen, welches noch existierte zwischen Leben und Tod, da passierte das Wunder: In der Ferne bellte ein Hund! Dose lauschte erstaunt mit schief gelegtem Kopf, als sei auch er ein Hund. Dann verlor er aus unerfindlichen Gründen die

Kontrolle und drückte ab. Der Knall des Schusses peitschte durch das endlose Gewölbe, als verkünde er das Ende der Welt. Ich blickte in Mariettas weit aufgerissene Augen und rief ihren Namen. Sie kippte zur Seite wie eine Schaufensterpuppe.

Das Bellen näherte sich mit affenartiger Geschwindigkeit, genau wie der Hund. Es folgte eine weibliche Stimme, die schrie: »Waffe fallen lassen! Und Hände über den Kopf! Alle! Hier spricht die Polizei!« Beim letzten Satz wusste ich, dass es die Stimme der Oberkommissarin Gesine von Röhrbach war. Ihre Anwesenheit hatte ich im Trubel der Ereignisse fast vergessen.

»Schnell«, rief ich ihr zu. »Marietta. Sie ist getroffen.«

Blitzschnell erfasste sie die Situation, lief zu Marietta und hob sie an. »Sind Sie verletzt?«

Die Angesprochene schlug die Augen auf. »Alles iest okay. Was iest denn passiert?«

In meiner Brust löste sich ein Knoten, und Erleichterung von nie gekanntem Ausmaß durchströmte sie. Marietta lebte nicht nur, sie war auch unverletzt. Doses versehentlich abgefeuerter Schuss hatte nicht nur alle anderen, sondern auch sie verfehlt. Der Schreck hatte ihr lediglich eine kurze Ohnmacht verpasst. Die Kugel hatte sich in der Unendlichkeit der Gänge verloren. Wir lächelten uns zu.

»Räänt«, sagte sie. Ich erwiderte den Gruß mit ihrem Namen.

Aus Dose tropfte derweil der letzte Rest Power wie der letzte Tropfen Bier aus einer ausgelutschten Büchse. Er ließ die Waffe fallen und brach in Tränen aus, welchen er freien Lauf ließ wie ein Kind. Anschließend sackte er in die Knie, einem reuigen Sünder in der katholischen Kirche ähnelnd.

»Meine Imilava«, stammelte er. »Wohin bist du blouß abgehaun?« Ihm fehlte die Kraft zum Händeheben. Er war stockbesoffen.

Frau Janßen machte keinen Gebrauch von der verständlichen, aber sinnlosen Möglichkeit eines Fluchtversuchs. Urszulina in ihrem jugendlichen Leichtsinn wollte ausbüxen (wie Ubbo Dose es in einer späteren Nachbetrachtung bei ein paar Pils in Jevers Kultkneipe Pütt in der für ihn so typischen, mir mittlerweile vertraut gewordenen Art ausdrücken sollte). Ihr Fluchtversuch endete jedoch mit dem präzisen Befehl Frau Janßens: »Stehen bleiben! Sonst setzt es was.« Ich unterließ es, aus der autoritären Ansage oder Urszulinas devotem Gehorsam Rückschlüsse auf die Art ihrer Beziehung zu ziehen.

»Dürfen Sie das überhaupt?«, fragte Marietta, als Gesine von Röhrbach ihr den Schlüssel für die Handschellen zuwarf. »Uns einfach so verhaften mietten ien Polen?«

»Dürfen?« Die Oberkommissarin lachte kurz und trocken. »Das fragt die Richtige. – Aber da machen Sie sich mal keine Sorgen, Frau Weinzierl. Ich hab sie zwar bis hierher verfolgt, aber so richtig schön verhaften werden Sie gleich meine polnischen Kollegen.«

Nanu! Hörte ich da etwas, das über die professionelle Genugtuung einer Kriminalpolizistin hinausging? War hier möglicherweise weibliche Konkurrenz im Spiel? Ging es sogar um konkrete Eifersucht? Ich beschloss, mir zu einem späteren Zeitpunkt Gedanken in dieser Richtung zu machen, denn jetzt tauchte am Ende des Ganges eine große Zahl uniformierter polnischer *policja* auf.

»Und nur keine Angst«, sagte Gesine von Röhrbach ohne jede Spur eines Lächelns, »Sie und Ihre deutschen Kumpaninnen werden in den Genuss bestens ausgestatteter deutscher Gefängniszellen kommen. Das mit den Auslieferungen läuft inzwischen wie geschmiert.«

Da ich weiter an die Heizung gefesselt war, hielten die polnischen Polizisten mich für einen der Kriminellen, was ich ihnen nicht verübeln konnte. Dass sie mich als Ersten verhafteten, gefiel mir weniger gut, als Dritter oder Vierter hätte auch gereicht. Gesine von Röhrbach grinste mich so an, dass ich es zunächst nicht einordnen konnte. Als sie es jedoch unterließ, ihre polnischen Kollegen über meine Unschuld zu informieren, war das mit der Einordnung klar.

»Bedanken Sie sich bei Ihrem Hund«, sagte sie, ohne ihr Lächeln einzustellen. Unsere Abführung in Zweierreihen begann. »Er hat mich hergeführt. Ohne ihn hätten Sie die Sache vielleicht nicht überlebt. Und Ihre Freundin schon mal gar nicht.«

Marietta sah mich an, als wolle sie mich um Entschuldigung bitten. Natürlich war sie nicht nur Entführungsopfer, sondern steckte bis zu ihrem porzellanmäßig sanft geschwungenen Hals in den im Einzelnen noch aufzuklärenden Verbrechen.

»Das brauchst du nicht, Marietta«, sagte ich zu ihr, als wir nebeneinander abgeführt wurden. Allein der Gedanke an die lange Zeit ihrer peinigenden Gefangenschaft schmerzte mich. Wir beide in Handschellen, der Hund mit hängenden Ohren zwischen uns wie ein Kind, das sich fragte, ob Mama und Papa ihn noch lieb hatten. Der kleine Bursche tat mir leid.

»Was brauche iech niecht, Räänt?«, fragte Marietta, die sich zuvor ausführlich beim Terrier für ihre Rettung bedankt hatte.

»Dich bei mir entschuldigen. Ich habe dir schon lange verziehen.«

»Was, Räänt, was hast du mier verziehen?« Voller Unverständnis betrachtete sie mich und ich sie.

»Deine kriminelle Energie. Die hast du zum Einsatz gebracht, lange bevor wir uns kennenlernten. Sonst wäre ganz sicher alles anders gekommen.«

Sie blieb stehen. »Aber wie meinst du das?« Der Klang ihrer Stimme, die verborgene Liebe in ihren Augen, ihr kurzes Kleid, der Hals, der Busen, einfach alles an ihr ließ mich dahinschmelzen. Hätten wir uns nicht inmitten einer Verhaftungs-Karawane befunden, hätte es keinerlei Zurückhaltung für uns gegeben. Der Tross aus circa fünfzig verhafteten Damen und etwa dreißig polnischen *policja*-Mitarbeitern und -arbeiterinnen zog uns mit sich wie der unvermeidliche Strom der Zeit. Immer wieder mussten die Ordnungshüter tatkräftig und lautstark eingreifen, um die ungehaltenen Frauen davon abzuhalten, sich zu bespucken oder an den Haaren zu ziehen.

»Ich meine es so, wie ich es sage, Marietta. Hätten wir uns früher kennen- und lieben gelernt, wärst du niemals auf die schiefe Bahn geraten.«

»Aber warum denn niecht?«

»Weil es keinen Grund dafür gegeben hätte.«

»Dann hätten wir uns aber schon sehr früh kennenlernen müssen. Meine Schief-Bahn fieng an miet acht. Oder sieben. Vielleicht früher. Ziegarretten klauen und so …«

»Vielleicht hätten wir uns bei der Einschulung kennengelernt.«

Sie sah mich an, als hätte ich etwas Falsches gesagt.

»Ich meine jedes Wort, wie ich es sage«, betonte ich deshalb.

»Iech weiß, Räänt«, sagte sie so leise, dass Zärtlichkeit aus ihrer Stimme quoll. Ihre überbordenden Gefühle für mich entluden sich in dem begeisterten Aufjuchzer: »Du biest so süüüß!«

Hätte sie keine Handschellen getragen, wäre sie mir zweifelsfrei um den Hals gefallen, so hingerissen war sie. Sie führte ihr Gesicht dermaßen nahe an meines, dass wir uns wie von allein küssten. »So süüüß«, wiederholte sie danach. Ein polnischer Uniformierter ohne Empathie drängte uns zum Weitergehen. Trotz der misslichen Gesamtlage schwebte ich auf Wolke sieben.

Eine Sache jedoch belastete mich erheblich, und um sie mir so schnell wie möglich von der Seele zu reden, sprach ich sie an, solange Zeit dazu war. Ehe die Polizei die sich weiter kabbelnden Damen von Polski Hardness und Polski Tenderness samt meiner Person in die Einsatzwagen verfrachtete. Ich konnte nicht sicher sein, dort einen Platz neben Marietta zu ergattern (eine Vorstellung, die mir schon jetzt Trennungsschmerz verursachte).

»Du weißt, dass ich Detektiv bin«, setzte ich etwas umständlich an, da die Sache mir nicht leichtfiel.

»Haven-Detektiev«, bestätigte Marietta stolz.

»Detektive bekommen Aufträge, um Fälle zu lösen.«

Mariettas Augen ruhten fragend auf mir.

Was kommt denn jetzt?, wollte auch meine innere Stimme wissen.

»In diesem Fall war ich größtenteils mein eigener Auftraggeber«, betonte ich. »Es ging um deine Rettung, Marietta. Mir war sofort klar, dass da etwas nicht stimmte. Niemals hättest du deinen Hund allein zurückgelassen. Du hast ein Herz aus Gold.«

Könntest du mal auf den Punkt kommen?

Marietta verharrte in staunendem Schweigen. Der schafsgleich trottende Hund blickte niemanden an. Die sich in keinem guten Zustand befindende polnische Straße wurde Schritt für Schritt von unseren Füßen geschluckt.

»Aber es gab noch einen anderen Auftraggeber«, eierte ich herum. Der Hund blickte zu mir auf.

Ach so, meinte meine innere Stimme läppisch.

»Drago Radiec?« Marietta klang resigniert. Vielleicht auch enttäuscht oder einfach genervt, ganz wie man es nahm.

»Hast du ihn wirklich …«, ich zögerte, den Satz zu Ende zu sprechen, und tat es dann doch so schnell wie möglich, da wir in Kürze die Einsatzwagen erreicht hatten, »… ausgenommen wie eine Weihnachtsgans?«

Marietta lachte spontan und wehmütig. Wir standen unmittelbar vor den Polizeiautos. Ich machte mir nicht die Mühe, sie zu zählen. Immer wieder flammte schriller Streit zwischen den verfeindeten Frauen auf. Streit, aus dem sowohl Marietta als auch Ilona Janßen sich souverän heraushielten. In Bezug auf Marietta erfüllte mich das mit berechtigtem Stolz. Nach und nach wurden die Damen in die Fahrzeuge verfrachtet. Aufgrund der Würde, die sie ausstrahlten, wurde hierbei besondere Rücksicht auf die beiden Rädelsführerinnen genommen. So erhielt Marietta Gelegenheit, ihr kleines Schwätzchen mit mir noch ein wenig weiterzuführen.

»Polski Weihnachtsgans lässt siech niecht freiwiellieg ausnehmen«, sagte sie nicht ohne Wehmut. »Das iest der Unterschied.«

»Soll das etwa heißen, dass …?«

»Alles, was Drago Radiec mir gegeben hat«, ihr Lächeln wirkte ein wenig gekünstelt, »war freiwiellieg. Iech musste iehn niecht einmal darum bietten, diese kleine geile Bock.«

In Erinnerung an Radics Bericht ließ ich die Bemerkung fallen, dass hiermit Aussage gegen Aussage stehe.

»Glaubst du mier oder iehm?« Ich spürte, dass diese Frage von entscheidender Bedeutung war.

Nun lüg schon!, riet mir die Stimme. *Nur dieses eine Mal!* Sie brachte mich ins Grübeln. *Bitte!*, legte sie nach.

»Ich glaube dir, Marietta, das ist doch selbstverständlich.«

Meine innere Stimme atmete auf. Selbst der Hund, zuletzt etwas verspannt, wedelte glücklich mit dem Schwanz.

»Dann iest es ja gut.« Zum Abschied küsste Marietta mich bis zu dem Zeitpunkt, an dem eine sittenstrenge Mitarbeiterin der *policja* uns voneinander trennte und die Geliebte in einen der Bullis verfrachtete. Gerade wollte ich zusteigen, als Gesine von Röhrbach auftauchte und mich von den Handschellen befreite.

»Error«, sagte sie lapidar zu ihrer polnischen Kollegin.

Eine halbe Minute später startete der Gefangenentransport. Ohne mich. Es zerriss mir das Herz. Da ich dies jedoch vor der Oberkommissarin nicht zeigen wollte, winkte ich den Fahrzeugen so hinterher, als ginge die Sache mich weiter nichts an. Der Hund jaulte. Mariettas sehnsüchtige Augen hinter der Bullischeibe waren das Letzte, was ich für eine Weile von ihr sehen sollte.

24

MANCHMAL SIND LÜGEN DIE BESSERE WAHRHEIT!

Es gelang mir nicht, Augen und Gedanken von den Worten zu lösen, die ich in einer Zeit zu meinem detektivischen Leitspruch gemacht hatte, die so lange zurückzuliegen schien, dass sie mir vorkam wie aus einem anderen Leben, obwohl seither nur ein paar Monate vergangen waren. Welch völlig verschiedene Bedeutungen diesem Satz innewohnten, wurde mir erst jetzt klar.

Auf meinem Schreibtisch, wo nach Abschluss des Falls Marietta endlich wieder Ordnung eingekehrt war, lagen meine Füße in entspannter Haltung. Ich betrachtete sie. Wie so oft steckten sie in leichten italienischen Schuhen, diese hier waren hellbraun. In meiner Rechten ein eisfreier Bourbon.

Meine Bourbon-Vorräte, die in jener Hochsommernacht mit meinem Bremer Kollegen Bruno Kloos (an dessen Gesicht ich mich kaum noch erinnern konnte) bis auf den letzten Tropfen geleert worden waren, hatte ich nach meiner Rückkehr aus Bydgoszcz wieder aufgefüllt. Man wusste nie, was das Leben einem noch so brachte. Kurze Überlegungen, zu Ehren meiner polnischen Abenteuer auf Wodka umzusteigen, hatte ich schnell verworfen, da dieses Getränk mir nicht zusagte. Die imaginäre Zigarette in meiner Linken verqualmte ungeraucht.

MANCHMAL SIND LÜGEN DIE BESSERE WAHRHEIT!

Die Wahrheit dieser Worte hatte sich während der letzten Wochen so sehr verdreht, dass am Ende eine Lüge daraus geworden war, die sich wie eine Wahrheit anfühlte. Ich fragte mich, ob es gut war, den Sinnspruch dort hängen zu lassen, nachdem er mir auch seine hässliche Seite präsentiert hatte. Die Antwort verschob ich auf einen späteren Zeitpunkt. Den Kopf voller Nachdenklichkeit trat ich mit frisch gefülltem Bourbon-Glas auf den Balkon. Nachlässig schnipste ich die imaginäre Zigarette übers Geländer. Der Abend trat in seine Dämmerphase. Augenblicke voll eines Zaubers, dem ich mich wie stets nicht entziehen konnte. Meine innere Stimme schwieg betroffen.

Meine Blicke schweiften über das Wasser des Großen Hafens. Nach überstandenen polnischen Abenteuern hatte ich den vertrauten Anblick endlich zurück. Wäre das Hafenbecken ein Mensch gewesen, hätte ich ihn fest in die Arme geschlossen und nie mehr losgelassen. Jenseits der anderen Hafenseite erstreckte sich hinter Helgolandhaus samt Nebenhäusern sowie Fliegerdeich der Jadebusen bis rüber nach Dangast. Die müde gewordene Sonne ließ das Wasser noch einmal in goldenem Licht behäbig blinken.

Der glühende Sommer neigte sich dem Ende entgegen. Frühe Anzeichen eines Indian Summers schlichen sich ins Licht wie freundlich gesinnte rote Krieger. Erstes Laub verfärbte sich entsprechend. Die Geschehnisse der letzten Wochen hatten mich reicher gemacht. Auch wenn manche fies schmeckende Erkenntnis darin verborgen lag wie von Eichhörnchen im Stadtpark verbuddelte Nüsse. Ich hatte die Liebe gesehen, Hass und Gewalt erlebt. Zarte Bande von Zuneigung unterhalb des hochgesteckten Ideals der Liebe waren ebenso geknüpft worden.

Menschen hatten meinen Weg gekreuzt, die mich so bitter enttäuscht hatten wie zu lange gezogener Ostfriesentee aus zu billigen Teebeuteln. All die vielen ach so hübsch anzuschauenden Frauen, polnische und deutsche Ladys, deren Profession jahrelang darin bestanden hatte, unschuldige Männer nach allen Regeln ihrer fragwürdigen Kunst über den Tisch zu ziehen: Angie, Petra, Urszulina, Ilona … viele Namen schwirrten durch meinen Kopf und ließen mich an Aufrichtigkeit und Tugend der Menschheit zweifeln.

In diesem versauten Tee jedoch war ein großer, weit in mein Leben funkelnder Kandisbrocken namens Marietta aufgetaucht, der die Suppe versüßte. Mein Herz öffnete sich wie die sommerliche Blüte einer weißen Seerose auf dem Kurparkteich, wenn ich ihren Namen nur dachte: Marietta!

Vorerst jedoch schmorte diese Rose meines Herzens in Untersuchungshaft.

Die Gesichter mancher Personen zogen an mir vorbei. Oft viel zu schnell, manchmal aber auch wie ein Film in Zeitlupe. Gesichter, welche die Ereignisse der letzten Zeit für mich so verschieden geprägt hatten. Sie alle standen in Beziehung zu mir und verfügten doch über ein untrennbar mit ihnen selbst verbundenes Einzelschicksal.

Da war Ubbo Dose, der tatsächlich versuchte, ein Leben als Hundecoach zu fristen, und nicht nur ein angeblicher Hundecoach war, wie ich es ihm stets unterstellt hatte. Er gehörte zu den großen Verlierern des zurückliegenden Abenteuers. Imilava (für die er zu töten bereit gewesen wäre, ohne mit der Wimper zu zucken) hatte auf Mallorca längst ein neues Leben mit einem anderen begonnen, so wie Marietta es bereits vorweggenommen hatte.

Den Beweis hierfür fand Ubbos leidenschaftlich brennendes Herz in der Doku-Serie eines TV-Privatsenders, in welcher er Imilava als Auswanderin auf der deutschen Baleareninsel entdeckte. Das Schicksal lehnte es ab, ihm diese bittere Pille zu ersparen. Dass im angeblichen Paradies nicht alles für sie glattlief, grämte ihn. Schadenfreude kannte er nicht, da er über ein goldenes Herz verfügte.

Die Karten des Liebeskranken standen jedoch nicht schlecht, dass er am Ende der anstehenden Prozesse um Polski Tenderness das Oldenburger Gericht als freier Friese würde verlassen können. An den diversen Verbrechen, die im Laufe des Falls verübt worden waren, war er nicht wirklich beteiligt gewesen. Hausmeistertätigkeiten in den Räumen der kriminellen Agentur waren nicht strafbar. Zu seiner vertrackten Rolle in den Gewölben Ostromeckos würde ich zu seinen Gunsten aussagen. Ich sah ihn mehr als Opfer denn als Täter. Der versehentliche Schuss aus der ihm untergejubelten Waffe war ins Leere gegangen und hatte weder Mensch noch Hund geschadet.

Als ich ihn eines Tages auf seine ihm von mir unterstellte ostfriesische Heimat ansprach (in der Westrhauderfehner Gegend), sah er mich verblüfft an. In der ihm eigenen schlichten, jedoch stets ehrlichen Art wollte er von mir wissen, wie »toun Düwel« ich denn darauf komme. »Hä? Wat hab ich dänn mit die Ossis an Hut, wa?« Inbrünstig versicherte er mir, schon bei seiner Geburt das Licht der Welt im wangerländischen Tettens erblickt zu haben. Ich musste einsehen, dass mein sich wie ein roter Faden durch meine gesamte Bekanntschaft mit Ubbo ziehender Irrtum auf einem Vorurteil beruhte, was ich mir selbst ankreidete.

Aus der U-Haft war der wangerländische Friese in Ermangelung jeglicher Fluchtgefahr entlassen worden. Wohin hätte er fliehen sollen? Vielleicht nach Mallorca?

Janßen hatte den Verlust Ilona Janßens, die sich ihm in betrügerischer Absicht als Ilonka verkauft und ihn ohne Anwendung direkter Gewalt ausgeraubt hatte, bestens verkraftet. Sowohl im Imbisswagen als auch im wahren Leben war nun eine adrette kleine Vietnamesin an seiner Seite zu finden, die er mir voll Besitzerstolz als Bian-Thao vorstellte, was so viel bedeutete wie »geheimnisvoll« und »höflich«. Ich glaubte nicht, dass einer der beiden so bald die Dienste meiner Haven-Detektei würde in Anspruch nehmen müssen. Mit Pommes-Schranke hatte ich einen Imbisswagen gefunden, an dem man mich als Stammkunden betrachtete. Er war immer gut für einen Backfisch zwischendurch sowie ein vertrautes Gespräch mit dem Betreiber über das von der Nordsee herannahende Wetter oder das jüngste Ergebnis des Wilhelmshavener Handballvereins WHV, als dessen Intensiv-Fan sich Janßen entpuppte.

Hildburg, die winzige Schleifenhündin, war von der schnuckeligen Bian-Thao Janßen adoptiert worden, nachdem die herzlose Ilona Janßen seit ihrer Verhaftung kein Interesse mehr an dem Zwergterrier gezeigt hatte.

Gesine von Röhrbach war neidisch, dass man mich nach unserer triumphalen Rückkehr aus Bydgoszcz in der hiesigen Presse (Wilhelmshavener Zeitung, Nordwest-Zeitung, Jeversches Wochenblatt sowie die Gratis-Blätter Neue Rundschau und Guten Morgen, Sonntag! wie auch bei den lokalen Funk- und Fernsehanstalten Radio Jade und Friesischer Rundfunk) ein paar Spuren lauter gefeiert hatte als sie. Wer welche Rolle im demnächst erscheinenden stern-Artikel spielen würde, für welchen die Interviews mit uns beiden bereits gelaufen waren, stand noch in den Sternen.

»Von wegen: Sie haben den Fall gelöst«, spottete die selbstbewusste Bulette. »Ihr Hund vielleicht. Ohne den möchte ich gar nicht wissen, was heute überhaupt mit Ihnen wäre.« Worte, die mich verletzen sollten, dies aber nicht fertigbrachten. Sie fielen bei einem Fischessen (ich Kabeljau, sie Steinbeißer, ich ein schönes Jever Pils, sie ein Jever Fun schlürfend) im legendären Seglerheim am Nassauhafen in einem der davor platzierten Strandkörbe, zu dem ich die vorlaute Oberkommissarin zwecks Nachbesprechung eingeladen hatte. Ein Schollendinner in den eigenen vier Wänden erschien mir für den Anfang zu intim. Wie kaum anders zu erwarten, schloss meine innere Stimme sich dem hämischen Kommentar der gar nicht so übel aussehenden Oberkommissarin an. *Die Frau hat den totalen Durchblick*, jubelte sie. *Sollte befördert werden!*

Im Übrigen blieb unser Stelldichein unromantisch, obwohl von Röhrbach sich dies sicher anders vorgestellt hatte. Zu ihrer Ehrenrettung lässt sich jedoch sagen, dass sie die Niederlage mit Fassung trug. Man merkte ihr nichts an.

Und nun zu Angie, deren Schwester Petra (neben diversen anderen Tätigkeiten für die Agentur auch Polnisch-Lehrkräfte), Ilona Janßen und ihrer Geliebten Urszulina, die offenbar mehr Dreck am Stecken hatte, als bei einer solch zierlichen Person zu vermuten war: Neben einigen Mittäterinnen (kleine Fische) waren es die genannten Damen, die sich in den Hauptanklagepunkten vor Gericht verantworten mussten. Allesamt hatten sie mehrjährige Haftstrafen zu erwarten. Dass die vorsitzende Richterin eine Frau war, beraubte sie der Möglichkeit, die von ihnen beherrschte Fähigkeit des Männer-über-den-Tisch-Ziehens einzusetzen und so auf milde Urteile hoffen zu können.

Über die genauen Umstände und Zusammenhänge der aufgeklärten und noch aufzuklärenden Verbrechen fand eines sonnendurchfluteten Vormittags auf einem Südstrand-Spaziergang mit Hund ein Gespräch zwischen mir und meiner inneren Stimme mit folgendem zusammenfassenden Ergebnis statt:

Vor zwei Jahren hatten Marietta und Ilona, die sich auf einer Party kennengelernt und sofort eine Art schwesterlicher und nationenübergreifender Seelenverwandtschaft ausfindig gemacht hatten, gemeinsam die Agentur Polski Tenderness ins Leben gerufen. Der schlichte, jedoch klischeehafte Ursprungsgedanke: Polnische Frauen ließen sich bestens an deutsche Männer vermitteln, da sie als arbeitsam, bescheiden und gut im Bett galten.

Beide Damen brachten Vorerfahrungen auf dem Gebiet der Partnervermittlung ein. Ebenfalls hatten beide bereits einige Zeit wegen Betrugs hinter schwedischen Gardinen verbracht, was zunächst zusammenschweißende Wirkung zeigte. Eine brisante Mischung, die schließlich dazu führte, dass weder die eine noch die andere gewillt war, sich lange mit den legal zu erzielenden Gewinnen der gut laufenden Agentur zu begnügen. So entstand schon bald der Gedanke, die Einkünfte durch illegale Machenschaften zu vervielfältigen. Weder Mariettas noch Ilonas Natur entsprach langes Zögern, weshalb schnell gehandelt wurde. In verschärftem Tempo gewannen sie ebensolche polnischen Damen für ihre Sache, die zudem die Bereitschaft zeigten, deutschen Männern in betrügerischer Absicht das Geld aus der Tasche zu ziehen und die Agentur prozentual zu beteiligen.

In dieser Ausrichtung jedoch blieb der Erfolg von Polski Tenderness schleppend: Es gab zu wenig polnische Damen, die bereit waren, das üble Spiel mitzuspielen. Da die grundsätzliche Idee für beide Geschäftsführerinnen verlockend blieb, begannen sie, willige deutsche Frauen zu Polinnen umzuschulen. (Kriminelle Menschen existieren, ebenso wie die gutgläubigen, in jedem Land dieser Welt.) Und siehe da: Das Geschäft boomte!

Der fragwürdige Erfolg jedoch löste bei Ilona/Ilonka Janßen das Bedürfnis aus, ihren persönlichen Profit zu verdoppeln. Deshalb schmiedete sie finstere Pläne, Marietta aus dem Weg zu räumen. Mit polnischen Prostituierten gründete sie Polski Hardness. Diese Damen hegten ebenfalls pekuniäres Interesse an deutschen Männern und sahen sich durch Polski Tenderness in diesem Anliegen bedroht: Die umgeschulten deutschen Frauen schienen die besseren Polinnen.

Es war ein Kinderspiel, Polski-Hardness-Angehörige gegen Mariettas Polski Tenderness aufzuwiegeln. So wurden Tenderness- und Hardness-Angehörige schnell zu erbitterten Feindinnen. Manche versuchten, durch geheime Doppelzugehörigkeit doppelten Profit zu erzielen. Wen dies im Einzelnen betraf, würden staatsanwaltschaftliche Untersuchungen ans Licht bringen. Urszulina war hier ebenso Kandidatin wie die polnische Prostituierte Angie oder deren dubiose Schwester Petra, deren Beruf unklar war.

Auf ihrem letzten Bydgoszcz-Besuch war Marietta in hinterhältiger Weise von einem ihr nicht unbekannten polnischen Damentrupp überfallen, überwältigt, entführt und im Gewölbe gefangen gesetzt worden. Dort sollte sie (früher oder später, jedoch so schnell wie möglich) von einem gedungenen Killer beseitigt werden. Ob Ilona/Ilonka Janßen mit Ubbo Dose die richtige Wahl getroffen hatte, sei dahingestellt. Er war wohl einfach die billigste Lösung. Die ganze Sache zeigte mal wieder, dass Gier selbst die beste Damenfreundschaft zerstört. Ein übrigens auch Männer betreffendes Faktum.

Mit wie viel gutem Willen man es aber auch betrachtete: Marietta war und blieb eine Hauptdrahtzieherin im mafiösen Betrugsnetz Polski Tenderness. In mich betrübender Weise war es ausgerechnet die von mir geleistete ermittlerische Arbeit, die es für Gesine von Röhrbach zum Klacks machte, dies zu beweisen.

Auch wenn die Oberkommissarin Marietta und ihren Gespielinnen schon seit Längerem auf der Spur war, so hätte sie doch ohne die ihrem Puzzle von mir zugefügten Teile niemals die wasserdichte Beweiskette erstellen können, die nun leider gnadenlos zu Mariettas Verurteilung führen würde.

Nur wenige Tage nach unserer Rückkehr in die Heimat stattete ich der geliebten Frau einen Besuch in der für sie angeordneten Untersuchungshaft in Vechta ab, bei der sie mich vor allem anflehte, ihren Jack-Russell-Terrier Ricky Weinzierl weiter in meiner Obhut zu behalten. »Du biest eine so gute Mann«, flüsterte sie über den zwischen uns stehenden Tisch und versenkte ihre Blicke zärtlich in meine Augen. »Auch für kleines Riecky-Huhndchen.« Da sie mir meinen inneren Widerstand wohl ansah, fügte sie nach nur kurzer Pause hinzu: »Und wenn iech wieder draußen bien, haben wier iehn zusammen. Fast wie eine Kihnd. Was sagst du, *misiu?*« (»Liebling« oder »Bärchen«, Anmerkung des Übersetzers.)

Mein Widerstand platzte wie ein Luftballon.

»Vielleicht du kannst ien Zwieschenzeit ein Besuchsrecht für iehn erwierken?« Ihre Hoffnung berührte mich tief. Ich nahm mir fest vor, die Sache in die Hand zu nehmen. Später im Auto jedoch meinte meine innere Stimme: *Das wäre nicht gut. Wie soll Rick klarkommen mit diesem dauernden Hin und Her?* Ein Gedankengang, den ich nachvollziehen konnte, weshalb ich es unterließ, geltendes Hunde-Besuchsrecht zu erfragen.

Als Drago Radic klar wurde, dass er nicht damit rechnen konnte, etwas von der ihm angeblich von Marietta abgeluchsten und längst verschleuderten Kohle jemals wiederzusehen, weigerte er sich konsequent, auch nur einen Cent des an mich zu zahlenden Honorars herauszurücken. Mit sichtbarem Vergnügen ritt er darauf herum, dass kein schriftlicher Auftrag vorlag und die Verhaftung der Weinzierl angeblich ohnehin nur auf die Ermittlungsarbeit der Wilhelmshavener Polizei zurückzuführen sei. Eine infame Unterstellung, welche meines Erachtens nicht der Wahrheit entsprach.

Der Fall Marietta Weinzierl hatte viele Opfer hinterlassen. Ungezählte Männer mit gebrochenen Herzen und geplünderten Konten, unzählige Frauen (Täterinnen und Opfer zugleich!), möglicherweise um verdiente Anerkennung gebrachte attraktive Polizistinnen, honorarfrei ausgehende Detektive und einen in einen dem Wahnsinn nicht unähnlichen Zustand getriebenen Therapeuten. (Klaus Maria Deuter hatte sich – hartnäckig durch Wilhelmshaven kursierenden Gerüchten zufolge – unmittelbar nach unserer letzten Begegnung von einem Kollegen ein saftiges Burn-out-Syndrom bescheinigen lassen, welches ihn bis auf Weiteres für berufsunfähig erklärte. Ein entsprechendes Schild an seiner Eingangstür in der Holtermannstraße bestätigte die Gerüchte.)

Apropos Schild: Damit Schildermaxe, bei dem ich zuletzt ein Schild in Auftrag und dann unkonventionell wieder abbestellt hatte – »Jedem Anfang wohnt ein Zauber inne« – nicht auch zu den achtlos am Wegrand liegen gelassenen Opfern gehörte, gab ich dort ein neues Schild in Auftrag: »Nur wer stürzt, kann wieder hochkommen. (R. Reents)«

Das letzte Opfer (last, but not least) sah ich im nahezu verwaisten Terrier.

Als dieser in jenen versonnenen Augenblicken auf meinem Südbalkon deutlich anmeldete, dass er dringend an den Bontekai musste und gleichzeitig mein Telefon klingelte, brachte er mich in einen Konflikt. Gegen den Protest meiner inneren Stimme, die sich wie so oft auf die Seite des Terriers schlug, nahm ich das Telefonat an. Ein paar Augenblicke würde der Hund sich noch zusammenreißen müssen. Mein Konflikt verschärfte sich, als mir klar wurde, dass das Gespräch kein kurzes werden würde.

»Sie müssen mir helfen!«, flehte eine unbekannte weibliche Stimme. »Ich hab von Ihnen in der WZ gelesen, Sie sollen ein so großartiger Detektiv sein.« Ich nickte wortlos. »Meine Tochter«, sagte die Frau, »ist in die Fänge eines Gurus geraten. Wenn Sie ihr nicht helfen können, kann es keiner.«

Ich gab dem Hund ein Zeichen, dass er sich noch ein wenig gedulden müsse, und setzte mich mit dem Telefon zurück auf den Balkon. Im Westen sah ich die Sonne als rot glühenden Feuerball hinter einigen Dächern der Stadt verschwinden.

Sauerei, sagte meine innere Stimme. Der Hund hob das Bein am Balkongitter. Provokativ fasste er mich mit der für ihn so typischen Arroganz ins Auge, als er mit kräftigem Strahl seine Markierung setzte. Prinzipiell muss ich keine Hunde in meiner Nähe haben. Vor allem keine kleinen.

Zusatzbemerkung des Erzählers und Protagonisten

Alles ist wahr, nichts erfunden, schon gar nicht in diesem Buch. Personen und Handlung des Romans wurden aus Diskretionsgründen jedoch teilweise geringfügig verändert. Die Schauplätze dagegen kaum. Hierfür steht mein einwandfreier Name.

Reent Reents, Haven-Detektei effektiv!

PS: Mein besonderer Dank gilt meinem Ghostwriter Olaf Büttner. Ohne ihn gäbe es diesen Roman nicht.